CHRONIQUES DE JAZZ

BORIS VIAN

Chroniques de jazz

TEXTE ÉTABLI ET PRÉSENTÉ PAR LUCIEN MALSON

ÉDITIONS PAUVERT

AVANT-PROPOS

Au quartier Saint-Germain, à dix heures du soir, dans les années d'après-guerre, la vie s'intensifiait en se faisant souterraine. Chacun sait le rôle que joua Boris Vian — « truand élégiaque » — parmi ceux qui cherchaient en ce village du cœur de Paris un lieu propice aux rencontres d'amis. Vian fut à la fois personnalité animatrice et personnage symbolique d'une collectivité en rupture de ban, en lutte contre les conventions ou contre ce qu'on nommait alors volontiers l'existence inauthentique. Le monde venait de pâtir de la bêtise la plus horrible : le carnaval nazi. Ubu était mort dans un bunker mais des millions de suppôts subsistaient, sous les traits de la candeur et de l'innocence bourgeoises, capables toujours, par lâcheté ou conformisme, de refaire le lit, demain, d'un même prince. Certes, on trouvait aussi, parmi les habitués de Saint-Germain, quantité considérable d'imbéciles, mais tout compte fait, en proportion peut-être inférieure à celle qu'on pouvait évaluer partout ailleurs. Bien sûr, la portée pratique des réunions saint-germinoises était faible, sinon nulle, mais celles-ci retrempaient au moins le moral de tous les hommes qui, dans un district cosmopolite, témoignaient pour la tolérance, nouaient des relations sympathiques avec toutes les espèces d'étrangers en se désaltérant dans le courant du jazz mi-noir mi-blanc, musique unitive, mais encore mal aimée de la société globale.

Ce jazz était chez Boris Vian depuis longtemps — je veux dire depuis l'adolescence — la plus chère des préoccupations et si Vian romancier se désintéressera un jour des romans, Vian critique aimera le jazz jusqu'à sa mort. Ce qui frappe dans l'aventure d'un homme aux vocations innombrables, c'est la constance, la permanence, l'immuabilité de cette passion. La musique négro-américaine ne fut pas pour lui, comme pour beaucoup d'intellectuels de sa génération, un art « intéressant » parmi d'autres, un agrément, une distraction sans réelle importance, un caprice d'époque que l'on accueille libéralement par la petite porte de la fantaisie personnelle. Avec la plupart des gens de lettres, en parlant du jazz, on prenait des précautions. On évitait le technicisme, l'érudition, on ménageait par politesse une ignorance de bon goût. Avec Boris, la discussion s'engageait sans détour. Entre les « hot fans » et lui s'établissaient d'emblée des rapports de complicité, des conversations faciles où le sous-entendu et le clin d'œil tenaient lieu souvent de formulation explicite. En bref, il était de la famille. De ce savoir vrai, Denis Bourgeois, responsable d'une société phonographique a pu donner une image précise : « Boris, chez nous, dès les premiers jours de sa collaboration révéla aux Américains eux-mêmes certaines matrices de disques qu'ils avaient oubliées dans leurs propres archives. Il recevait des échantillons de tout, examinait, choisissait, discutait. Il notait : ces mélanges sont absurdes, ou bien : il y a des fautes de chronologie. Souvent, il corrigeait les dates d'enregistrement signalées, le nom des musiciens mentionnés parce que les indications originelles fourmillaient d'erreurs. »

C'est qu'avant de gagner sa vie comme conseiller artistique chez Philips (1955) puis chez Barclay (1959), Boris Vian avait été pendant dix ans — de 1941 à 1951 pour préciser — musicien de jazz lui-même dans le groupe de Claude Abadie, voire chef d'orchestre du Tabou, rue Dauphine, ou du Club Saint-Germain, rue Saint-Benoît, deux cabarets cryptiques fondés par ses soins. Qui, de notre âge, et de notre milieu, ne se souvient de la haute silhouette de Boris, de sa façon *de poser l'embouchure au coin des lèvres comme s'il s'agissait de fumer la pipe, de son style enfin qui évoquait, par la douceur virile comme par le mouvement des phrases, celui d'un autre jeune homme mélancolique : Bix, le légendaire — dont il traduira de l'américain la biographie romancée. Il avait été aussi, depuis l'hiver 47, tous les mois, le signataire d'une rubrique croustilleuse du vieux Jazz Hot, d'une « revue de la presse » explosive, extravagante : celle dont ce livre même est l'objet.*

Boris Vian se plaisait à dire qu'il s'était consacré à la trompette — et à la trompinette, sa version abrégée — en « amateur marron », sans refuser le cachet mais sans compter jamais dessus. À écrire sur le jazz il gagna sûrement moins encore. Toutefois, une décennie durant, sans défaillance, il a remis à de successifs et impécunieux rédacteurs en chef ses rubriques formidables. Il maugréait, menaçait d'abandonner, gémissait sur les heures précieuses qu'on lui faisait perdre, tendait son papier pour la dernière fois et... se remettait à la tâche, le mois suivant. Lui qui maudissait tout travail « dans la mesure où il est régulier » se contraignit plus de cent fois à composer cette chronique rituelle, longue et méticuleuse. Il fit cela pour ceux qui maintenaient contre vents et marées un journal aux maigres ressources financières et perpétuellement désargenté. Il le fit surtout pour le jazz et, à la fin de 1951, entra spontanément au comité de rédaction du périodique en compagnie d'André Hodeir, de Frank Ténot et de moi-même. Je le connaissais vaguement depuis la Libération, depuis une visite au 98, faubourg Poissonnière. Je l'avais retrouvé à Bordeaux à l'époque où, étudiant et, bien sûr, secrétaire d'un hot club régional, j'introduisis non sans fierté son orchestre dans la salle dorée d'un Grand Théâtre qui n'avait abrité jusque-là que la musique symphonique et la musique d'opéra. C'était en 1948. Trois ans plus tard, à Paris, je revoyais Boris, au travail cette fois, ici corrigeant un paquet de textes posé sur ses genoux, là griffonnant une légende sur un coin de table, là encore debout, le papier tenu contre un mur du Pavillon Chaptal, à Montmartre, fignolant un de ses brocards. Je pourrais ainsi rappeler, comme beaucoup de ses camarades d'alors, sa considérable facilité littéraire, la vitesse avec laquelle sa plume courait, la célérité de ses traits, en chaque occasion transcrits presque aussitôt que pensés. Les « revues de presse » de Vian, par leur allure vive et familière, permettront au lecteur, aussi bien, de deviner leur caractère impromptu et, simultanément, cette allégresse dans l'écriture qui est la marque des grands polémistes.

Les textes qu'Ursula Vian m'a chargé de réunir et d'organiser en ce gros volume sont, pour l'essentiel, ceux que Boris donna — dans tous les sens de l'expression — à la revue Jazz Hot, de décembre 47, donc, à juillet 58. J'y ai joint quelques paragraphes de la tribune de Combat qu'il occupa d'octobre 47 à juin 49 parce qu'ils sont de la même encre et de la même veine. En revanche, je n'ai pas cru devoir mêler à cet ensemble les articles du Midi libre, de Radio 49 et Radio 50, ni ceux de Arts, de Jazz News, de La Parisienne, non plus que les nombreux commentaires de disques qui furent disséminés sous le pseudonyme de Michel Delaroche. Il fallait, dans un livre déjà épais, biffer les surcharges et maintenir l'unité de ton.

Il ne m'a pas paru souhaitable, en outre, de coudre bout à bout les « revues de presse » en question. Ce qui se dévorait sur une page, jadis, aurait, par la multiplication même, pris l'apparence d'un éparpillement un peu fastidieux. La publication en livre exigeait le choix d'une économie nouvelle, c'est-à-dire d'une restructuration par thèmes dominants. Ceux-ci, au demeurant, par leurs retours fréquents, se sont pour ainsi dire offerts d'eux-mêmes à la segmentation. J'ai pu conserver les débuts et les fins, souvent habiles et percutants, sans difficulté, en y laissant accrochés les sujets qui les avaient motivés. Quelques détails, informations mineures, dont l'intérêt s'est évanoui avec la fuite du temps, se trouvent ici effacés. Ils représentent peu de chose en somme parce que Boris Vian sacrifiait rarement à l'accessoire et que j'ai eu scrupule de conserver, par respect pour la pensée de l'auteur, la quasi-totalité de ses notations et de ses réflexions.

Les « revues de presse » de Boris, dont une grande part n'étaient plus accessibles dans les collections lacunaires de Jazz Hot, vont combler de joie leurs anciens fidèles, ceux qui, je le sais, espéraient les voir réunies en un ouvrage aisément consultable. Elles apporteront aux autres, à ceux qui auront acheté, en curieux, ce fort volume, une révélation. Par sa dimension même le livre montre à son tour et à l'évidence la place que le jazz tint dans l'itinéraire de Vian. Par la fraîcheur, par la force inentamée du style, il prouve aussi que, loin d'exprimer un domaine secondaire de l'œuvre, ces chroniques aiguës, vibrantes et meurtrières comme des flèches, en constituent peut-être l'un des meilleurs aspects. Par la documentation qu'il réunit et la manière aimable, directement accessible dont sont racontés les événements, il s'adresse à tout le monde et représente pour la première fois sans aucun doute l'histoire jazziste des années 40 et 50 rédigée presque au jour le jour. Précieux dans la bibliothèque des savants spécialistes, il ne le sera pas moins dans la collection de ceux qui n'ont aucune ambition de les imiter mais qui vont tout naturellement vers les choses et les hommes de leur temps. Parce qu'il avait épousé notre époque, sans l'ombre d'un regret, Boris avait assumé la musique syncopée, et de la seule manière intelligente qui fût possible. Nous allons mieux voir comment tout au long des chapitres qui suivent, lesquels confirment, massivement, ce que disait, un jour, à Noël Arnaud, Henri Salvador, l'un des intimes de Boris : « Il était amoureux du jazz, ne vivait que pour le jazz, n'entendait, ne s'exprimait qu'en jazz. »

Lucien MALSON

CHAPITRE I

L'AMERICAN WAY OF LIFE

La « revue de presse » avait le jazz pour sujet mais aussi pour prétexte. Elle était une occasion de parler de tout et, en premier lieu de certains mauvais côtés de l'Amérique, évidemment : du show business, de la culture piétinée, du public fourvoyé, du mauvais goût, de la variété sirupeuse, des fausses gloires, du dur métier de musicien, des illusions de la drogue, de l'hypocrisie puritaine, de l'oncle-tomisme, de l'impunité des assassins, de la ségrégation surtout, dont Boris Vian — membre de la Ligue internationale contre le racisme et l'antisémitisme — n'a cessé de flétrir l'image hideuse.

★ Tab Smith vient de sortir de l'ombre et réenregistre à la suite du succès commercial d'un air qu'il enregistra. Pas du tout parce que c'est un bon musicien ! Croyez pas ça ! Ça n'a aucun rapport ! Qu'il soit un bon musicien, tout le monde s'en fout.

★ Considérons les revues sérieuses (non je ne voulais pas parler du *Bulletin du H.C.F.*). Voici une ravissante nouvelle qui nous arrive tout droit de la bonne (*sic*) ville de Memphis par l'intermédiaire de M. Down Beat lui-même, du 17 décembre. (C'est vieux, mais c'est encore chaud.)

Le président du Comité local de censure, l'honorable citoyen Lloyd T. Binford, a fait interdire sur les écrans de la bonne (*sic*) ville de Memphis le film « New-Orleans », à cause de la place trop importante accordée à Louis Armstrong dans la distribution. Si M. Binford avait interdit ce film pour la raison qu'il nous montre, surtout l'exploitation éhontée des Noirs par les Blancs, nous n'aurions rien dit ; mais avouez que le prétexte original est assez gratiné. En outre, tous les passages, dans divers films, où l'on entrevoit King Cole, Pearl Bailey, Lena Horne et d'autres Noirs, sont coupés, et le film « Curley » est interdit parce qu'on y voit des enfants blancs jouer avec les Noirs.

Un à qui cette nouvelle ne va sûrement pas faire plaisir, c'est sans nul doute Henri L. Gautier, secrétaire général du H.C. de Lyon qui a publié dans « Swing Music », n° 1, le nouvel organe du club lyonnais, un article formidablement documenté sur les films dans lesquels on peut entendre et voir des musiciens de jazz. Si ce bon Gautier vivait à Memphis, sans nul doute, il n'aurait plus qu'à se tourner les pouces.

Février 1948

★ Un petit *Down Beat* enfin pour changer d'endroit. *Down Beat* reparaît sur papier satiné et s'en félicite dans son éditorial. Et *Down Beat* nous apprend ensuite la nouvelle suivante :

La censure de « La Patrie du Blues », déjà solidement et officiellement établie pour les films et les représentations, s'est étendue à un nouveau domaine cette semaine (il s'agit de la semaine du 20 au 27 février) quand le maire-adjoint, Joe Boyle, a ordonné le bris par la police de quatre cents exemplaires de trois enre-

gistrements de blues, considérés comme « obscènes »
par la police dont Boyle est le chef. *La vente et l'usage
dans les juke-boxes de ces cires a été interdite à Memphis...*

... *Le chef de la police a profité de l'occasion pour
féliciter hautement Lloyd Binford, chef du Bureau de
censure de Memphis* (dont les lecteurs de *Jazz Hot* se
rappellent l'élégante et récente action contre tous les
musiciens et comédiens noirs que l'on pouvait entendre et voir à Memphis).

Il paraît même, nous dit Bee, que les journalistes
ayant demandé à Boyle au nom de quelle loi les disques avaient été détruits, il répondit : *Ce sont les pouvoirs de la police et cela va très bien. Une multitude de
péchés tombe dans leur domaine.*

À part ça, aux États-Unis, les Noirs sont parfaitement libres et n'ont aucune raison de la trouver
mauvaise.

                                                    Avril 1948

Et nous arrivons à présent à de gros journaux roses
et blancs, appelés « Pittsburgh Courier ». Ils ne sont
pas récents, mais on y dit des choses pleines d'intérêt, d'autant que le « Courier » est rédigé par des
Noirs, pour des Noirs, et que par conséquent il parle
de musiciens noirs. *Celui du 24 avril nous signale
entre autres que Dizzy Gillespie vient de modifier son
orchestre. Illinois Jacquet monte un grand orchestre.
L'homme au saxophone glapissant va ajouter cinq
saxos au sien propre, quatre trompettes, quatre trombones et quatre rythmes. Ça va faire du bruit là où ça
va tomber.*

Le « Courier » du 17 avril nous révélait une
semaine plus tôt que le programme de Lionel Hampton, « Lionel Hampton Show », présenté par le
département du Trésor américain à titre de propagande pour la vente des bons d'épargne (les veinards)
est un gros succès et qu'il est retransmis par 400 stations. Ella Fitzgerald est au Paramount avec Duke

Ellington... Billie Holiday à Broadway. Un article intéressant ; je traduis :

Buddy Johnson nous dit : les tourneurs de galettes (il dit wax-whirler, ça signifie disc-jockey) mettent en branle une campagne pour la tolérance (raciale, bien sûr). Cela était le titre. Le disc-jockey, souvent critiqué, vient de recevoir des louanges de la part du chef d'orchestre Buddy Johnson, qui, de retour d'une longue tournée dans le Sud et le Sud-Ouest, a rendu hommage au merveilleux travail accompli par les wax-whirlers pour développer la tolérance par le truchement de la musique dans les territoires du Sud... Dans leurs programmes (dit Johnson), les disc-jockeys du Sud passent fréquemment les disques d'artistes comme Count Basie, Illinois Jacquet, Sarah Vaughan, les Ravens et le King Cole Trio ; les auditeurs en redemandent ; je crois que les disc-jockeys pourraient réussir à éliminer les préjugés raciaux des stations émettrices et les annonceurs (exactement, sponsors ; les gens comme Cadoricin qui payent le programme)... n'auraient rien pour les empêcher d'utiliser des orchestres noirs...

Et tournons-nous pour terminer, avec un regard d'espoir, vers *Down Beat*. La dame qui est sur la couverture du 21 avril a une vilaine figure et des jambes courtes, aussi je ne vous dis pas son nom, elle s'appelle Connie Haine. Billie Holiday, précise *Down Beat* rendant compte de son triomphe récent à Carnegie Hall, a engraissé de quelques kilos mais ça lui va très bien. (Tant qu'elle ne sera pas comme Velma Middleton...) Monsieur le Chat Cab Calloway a réuni un petit groupement, abandonnant momentanément son grand orchestre. Le travail est rare de l'autre côté de l'eau pour les orchestres (s'ils savaient ce que c'est ici...) *Freddy Robins a ouvert une nouvelle croisade des disc-jockeys (ils sont en train de prendre une drôle d'importance ces animaux-là) en refusant de passer le* Shine *de Frankie Laine parce que c'est ridiculisant pour la race noire.* C'est bien, mais il ne faut tout de même pas exagérer... les Noirs l'ont chanté eux-mêmes (cf. *Cabin in the Sky*) et il n'avait qu'à passer *Strange fruit* pour compenser... s'il avait donné pour raison que Frankie Laine est un ridicule raseur cela eût mieux valu... Moi je suis plutôt pour passer des disques d'Al Jolson en télévisant sa photo en même temps (barbouillée au cirage) ça rendra les Blancs bien plus ridicules que *Shine* ne fera de tort aux Noirs... Oh ! et puis, la barbe avec ce numéro du 21 avril... prenons celui du 5 mai... un Monsieur sur la couverture, c'est Jimmy Mc Partland. Tant pis. Moi j'aime mieux Hazel Scott, on en voit plus et c'est plus joli. Ah ! Ah !... que vois-je ? *Woody Herman attaque le mathématisme de la musique « progressive ».*

(Je vous rappelle que la musique « progressive », c'est celle de Stan Kenton, selon lui.) Voilà qui est bon. Si les grands faiseurs commencent à se bouffer le nez, on va s'en payer une grosse tranche...

Ah ! ça ne fait pas plaisir d'être le premier au référendum et de venir faire l'idiot à la fin de « New-Orleans » et puis de voir qu'un certain Kenton vous met dedans deux ans plus tard jouant des choses très bruyantes et encore plus compliquées...

Après tout Woody Herman... Ce n'est pas le méchant gars... il n'était pas tellement mauvais...

Juin-Juillet 1948

★ Et nous voici à *Down Beat*, de l'autre côté de l'eau. C'est fou ce que ce journal peut être creux, quelquefois. Une nouvelle technique : la firme Columbia lance le disque de longue durée à « microsillons » (disque de 30 cm, 45 minutes, de 25 cm, 27 minutes) en vinylite incassable. Bon sang, je voudrais bien qu'on se décide à enregistrer enfin un peu de Duke Ellington sans coupures. Même page, M. Paul Eduard Miller proteste contre la vente des disques en album : *On vous colle six faces ignobles pour deux bonnes.* Chez nous, M. Miller on faisait ça avec le rutabaga pendant l'occupation : pour avoir un poireau il fallait prendre 1 kilo de rutabagas. C'est la vie. Grosses discussions à propos de la chanson d'eden abhez (sans majuscules c'est un yogi), « Nature Boy ».

Tout le monde se prétend plagié. Ils sont au moins vingt-cinq à vouloir prendre les sous qu'elle a rapportés. Dommage que ça ressemble à tout ce qu'on veut.

Encore une question idiote (14 juillet, page 11) : *Est-ce que les gosses d'aujourd'hui sont le seul espoir de la musique dixieland*. Mais non monsieur Hoefer, la musique dixieland n'a plus d'espoirs. Demandez à Lyttelton et arrangez-vous tous les deux ; moi j'aime mieux Lunceford.

Benny Goodman (même numéro, page 6) a un nouveau septette où tout le monde joue bebop, sauf lui (et pour cause). Dans le numéro du 11 août, on s'aperçoit avec joie que les Américains viennent de découvrir Eddie South ! Ça, c'est formidable. Ces types-là, ils étonneront encore le monde. Ce *Down Beat* est décidément un journal... mais ce qu'il y a de mieux, ce sont les photos des petites coquines qui chantent en montrant beaucoup de seins ; j'ai fait un palmarès : les plus jolies sont Éleanor Russell (11 août, page 2), Joyce Mauer (14 juillet, page 3), Marilyn Lowe (*id.*, page 12) et Vickie Henderson (16 juin, page 19). Messieurs, à la vôtre... et à la prochaine fois.

                                    Août-Septembre 1948

★ Et pour terminer, une nouvelle : le « Petrillo ban » est levé. C'est-à-dire que les Américains vont de nouveau avoir des tas de disques. Tant mieux, tant mieux, bonsoir mes poulets, à la prochaine fois.

                                           Octobre 1948

★ Un petit *Down Beat*, suivant la coutume. Finalement, le « Petrillo ban », que j'avais annoncé terminé, l'est pas du tout. Aucune importance, cette revue de presse n'est pas sérieuse. Ah, ah ! voilà qui l'est, par contre : les joueurs d'harmonica sont admis à faire partie de l'Union des musiciens. Avis aux détracteurs de cet instrument horrible. Pourquoi pas le sifflet à deux sous ? Faut savoir en jouer, pas vrai.

Novembre 1948

★ Le musicologue Rudi Blesh est vigoureusement pris à partie dans le numéro du 8 octobre de *Down Beat*, tant par les musiciens que par les éditeurs de la revue en question. Le cas de Blesh est assez significatif pour qu'il mérite d'être étudié attentivement. Résumons les faits : Albert Nicholas, le clarinettiste noir que tous les amateurs de style « New-Orleans » connaissent et apprécient, vient de déclarer à peu près :

— Rudi Blesh est le plus grand, le plus bête et le plus puant des fumistes qui se soient jamais occupés de jazz. Non seulement ce type ne connaît rien à la musique, mais il s'est mis en tête de monopoliser tous ceux que l'on classe sous l'étiquette « New-Orleans ». Si ça continue comme ça, et s'il arrive à ses fins avec son émission « Voici le jazz », dans peu de temps, nous tous qui jouions avant même que Blesh soit un frisson lubrique dans l'échine de son père, seront bientôt forcés de venir lui demander la permission d'aller faire pipi...

Selon *Down Beat*, l'origine de la discussion serait la malheureuse initiative de Blesh signalant à Ralph Sutton, le pianiste de Nicholas, que son tempo n'était pas bon.

Muggsy et George Brunies ont également cessé de travailler avec Blesh. Brunies déclare que :

C'est ce genre d'individus qui donnent des ulcères à l'estomac.

Il paraît que Blesh a fait signer à certains musiciens des contrats d'exclusivité, déclarés depuis sans

valeur par le Syndicat, selon lesquels ils lui abandon-
nent 10 % de leur salaire, que l'engagement soit
obtenu par lui ou par eux.

Il manifeste également en matière de musique des
goûts particuliers, déclarant par exemple que James
P. Johnson ne sait pas jouer, et engageant des vieux
démodés de vingt-cinquième ordre, qui sont la honte
du jazz.

Bref, des tas de gens se dressent contre M. Blesh,
qui doit être très vexé.

À la suite de quoi l'éditorial de *Down Beat* attaque
et Blesh et Condon et Norman Granz, le réalisateur
du *Jazz at the Philarmonic*, et conclut en ces termes :

— Nous ne pensons pas que ces gens soient
malhonnêtes et nous ne leur reprochons pas l'argent
qu'ils ont gagné avec les musiciens, bien que dans
certains cas ils eussent pu leur accorder un peu plus
d'avantages. Mais quand ils commencent à vouloir
apprendre leur métier aux musiciens et leur donner
les leçons sur l'art, nous crions : halte ! Comme les
musiciens, eux-mêmes ont commencé à le faire.

Rudi Blesh n'avait rien répondu dans le numéro
du 22 octobre de *Beat*. Par contre, Norman Granz a
pris la mouche et se défend vertement. Il rappelle
notamment :

— Je suis le seul organisateur dont les contrats
contiennent une clause de non-discrimination
raciale, ce qui signifie que nous ne jouons jamais
dans les salles de concert ou de danse où Noirs et
Blancs sont séparés par la « ségrégation ». J'ai perdu
plus de 100 000 dollars en m'occupant ainsi activement de défendre les droits civiques des minorités.
Je paye mes hommes plus que n'importe quel patron
d'orchestre, de dancing, de théâtre ou de night-club.

« En réalité, *Beat* m'a déjà reproché plusieurs fois
de payer mes musiciens trop cher. »

★ Un éditorial de *Down Beat* pas si noix que ça, sur le
peu de place réservé au repos des musiciens pendant
qu'ils ne jouent pas, dans certains clubs :

Seul un musicien qui joue régulièrement, peut comprendre combien il est tuant et déprimant de rester dans la même boîte tous les soirs sans avoir un endroit où parquer sa carcasse entre les numéros. Et il y a des gens qui se demandent pourquoi certains musiciens se mettent à picoler.

Parce que c'est bon, dirai-je, mais ne m'écoutez pas, je suis un sagouin.

Décembre 1948

★ La poste remarque et les nouvelles déferlent. On continue à se remuer de l'autre côté à propos de l'histoire Rudi Blesh-Albert Nicholas. Voici ce que Baby Dodds déclare dans *Down Beat*, « Je ne crois pas qu'il y ait un plus chic type au monde que Rudi Blesh. » Dodds souligne que c'est Blesh qui a redécouvert Albert Nicholas après une période d'inactivité de sept ans pendant laquelle ce dernier dut parfois travailler dans le métro. Pops Foster, Danny Barker se lèvent en compagnie de Jimmy Archey, Ralph Sutton et Sidney Bechet. Tout ce monde-là contre ce pauvre Albert Nicholas, à qui Blesh reproche notamment d'avoir attendu trente semaines pour protester et d'introduire dans l'orchestre une désagréable tension. Après tout quand on joue comme Albert Nicholas et quand on reste sept ans sans travail, on peut être un peu amer...

Janvier 1949

★ Il se passe dans divers domaines des choses absolument inacceptables et l'on aimerait pouvoir y remédier. Voici, je crois, une entrée en matière qui peut resservir plusieurs fois ; utilisons-la d'abord pour le cinéma. Un de mes amis m'affirme que le négatif de « Frankenstein » (le premier de la série) le plus célèbre des films d'horreur, a été détruit par la firme productrice car on n'envisage pas l'exploitation des bandes de plus de quinze ans d'âge. Eh bien, c'est un crime, naturellement : même si ça vieillit, cela présente un intérêt historique si l'on est d'accord (et je crois que cela ne se discute plus guère) pour considérer le septième art comme un art.

Dans le domaine de la musique enregistrée, je citerai un exemple analogue : les matrices des V Disc produits par les États-Unis pour les troupes américaines et qui contiennent quelques faces de jazz proprement exceptionnelles, sont également détruites par ordre après usage. Et dans les firmes privées, il se produit régulièrement une épuration des catalogues successifs qui réduit de jour en jour le contingent disponible. Va-t-on continuer longtemps à tolérer ce scandale ? comme disent les tribuns.

Si l'imprimeur de Rabelais avait détruit ses plombs sans retour, le mal serait beaucoup moins grand ; mais dans le cas du livre, on est sauvé par l'existence du domaine public. Au contraire, que la maison Brunswick décide de balancer les matrices d'Ellington qu'elle possède, et nous n'y pouvons rien. Il reste bien sûr, la solution de retrouver un exemplaire en bon état et de faire une copie clandestine, mais elle sera moins bonne que l'original, et ainsi de suite (phénomène qui ne se produit pas dans le cas du livre).

Deux questions se posent donc : 1°) Comment se fait-il que le système du dépôt légal ne soit pas institué pour le disque ? ; 2°) Au bout d'un temps donné, si une marque ne presse plus une matrice qui se trouvait à son catalogue, pourquoi n'aurait-on pas le droit de la presser d'après un duplicata déposé à cette même institution dont nous parlons, sous réserve, au besoin, de verser les redevances normales aux ayants droit ?

Il semble anormal — si, comme dans le cas des films évoqués plus haut, il s'agit réellement d'œuvres d'art, ce que nous sommes quelques-uns à croire — il semble anormal, disais-je, que l'on puisse disposer en toute liberté du patrimoine artistique mondial sous prétexte que l'on vendra mieux de l'Yvonne Blanc que du King Oliver et que les vieilles matrices encombrent les réserves. À quand la phonothèque nationale, et l'autorisation de reproduire si le producteur se dérobe ?

★ Faisons un petit saut en France et pêchons *Time* (21 février) qui porte en couverture une superbe photo-dessin de papa Louis avec une jolie couronne de trompinettes, ce qui est bon. Je voudrais savoir si l'édition américaine de *Time* était pareille. Mais ne chicanons pas. À l'intérieur, pages 30, 31 et 32 consacrées à Louis. Louis jouera le rôle du Roi des Zoulous dans la parade du Mardi Gras (1er mars) à La Nouvelle-Orléans et c'est à cette occasion que le reporter et les rewriters de *Time* s'en sont donné à cœur joie. Je suppose que ce qui est raconté là est à peu près exact, ça ne contredit point les ouvrages des spécialistes de la question. Enfin, c'est une victoire pour Louis et les Noirs qui la méritent bien. Je relève un point qui ne manquera pas d'intéresser spécialement Hop Frog : Louis adore la « gomme ». Il a plusieurs radios chez lui, elles marchent toutes toute la journée et pendant des années son orchestre de fond sonore préféré (à la radio) a été Guy Lombardo. Voilà. Et maintenant, mettez un bon Wall-Berg sur votre tourne-disque et vous jouerez comme Gillespie.

Mars 1949

★ Mes chers concitoyens, nous commencerons aujourd'hui notre revue de presse, si universellement appréciée, par les magazines amerlauds, qui sont nombreux vu que le Grand Chef Œil-de-Launay revient des États-Unis et qu'il m'a gentiment apporté de quoi vous abreuver de joyeux propos.

Cue (du 12 mars 1949), nous offre page 14 l'image du Grand Chef avec Charlie Parker et l'affiche du concert Dizzy à Paris. Sur la page d'en face, la photo d'Hugues-le-Père lui-même, avec Marguerite et à droite, Bechet qui a l'air horriblement triste. L'article signale une légère dissension entre l'Œil et le Père, j'avoue ne pas être au courant ; et cela se termine par ces mots : « Il est piquant de constater que deux Français se battent avec tant d'acharnement à propos d'un côté de la culture américaine si souvent négligé par les Américains eux-mêmes. » Avouons qu'on ne leur fait pas dire...

★ Encore de l'amerlaud : *Capitol News*. Bon. *Capitol* se met aux longue-durée et allez donc, comme ça on va pouvoir entendre Perry Como pendant trente-cinq minutes sans avoir besoin de changer de disque. Commode pour se suicider...

Juin 1949

Down Beat, nos 18, 19 et 20.
★ Ah ! Ah !... des histoires raciales à Miami. Le mal semblerait provenir du bureau local de l'Union des musiciens blancs, qui apparaissent être une bande de véritables salopiots. Nul ne peut douter de cette évidence : il y a des types que ça embête de voir que seuls les Noirs sont capables d'y arriver « pour de vrai »... ou alors, ceux qui se mettent modestement à leur école.

★ J'ai jamais beaucoup aimé Wingy Manone, mais les agents de la brigade du vice de Los Angeles vont fort. On l'a arrêté parce qu'il buvait des verres avec deux coquines dans son appartement, et qu'un policier qui regardait par la fenêtre l'accuse de s'être mal tenu. Chacun sait qu'en Amérique on est un satyre si on préfère les femmes... Wingy, nous sommes de cœur avec toi. Et puis ils ont des drôles de flics, à Los Angeles...

★ Nouvelle histoire raciale, cette fois-ci à Los Angeles. Les musiciens noirs n'ont pas le droit de s'inscrire au bureau local 47 de l'Union des musiciens, bien que rien ne l'interdise. Le conseiller Royball proteste contre la chose et saisit le public de l'affaire. Même Barney Bigard, paraît-il, fut empêché de jouer voici quelques années par le bureau 47. Ah, doux pays de la liberté... Faut dire, comme on l'a déjà remarqué avant moi, qu'elle lui tourne le dos et qu'elle éclaire de l'autre côté.

Novembre 1949

★ *États-Unis. Capitol News*, janvier 1950. Rien, rien, rien qui nous intéresse. Le film *Young Man with a horn* est en cours de tournage : *pas un Noir n'y figure*, alors que le côté sympathique du livre était cet hommage sincère rendu au jazz noir par Dorothy Baker. Enfin, ça va faire une ordure de plus. Cela dit, Kenton, re-Kenton et re-re-Kenton. Ah ! son départ de la scène, c'était une belle feinte ! Ils sont quarante, maintenant, vous vous rendez compte !

Down Beat, 27 janvier 1950. Numéro bien intéressant pour un *Down Beat* habituellement bourré de son. Il y a le récit de l'ouverture (enfin) du « Birdland », où l'on trouve de vrais canaris dans des cages, avec un programme... Lester Young, Charlie Parker, Lips Page, Kaminsky, Lennie Tristano, hein ! ça c'est une distribution. Un article où on trouve de drôles de choses sur la musique latino-américaine, qui a influencé Kenton et se voit en retour influencée par lui ; un très significatif éditorial sur les discriminations raciales et le désir qu'ont tous les musiciens noirs de venir en Europe.

« *Tous ceux qui s'occupent de jazz savent pourquoi,* dit D.B. *Ce n'est pas de l'argent que veulent ces garçons, et on sait que les conditions économiques dans ces pays sont moins favorables qu'ici. Ils ont seulement envie de vivre. La discrimination, les préjugés raciaux, se sont renforcés depuis la fin de la guerre au lieu de décroître. Il y a eu de sérieuses manifestations dues aux conflits raciaux, dans bien des grandes villes, Chicago notamment, délibérément ignorées par la presse quotidienne. Ne soyons pas surpris si, dans un avenir proche, quand*

nous voudrons renouveler notre stock de jazz, nous
sommes obligés de nous contenter d'importer des dis-
ques de jazz de Suède ou de faire venir les dernières
productions du Hot-Club de France... »

Enfin, *Down Beat* consacre une page et demie à
Miles Davis, interview et biographie. Voilà tout ce qui
me faisait dire que c'est un bon numéro, et je ne m'en
dédis pas ; surtout que Miles, à la fin de son interview, conclut qu'il voudrait bien vivre huit mois à
Paris sur douze.

Nous autres, ça nous plairait bien.

                                              Février 1950

★ Et voilà l'Amérique, tombeau du jazz. J'ai déjà
signalé le mois dernier ce qui se prépare en Amérique. Tous les musiciens pourris se lèvent en masse
pour envahir la scène de leurs ignobles sous-produits
genre Tony Parenti stigmatisé par ma consœur
Madeleine. S'il n'y avait que Bob Wilber, qui a l'honnêteté de travailler en mixte (je veux dire avec des
Noirs), Baby Dodds, Kid Ory, tout serait très bien.
Mais les Lu Watters et autres équivalents américains
des Australiens commencent à abuser. Les compagnies de disques, nous apprend *Down Beat* du 7 avril,
se ruent sur ces Turk Murphy, Pete Daily, Firehouse
Five, pour les faire enregistrer. Il y a là un grand danger. Sans nous affoler parce que Dizzy lâche sa musique pour du jazz plus commercial (Louis le fit et s'en
tira plus tard, le mauvais moment passé, comme
nous le fait remarquer J.-J.), il faut souligner que
tous ces Blancs à la manque sont virtuellement en
train d'éliminer les Noirs — et j'espère que l'on ne
me taxera pas de boppisme si je déplore cet envahis-
sement par le dixieland (le mauvais). Il y a tout de
même d'autres éléments à enregistrer que tous ces
vieux Red Nichols imbuvables et ces Jimmy Dorsey
éculés. Ceci est une parenthèse et cela vaudrait un
long article... J'y reviendrai ailleurs...

Record Changer, mars 1950. Et allez donc, un petit

papier sur le ragtime et les Thompson's Thumpers (encore des sous-pompiers) et le Dutch Swing College (spécialiste des rumbas)... et des critiques de disques sur Doc Evans, et Bob Scobey... Ah ! misère, je vous dis... L'Amérique, tes Noirs foutront le camp... et ça sera bien fait...

Mai 1950

★ Ce mois-ci, Charles a eu pitié de moi et il m'a donné un *Record Changer,* un *Capitol News* plein de jolies filles, et deux *Down Beat,* aussi je vais pouvoir vous parler un peu des Uhessa, bien qu'en ce moment ils n'aient pas l'air chauds pour la gaudriole, mais fermement décidés à faire le plus d'obus possible — et quand on sait à quoi ça sert, les obus, on a des raisons de ne pas trouver ça tellement marrant. Voyons le *Record Changer* en premier.

Dans ce *Record Changer* (janvier 1951), on évoque un grave problème : celui des bootleggers du disque.

Ce sont de méchants animaux qui éditent clandestinement des tirages de disques épuisés dont les matrices appartiennent pourtant à de grandes maisons comme Columbia ou Victor.

Hein ! C'est-y pas ignoble !

Faut aller en Amérique pour voir une malhonnêteté pareille, non ?

En toute logique, d'ailleurs, le seul commentaire que l'on puisse faire, c'est que les grandes maisons n'ont qu'à ne pas laisser épuiser des disques qu'on demande toujours.

En toute équité, on peut ajouter, d'après leurs propres commentaires, que les grandes maisons s'en foutent.

Et en toute bonne foi, on pourrait souhaiter qu'il existe un domaine public du disque — au bout de vingt ans par exemple. Parce que sans ça, on va encore rester un bout de temps sans les Armstrong Brunswick de 1935 et alentour, alors qu'on peut trouver du Jimmy Dorsey à tous les coins de rue. Et je suis pas vache.

★ Voyons un peu ces petits *Down Beat*.

En plein dans le premier, voici une nouvelle presque contradictoire : Columbia se met à ressortir des machins des années 1930 : déjà six disques : Billie Holiday, Count Basie, Johnny Hodges, Cab Calloway et Jimmie Lunceford. Fort bien, fort bien !

En lisant l'article, on s'aperçoit d'ailleurs que c'est à peu près le seul moyen que ces messieurs ont trouvé pour empêcher les étiquettes illégales : sortir les mêmes légalement. Et l'on s'aperçoit d'ailleurs que ce n'est pas réellement illégal de presser clandestinement.

Mars 1951

★ Un petit *Down Beat* (18 mai). Un petit *Down Beat* plein de choses très bien. « *Pas d'orchestres blancs pour moi : Roy* », tel est le titre qui surmonte la couverture extérieure (*D.B.* a deux couvertures : une extérieure et une intérieure de format double ; je vous ferai un dessin). On ouvre ; et on s'aperçoit que c'est Roy Eldridge qui a dit ça, et on lit l'article ; et c'est assez étonnant, parce que Roy avait dit qu'il *le* dirait et il *le* dit ; nous, on savait bien qu'il *le* pensait ; mais pour *le* dire là-bas ! Roy ne s'est pas dégonflé. Il le dit en long, en large et en travers pourquoi il ne veut plus jouer avec un orchestre blanc ; pourquoi il ne veut plus être la vedette sur scène et la cible des coups de pied au chose dans la coulisse (coups de pied raciaux aussi bien que matériels, si j'ose m'exprimer ainsi). Et c'est très, très amusant que ce soit à Leonard Feather qu'il ait dit tout ça, ce bon Leonard qui pestait tant contre le Crow Jim en disant que le Jim Crow n'existant plus, c'était bien bête de faire le contraire. Lisez ce numéro de *D.B.*, monsieur Feather... au fait... c'est vous qui signez l'article, non ?...

C'est un très, très bon petit numéro, un merveil-

leux petit numéro, et on l'applaudit tous bien fort...
mais quand on regarde, page 11, la photo de la belle
Dagmar... on est forcé de se dire que c'est pas un
soutien-gorge qu'il lui faut, mais bien plutôt une
paire de cloches à melons. Sur cette dernière note
libidineuse, goude baille, mes minets pointus.

                                        Juin 1951

★ La couverture du *Record Changer* de mai est vraiment un chef-d'œuvre. Il n'y a pas en France, on peut
l'assurer, de dessinateurs de la qualité de ces « cover-
makers » américains, depuis Robert Lee jusqu'à
Gene Deitch en passant par David Stone Martin.
C'est vraiment parfait.

   Par contre, que l'intérieur du *R.C.* est pénible !

   Le référendum. Louis est gagnant. Bon. Ça va bien.
Mais prenez les pianistes par exemple : Jelly Roll en
tête, suivi de Fats, d'Earl Hines, de Teddy Wilson et
J.P. Johnson. Ça irait encore. Mais Tatum arrive en
10e position, suivi de trois places par Duke ! et devant
eux deux : Joe Sullivan, Ralph Sutton, Jess Stacy, Art
Hodes ! Quand même ! faut pas trop exagérer...
Quant aux drummers, Max Roach, Chick Webb et
Kenny Clarke ne sont même pas sur la liste !... On
croit rêver !... De même, devant Lester Young sont
Frankie Trumbauer, Stomp Evans, Eddie Miller et
Joe Rushton... Quant aux bassistes, c'est Pops Foster
le premier... Pettiford en 16e position...

   Faut pas, répétons, faut pas exagérer l'amour de la
mauvaise musique...

                                        Août 1951

★ *Note de la rédaction :* La revue *Jazote* prie ses chers
lecteurs de bien vouloir tenir compte de son glorieux
passé et signale à toutes fins utiles qu'entre la rédaction de ce qui précède et celle de ce qui suit, son
collaborateur Boris Vian a subi un traitement par

l'électrochoc. Le même traitement sera d'ailleurs appliqué prochainement au reste de la rédaction : on a couru au plus urgent.

★ Et me revoici, frais émoulu de l'école vétérinaire d'Alfort où j'étais enfermé avec un bœuf absolument charmant.

Un petit article qui doit venir de Billboard. Et que je dédie à mon excellent ami Leonard Feather, toujours prêt à affirmer que le Jim Crow est mort.

Récemment, à Greenwich Village, le Saint-Germain-des-Prés de New York, on tournait chez Eddie Condon quelques séquences d'un film : une scène de boîte de nuit.

Les producteurs du film insistèrent pour que Edmund Hall, le clarinettiste noir de cet orchestre, blanc par ailleurs, soit remplacé par un Blanc ; on garderait néanmoins la « voix » de Hall.

L'Union des musiciens ayant protesté, Harry Foster, le producteur du film, expliqua que huit États du Sud de l'Amérique refuseraient le film si on gardait Hall !

À la suite de quoi on tourna deux versions de la séquence ; une *avec* Hall pour le Nord, une *sans* Hall pour le Sud.

À part ça, messieurs dames, il n'y a pas de préjugé racial chez les producteurs de films ni en Amérique en général.

Un petit *Down Beat*, celui du 2 novembre. Ce n'est pas très très récent, mais après tout, ce n'est pas très très ancien non plus, il faut de tout pour faire un monde et c'est dans les vieux pots qu'on fait les meilleures soupes. (Entièrement faux : tout dépend de ce qu'on y met.)

Une page commente sur 4 colonnes et pleine de photos (y en a trois) un film récent de la MGM *The Strip* (il s'agit de Sunset Strip, le Broadway de Hollywood).

Ce film dont la vedette est Mickey Rooney se déroule dans les milieux des boîtes de nuit et son intérêt vient de ce que c'est dans l'orchestre d'Armstrong qu'à la suite de palpitantes péripéties,

Mickey Rooney est engagé comme drummer ; rassu-rez-vous, il est doublé par Cozy Cole...

Il paraît que c'est une bonne idée et que ça *présente l'intégration raciale plus efficacement* que si etc...

Mais quand même...

Enfin le dernier article intéressant est consacré à Mary Lou Williams.

Qui le mérite amplement.

Et sur cette optimiste conclusion, permettez-moi de vous présenter mes devoirs et de regagner mon box.

                                                    Décembre 1951

★ Voici un *Record Changer* muni de dessins fort bons et d'un éditorial consacré aux pirateries qui font actuellement rage en Amérique et dont le maître est certainement aussi un maître humoriste puisqu'on sait qu'il fit presser, par R.C.A. des faces « piquées » chez R.C.A.... Ce maître se nomme Dante Bolletino, et il a dénommé sa marque « Jolly Roger ». Ce qui signifie : le Pavillon Noir ; parfaite adéquation du terme à l'objet. Il se trouve, nous l'avons déjà signalé ici, que la loi américaine présente un « trou » qui l'empêche de poursuivre les pirates en question.

Dante Bolletino — et les autres — ont en somme tous la même opinion : ils ne demandent pas mieux que de s'entendre avec les grosses compagnies pourvu que celles-ci acceptent de rééditer les disques disparus sans raison valable de leur catalogue et épuisés. C'est un point de vue : de petites compagnies prendraient en main la réédition et puiseraient dans les archives des grosses. Il est évident que Victor ou Columbia qui vendent des dizaines de *millions* de disques ne sont guère intéressés par des tirages de quelques milliers ; mais l'insensé, c'est que ne vou-lant pas le faire, ils empêchent les autres de le faire (d'ailleurs, ils n'empêchent rien du tout). Comme si un éditeur refusait d'imprimer un auteur que le public demande : une clause du contrat des écrivains

permet justement à ceux-ci d'exiger un retirage lorsque l'ouvrage est épuisé. Qu'on le veuille ou non, et
je pèse mes mots, *le public est en droit d'exiger qu'on
lui serve, s'il le demande, l'œuvre complet enregistré de
Duke Ellington ou de Fat's.* Cela fait partie du patrimoine musical humain et il est intolérable que parce
qu'un monsieur ne veut pas represser un disque on
ne puisse plus jamais entendre ce disque.

En somme, vivent les pirates ; comme dans les
films en technicolor c'est eux qui sont sympa.

Février 1952

★ On signale qu'en Amérique, le chanteur Johnny
Ray a gagné la célébrité d'un coup à vingt-trois ans
en se mettant à sangloter au milieu d'un disque.

On devrait lui conseiller d'interpréter, pour changer, une fantaisie sur *Ris donc Paillasse,* ou un arrangement de *l'Homme qui rit,* à l'occasion du cente-
naire de Victor Hugo.

Metronome est un magazine très bien imprimé,
agréablement mis en page, mais on ne parle guère que
de Blancs. J'ai idée qu'en Amérique, tous les Noirs ont
dû se remettre à la culture du coton s'il faut en croire
la place qu'on leur fait en matière de jazz. À peine une
page sur le grand Sy Oliver, en décembre.

Dans la revue des records, heureusement, il y a une
photo de Sarah Vaughan et une de Duke avec King
Cole et une de Bud Powell... heureusement ; ils enregistrent encore par conséquent.

Metronome de janvier 52 : Louis Bellson en couverture. Numéro qui semble consacré à la batterie.

Ça y est encore : y a plus de batteurs noirs modernes. Y a que Louis Bellson et Shelly Manne.

Oh, et puis j'en ai marre, de *Metronome.* Et de cette
revue de presse. Et de tout ça. Vivent les zazous, à
demain les affaires sérieuses, *sic itur ad astra,* bonjour à tous et amusez-vous bien. Au besoin en lisant
autre chose que *Jazote.* On n'est pas bêcheurs.

Mars 1952

★ Par une chaleur pareille, c'est absolument inhumain de forcer un malheureux revuedepressiste à revuedepresser sa revuedepresse. Inhumain, inhutile, inhgnoble et inhadmissible. Aussi, par protestation, vais-je commencer today par *Down Beat*. J'en ai qu'un, ça sera vite fini. On y voit d'abord que monsieur Artie Shaw vient d'écrire son autobiographie. Chose qui surprendra peut-être un certain Panassié, pour qui il n'y a pas de préjugé antisémite aux U.S.A., on y relève notamment la phrase suivante : *Quand j'avais sept ou huit ans, je me rappelle être passé par une brève phase durant laquelle je me demandais ce que je pourrais bien faire à ce sujet en grandissant ; voilà, j'étais là, un Juif, avec tout ce que ça signifiait, que ça me plaise ou non, et je resterais un Juif toute ma vie durant, jusqu'au jour de ma mort.*

De toute évidence, pourtant, en Amérique, comme dit Pana, y a pas de préjugé. C'est également la raison pour laquelle Arshawsky changea son nom en celui d'Artie Shaw. (Note : tout cela est une petite parenthèse qui nous concerne tous deux, Pana et moi, et vous n'êtes nullement forcés de vous y intéresser.)

★ Norman Granz, dans *D.B.*, fait le récit de sa dangereuse tournée parmi les indigènes d'Europe avec le J.A.T.P. En gros titre, voilà le résumé : *Français les plus bruyants, Suédois et Belges les plus à la page.*

Blague dans le coin, l'article de Granz, à certains détails près, est fort aimable pour l'Europe entière ; et il signale d'ailleurs avec humour que les deux seules manifestations de racisme rencontrées par la tournée furent le fait de deux soldats américains à Amsterdam et d'un serveur américain à Francfort. Ce qui est assez savoureux. Granz compte venir tous les ans. C'est une bonne nouvelle, mais il faudrait qu'il modifiât un peu son programme... avec de tels éléments, il est regrettable de faire des « jam » aussi peu intéressantes.

Juillet-août 1952

★ Passons sur les magazines suédois et islandais, (j'ai comme qui dirait une indigestion de suédois ce mois-ci) pour saisir *Music Views*, la revue, format microscopique de chez Capitol, qui est toujours pleine de belles pépées à poil. (Moi, j'aime bien les pépées à poil, quand elles sont belles.) Y a justement Claudette Thornton qui paraît un petit numéro à suivre. À suivre jusqu'à son lit, par exemple. Y a la sale gueule de crétin de Johnny Ray, le chiâleur recordman. Y a aussi la plus sympathique d'une certaine Mara Corday ! Vous parlez d'un pseudonyme historique et révolutionnaire ! Et puis y a enfin celle du bon King Cole et d'une petite café-au-lait du nom de Georgia Carr qui a vraiment un caraco bien approvisionné. Miam. D'autres physionomies avenantes, telle Maxime Reeves. Tout ça n'a aucun rapport avec le jaze bande, mais moi ça me détend, surtout que mon ourson n'est pas là en ce moment.

★ Dans le même numéro, le compte rendu d'un disque qui est lui-même le compte rendu du mariage de Sister Rosetta Tharpe, la « gospel singer » bien connue, avec Russell Morrison, son road manager. Mariage qui se déroula au Stade Griffith, terrain de base-ball de Washington, devant 22 000 personnes qui avaient payé de 350 à 1 000 francs la place ! Authentique !

Octobre 1952

★ Abordons aux U.S.A. Dans le *Down Beat* du 8 octobre 1952, un excellent article de Billy Eckstine. À propos de la médiocrité des thèmes offerts actuellement au public dans le domaine de la chanson. Ça compte, dame ! Car c'est de là que sortiront tous les morceaux qu'utiliseront dans l'avenir nos petits camarades les jazzinetteux. *Les grands compositeurs populaires*, écrit Eckstine, *ont peur de perdre leur temps à essayer d'écrire des jolies chansons quand ils voient les cochonneries que le public accepte. La même chose pour les orchestres « nouveaux », si l'on peut dire ! Les idées que vendent les chefs « nouveaux » sont des modifications ou des plagiats purs et simples des idées des grands orchestres de 30-40. Billy May, par exemple. Il emprunte à Lunceford ; mais il n'arrive pas à la cheville de Jimmie. Ces superbes phrases traînantes de Willie Smith, maintenant, c'est un cliché. Ça traîne tellement que ça finit par vous exaspérer ; et je suis sûr que le public en aura bientôt assez, comme moi, bien que Billy marche très fort en tournée...*

Novembre 1952

★ Ce n'est pas exactement du ressort de la revue de presse, mais je viens d'achever le livre d'Artie Shaw, *The Trouble with Cinderella*, qui est un des plus intéressants jamais écrits par un musicien de jazz. L'homme qui surgit de ces pages est sympathique — et les blessures subies par le jeune juif Arshawsky en présence des préjugés antisémites américains (hélas, mon Hugues, encore de l'eau à notre moulin, vraiment en U.S.A. on est *aussi* très antisémite) sont décrites d'une façon que l'on n'oublie pas ; le développement est parfois un peu teinté d'« autodidactisme » et de psychiatrie à la portée de tous, mais cela se lit avec le plus vif intérêt. On n'y trouve guère de ces pittoresques (et souvent inexactes) anecdotes qui abondent dans la plupart des ouvrages de musiciens ; mais on comprendra un peu quel effet la broyeuse monstrueuse de la publicité américaine peut produire sur un individu pour qu'il plaque tout d'un seul coup à un moment où il gagne 30 000 dollars par semaine, parce qu'il a l'impression qu'on lui vole son âme (si l'on peut encore employer ce vieux mot)... son essence si vous préférez.

Décembre 1952

★ Un gros article sur la « brèche » 1937-1939 dans les disques d'Ellington. Brèche en ce sens qu'ils ne

furent pas édités en Europe — ou si peu — et manquent ainsi à bien des collections. Oui. Ça fait des
années qu'on le dit, que ça devrait être interdit de
laisser épuiser un disque. Quand un auteur de bou-
quins signe un contrat avec un éditeur, il y a une
clause selon laquelle il peut exiger un retirage quand
la chose est épuisée ; sinon les droits lui reviennent.
Il devrait en être de même pour les disques. La
matrice devrait revenir à l'auteur si l'éditeur refuse
de la represser. Ainsi, il suffirait d'écrire poliment à
Duke et de lui demander de vous prêter sa mère, si
j'ose dire. Oh, comme tout serait simple !...

★ On commence à s'apercevoir outre-Atlantique que
les « rhythm and blues », c'est-à-dire les disques qui
ont remplacé les « race records » et sortent en abondance chez Vogue par exemple, peuvent se vendre,
et, surtout, ont « quelque chose » que d'autres disques n'ont pas. Un jour, on va se rendre compte que
beaucoup, vraiment beaucoup, sont enregistrés par
des Noirs, et on se dira peut-être « si on demandait
un peu à Benny Carter de graver quelques faces ? ».
   Cela est une histoire un peu décousue. Ne faites
pas attention, vous savez bien qu'en France, c'est le
Crow Jim qui nous perd.

                                            Janvier 1953

★ Voyons notre *Down Beat*. Celui du 31 décembre en
l'occurrence. Celui du référendum, où le meilleur
voisine avec le pire, et qui n'a pas, ma foi, une importance énorme, pas plus que n'importe quel autre référendum d'ailleurs.
   Hentoff rétablit un peu les erreurs du référendum
en proposant *son* classement personnel de vedettes
oubliées. À propos, Nat, mon bon ami, et pour y revenir une dernière fois, comment ça se fait que presque
tous ces méconnus soient Noirs ? Benny Carter, Ben
Webster, Joe Thomas... Vic Dickenson, Hank et
Jimmy Jones ? Au fait, je voudrais bien savoir ce que

devient ce dernier. C'est un gars dont j'apprécie le toucher plus que celui de mainte vedette.

★ Une information lue déjà dans *Down Beat* reprise par *Musica Jazz* signale que Jay Jay Johnson n'a plus de travail en orchestre et boulonne comme pointeau dans une usine quelconque. À tous les Feather de la création, à tous les critiques américains et même à mon bon ami Nat Hentoff, je donne ceci en pâture ; croyez-vous que s'il avait la figure noire, cette monstruosité ordurière que l'on nomme Bill Harris occuperait le classement qu'il occupe parmi les trombones de jazz dans les référenda divers ?

Parlez-nous un peu du Crow Jim, Leonard, mon bon ami. Mais pour que l'on vous entende, de grâce, portez-nous la tête de Bill Harris sur un plateau... Et laissez-nous écouter, en pleurant, le *Love for Sale* de Benny Carter...

Février 1953

★ *The Second Line* de nov.-déc. 1952 comporte un papier intitulé « What is your decibel quotient », par Lloyd Lacy, qui étudie l'intensité avec laquelle on doit jouer un disque — et qui conclut en faveur du bruit maximum. Ce M. Lacy semble un sympathique original ; il vit dans une maison toute ronde et il joue ses disques les fenêtres grandes ouvertes. Dans le même numéro on apprend l'arrestation d'un monsieur qui aurait construit une station émettrice de radio dans son garage et qui diffusait — sans autorisation — les deux mille disques de sa collection de jazz.

Mars 1953

★ Numéro de *D.B.* du 25 février. Le camarade Hentoff s'en prend à Rex Harris, l'auteur de cet aberrant « Jazz » paru dans la collection « Pelican » dite « de poche », outre-Manche.

Rex Harris est légèrement attardé, et intolérant comme ce genre de gens. Mais Nat stigmatise en outre les auteurs d'articles de jazz pour magazines populaires, tel un certain « Roth » qui sévit outre-Atlantique dans « Mademoiselle ».

Nat, mon cher ami, vous perdez votre temps. Le public ne sait pas, ne veut pas savoir ce qu'est le jazz. Les soi-disant amateurs ne sont même pas d'accord eux-mêmes ! Et un magazine qui se respecte consultera toujours n'importe qui plutôt qu'un spécialiste. Je dois vous avouer que les rédacteurs de magazines et hebdomadaires français ne s'en cachent pas. L'un d'eux qui dirigea certains des plus gros tirages français, m'a avoué un jour que pour écrire chez lui, on était très libre : *N'importe quoi, sauf la vérité. Il n'y a que ça qui ne se vend pas,* concluait-il.

Ainsi, « Mademoiselle » a bien fait de choisir Roth, et tous les critiques honnêtes peuvent aller se rhabiller.

(Delaunay me prie d'ajouter que *Jazz Hot* n'est *pas* un magazine. Qu'est-ce qu'il en sait ? Il le lit pas !)

Avril 1953

★ Baudelet qui n'est jamais à la remorque pour martyriser les amis, vient de m'apporter un énorme numéro de *Down Beat* qui est entièrement consacré aux orchestres de danse. Il contient notamment une assez désopilante lettre de Spike Jones à l'éditeur. Il semble à part ça, qu'en ce moment aux U.S.A. l'intérêt soit centré sur un développement considérable des grands orchestres. L'ennui c'est que ce numéro est consacré à un tas de formations pourries, ou simplement honnêtes, mais qu'il ne semble pas question de redonner à des gens comme Dizzy l'occasion de reformer un grand orchestre. Car on se figure des choses, mais à les lire, il semble que les jeunes d'Amérique soient incapables de danser sur autre chose que de la bonne polka ou au moins du « strict dance tempo », si réjouissant sous la baguette d'un swingman comme Victor Silvester en Angleterre ou Guy Lombardo en Amérique. Enfin, les boucliers sont levés contre les chanteurs qui accaparent le micro devant les orchestres. Si ça nous débarrasse de la guimauve, ça va. Mais si ça doit aboutir à faire deux mille petits orchestres Billy May, sans un cho-rus, sans une idée neuve, alors ça nous est complète-ment égal que Patti Page mette des tas de petits chiens dans l'orchestre.

★ *Melody Maker* du 4 avril publie un article de Stan Kenton sur lequel nous ne reviendrons pas, et un d'Ernest Borneman qui est un intéressant exposé du phénomène qui se déroule actuellement aux États-Unis, où les Noirs ont enfin des stations de radio et de télévision qui leur sont propres, et où la vogue des disques « r and b », c'est-à-dire rhythm and blues (qui ont remplacé les anciennes désignations « race » ou « sepia » des disques réservés au public noir) va croissant. Les disc-jockeys de couleur sont de plus en plus nombreux. Tout cela signifie que l'on va, aux U.S.A., presser de plus en plus de disques de jazz, et c'est une bien bonne chose.

Mai 1953

★ Un *Down Beat* du 6 mai où paraît une interview de Charlie Mingus par Nat Hentoff.

« *J'en suis arrivé au point*, dit Charlie, *musicale-ment et personnellement, où il faut que je joue à mon idée. Je ne peux plus accepter de compromis.* »

Évoquant le problème des musiciens noirs, il ajoute :

« *Un tas de gars pourraient vivre avec les orchestres de studio. Personnellement, le genre de musique qu'on est forcé de faire là-dedans ne m'emballe pas, mais il faut voir les choses en face : les agents de ces studios n'embauchent pas les Noirs.*

« *De grands artistes comme Bird, Pres, Dizzy, Max Roach, Blanton et Charlie Christian ont travaillé et souffert pour se créer un style personnel. Alors, les*

copistes s'amènent, chantent leurs louanges et volent
leurs phrases ; ce qui est pis, c'est que ces imitateurs
ont plus de succès que les créateurs qu'ils ont pillés. »
   C'est bien ça le problème. Mais qui le résoudra ?
Et ce n'est pas une consolation de voir dans le même
numéro de *Down Beat* que Billy May fait un bide à
New York au Statler, ce qui doit faire frémir d'aise
les mânes de Jimmy Lunceford... hélas, pauvre
Jimmy ça lui fait une belle jambe !

★ Pas grand-chose d'autre. Ou peut-être je ne les vois
pas. On s'occupe toujours en Amérique du relance-
ment de la musique de danse. Ça a l'air de marcher.
On empoisonne Artie Shaw qu'on fait passer devant
la Commission des activités antiaméricaines.

                                          Juin 1953

★ Un bon *Counterpoint* de Nat Hentoff encore dans ce
Down Beat. Un éditorial encore sur les activités des
anticommunistes américains qui, ce coup-ci, aboutis-
sent à coller Gershwin, mort en 1937, sur la liste noire
des œuvres interdites dans les bibliothèques américaines à l'étranger ! Pas mal, hein. On le savait nous, que
Gershwin était le fils naturel de Staline.

★ L'éditorial de *R.C.* est plus sérieux. Un des collaborateurs les plus fidèles de *Record Changer*, Bucklin Moon,
sous le simple prétexte de communisme, cela soutenu
par exactement pas la moindre preuve, vient d'être viré
de *Colliers's* où il était « fiction éditor ».
   — *Ce qui m'est arrivé peut arriver à n'importe qui*
aujourd'hui, dit Moon. Et il ajoute ceci : le magazine
lui fit savoir que peu importait qu'il soit disculpé : le
seul fait que cela ait eu lieu est mauvais pour le journal. Voilà comment ça se passe au pays de la liberté,
mes chers enfants. Les Amerlauds sont en train de se
laisser bouffer par une bande de dingues. On a de la
chance que Moscou n'aime pas le jazz !

                                   Juillet-Août 1953

★ *Jazz Journal* consacre son article de tête à Charlie Parker, the zoizeau. Deux pages de photos sur la réparation des instruments de musique et la chronique de M. « Lightly and Politely », toujours aussi savoureuse, et que termine une remarque de George Shearing que nous croyons devoir citer à notre tour, car elle est assez belle :

« *Il y a des avantages à être aveugle. Je n'ai jamais perçu la couleur, aussi je n'ai pas de préjugés. Je juge un homme selon ce qu'il est, non d'après la teinte de sa peau.* »

★ Blaguant les pochettes et les couplages qui se multiplient aux U.S.A. : « Musique pour dîner », « Musique pour vous rendre courage », « Musique pour vous endormir », etc... Will Leonard propose d'ajouter à la liste un titre : « Musique pour vous emm... », propose-t-il en substance (et plus correctement que votre serviteur). C'est déjà fait, Leonard. Mais j'ai dit que je serai gentil et doux : pas de noms.

Septembre 1953

★ Un papier de Norman Granz : Comment la longue durée a modifié les méthodes d'enregistrement des jam-sessions. Tant que Norman Granz ne fera pas plus jouer Lester Young, je ne raterai pas une occasion de dire du mal de lui. L'injustice bien comprise est une des trois mamelles de la critique ; c'est pas lui qui me contredira là-dessus.

★ Le guitariste-harmoniciste Toots Thielemans s'appelle maintenant, aux U.S.A., Jan Tilmans. C'est plus commode à prononcer pour les uhessiens qui n'aiment pas se fatiguer.

Octobre 1953

★ Un des plus fameux succès de Capitol est — qui s'en douterait — le *12th Street Rag* de Pee Wee Hunt, qui a dépassé 2 millions d'exemplaires. Chose amusante, P.W.H. interviewé par Nat Hentoff déclare, parlant de ceux qui critiquent son disque, disant que c'est un mauvais coup porté au jazz :

« *S'ils n'ont pas le sens de l'humour pour s'apercevoir que c'est un disque humoristique, ce n'est guère la peine de se préoccuper de ce qu'ils disent.* »

★ Le même Hentoff fait le compte rendu d'un concert J.A.T.P. à Carnegie où jouèrent Benny Carter et Ben Webster, ce qui veut dire que j'y aurais volontiers retenu une place.

★ Ralph Gleason écrit, dans le *Record Changer* de septembre, à propos d'un concert au cours duquel Dizzy dirigea l'orchestre de Count Basie :

« *Diz joua trop peu avec l'orchestre de Basie, mais lorsqu'il dirigea, ce merveilleux groupe, il redevint un chef, il en eut l'aspect, il en joua le rôle. C'était merveilleux. Voici sans nul doute un des plus grands talents de la musique moderne. C'est une honte criante que rien ne puisse être fait dans le monde de la musique pour remettre Dizzy là où il devrait être : à la tête d'un grand orchestre.* »

Tout l'article de Gleason est excellent, et fort pertinent d'ailleurs nous ne pouvons que lui dire : Gleason vous avez fort bien exprimé ce que des tas de gens pensent depuis certain concert Pleyel...

Novembre 1953

★ *Newsweek*, l'important hebdomadaire américain rival de *Time*, publie un article de 3 pages sur les pianistes, qui fait regretter l'ignominie de ce qu'on peut lire dans les *Paris Match* et autres torchons dits de grande information française. Voici un modèle de documentation qui, chose assez étonnante, rend justice à l'énorme part prise par les Noirs dans le développement du jazz. N'oublions pas, bien sûr, qu'il s'agit d'un article destiné au public profane — et constatons qu'à coup sûr à aucun moment celui-ci n'est induit en erreur. Naturellement on peut discuter le classement d'Art Tatum dans la catégorie « Café style » et non « Hot Jazz » mais étant données les définitions de tête, cela paraît possible. L'article se termine par une série de conseils aux auditeurs de pianistes tout ce qu'il y a de pertinents.

★ Ernest Borneman nous conte une ravissante histoire dans le *M.M.* du 14 novembre. Il semblerait qu'un jour, Mme Mary-Lou Williams fit une charmante chanson intitulée *In the land of OO-bla-dee*. Dizzy, et notamment Les Brown, l'enregistrèrent. Puis cette année, un nommé Steve Allen — je vous ai déjà parlé de ce zèbre — compose (curieux hasard) des *Grim Fairy Tales for Hep Kids* — des contes en langue bop, en somme. Ça marche. C'est suivi ! Ça fait des boules de neige atroces. Tout le monde copie sur le voisin, et Capitol finit par tirer ça à plus d'un million d'exemplaires (ça fait plein de sous). Et personne ne parle jamais de Mme Williams. Sur quoi Borneman de conclure avec pertinence : « Mon fusil, les enfants — c'est aujourd'hui l'ouverture de la chasse aux officiels des compagnies de disques. »

Décembre 1953

★ *Down Beat*, 24 mars 54. Page 2, long article en réponse à la lettre d'un certain Bob Peterson, de Seattle à propos des narcotiques et de la musique. Le tout au-dessous d'une incroyable photo de Stan Getz juste après son arrestation par deux bonnes brutes de flics.

« *Je voudrais que l'on tue tous ceux que l'on prend à vendre de la drogue* », estime Bob Peterson.

De fait, ils feraient mieux de vendre des canons. Ça tue mieux et plus vite, et, sur la durée, ça revient moins cher.

À la lettre de Peterson, Jack Tracy répond d'ailleurs avec pertinence que ce n'est pas seulement dans le domaine du jazz qu'il se trouve des intoxiqués. Et que, d'autre part, les conditions de vie d'un musicien facilitent son intoxication. Qu'en outre, il faut pour s'en sortir, de l'argent, et que l'on en a juste assez pour acheter la drogue.

Moralité, l'opium en vente libre, on soignerait beaucoup mieux les opiomanes. Voyez plutôt l'alcool, toutes ces belles cirrhoses dans les hôpitaux, ça garnit.

Pour ceux que ça intéresse, la maison Capitol vient de sortir un disque intitulé « Naissance d'un bébé ». Le chroniqueur du disque enregistré dans la maternité d'un hôpital du Wisconsin avec un commentateur, le renvoya, paraît-il, avec la note suivante : « D'un intérêt musical limité ».

★ Bob Wilber forme un orchestre dont la musique « sera pour les gens qui sont fatigués du dixieland et du bop ». Tenons-nous bien. Les Américains sont en train de découvrir la période 1935-1945.

Lettre alarmée de Ralph Gleason : en Californie, les clients n'ont plus d'argent, et le music business dégringole. Faudrait voir à baisser les prix, dit Gleason. Il a pas tort ce gars.

★ *Down Beat*, 7 avril 54. Et y'a Anita O'Day qui recommence à chanter. Entre-temps, elle était en prison pour les mêmes raisons que Getz.

Ah ! l'exemple de Mezz a fait bien du tort aux musiciens ! (hein, ça c'est de l'hypocrisie, les enfants...).

Voilà. C'est cuit pour ce coup-ci.

Mai 1954

★ *D.B.*, 30 juin 1954. Numéro du 20e anniversaire. — Année par année, *Down Beat* recueille les faits les plus saillants. Évidemment, on peut discuter leur choix : on nous parle un peu trop de Whiteman et on oublie qu'en 1943, Fat's disparaissait — bah... *D.B.* ne prétend pas être une revue de jazz, après tout. Au même sommaire, plein d'articles et un tas de notices biographiques sur un tas de gens.

★ 14 juillet 1954. — Numéro de *D.B.* consacré en grande partie à Ray Anthony, ce monsieur qui fait de la musique de danse ennuyeuse comme des petits pois trop gros. Pour lui, il ne s'en cache pas, c'est une affaire, un biseness. Pour nous, ce qu'il fait aussi. Nous ne saurions donc lui en vouloir le moins du monde. À ceux qui s'imagineraient que musique va de pair avec passion, avis.

★ *Down Beat* du 11 août 1954. — Apparaît ici la signature d'un nouveau collaborateur de *D.B.*, Jack Mabley. Ce gaillard semble ne pas mâcher ses mots. Bien que son papier bimensuel soit consacré en principe à la télévision, il s'y trouve de fort bonnes vérités à glaner. Celle-ci, par exemple :

La télévision ou plus explicitement l'industrie radioélectrique, a rendu un grand service à la cause de la musique décente. Elle a renvoyé les personnes sensibles à la radio ; et la radio les a promptement ramenées au pick-up...

On ne saurait mieux dire... Certes, la TV est moins développée en France, mais ce qu'on en peut voir suffit à vous éclairer...

★ Au même numéro, les réactions de Louis au Blindfold Test de Leonard Feather. Effectivement, il convient de se méfier des opinions des meilleurs — on savait déjà que Louis aimait Guy Lombardo par-dessus tout, on apprend que Ray Anthony et Glenn Miller comptent aussi parmi ses grands favoris. Ce qui n'est pas un mal ! il est bon d'avoir l'esprit large, mais dans tous les sens du terme, même dans le sens de l'avenir.

Au revoir, mes choux fanés. (C'est l'automne.)

Septembre 1954

★ Il est peu fréquent qu'un musicien de jazz ait les honneurs de la couverture du magazine *Time*, aussi s'étonne-t-on dans le numéro du 8 novembre d'y voir la figure de Dave Brubeck, avec ses lunettes et ses cheveux noirs et sa longue figure d'intellectuel. Un article de quatre pages accompagne la couverture, bourré comme tout ce qui paraît dans ce journal, de renseignements sérieux et généralement exacts, apparemment.

Voici, dit *Time*, l'avènement du Nouvel Âge du Jazz. Des tas de clubs se rouvrent, dans toute l'Amérique, où l'accent est sur la musique et non plus sur le chant. Et il s'agit d'un jazz différent... (mais les lecteurs de *Jazote* voient bien de quoi que c'est qu'il s'agit) dont « *comme toujours dans le jazz, l'essence est la tension entre improvisation et ordre, entre liberté et discipline* ».

Tant il est vrai, mes minets, je vous l'ai dit mille fois, que c'est en prison que l'on trouve les meilleurs moyens de s'évader.

Brubeck va faire 100 000 dollars cette année. Il s'est construit une jolie maison sur une colline. Quand il était jeune, son père avait un ranch et il paraît qu'il connaît tous les trucs des cowbouilles.

Etc... etc...

Et malgré ce que me dira mon bon frère Nat Hentoff, j'aime toujours pas ça...

★ *Down Beat* du 3 novembre 1954 : On déplore en première page que le style si savoureux de Louis ait fait place à une version édulcorée ; vient de paraître son autobiographie en effet, et on compare des textes qui ne sont pas à l'avantage du livre, question pittoresque. Le rewriting est hélas ! une néfaste pratique lorsque le rewriter a moins de style que le rewrité !

Décembre 1954

★ Un long papier sur Norman Granz — l'homme qui déteste le plus le public parisien — dans le *D.B.* du 15 décembre. Papier de Ch. Emge.

« *Un jour que je lui demandais quels étaient ses buts, il me répondit : N° 1, gagner de l'argent ; N° 2, aider à éliminer le préjugé racial ; N° 3 — et assurément le troisième par ordre d'importance — faire des concerts et des disques avec les meilleurs musiciens de jazz du monde. La seule chose que j'aie jamais voulu prouver, c'est qu'il y a de l'argent à gagner avec le bon jazz et non seulement pour moi mais pour les musiciens qui en jouent. Ce que j'ai fait.* »

★ *Down Beat* du 17 novembre 1954.

Le même numéro contient un supplément consacré à l'accordéon, ce qui nous promet bien du plaisir pour les années à venir. Les Américains ne sont jamais très en avance pour découvrir les ressources de la vieille Europe, mais quand ils piquent quelque chose, on peut être sûr que ça se développe. Hardi Contino, Sash et les autres ! Vous avez vos chances, Viseur n'enregistre plus guère (moi j'aimais bien Viseur, d'abord.)

★ *M.M.* du 26 décembre, page 3.

« Parker est-il lessivé ? », demande Mike Nevard.

Et il pose la question à ses amis qui hochent mélancoliquement la tête.

Voici ce que dit Gigi Gryce :

« *Pour jouer de la bonne musique, il faut être en bon état. La musique forcée — comme les cultures forcées — manque de la force et des qualités du produit naturel.*

Parker ? il a toujours le talent. Il en a en lui plus que n'importe quel groupe de musiciens. C'est un génie que l'on ne peut pas définir avec des mots.

Mais aujourd'hui ? Il s'en fiche. Il n'a plus besoin de se mettre tout entier dans sa musique. Il a un grand nom, des engagements sans effort. Pourquoi se donnerait-il plus de mal que le voisin ?

Je crois que ça vient de son attitude personnelle à l'égard de la vie. De la façon dont il travaille. »

D'autres opinions non moins autorisées suivent et complètent ces tristes réflexions inspirées à l'auteur, Mike Nevard, par l'audition d'un LP de Parker.

Janvier 1955

★ *Melody Maker* du 1er janvier 55.

Un très intéressant article où Leonard Feather inter-
viewe le Duke et l'engueule un bon coup, et où le Duke
se défend avec une logique absolument inébranlable. Il
y a là-dedans un superbe mépris des critiques. Ellington va son chemin comme un gros lion dans la jungle ;
quand il veut s'amuser, il s'amuse, quand il veut des
sous, il enregistre des trucs commerciaux, quand on
l'engueule il tourne le dos et il fait autre chose, et quand
on lui suggère de refaire du « vrai Duke » il répond qu'il
ne demande pas mieux. Si on veut que Duke récrive de
nouveaux *Black, Brown and Beige*, c'est pas compliqué :
y a qu'à réunir beaucoup d'argent et lui commander
une grande œuvre originale, c'est tout. Ça ne sert à rien
de lui dire ce qu'il a à faire. Un professionnel ne travaille jamais mieux que sur commande. *Get the dough,
Leonard, and say what it is you want. He'll write it.*

★ *Down Beat* du 29 décembre 1954 :

— Pourquoi, demande le chroniqueur Télé Jack
Mabley, les portes de la télévision sont-elles fermées
au bon jazz, et pratiquement à toute forme de musique populaire décente ?

Voilà une question que l'on se posera sûrement en
France si la télévision arrive à survivre aux manœuvres d'un État minable et monopolisant.

                                          Février 1955

★ Feather, avec juste raison, s'indigne un peu de la façon
dont les grands magazines considèrent le jazz : un thème
bon à faire des titres ridicules. À propos de la mort de
Lips Page, commentée dans *Life*, voici ce qu'il dit :

« *On est probablement déjà vingt ans trop tard pour
le dire, mais faut-il vraiment que la presse non spécia-*

lisée continue jusqu'à la fin des temps à considérer les
jazzmen comme des clowns ? »
   Ah ! Leonard, si tu lisais la presse française !

Mars 1955

★ Sur près de 249 000 membres de l'Union des musiciens, 72 000 gagnent leur vie en exerçant leur métier,
signale l'A.F.M. Les 176 000 autres doivent se dém...der.

★ Le chanteur Johnny Ace vient de perdre la vie
dans une partie de roulette russe. Pour ceux qui igno-
reraient ce que c'est, il s'agit du jeu suivant : on prend
un revolver à barillet, on y met une seule cartouche,
on fait tourner le barillet en roue libre sans regarder
et on se tire un coup dans le crâne. On a évidemment
une chance sur six d'y rester (s'il y a six coups). C'est
un jeu sain et passionnant, mais dangereux comme
on peut le voir... Cela se passait à Houston (Texas).

Avril 1955

★ La controverse se poursuit, ardente, aux U.S.A.,
concernant les paroles des « Rhythm and blues » ; certains, qui ont un peu peur du succès de ces rempla-
çants des « race series », voudraient profiter de ce que,
parfois, ça devient un peu gaillard pour arriver à faire
interdire le genre. À la vérité, je dois de dire qu'il ne
semble pas en sortir grand-chose, mais qu'en principe,
je trouve regrettable de voir des gens interdire ce qu'ils
n'aiment pas alors qu'ils sont parfaitement libres de ne
pas l'écouter. Sur quoi ils vous répondront que justement ils ne sont pas si libres que ça, etc., et au fond, les
hypocrites finissent toujours par emmerder les autres,
aussi pourquoi nous étonnerions-nous ?

Juillet-Août 1955

★ Commentant certains propos de Louis Armstrong
relevés dans la presse, deux lecteurs, Hubert de

Roquefeuille et Willy Millner, me font part de leur
surprise. Qu'ils sachent ici que je suis d'accord sur la
totalité de leur lettre et que je n'ai nullement l'intention d'ironiser à leur égard ; l'attitude de Louis
concernant sa propre réussite est en fait, typiquement américaine au sens général du terme : le seul
critère de réussite là-bas est le dollar, tout au moins
pour la grande majorité. De même Norman Granz,
lorsqu'on discute avec lui, vous déclare que c'est lui
qui fait les meilleurs concerts puisque c'est lui qui
gagne le plus d'argent ; et de même encore, Hollywood, prétend faire les meilleurs films puisque ce
sont ceux qui coûtent le plus cher. Les propos de
Louis en l'occurrence ne sont donc spéciaux ni à un
musicien ni à un Noir, mais simplement américains
moyens. Il est évidemment regrettable d'avoir, sur un
autre plan que la musique, à considérer Louis
comme un Américain moyen... mais ce sont de tels
propos qui nous y forcent...

Février 1956

★ Dans *Jazz Journal* d'avril 56, un bon papier de
Berta Wood sur les préjugés raciaux. Heureusement
que les Américains se mêlent eux-mêmes de protester contre les brimades que subissent les Noirs là-
bas ; parce que vu la façon dont nous nous compor-
tons dans certains coins nous n'avons guère plus qu'à
la fermer nous-mêmes.

Bref, Berta Wood nous parle du « disque d'Emmet Till ».

Vous connaissez l'histoire : le jeune Noir Emmet
Till accusé de lever des yeux lubriques sur une bonne
femme blanche ; sur quoi le mari et le beau-frère de
la bonne femme le zigouillent aussi sec et sont
acquittés en moins de deux par le tribunal blanc.

Alors les Noirs ont fait un disque. Le *disque d'Emmet Till*.

Le soir, à la radio, quand tout le monde est chez
soi, il y a, soudain, un silence. Et le disque passe.

Et le disque est chanté par un Noir d'une voix plate de Noir, sans trace d'émotion apparente. Il raconte comment Emmet Till, à quatorze ans, a sifflé d'admiration sur le passage de la femme blanche, et comment les Blancs sont venus le chercher chez son oncle, l'ont emmené dans une grange et l'ont battu à mort. Et comment les hommes blancs ont ri devant le tribunal qui les acquittait.

On joue le disque sans l'annoncer, avec juste ce silence avant et un autre silence à la fin. Et le programme continue comme si rien ne s'était passé.

Et ça n'empêche sûrement pas les assassins de dormir. Dans tous les pays du monde, les assassins ont le sommeil lourd.

Juin 1956

★ Le petit marrant nommé Asa Carter secrétaire du Concile des Citoyens Blancs de l'Alabama Nord, a condamné le « rock and roll » en déclarant « *qu'il est encouragé comme moyen de rabaisser l'homme blanc au niveau du Noir* » et qu'il fait « *partie d'une conjuration pour saper le moral de la jeunesse de notre nation. Il est sexuel, immoral, et constitue le meilleur moyen de réunir les membres des deux races* ».

Ce qui me paraît excellent. D'ailleurs l'avenir est au mélange des races, que Carter Asa le veuille ou non, à partir du moment où on trouve (et on en trouve, heureusement, des gens qui se foutent éperdument de la couleur du voisin pourvu qu'il soit sympathique).

Juillet-Août 1956

★ Dans le numéro de juillet de *Jazz Journal*, un papier de Berta Wood qui vaut son pesant de coups de pied au chose. Cette pauvre coquinette déplore que Teddy Wilson et Benny Carter se vendent et s'abaissent jusqu'à faire de la musique d'accompagnement pour des annonces commerciales de la T.V.

Elle regrette visiblement qu'ils ne se fassent pas clochards plutôt que de sacrifier leur Art avec un grand tas.

Si Berta Wood *aimait* vraiment les musiciens elle dirait comme je lui suggère de le dire : Benny Carter et Teddy Wilson ont sans doute leurs raisons et cela ne change rien à l'estime que l'on peut avoir pour eux. Et si c'est leur musique que vous aimez et pas eux ma grosse Berta, vous avez absolument raison de les considérer comme des objets destinés à satisfaire les Bertas. Nous préférons personnellement les considérer comme des êtres humains et les assurer de notre affection quoi qu'ils fassent.

Octobre 1956

★ Dans le n° 9, vol. 14, du *Record Changer*, un éditorial fort triste de Bill Grauer, qui abandonne son poste à Dick Hadlock pour pouvoir s'occuper plus activement de sa marque Riverside à laquelle on doit des tas de rééditions de vieilles pièces de collection de derrière les fagots. Une phrase à retenir de cet éditorial (ça nous a fait plaisir parce qu'on vous le répète périodiquement depuis dix ans) :

« *Le monde commence à peine à s'en rendre compte, mais la force créatrice la plus vitale en Amérique, c'est sa musique indigène, le jazz...* »

Ils y viendront, les Américains, au jazz !

Novembre 1956

★ Une longue lettre de Louis Laborde de Toulon qui me reproche gentiment mon « anglophobie ». Entendons-nous ; je ne suis nullement anglophobe mais, j'abomine le chauvinisme, où qu'il se trouve. Je répète que je trouve ridicule la tendance qui veut que dans chaque pays autre que les U.S.A., chacun déclare : c'est nous les meilleurs en jazz après les Américains. Je suis simplement prétentiophobe.

Quant à l'observation de votre lettre, cher Laborde, qui concerne les chanteurs, elle traduit simplement ce fait que les Anglais et les Américains ont une langue à peu près commune. Je dis bien *à peu près*. Et l'orchestre de Ted Heath est très au point d'accord ; c'est un bon orchestre de variétés !

★ Dans *D.B.* du 14 octobre un grand papier sur Hawkins. Et un *Contrepoint* de Hentoff qu'il faudrait reproduire en entier : quelques petites fables sur les rapports parfois étroits que présentent certaines compagnies de disques, certaines maisons d'éditions, certains disc-jockeys et certains propriétaires de cabarets. Personne n'est visé...

Décembre 1956

★ Ma chère correspondante Berta Wood, que j'avais fort impoliment engueulée ici même pour son étrange jugement du M.J.Q., m'envoie, elle-même (cette femme n'a pas de rancune) un numéro d'*Ebony* où elle a écrit un long article désolé, mélancolique, désabusé et misérable, intitulé « Les Noirs ont-ils honte du blues ? ». Je dois d'abord rectifier un commentaire que m'inspira, à l'époque, sa prose de *Jazz Journal* : Berta Wood, dont on voit la photo dans l'article en divers endroits, n'est pas une grosse mère forte en gueule comme je l'avais imaginé : elle serait plutôt du type blond, mince et désenchanté. Le côté phénoménal de cet article, c'est que Berta Wood ne se rend absolument pas compte de ses tendances esclavagistes : elle regrette, tout simplement, que les Nègres ne soient pas comme elle désirerait qu'ils fussent. Si cette remarque peut l'instruire, je lui signalerai que de tous les Noirs que j'ai approchés ces dernières années (et ça fait quelques-uns, n'en déplaise à Hugues) bon nombre m'ont paru, et surtout les femmes, *beaucoup plus Américains que Noirs* (il est évident qu'il s'agit des Noirs d'Amérique). Il semble qu'une civilisation qui ait pour effet de rendre les gens

aussi abrutis et dépourvus de jugement personnel,
aussi faussement intellectuels, aussi attachés à des
valeurs purement conventionnelles, aussi pleins, pour
tout dire, de préjugés que les Américains (nous exceptons de cela tous nos amis comme de juste) doive agir
avec une certaine efficacité sur tous les gens, qu'ils
soient Noirs ou Blancs. Dieu sait que c'est assommant
de fréquenter des filles américaines : pleines de morgue, n'arrêtant pas de faire des caprices, insolentes,
poussant à la consommation (les hommes détestent
ça) et froides comme des glaçons (encore une fois, je
généralise mais c'est hélas ! souvent vrai) ; or ça se
retrouve très exactement identique, qu'elles soient de
la couleur qu'elles veulent. Berta Wood a lu des légendes du temps jadis, elle a rêvé de bons Noirs qui faisant les clowns, riaient bien et dansaient avec la grâce
d'animaux de la jungle... (elle a sûrement pensé ça
comme ça). Or, elle s'aperçoit que ces gens ont des
frigidaires, des cravates et des Ford, et regardent Bob
Hope à la TV. Typique est cette phrase où elle s'exclame « A Negro child does not dare act like a
"Negro" » (un enfant Noir n'ose plus agir comme un
« Noir »). Cela veut dire très exactement : un enfant
Noir ne veut plus agir selon la conception que les
Blancs avaient des Noirs au temps où Berta Wood a
commencé à former ses concepts dans sa tête. C'est
à vous d'évoluer, Berta... les Noirs d'aujourd'hui ne
s'intéressent peut-être plus au blues ? Mais se sont-ils
tellement intéressés à Bessie autrefois sur la fin de sa
carrière ? où à Oliver ? En tout cas, nombre de Noirs
s'intéressent à Parker... et ce gars-là joue le blues
comme personne... Ou à Ella... ou à Sarah, ou à
Eartha... Une seule chose est vraie : il y a des acteurs
des chanteurs, des musiciens, dont la popularité varie
selon les moments.

« *Music as an expression has lost its meaning to
Negroes* » (la musique en tant que moyen de s'exprimer a perdu sa signification pour les Noirs), assure
Berta. Peut-être que, la condition matérielle des Noirs
s'étant améliorée, ils ont moins besoin de s'exprimer

par la musique : peut-être vont-ils le faire plus librement, plus calmement, par d'autres moyens non
dénués d'intérêt qui se nomment la littérature, la peinture, le cinéma : et alors ? Les riches racines du blues
ont été arrachées, sanglote Berta ; hum... des racines
sur lesquelles on tapait joyeusement à coups de tri-
que, si j'ose ainsi m'exprimer... peut-être que les Noirs
ne sont pas si fâchés d'avoir perdu ces racines...

Juin 1957

★ *Down Beat* du 13 juin. Rien non plus. Ou si peu :
Ray Mc Kinley derrière le rideau de fer. On parle
beaucoup de l'article de Dizzy : « *Le jazz est trop bon
pour les Américains* », paru dans *Esquire*.

Notre ami Nat Hentoff ne fait plus partie de *D.B.* Évidemment, un rédacteur intelligent, on peut s'en passer...

C'est pas à cause du départ de Nat qu'il n'y a rien.
C'est comme ça. Il n'y a rien. Que des disques. Des
tonnes de disques.

De tous ceux qu'on entend, on en écouterait dix
avec plaisir. Sur l'année, on en garderait cinq...

C'est comme ça. Et à ceux qui me diront que c'est
une revue de presse et pas une revue de disques, je
répondrai stupide et imperturbable, que les disques,
ça se presse aussi. Donc, nous sommes de revue.

Juillet-Août 1957

★ *The Record Changer,* vol. 15, nº 2. Et *Down Beat* et ce
journal ont relevé comme je l'avais fait (ceci n'est pas
pour réclamer une antériorité, puisqu'ils ont dû réagir
avec la même vigueur), l'article de la pauvre Berta Wood
dans *Ebony*. Cette survivante du colonialisme se fait
engueuler de première dans l'un et dans l'autre journal.
Au passage, dans *R.C.*, les... c...nneries de Madame
Wood sont baptisées « Mezzrowismes ». Ce qui est assez
joyeux quand on pense à la grandissime (paraît-il) réputation de ce dernier comme critique aux U.S.A.

★ Au même sommaire, une théorie de la psychologie du jazz par le docteur Norman M. Margolis. Papier qui est bourré des choses traditionnellement admises. Il est peut-être un peu inquiétant de voir que l'histoire du jazz se stéréotype peu à peu pour se coller dans un moule fixe. Si c'est si simple, ce n'est sûrement pas vrai. Question psychologie, ma foi, ça m'a tout l'air d'être, pour autant que j'aie jamais pigé ces trucs-là, en plein dans la théorie psychodynamique d'*ego* et d'*id* et tout le blabla, qui est tellement à la mode en Amérique. « *La psychologie du jazz*, écrit Margolis, *représente un conflit ambivalent entre les forces de l'Id et du Superego* », ce qui nous fait une belle jambe s'il en fut. Il y a ensuite un superbe chapitre sur la psychanalyse de la musique de jazz où l'on relève également des affirmations de choix, telles que celles-ci : « *La plupart des auteurs ont l'impression que la musique est liée à la période la plus primitive (narcissique) de l'organisation psychologique, lorsque l'Ego ne peut encore distinctement tracer les frontières entre le soi et la réalité.* » Voilà qui est bien satisfaisant et qui peut nous servir de thème vacanciel de méditation. En outre, sachez que *la symbolisation de la libido et la gratification régressive réalisées dans la musique expliquent pourquoi la musique de jazz est si attirante pour l'adolescent. En plus des qualités culturelles et sociales uniques du jazz, qui satisfont les besoins de l'adolescent, la musique elle-même permet la satisfaction des deux aspects du conflit ambivalent dépendance contre indépendance*, id *contre* superego, *qui est le nœud du problème de l'adolescence.*

Heureusement, l'auteur donne, à la fin, un résumé de son papier qui comporte la première phrase suivante :

« *Cet article a présenté l'hypothèse selon laquelle le jazz, en tant qu'expression de protestation culturelle, a continuellement attiré les éléments sociaux contre lesquels il proteste ; et la continuation de cette protestation est le stimulus psychologique de son existence...* »

Ce qui permet une fois de plus de répondre à Madame Berta Wood que si les Noirs et le jazz ne sont plus ce qu'ils sont, c'est que la protestation, ayant renversé les obstacles les plus gros, s'attaque maintenant à des formes d'opposition plus subtiles et que c'est peut-être pour cela (pour cette subtilité) qu'elle ne le perçoit plus en tant que jazz.

Réflexion qui peut s'appliquer avec un extrême bonheur (d'ailleurs, aujourd'hui, il est visible que je m'exprime avec un bonheur extrême) à quelques attardés qui ne se rendent pas compte du chemin parcouru.

Et pour en revenir encore à Berta Wood, citons encore la parfaite conclusion de Dick Hadlock à l'éditorial cité deux alinéas plus haut :

« *Si un individu, particulièrement un critique, choisit de porter des œillères* (*qui peuvent être parfaitement confortables*) *il n'a pas à commenter ce qu'il a choisi de ne pas voir.* »

Ce qui s'applique parfaitement à moi-même quand je parle de psychanalyse... mais je pensais à quelqu'un d'autre. Un vieux copain.

★ Un certain Charles Delaunay, qu'il me semble connaître, me communique un grand article écrit par James Baldwin, auteur du roman *Les Élus du Seigneur*, répondant à des questions posées par *Réforme*. Il y a en particulier celle-ci :

« *Est-ce que le climat qui se dégage de votre livre demeure pour vous une réalité fondamentale ?* »

Et James dit ceci :

« *Le climat de mon livre n'est plus, à proprement parler, une réalité fondamentale... le jazz, par exemple, est né au temps où mon héros Gabriel Grimes était un jeune homme. Au moment de la naissance de John, moins de vingt ans plus tard, le jazz avait émigré de La Nouvelle-Orléans vers Chicago et New York, traversé l'océan et établi ce qu'on appelle — très inexactement — l'âge du jazz. Au moment où John est à la fin de son adolescence — vers la fin de la dernière guerre — Louis Armstrong était déjà considéré, par les musiciens noirs de jazz, comme une antiquité et le jazz n'avait, pour ainsi dire, plus aucune ressemblance avec ses troubles lieux d'origine. Le jazz, tout comme le Noir, s'était urbanisé et ne jouait plus les pitres, en montrant les dents et en roulant les yeux. Il avait cessé d'être représentatif, ou peut-être était-il contraint de recourir à des modes nouveaux et plus détournés pour le rester.*

« L'évolution du Noir américain ne s'inscrit nulle part plus clairement que dans l'histoire du jazz ; je ne songe pas seulement à ce que les musiciens de jazz ont fait autrefois, mais surtout à ce qu'ils font maintenant... »

Et il y en a encore beaucoup comme ça, ce qui est agréable car l'homme qui a écrit tout ça est visiblement intelligent. Cela mériterait de longs commentaires. Pensez-y en vous bronzant et pensez à Berta Wood, qui n'a vraiment pas les capacités intellectuelles voulues pour discuter avec un Noir de maintenant, James Baldwin, un type qui pige.

★ À l'heure, c'est-à-dire 16 h 40, où j'écris ces lignes, vous êtes déjà nombreux, bande de petits dégoûtants, à vous dorer le cuir au soleil de la côte normande (et toc ! il n'arrête pas de pleuvoir, bien fait !) et cette revue de presse me rend triste que c'est à ne pas croire. En plus, j'ai un mal affreux à tenir mon stylo, c'est-à-dire à le serrer entre le pouce, l'index et le majeur septième dont auxquels je m'en sers d'ordinaire pour grapher. Bien, alors, on s'y met.

Down Beat du 27 juin 1957. *D.B.*, le magazine qui a l'honneur d'avoir foutu à la porte le seul éditorialiste et critique intelligent des États-Unis, notre ami Nat Hentoff. On se doute que le niveau de *D.B.*, après une mesure de ce genre, n'est pas en train de monter. Enfin, il nous reste Ulanov-les-pieds-par-terre pour discuter sainement des problèmes courants et ça fait bien plaisir.

Leonard Feather, à propos de ce numéro qui marque le vingt-troisième anniversaire de la publication, se livre au jeu sentimental des réminiscences et se rappelle le temps heureux où il engueulait le public américain (il était alors Anglais) qu'il qualifiait de plus borné qui soit. Aujourd'hui, il est devenu citoyen américain, ce qui laisse à réfléchir ; il y a là quelque chose de troublant. Est-ce parce que le public américain s'est amélioré sous l'influence de Feather que Feather ne l'engueule plus, ou est-ce parce qu'il en fait maintenant partie ? Méditons, mes bons frères, méditons.

★ Au même sommaire, une conversation magnétophonisée chez le même Feather entre lui-même, Billy Taylor, Nesuhi Ertegun, Whitney Balliett. Feather à chaque page ou presque. Bref, la conversation roule sur un passage de l'ouvrage d'André Hodeir ; ce livre fait décidément beaucoup réfléchir la critique américaine qui, à l'exception de Nat, bien sûr, semble n'avoir jamais envisagé que l'on puisse introduire dans un livre autre chose que des faits (je suis drôlement américanophobe, aujourd'hui, parce que je viens de recevoir mon chèque de Khrouchtchev — il est vrai que la banque est en grève, mais n'importe). Du reste, si tous ces bougres se donnaient le mal d'apprendre le français, ça leur épargnerait de se demander pendant deux pages, si c'est bien traduit ou non. On se donne bien le mal de lire l'anglais, hein ? Allez, les enfants, à l'*Assimil* ! Et comme ça vous pourrez lire Drouet et Sagan dans le texte.

★ *Jazz Monthly* contient un éditorial d'Albert McCarthy où l'on apprend les dessous de l'histoire de l'article publié par *Esquire* sous la signature de Dizzy Gillespie, dans lequel Dizzy attaquait violemment l'oncle-tomisme de Louis Armstrong. Il apparaît que le projet de l'article avait été envoyé à Dizzy (qui ne l'a pas écrit) et qui avait rayé le passage en question, lequel fut réinséré par le rédacteur d'*Esquire*. C'est très vilain. On lui causera plus.

Septembre 1957

★ Dans *Ebony* d'octobre 1957, on voit un surprenant reportage sur la vedette du Gospel, Clara Ward, qui est superbement grotesque avec ses chasubles de luxe. Le ridicule ne tue plus nulle part, mais aux U.S.A., il enrichit drôlement...

★ Continuons sur *D.B.* (quand on le lit de près c'est vraiment *très* instructif et ça prouve à quel point les perles peuvent vous passer sous le nez). Ainsi l'article de Barry Ulanov débute par cette phrase « *How much should a jazz musician know about the other arts ?* ou *Dans quelle mesure un musicien de jazz doit-il être renseigné sur les autres arts ?* »

Ça, alors ça fait rêver. Car *tout individu*, quel qu'il soit, *doit* s'efforcer d'en savoir sur *tout* autant qu'il peut.

C'est ce que l'on appelle la culture. La question d'Ulanov revient à dire : « *Dans quelle mesure doit-on être ignare ?* »

Et la réponse est évidemment : « *On doit l'être le moins possible.* » Mais tout le monde a le droit d'être idiot... c'est ça la démocratie. À condition que cette idiotie ne gêne pas le voisin. Celle de la question d'Ulanov me gêne un peu. Si je portais plainte ?

★ Passons à l'Amérique pour commencer, ça va les consoler de bip-bip, bien que l'on puisse dire aux Russes que longtemps avant eux, les U.S.A. avaient trouvé le be-bop. Donc, nous nous ruons sur le *Down Bip* du 3 octobre 1957, pour lire l'éditorial de Jack Tracy. Il en ressort que diverses localités américaines sont en train de créer des « écoles de jazz » avec des instructeurs tels que Lennie Tristano, Milt Jackson, Ray Brown, etc. « *Le problème*, souligne Jack Tracy, *c'est qu'il est presque impossible de trouver des professeurs de jazz.* »

Tiens, tiens, la surprenante découverte ; personne n'est d'accord sur la définition du mot lui-même (nous ne sommes même pas à l'échelon du fait) et on voudrait trouver des instructeurs ? Il n'y a qu'un instructeur possible, c'est *soi-même* avec *ses* oreilles. Le Zoizeau n'a pas eu besoin d'instructeurs pour jouer du jazz ; pour apprendre la technique de son instrument d'accord. Mais pour le reste, on a bien l'impression qu'il s'est pas mal débrouillé seul. On imagine une école de peinture où on vous apprendrait à peindre « comme Léonard »... Ça donnerait à peu près la monotonie officielle des années 1900, avec Carolus Duran, Bonnat, Carrière et autres en gros plan (sans oublier Gervex) et ces pauvres crétins d'Impressionnistes en train de végéter...

Non, Jack Tracy, je crois que l'Amérique ne manque pas de professeurs de jazz..., en tout cas, pour nous, pauvres cuistres d'Européens, ces professeurs que sont Parker, Dizzy, Stitt, Don Byrd, Horace Silver, Milt Jackson, Kenny Blakey et autres sont amplement suffisants !... Ce n'est pas des professeurs qu'il faut créer en Amérique, c'est une demande pour le bon jazz, de telle façon que les gens qui le pratiquent aient une chance de voir leurs efforts récompensés par la naissance d'un *vrai* public, qui ne mélange pas les torchons et les serviettes. Les créateurs n'ont jamais eu besoin de passer par des écoles. Éduquez vos auditeurs...

★ Au même sommaire, une *Cross Section* des opinions de Teagarden sur un certain nombre de sujets, tels que le Chop Suey, les polices d'assurance, le sucre d'orge, l'harmonica, etc. Dans le genre inepte, on a rarement fait mieux que cette formule. Dans le genre utile ou intéressant, signalons à la rédaction de *Down Beat* que deux cliniciens, Osgood et Luria, ont mis au point *en Amérique,* un petit test nommé le sémantique différentiel qui va un peu plus loin que ce journalisme de bazar. Et qu'un disque de Teagarden en apprend plus sur T. que ce papier... Quand on lit par exemple sous la rubrique « *Chop Suey* » : *J'aime assez ça. Je ne sais pas ce qu'on y met, mais, c'est pas mauvais. Et j'ai travaillé dans un tas de boîtes chinoises...*

On peut se permettre de penser que le jazz n'a pas l'usage de ce genre d'informations... Et s'il s'agit de donner une idée de l'homme, il faudrait peut-être lui poser des questions moins grotesques. Il est tout de même moins important de *lire* que Marilyn dort avec du 5 de Chanel que de *constater* qu'elle est une excellente actrice : on aura peu l'occasion de coucher avec elle, mais on a souvent celle de la voir au cinéma...

Novembre 1957

★ *Down Beat* du 17 octobre 1957 contient dans la rubrique de George Hoefer, *the Hot Box,* une reconstitution de l'accident dans lequel Bessie Smith perdit la vie. Selon Hoefer, l'histoire de l'hôpital blanc où l'on refusa de soigner Bessie serait pure légende et Bessie serait morte dans l'ambulance durant le transfert qui suivit son accident de voiture.

★ Au même sommaire, un papier sur Art Blakey, par John Tynan. On est heureux de voir que certains commencent à se rendre compte de ce que pour notre part nous répétons depuis bien des années : que le jazz, création des Noirs, est la seule forme d'art originale qui ait jamais pris naissance en Amérique. Les Noirs, évidemment, ne s'y sont jamais trompés : écoutez Blakey :

« *Le seul art vraiment américain que nous puissions exporter, c'est le jazz. Et qu'est-ce que le gouvernement américain envoie en Europe ? Des ballets ! Des symphonies ! Mais mon vieux, c'est d'Europe que ça vient, tout ça ! Et on essaie de le leur renvoyer au lieu de leur envoyer ce qui est véritablement nôtre : le jazz !* »

Ainsi s'exprime Blakey dans les clubs où il joue, exhortant les consommateurs à soutenir leur musique...

★ Dans le *M.M.* du 2 novembre, on découvre avec intérêt un aspect réjouissant d'Elvis Presley — vous nous direz qu'il n'a rien à faire dans une revue de presse, mais jamais Baudelet ne m'a donné si peu de canards à plumer... voici ce que déclare, jovial, ce cynique personnage (c'est un compliment en l'espèce : cette franchise mérite qu'on l'apprécie) :

« J'ai fait plus d'un million de dollars cette année — dit-il à Howard Lucraft, son interviewer — *mais je ne suis pas musicien du tout. Je ne sais pas jouer de guitare et je n'ai jamais écrit une chanson de ma vie. Pourtant, je signe celles que j'interprète et je touche le tiers des droits sur toutes les chansons que je chante. »*

Et il ajoute avec un sourire railleur : « *Ça serait vraiment idiot, dans ces conditions d'étudier la musique... »*

Ça se passe en Amérique, bien sûr... mais ça arrive quelquefois en France. Le malheur, en France, c'est que certains artistes signent la musique et *l'écrivent,* parce qu'ils sont honnêtes... mais ils ne savent pas plus l'écrire que Presley.

Alors, que faire ? Écouter Sinatra.

Décembre 1957

★ Une remarque sur la surprenante différence de la langue française et de la langue anglaise. Quand on lit en gros sur le *M.M.* du 7 décembre :

« *BID FOR MILLER BAND TOUR* »

ça ne veut pas dire « La tournée Miller fait un bide » ; au contraire ça veut dire qu'on fait des offres de tournées à l'orchestre.

Cette note sera utile, j'espère, à tous mes lecteurs avides de s'instruire. D'autant plus utile que c'est au moins la 2e fois que je fais cette astuce idiote. (Ceci pour décourager ceux qui croient que je ne sais pas qu'ils croient que je suis gâteux.)

Janvier 1958

★ On va épingler un petit truc de *Down Beat* pour commencer ; il est significatif. C'est une lettre d'un nommé Ted White à l'éditeur. Voilà ce que dit Ted :

« *Il me semble très étrange que Clifford Brown n'ait pas été parmi les 10 vainqueurs de votre section "Galerie des Gloires" (Hall of Fame). Assurément, Benny Goodman mérite une place dans cette liste de grands du jazz, mais il est sûr que Clifford Brown a apporté plus au jazz durant sa brève carrière que Tommy Dorsey, chef d'orchestre de danse, que Woody Herman, et à coup sûr que l'Épouvantable Monsieur Brubeck.*

« *Est-ce que je me trompe ?* »

                                        Signé : Ted White.

Voilà une bonne lettre, d'un bon lecteur plein de discernement, vous direz-vous ; et il a du mérite, surtout en Amérique.

Mais voici ce que répond *Down Beat* :

« *Les milliers de lecteurs qui ont participé au vote répondent effectivement que vous vous trompez.* »

Comme vous voyez, on ne se mouille pas à *Down Beat*. Et on aboutit une fois de plus à la curieuse conséquence de ce principe imbécile selon lequel dix mille crétins ont plus de poids qu'un homme intelligent. C'est vrai, d'ailleurs, ils ont plus de poids ; mais en matière artistique, ce slogan inepte « le client a toujours raison » est plus abominable que jamais.

Et sans même parler d'art, puisqu'on s'en fout, des appellations contrôlées, voyons un peu en jazz, comment ça se passe.

Des créateurs, d'abord. Des pionniers. Ils se donnent du mal pour leur musique. Ils en vivent parfois. Beaucoup en crèvent. Ils créent un public. Viennent les imitateurs, et les exploiteurs. De plus en plus gros public. On enterre les créateurs sous les imitateurs. Et on oublie les créateurs, et les imitateurs ont raison.

Mais la raison d'être d'une presse *spécialisée*, c'est justement de dénoncer ce genre de dégueulasserie. C'est ce qu'a fait, quand même *Jazz Hot* depuis 20 ans ! On s'est quelquefois trompé, mais on n'a jamais donné à un lecteur des réponses de ce genre. On préfère engueuler gentiment le lecteur qui ne pige rien.

Lecteurs, préférez-vous notre méthode ? Parce que si vous ne la préférez pas, tant pis pour vous... On continue...

★ *Jean-Claude David,* de Tonneins m'envoie une lettre sympathique que je voudrais publier en entier ; c'est le prototype de la lettre qu'on peut écrire quand on est très jeune et quand on vit dans un rêve...

« Je trouve, dit-il, qu'il est très malheureux de laisser le batteur Barrett Deems dans l'orchestre de Louis Armstrong... Les bons batteurs ne manquent pourtant pas en Amérique : Jo Jones, Lee Young, Cozy Cole et combien d'autres... »

Et un peu plus loin :

« Ah, si j'étais dans le milieu où vous vous trouvez... Ne croyez-vous pas qu'il serait bon de faire enregistrer Bechet avec Louis ? Vraiment les compagnies de disques n'ont pas beaucoup d'imagination... »

Pauvre Jean-Claude David ! Je ne veux nullement vous dire que votre lettre est sotte... elle est tellement idéaliste qu'on est un peu gêné pour y répondre.

Barrett Deems coûte quatre fois moins cher qu'un grand drummer... et voilà la raison nº 1. Quant à Louis, s'il a un manager, c'est justement pour ne pas s'occuper de ces détails.

Et les compagnies de disques ont plein d'imagination, mais Louis et Bechet ont des contrats... et ils n'enregistrent PAS DU TOUT ce qu'on leur demande, contrairement à ce qu'on pourrait se figurer... Ils ont leur mot à dire, ils le disent et ils ont raison...

Mais rêvez quand même, on a tous fait ça !...

Mars 1958

★ *Down Beat* du 6 mars.

Jack Tracy estime que la fin du déluge de LP de Jazz est en vue...

« Vous allez pouvoir constater que le nombre de **LP** Jazz qui sortent chaque semaine va diminuer, parce que, franchement, les affaires ne sont plus ce qu'elles étaient... L'auditeur a cessé d'avaler tout ce qui passait. Il devient difficile... »

Si seulement c'était vrai pour...

Non, je ne désigne personne.

★ Une statistique qui va faire mal au ventre de ceux qui s'imaginent que le jazz est bien vu aux U.S.A....

RCA Victor (la plus grosse maison d'Amérique) a vendu en 1957 220.000 LP de jazz contre 7.500.000 classiques.

Et contre... tenez-vous bien... 21 millions de disques de Presley. Il faut sans doute convertir certains nombres, vu qu'il doit s'agir de simples... mais à douze titres par LP, faites le calcul vous-mêmes !

Et vive le jazz !

(D'autant plus que ce qu' RCA appelle jazz comporte sûrement pas mal de choses bizarres.)

★ Et une déclaration de Kenton qui a « une foi profonde dans la musique venue du cœur... »

Il doit avoir le cœur dans un drôle d'état pour sortir certains des trucs qu'il a sortis...

★ Dans le *D.B.* du 20 mars une nouvelle qui plaira à tous ceux qui n'aiment pas les pirates. Un nommé Dolphin, propriétaire de marques de disques (*Cash, Ball,* etc.) spécialisées dans le Juke box, et éditeur de musique, s'est fait descendre par Paul Andrew Ivey, 26 ans, employé devenu auteur de chansons, qui « estimait que Dolphin lui avait volé une chanson ».

Ces choses-là arrivent, n'est-ce pas...

★ Ça va comme ça, j'ai sommeil, mes coquecigrues.

Avril 1958

CHAPITRE II

QUESTIONS DE PRINCIPES

On connaît déjà les idées-forces de Vian — ne disons pas sa philosophie : il affichait de n'aimer point le mode de réflexion que désigne le terme, encore qu'il s'y livrât souvent, en passant, brillamment, sans se le dire et sans en avoir l'air. Maintenant ce n'est pas tant de l'Amérique dont Boris va traiter, mais de la critique (qu'il rêvait purement descriptive), des artistes (qui n'ont pas forcément le jugement droit), des arrangements luxuriants (qui menacent d'étouffer le soliste) du rythme (qui trahirait, s'il était à l'excès dissimulé) de l'influence d'une situation plutôt que des chromosomes dans la genèse d'un art, de la « Jazzbande » enfin — de Frank Ténot, par exemple, qu'il aimait bien, et de quelques autres jazzoteux qu'il ne manquait jamais d'épauler dans la lutte pour la bonne cause.

★ Que représente le jazz pour les jeunes ? Voilà qui serait une sotte question si l'on prenait la jeunesse comme un collectif et non comme une collection d'individualités. Mais les divergences d'opinions que l'on rencontre parmi les jeunes eux-mêmes permettent d'amorcer un classement de leurs comportements devant cette musique qu'on leur apparente toujours sans même se demander si tous sont d'accord...

Pour beaucoup, le jazz est uniquement une musique de danse, au même titre que n'importe quelle valse de Strauss. Peu leur chaut qu'il s'agisse de bon ou de mauvais jazz, de Duke Ellington ou de Jo Privat : musique de danse, prétexte au flirt ou aux simples ébats chorégraphiques qui dénouent les muscles.

Le jazz peut être aussi une sorte de matérialisation de la grande vie dont le cinéma nous a fait connaître le cadre et l'étiquette : champagne, whisky soda, décolletés, fourrures et vingt beaux musiciens rythmant le refrain dont l'héroïne murmure les paroles à deux centimètres de son bien-aimé.

Il y a aussi la manière un peu facile qui consiste à hurler de joie dès qu'on entend un solo de batterie, quel qu'il soit. Pour certains, ce sera un snobisme. Les bons esprits trouvent élégant, à certaines époques, de s'intéresser au jazz et les jeunes suivent. Ceux-là suivraient n'importe quoi.

Le jazz peut apparaître également comme un mode de réaction, comme un moyen de « mettre les parents en colère ». Non-conformisme, violence... remarquons que paradoxalement, les surréalistes négligèrent ce moyen de scandale.

Enfin, il y a ceux qui sont touchés, d'abord, par les sens, par l'intelligence, par n'importe quoi... un souvenir, une association d'idées, mais qui cherchent à approfondir, à savoir, à connaître. Qui n'en restent pas là. Ceux-là se penchent sur cet art qu'est le jazz avec les yeux neufs de la découverte — et les erreurs qui s'ensuivent — pour, petit à petit, extraire de lui sa vraie substance.

Et ce sont précisément eux qui resteront fidèles au jazz et suivront son évolution tandis que pour les autres, ce ne sera qu'un moment de leur vie, une folie de jeunesse, du temps où ils étaient « zazous ».

Janvier 1948

★ Le *Record Changer*, de novembre 47, nous apprend qu'en Suède, à Malmö, existe un Hot-club dont le nombre de membres est limité à 25. Pour y entrer, il faut attendre qu'un membre s'en aille et subir un examen (reconnaissance d'interprètes, laïus, etc.).

Je m'empresse de vous raconter ça, parce que cela permettra à un ami à moi de vous raconter des choses très drôles et très pertinentes et de dire que les rédacteurs et les lecteurs de *Jazz Hot* en auraient bien besoin. Il faut bien que tout le monde écrive (là il pourra dire : « je n'en vois pas la nécessité », avec une intonation satanique). Mais l'idée de l'examen n'est-elle pas à retenir ? Et puis on donnerait des diplômes, et il y aurait une faculté, et des cours et des professeurs, et ils pourraient se tirer dans les pattes, et s'engueuler... c'est une idée formidable, je vous le dis...

Février 1948

★ *Musical Express*, dans son numéro du 23 janvier 1948, publie l'article gagnant d'un concours d'essais sur le jazz, organisé par Denis Preston. Il s'agit là d'une excellente étude, modérée quant à son ton, remarquable quant à son contenu, que nous voudrions bien reproduire en entier. Cela vous change des sempiternelles discussions sur la couleur de l'étiquette de tel ou tel original de chose ou machin et des éternels accrochages de M. untel par M. untel sous prétexte que M. untel a dit que les quatre mesures de chose étaient jouées par chose alors qu'elles sont jouées par machin ; lesdits untel, chose et machin n'en sachant bien souvent absolument rien. (La forme de cette phrase est destinée à traduire l'impression ressentie par le soussigné à l'audition de discussions de ce genre). (Relisez attentivement au besoin et que Dieu vous aide.)

Février 1948

★ Les lecteurs qui me font l'honneur et le plaisir de me suivre se rappellent peut-être la chronique du

5 février dans laquelle je signalais les vexations subies par les Noirs à Memphis et les mesures prises par le Président du Bureau de Censure, Lloyd Binford, contre les films où apparaissaient des artistes noirs. Poursuivant ses exploits, l'administration de Memphis vient sur l'ordre de l'adjoint au maire (je traduis à peu près le titre : Vice-Major), un nommé Joe Boyle, d'ordonner la destruction publique de 400 exemplaires de trois disques de blues qualifiés « obscènes » par la préfecture de police dont Joe Boyle est le chef. La vente ou l'emploi dans les appareils automatiques de ces disques a été interdite à Memphis.

Les ordres de ce chef policier ont été, dit-on, donnés à la suite d'un coup de téléphone anonyme (et pourquoi l'appel ne proviendrait-il pas d'une firme de disques rivale ?). Boyle a, paraît-il, affirmé que « Binford mérite un monument pour avoir essayé d'épurer la profession cinématographique ». Si l'on se rappelle qu'il s'agit d'éliminer des écrans Armstrong, Pearl Bailey, Lena Horne, etc... le fait semble significatif.

On envisage à Memphis une épuration analogue de la radio. Mais le clou de l'histoire est le suivant : les journalistes ayant demandé à Boyle au nom de quelle loi les disques avaient été détruits, il répondit : « Ce sont les pouvoirs de la police, cela va très loin. Une multitude de péchés tombe sous leurs lois. »

La police de tous les pays est décidément en bonne voie. Il n'y a pas si longtemps, en effet, qu'au concert de Dizzy Gillespie à Pleyel, des agents repoussaient à coups de poing les amateurs d'autographes en s'étonnant que des « civilisés » puissent s'intéresser à cette « musique de sauvages ».

Le plus grave est que les gens de Memphis ont l'air ravis de leurs Binford et de leurs Boyle. Mais si les choses ont un peu plus évolué ici, il n'en reste pas moins qu'au même concert de Gillespie, des spectateurs ont crié : « À Tombouctou ! » et on lançait à

Dizzy l'apostrophe suivante : « Va apprendre le français, eh, mal blanchi ! »

Eh oui, c'est comme ça...

Mars 1948

★ Le problème est le suivant : la musique noire est, de plus en plus, encombrée par des éléments blancs souvent sympathiques mais toujours superflus, ou remplaçables du moins avec avantage par des éléments noirs. Devons-nous continuer à féliciter, critiquer, encourager ou exciter les Blancs en question ? Ou devons-nous simplement leur conseiller de se pendre à leurs bretelles ?

On l'a vu dans l'orchestre d'Armstrong. La place de Teagarden était au vestiaire. On l'a vu chez Mezzrow où Mezz et Wilbur n'auraient rien perdu (sauf la gloire) à se faire remplacer par Albert Nicholas et Bechet. On le voit toutes les fois qu'il y a mélange. Non que les résultats des mélanges soient tous mauvais, mais parce que dans tous les cas (ex : *Little jazz,* d'Artie Shaw, « featuring » Roy Eldridge) on pourrait sans aucun dommage supprimer toute la partie blanche de l'orchestre.

En principe, j'étais pour les mélanges. Mais je suis bien forcé de me rendre compte de l'égoïsme de cette opinion : bien sûr, que c'est agréable de jouer avec des Noirs. Mais qui en tire profit ? Sûrement pas eux.

Le seul titre de gloire de Benny Goodman, qui lui a fait trouver grâce dans la discothèque de quelques amateurs (pas question des égarés qui collectionnent même les disques où il joue avec son grand orchestre), c'est d'avoir lancé le premier petit groupement mixte — toutes les autres tentatives s'étant jusque-là heurtées aux préjugés.

Nous sommes tous trop sentimentaux. Pourquoi admettre Teagarden même si Armstrong l'apprécie ? Ici, nous sommes sûrs d'une chose : c'est que même Armstrong se trompe. Pour son bien, obligeons-le à prendre James Archey...

Hélas... nous sommes sentimentaux et les Noirs aussi... on aime bien jouer avec les amis... Teagarden est un type si sympathique.

Faut-il zigouiller les Blancs ? Bien sûr que non ! Mais s'ils pouvaient tous mourir subitement...

Avril 1948

★ Deux festivals, les premiers de ce genre, font déjà de 1948 une année à marquer d'une pierre blanche dans l'histoire du jazz en France. Aussi j'hésite à exprimer l'appréhension que j'éprouve et à dire que je crois le moment peut-être proche où le public des concerts de jazz se sera privé lui-même de sa musique. Et je serais le premier à applaudir à cette privation, si elle n'entraînait inévitablement la mort du jazz dans ce pays. Je m'explique :

Avant la guerre, la situation des boîtes de nuit, les possibilités du commerce international, les facilités de change, des communications étaient telles (je les nomme en vrac sans chercher à dégager de tous ces facteurs quels sont les plus déterminants) qu'il ne coûtait pas plus cher d'engager un orchestre noir de qualité que d'employer un orchestre du cru. La concurrence jouait, les pires formations s'éliminant d'elles-mêmes, et si l'on n'entendait pas partout du bon jazz, certaines boîtes, comme le *Jimmy's*, le *Florence* et autres, présentaient des orchestres très satisfaisants, dont l'ambition ne se bornait pas à reproduire chaque jour à la même heure le même chorus « improvisé ».

La guerre a bouleversé les rapports de prix entre la France et l'Amérique, terre de jazz. Faire venir aujourd'hui des musiciens américains implique l'engagement de telles énormes dépenses qu'il n'est plus question de s'aventurer à la légère ; on se borne désormais au profit sûr. Et puis on donne des concerts, des quantités de concerts, pour récupérer le plus tôt possible les fonds avancés avant que ne survienne, par exemple, une nouvelle dévaluation ou une hausse inopinée des transports. Car le luxe apparent des établissements de nuit dissimule une pauvreté générale qui les limite à n'employer que des formations minables aux tarifs les plus réduits. C'est pourquoi le concert reste notre dernière chance d'entendre des musiciens Noirs américains.

Mais le concert, nous y venons, est à mon avis déjà menacé par son propre public. Le mouvement de retour au style Nouvelle-Orléans, intéressant en lui-même, a évolué dans un sens imprévu en fossilisant les jeunes avant l'âge : à l'heure actuelle un garçon de 16 ans se croirait déshonoré s'il appréciait une musique plus jeune que lui. Depuis un an surtout, une tribu d'enfants braillards a envahi les caves de la rue des Carmes, chassant lentement la vieille garde des Lorientais sérieux ; ils ignorent tout du jazz et ne jurent que par le banjo et le tuba. Or, c'est cette faction qui se rend aux concerts, pas pour écouter une musique qu'ils aiment, car ils crient si fort qu'ils n'entendent rien, mais pour huer ceux qu'ils affectent de ne pas aimer. Si bien qu'ils dégoûtent le public sérieux que l'on a réussi à amener au jazz en faisant jouer toutes sortes de ressorts, dont le snobisme n'est pas exclu, et qui paie les places chères, rendant ainsi les concerts rentables.

Ainsi se pose l'alternative : le public enthousiaste est pour une large part rétrograde ; le public utile est écarté par le premier. Et nous, mes bons amis, les amateurs de jazz, nous n'avons plus qu'à acheter des disques.

Mai 1948

★ Pour re-inaugurer cette chronique apériodique, je voudrais entretenir mes lecteurs d'un sujet qui me tient fort au cœur, celui du jazz sur la scène. Pendant beaucoup de temps, le jazz a été un sport réservé, à l'origine, aux mauvais lieux ornés de miroirs, puis aux cabarets, bastringues, guinches-matafs et autres endroits où l'on danse.

Il connut ensuite la peluche rouge des cabarets snobs et parvint à s'élever au niveau des planches, c'est-à-dire à un mètre cinquante environ au-dessus des fauteuils d'orchestre. De progrès en progrès, il en vint, comme nous le montrait si astucieusement (!) le film « New Orleans » à prendre place parmi les manifestations les plus « artistiques » de ce temps et le jour n'est pas loin où l'Opéra engagera Cab Calloway dans la fosse. Est-ce un bien, est-ce un mal ?

Nous retouchons ici à l'épineux problème du jazz arrangé, au danger du trop arrangé et à l'insuffisance, sur scène, du pas arrangé du tout.

Le danger du trop arrangé, c'est de ravaler peu à peu le jazz au rang de musique d'exécution, par opposition à la musique d'inspiration qu'il doit rester en gros. Donc, de ravaler le jazz au niveau de la musique classique.

L'insuffisance sur scène, du pas arrangé, est évidente : on se confie à l'inspiration pure et si elle vous fait défaut, ça ne donne rien de bon ; ou alors, on est condamné de la sorte à ne jamais s'adresser qu'à un public d'initiés.

La solution, je crois l'avoir déjà noté, est celle, à peu près satisfaisante, du jazz partiellement arrangé : head arrangement de Woody Herman, ou toute autre formule. Elle a, je l'ai dit, malheureusement, des défauts dont le principal est de lancer l'exécutant sur la pente de la facilité.

Mais le plus drôle de l'histoire, ce n'est pas cela.

Depuis des années, les critiques s'efforcent de faire prendre le jazz au sérieux par tous les moyens à leur disposition. Et, peu à peu, ils y sont presque arrivés : en Amérique, le jazz de concert triomphe plus que jamais et Stan Kenton, Dizzy, Hampton, battent les records des recettes dans toutes les salles des U.S.A. En France, les cabarets à jazz déclinent sensiblement et l'on assiste à une recrudescence de concerts, toujours plus suivis. Cette « musique de sauvages » croyez-vous ! Et voilà les critiques ravis. Mais plus il y a de concerts, moins on y entend de jazz sincère... de ce jazz sincère que réclament les mêmes critiques.

Ça s'appelle, en bon français (une fois n'est pas coutume) un cercle vicieux...

Octobre 1948

★ Dans un numéro de *Life,* des tas de photos du père Dizzy Gillespie et de ses cocos. On y voit notamment la théorie du salut be-bop, illustrée par Diz et Benny Carter. Avis aux amateurs. De *Capitol News,* nous extrayons un des « bruits de surface » de Dave Dexter.

« *Tous les referenda redémarrent. Et tous les gagnants seront différents, comme tous les ans, dans tous les magazines. Pourquoi pas un referendum des referenda ? Lecteurs de* Capitol News *(et vous, lecteurs de « Jazote »)* voulez-vous un referendum pour déterminer quel est votre referendum favori ?*

« *Envoyez vos bulletins ; il y a des tas de gagnants possibles :* Down Beat, Orchestra world, Metronome, *votre journal quotidien, votre hebdomadaire universitaire, les nouvelles du patelin, les referenda proposés par les théâtres et les boutiques de disques. Votez pour votre referendum favori. Mais par pitié, n'envoyez pas pour votre favori plus de 763 bulletins. C'est simplement inadmissible. Les résultats ressembleraient trop à ceux des autres referenda...* »

Ce qui, si j'ose dire, est cogné à l'angle du bon sens.

Décembre 1948

★ Au fait (et puisque, de plus en plus, cette revue de presse me sert, sous une forme détournée, à exprimer une opinion inavouable en tout autre lieu — car cette revue *Jazz Hot* est un vrai dépotoir, et ça ne se remarque pas trop quand je commence à battre la campagne, vu que je suis couvert, rapport à la prose du rédacteur en chef, du sous-rédacteur en chef, du président, du garçon de bureau, de la chaisière, et, en général, de tous ceux qui consentent — *gratis pro deo* — à coucher sur le papier des impressions banales et sans le moindre intérêt sur des sujets limités — comme cela se produit dans toutes les revues de jazz — et les vaches seront bien gardées, donc, allons au fait).

Mars 1949

★ *Jazz Journal*. Un très chouette article de Gray Clarke et John Davis. (Je dis chouette, parce que c'est chouette, bien que ce mot vulgaire me révolte à l'intérieur.)

Ils disent : « Et rappelez-vous toujours que vous avez toujours le droit de dire : Voici ce que j'aime, moi : et je vous emm... »

Ce qui s'appelle parler.

Juin 1949

★ Extrayons de la lettre d'un lecteur, Gérard Hélène, cette (une fois de plus répétée) sottise :

« *Loin de moi certes, l'idée d'écrire une défense de cette faune grotesque* (*trop souvent mêlée à l'actualité du jazz*) *de zazous héritiers, comme on l'a bien souvent dit, des merveilleux du Directoire* (c'est les Incroyables, si je ne m'abuse) *et dont au contraire on ne stigmatisera jamais assez la fâcheuse intrusion dans le monde des vrais amateurs...* »

Ça, mon bon Gérard, c'est bête en trois lettres. Réduit à ses vrais amateurs, le jazz pourrait bien crever... Heureusement qu'il y a des snobs qui viennent écouter Gillespie ou Ellington sans aimer ça « comme il faut », parce que ce n'est pas avec les quatre sous des six douzaines de purs que l'on pourrait isoler à force d'austérité, que l'on pourra payer les plusieurs milliers de dollars nécessaires (à juste titre) au financement d'un concert.

Et, en plus, les zazous sont très bien. Vivent les zazous !

Avril 1950

★ Ah, là là ! ce que c'est fatigant, ces revues de presse ; on est juste en train de se fourrer les doigts dans le cambouis chez le président Peiny, le grand maître du coin des Casseurs de Colombes, et puis on se rappelle que ce père Souplet de malheur va venir vous la demander à six heures et demie ; il est six heures et rien n'est fait. On le sait, que *Jazote* est une revue bâclée, mais tout de même.

Heureusement, Charles ne m'a quasiment rien donné. Je vais en profiter. Au fond, en poussant un peu, je pourrais presque dire qu'il ne m'a rien donné du tout. Ça ferait un mensonge de plus, première chose (excellente) et ensuite, je serais plus libre d'aller me replonger les mains dans le cambouis.

Car je dois vous avouer que je viens d'acheter une sensationnelle Richard Brasier 1911 avec frein à pédale sur le différentiel et cabinet de campagne sous le siège arrière. (*Note de la Rédaction :* c'est rigoureusement vrai.)

Et si j'ai eu quelques ennuis avec les durites, un peu vieilles (40 ans, ça commence à compter) l'ensemble fonctionne de façon excessivement irréprochable et fait l'admiration de la foule amassée sur mon passage.

Mais je m'aperçois que Souplet s'impatiente et je reviens à cette revue du diable de presse.

★ — *Actualité musicale* (Belgique).

Comme toujours, c'est la page du Gladiateur Barbu que je préfère, mais je suis bourré de partis pris. Néanmoins, je vous recommande cette lecture extrêmement revigorante et qui a autant de rapports avec le jazz que ce que j'écris en général. C'est pourquoi je me sens en pleine sympathie.

★ — *Melody Maker,* du 6 au 13 mai.

Toujours les orchestres anglais. Retour de Borneman à la critique. Une information qui vient d'Amérique : Ada Brown est morte. Triste, ça. Vous vous souvenez d'elle dans *Stormy Weather,* avec Fat's ? Bon dieu, il y en a tellement d'autres qui devraient crever avant tous ceux-là.

Le *M.M.* du 13 mai comporte l'article de Leonard Feather, *Jim Crow versus Crow Jim,* que publie *Jazote.* Je n'y reviendrai pas, je trouve que c'est un article très douteux.

★ Retour en France avec la *Gazette du Jazz,* qui en est au numéro 9. Rien que pour ça, on peut la féliciter. Cependant il y a un éditorial de Dorigné qui rappelle trop le Feather susmentionné. Dorigné a tort de croire que beaucoup de Noirs inconnus soufflent des contrats aux vedettes nationales ; si ce n'était pas eux, ce seraient de mauvais musiciens de jazz qui les souffleraient ces contrats... il n'y a guère d'exemple que l'on puisse avoir un bon contrat en faisant du jazz ; le public *n'aime pas le jazz ;* le public qui a de l'argent, je veux dire, et qui fréquente les endroits dans lesquels les musiciens ont de bons contrats.

★ Et voilà du *Down Beat,* qui en veut ? La dernière idée, en Amérique, c'est qu'au fond, le jazz, c'est très intéressant pour faire danser les gens. Voilà, n'est-il pas vrai, une assertion extraordinaire et violemment imprévue ! Ils sont tous gentils, les chefs d'orchestre américains, ils font tous amende honorable ; ils disent : « on essayait de faire autre chose, nous. On voulait élever le jazz au niveau (etc..., etc...,), mais maintenant, on a compris, les gens veulent pas, on va recommencer à les faire danser ». C'est fameux, hein... George Shearing assure que ça ne le gêne nullement, lui, le « revival » des orchestres de danse ; évidemment, ça ne l'empêchera pas de moudre sa mélasse. Dans le numéro du 19 mai, Kenton, plus dostoïevskien que tous les autres, se frappe la poitrine en première page : « Certainement, *il dit,* j'ai contribué à démolir le biseness de la danse. » — et l'article commence ainsi : « *Tous le monde peut nous reprocher à Woody Herman, à Dizzy Gillespie et à moi-même, d'avoir foutu en l'air le travail des orchestres de danse, et je serai d'accord. C'est sûr et certain. On l'a foutu en l'air parce qu'on voulait jouer la musique qui nous plaisait. Ce qui nous plaisait, c'était pas de la musique de danse, mais malgré ça, les managers ont voulu nous traiter comme ils traitent les orchestres de danse... etc... »* Moi, je veux bien aussi que Stan se mette avec Woody, mais coller Dizzy dans le bain, il y a de l'abus... Mais hein ! qu'est-ce que je vous disais plus haut... « *On peut pas ramasser des sous avec le jazz* » dit un manager de boîte de nuit. Et ça continue plus loin : « *Le tempo de danse, le principe de base du travail d'orchestre* », un article de Berle Adams. Vous verrez, c'est Victor Silvester et Yvonne Blanc qu'il nous faut. Fin de l'article du monsieur : « *Ça ne sera pas long maintenant, tous les orchestres de danse vont s'y remettre et les gens vont re-envahir les bals, partout, partout. Pour danser, pas pour écouter...* » N'est-ce pas là une conclusion très significative quoique un peu vache pour tous ces bons dixielanders qui représentent, paraît-il, la seule musique sur laquelle on puisse danser ? Ah, c'est fou ! Ce numéro de *Down Beat* est d'ailleurs spécialement consacré à la danse... tous les Vaughan Monroe, Glenn Miller, à l'honneur... Vive les saucissons et la gomme. Ah, ça me dégoûte, je préfère aller tripoter le pont arrière de ma Brasier. Miles, Charlie et les autres, vous n'avez qu'à venir par ici, on trouvera toujours le moyen de vous faire casser la graine.

Juin 1950

★ Volons tels de jeunes chevreuils par-dessus l'océan immense et apercevons-nous que de ce fait, nous oublions nos bons amis de *Jazz Journal*. Il semble se dégager un fait général : la bataille fait rage en

Angleterre à propos d'un problème basique de la critique : A-t-on le droit de critiquer sans être musicien ? les musiciens naturellement, assurent que non ; mais nos amis Davis et Clarke protestent à leur manière contre les assertions qui paraissent essentiellement l'apanage des critiques Steve Race et Maurice Burman, respectivement pianiste et batteur. Il est un fait certain : c'est que les musiciens comme les non-musiciens arrivent quand ils s'y mettent, à proférer des énormités comparables ; si j'ose me permettre un commentaire personnel, j'avancerai que l'essentiel, c'est l'Audition, après, on aime ou on n'aime pas, mais il ne faut pas en faire un plat ; si tout le monde avait le même goût, ce serait drôlement dur de se marier (au sens biblique du mot).

Novembre 1950

★ Par un coup de chance absolument miraculeux pour les lecteurs de *Jazote*, la revue de presse du numéro précédent, aussitôt rédigée, fut égarée en route et disparut dans quelque cul de basse-fosse ; on a pu en tirer une conclusion saisissante ; c'est qu'en somme la presse ne sert à rien (ne me demandez pas le détail du mode de raisonnement grâce auquel on arrive à ce frappant résultat, c'est excessivement complexe, Hegel et Marx entrent en jeu et un tas d'autres qui préfèrent qu'on ne les nomme point). Malheureusement, un mois suit l'autre ; c'était reculer pour mieux sauter.

Février 1952

★ *Melody Maker*, 26 janvier. Une page est consacrée à une controverse touchant Dave Brubeck. Qui c'est ?

★ Une question qui me lancine après avoir vu la jolie figure de Marion Davis, chanteuse de l'orchestre Eric Winstone. Pourquoi les chanteuses jolies sont-elles toujours mariées au saxo ténor de l'orchestre ? Et est-ce pour ça que tout le monde joue du saxo-ténor ?

Mars 1952

★ — *Oui, dans notre travail, le client a toujours raison !* dit Joe Loss.

Il dirige un orchestre de *danse*. Ne pas confondre avec le jazz. D'ailleurs pour le jazz, il n'y a guère de clients : ils sont tous fauchés. C'est ce que dit fort justement M. Loss.

★ Un jour que j'en aurai vraiment marre, je vais écrire une revue de presse en alexandrins, parce qu'après tout, c'est vexant de toujours s'occuper de ce qu'écrivent les autres quand on est soi-même doté d'un génie considérable (*sic*). Mais ce jour n'est pas encore venu ; pourtant, ça peut changer d'une minute à l'autre. Tenez, écoutez ce début :

« Comme on voit sur la branche, au mois de mai, la rose. » Hein ? dirait-on pas du Charles Trenet ? Mais, au diable les affaires sérieuses et occupons-nous un peu de jazebande.

Avril 1952

★ On prend les mêmes et on recommence, mais réjouissez-vous tout de même, je vous jure que cette revue de presse n'en a plus pour longtemps à vivre parce que je suis bien décidé à entrer au couvent (c'est trop difficile de trouver des appartements).

Si vous saviez ce qu'il se passe peu de choses ! Et au fond, quand on y réfléchit bien, qu'est-ce qu'il paraît ? À peu près quinze faces excellentes par an, mettons vingt en comptant, à contre-cœur, des rééditions qui grattent abominablement. Croyez-vous, mes minous bénévoles, croyez-vous vraiment que cette misérable proportion justifie l'existence de cinquante revues de jazz dans le monde ? Croyez-vous que tout ce qu'on peut imprimer sur ces vingt faces ne se réduise pas, en définitive, à un monstrueux tissu de choseries et d'inutilités ? Car tôt ou tard, on en revient à la musique elle-même et on est bien forcé de se dire ou bien j'aime ça, ou bien j'aime pas ça ; et si on l'aime parce que Dupont a dit qu'il fallait l'aimer, on n'est pas à sa place et on ferait mieux de s'intéresser à la religion (catholique ou zende, pourvu qu'elle nécessite au premier chef cet acte de foi auquel semble aspirer si fort le lecteur moyen des magazines jazeux).

En vérité, mes amis, la littérature de jazz devrait se borner à la stricte publicité ; car toutes les explications venant *a posteriori* (comme toute explication qui se respecte) font du jazz une sorte de monstre qu'il n'a jamais été. Et tenter de démontrer pièce par pièce la cristallisation opérée dans l'esprit d'un musicien d'après le résultat final est un art stérile, au contraire de l'analyse scientifique des phénomènes naturels ; car en fin de compte, la science vous permettra d'agir sur la matière, tandis que toute celle du critique ne lui permettra jamais, bien qu'il connaisse toutes les réponses, de faire quelque chose ; un bon chorus par exemple ; ou de dire d'avance que tel jour à telle heure, untel prendra un chorus formidable parce que ça ressort de tout ce qu'il a vécu jusqu'ici.

C'est, dira-t-on, que la critique musicale, encore trop embryonnaire, n'a pas atteint le degré de perfection de la critique physicienne d'Einstein, qui lui permit de dire des années d'avance, en 1912, que ses affirmations seraient aisément contrôlables à la prochaine éclipse de soleil (elles le furent, de fait, en 1919). Bon. Je veux bien. Mais voyez une autre critique plus avancée, la critique picturale : tout se passe exactement de la même façon que pour le jazz, et en fin de compte, il reste les tableaux dans les musées et un fatras de paperasses indigestes.

Expliquer, expliquer ! « Je ne comprends pas », dit le spectateur devant la peinture abstraite ; mais c'est qu'il n'y a pas à comprendre : il faut regarder. Que

font d'autre ceux qui comprennent ? Peu de chose :
il se trouve que chez eux, la vision des couleurs sus-
cite un réflexe graphique et les mots coulent, coulent
sur le papier. Mais pourquoi ce réflexe ? Pourquoi
ci ? Pourquoi ça ? Et pourquoi, pourquoi, ou pourquoi pas ? Faux problème ! En vérité, sincères sont
ceux qui, saisis d'enthousiasme, veulent le faire par-
tager à autrui. Et parfois, ils y arrivent ; mais ils ont
gagné quoi ? Non pas l'adhésion au tableau, ou au
disque ; mais l'adhésion à *leur* opinion. C'est ainsi
que contre leur cœur, bien des jeunes se sont laissé
prendre à la « *critique d'adjectifs* » comme dit exactement Hodeir. Et ça remonte loin, ce genre de mirage,
comme en témoigne l'histoire du roi qui croyait se
promener dans l'habit le plus fin du monde jusqu'à
ce qu'un petit enfant dît innocemment : « Mais le roi
est tout nu ! » C'est une très vieille histoire.

Qu'est-ce que nous cherchons au bout du compte ?
Je ne puis parler que pour moi mais je sais ce que je
cherche : une plus grande abondance d'occasions telles que celles qui nous firent entendre Ellington, Parker, Gillespie, Louis, Ella, Peterson et d'autres. Comment obtenir cette augmentation ? En augmentant la
demande ? Voire. Les organisateurs de concerts ont
des idées bien arrêtées là-dessus. Et la demande en
question, les amateurs, je veux dire, ont des moyens
bien limités. Quelle que soit la demande, si ça ne rapporte rien à personne, ça a peu de chance de se
faire ? Alors ? Il faut intéresser les couches fortunées
à la musique de jazz ? Mais comment ? Avec les vingt
faces qui paraissent tous les ans ?

Ici, naturellement, le critique arrive et dit : En faisant appel à l'intelligence et à la compréhension des
élites de la finance. Et allons-y, sautons sur la
machine à écrire. Le malheur c'est que les élites plou-
tocrates ne lisent que la *Cote Desfossés*.

Et finalement, on s'aperçoit que c'est en brouillant
les cartes et en y allant d'un maximum d'obscuran-
tisme qu'on va retenir l'attention. À quoi sert de dire
platement : Durand est bon musicien ; il s'est bien

entouré ; il interprète avec goût un joli thème simple, et le résultat est plaisant ? Zéro, mon vieux. Pas question ! Il faut remonter aux origines, quand le jazz balbutiait dans la jungle birmane, à l'heure où Buddy Bolden crachait ses poumons dans l'inhumaine ghoule de laiton qui, du même coup, arrachait le cœur de l'assistance et franchissait le lac Pontchartrain...

Réellement, en toute sincérité, il n'y a, je pense, qu'une alternative : le public sait ou ne sait pas ce qu'est le jazz. La critique ne peut le lui faire savoir mieux : elle lui fera savoir ce que Machin pense que c'est. Elle pourra l'accrocher, certes ! Cela se réduit donc bien à de la publicité. C'est une forme plus hypocrite de la publicité, propagée avec un égoïsme souvent sincère par un amateur plus verbeux que les autres, qui entrevoit ce qu'il y peut gagner et dont le but lointain est de s'éclaircir à soi-même les idées sur le sujet.

C'est triste, après tant de belles phrases de tout le monde, de dire ça aussi crûment, mais l'utilité de la critique m'apparaît identique à celle du bulletin météo ; voilà comment ça se passe. Au départ, il y a les éléments actifs — les cyclones ou anticyclones, c'est-à-dire les musiciens. Eux sont poussés par quelque chose (encore un bon chemin de traverse pour la critique : Qu'est-ce qui fait jouer Dupont ?) L'essentiel, c'est qu'ils jouent. Ils se créent un public — un premier noyau direct (qui peut même comporter un critique). Ce public joue le rôle du talent-scout (l'appellerait-on critique, au fait ?) de Hollywood, rôle analogue à celui de l'observateur d'une station météo. Ce public signale : Y a Dupont qui fait quelque chose. On le fait savoir (ça s'appelle *toujours* de la publicité). Vient la phase statistique : On examine dans quelle mesure les réactions provoquées par Dupont l'emportent sur celles provoquées par Durand. À l'échelle locale, d'abord, puis par rapport à des Duval plus éloignés. On tente de tracer les courbes isobares. On peut commencer à penser que d'ici

à tel ou tel laps de temps et pourvu que ci ou ça.
Dupont va devenir ça et ça ; ravager les côtes breton-
nes ou se perdre au large. Tout ça, c'est utile à l'amateur de jazz ; et tout ça peut susciter un intérêt pour
le jazz chez le non-amateur qui est tout de même
content de savoir s'il doit évacuer ou non sa maison
de la côte. Finalement, Dupont arrive. On y est pris
ou non.

Que fait le critique dans tout ça ? Pourquoi ne res-
terait-il pas dans l'ombre ? Après tout, ce qui compte,
c'est la petite carte que publie chaque jour *Paris-
Presse*, et qui nous apprend que tel jour à telle heure,
il y a des chances pour que le cyclone nommé
Dupont passe sur Carpentras. Mais va-t-on publier
dans *Paris-Presse* les laborieuses cogitations des gens
dont les calculs ont permis d'annoncer Dupont ? Le
consommateur s'en fout. Ça n'intéresse que le critique lui-même.

La différence ? Il n'y en a pas ; sinon que tel qui
n'oserait se dire expert météo ne prend pas de gants
pour s'affirmer critique de jazz ou d'autre chose. Il
ne se rend pas compte de son rôle : un agent intermédiaire de propagation de nouvelles ou de réputations
(le cyclone et son intensité). Il *veut* expliquer pourquoi ce cyclone est comme ça. Il *veut* toujours expliquer. Cuisine intérieure mise à jour. Il ne s'aperçoit
pas que les explications, zéro : c'est illusion. Les critiques les plus géniaux n'y échappent pas.

La preuve c'est que ça fait une heure que j'essaie,
comme une andouille, de vous expliquer ce que c'est
que la critique et pourquoi on ne peut pas dire que
ça serve à grand-chose. Moi, de toute façon, ça m'a
titillé de me voir lucide et ça m'a fait passer le temps.
Et ça n'empêche personne de rêver à une critique
sérieuse, telle que si un jour on vous donne cent disques de Machin en vous demandant d'en déduire
note pour note le chorus qu'il prendrait sur « Lover
come back to me », vous le déduirez. Heureusement
pour tout le monde, ce temps funeste n'est pas près
d'arriver. Quant à la revue de presse, elle est salement

compromise. Par chance, il ne se passe rien pendant le mois d'août, si on excepte quelques histoires de frégates d'Angleterre ; je vais brièvement me balader sur ce que j'ai là.

Septembre 1952

★ Dans ses « Fogli volanti » de *Musica Jazz*, mon bon ami Polillo, ce mois de grâce d'octobre 1952, résume à sa façon la position des Français en matière de jazz. « *Règle numéro un de l'Esthétique jazzistique française, dit-il, les musiciens noirs... et de façon particulière les Noirs qui sont restés quelque temps à Paris, sont de grands musiciens de jazz ; tous les autres, exception faite des Français et de Mezzrow... sont de médiocres musiciens de jazz...* »

Mon cher Polillo, vous avez de bien mauvaises lectures pour en déduire des conséquences aussi fâcheuses ; je vous signale à toutes fins utiles, qu'il y a au moins un petit journal de jazz français, *Jazote*, qui n'a guère qu'une quinzaine de milliers de lecteurs, pour lequel même Mezzrow n'entre pas dans la catégorie en question et pour lequel le résumé ci-dessus paraît un peu sommaire ! Et nous sommes prêts à dire ici, devant tout le monde, que pas mal de musiciens italiens sont placés aussi haut par nous que pas mal de musiciens français, ou suédois, ou anglais, même si ça ne fait pas très très haut à côté de Dizzy, Parker, Lester, Jacquet ou quelques autres qui, tous, par un hasard étrange sont Noirs. « *Il faudrait démontrer la vérité de ces prémisses*, dit ailleurs Polillo, *selon lesquelles le jazz est exclusivement une musique noire.* » Mon Dieu, ce sont encore là des prémisses auxquelles une bonne partie des amateurs français ne souscriraient pas ; nous ne sommes plus au point d'ignorance des sources où nous nous trouvions voici vingt ans ; et nous reconnaîtrons avec joie toutes les influences européennes qu'a pu subir le jazz. Mais, laisser entendre au lecteur italien que le Français amateur de jazz ne révère que les Noirs et

Mezz, et ne se soucie que de la couleur de peau, quand il est avéré que la jeune école critique française s'efforce au contraire de ne pas errer dans les sentiers dangereusement arbitraires tracés par quelques bénévoles « découvreurs », et s'inquiète de considérer le jazz, non comme le fait d'une race, mais d'une minorité socialement opprimée, etc..., etc..., cela, cher Arrigo, c'est de l'affreux goebbelisme. J'entends de la sale propagande. Une bise, Arrigo, et sans rancune ? Tous les amateurs de jazz de France ne sont pas fascistes, je vous assure.

C'est l'article d'Irving Mills, ex-manager de Duke, qui naturellement prend à son compte les 3/4 de la réussite, le plus déplaisant. Entre autres, Mills dit ceci : « *Prenons par exemple son* Reminiscing in Tempo. *Il y avait bien des bonnes choses, et un de ces jours Duke ira les y rechercher et les utilisera au mieux. Mais, jamais cet enregistrement n'aurait dû être publié.* »

Voilà pourquoi j'aime pas Mills. C'est parce que, justement, je trouve que c'est un des enregistrements les plus intéressants de Duke, les plus révélateurs — avec ses qualités et ses défauts. « *C'est un de ces points,* ajoute Mills, *où Duke perdait le contact avec l'immense masse de ses suiveurs qui aimaient la vraie musique d'Ellington.* » Et l'on en conclut tout naturellement que Mills *savait* ce qu'était la vraie musique d'Ellington mieux qu'Ellington lui-même. Bien sûr. C'est une vieille chanson... C'est pour ça que l'on ne possède que des fragments de la formidable *Black Brown and Beige,* etc. À cause des Mills. À mort les Mills. Et Nat Hentoff a raison de parler de cette déclaration d'Ellington, faite d'ailleurs à Paris voici deux ans : « *Le jazz ne peut être limité par des définitions ou des règles, le jazz est par-dessus tout la totale liberté de s'exprimer. S'il est possible de donner une seule définition de cette musique, c'est celle-là.* » C'est pour ça qu'Ellington n'a pas continué à verser à Mills 45 % de ce qu'il gagnait.

Dans l'ensemble, un très intéressant numéro. Avec un sujet pareil !

Décembre 1952

★ Inutile de protester ; ce mois-ci encore, il y aura une revue de presse. Et même si la guerre éclate, il y aura une revue de presse, mais c'est pas moi qui la ferai, parce que si la guerre éclate, je m'en vais ailleurs. Bref, la guerre n'éclate pas, je suis refait, revue de presse deux points à la ligne.

Melody Maker, 3 janvier 1953.

Il y a régulièrement dans ce journal une page consacrée à la radio — je veux dire au jazz que l'on entend à la radio. Ce coup-ci, les lecteurs répondent à une enquête : *Pourquoi le public ne mord-il pas au jazz radiodiffusé ?* Il semble ressortir de la plupart des réponses que le public n'y mord point bicause on lui sert comme jazz de bons orchestres pourris du genre Geraldo ou Ted Heath. Il y a dans tout ça des choses bien compliquées. Comme dit un des lecteurs, *y a sûrement pas assez de bon jazz anglais pour en passer chaque semaine.* (C'est pas une attaque fielleuse, ça, notez. J'en dirais tout autant du jazz français ; non pas en soi mais *relativement* à ce que l'on produit dans la patrie du jazz.) Une réflexion de Ronnie Scott se plaignant de l'injustice de l'auditeur fait répondre à un de ceux-ci que le jazz reste la musique d'une catégorie réduite en nombre et que c'est cette catégorie qui a justement découvert Ronnie Scott ; que celui-ci essaie d'élargir, une fois connu, son audience, d'accord. Mais qu'il ne proteste pas si celui qui le voit se commercialiser lui crie casse-cou.

Tout ce débat prêterait à de nombreux commentaires fort intéressants, pertinents et tout. C'est reposer une fois de plus la question : comment étendre le public du jazz et l'éduquer ? La réponse est simple : c'est impossible. C'est au public de s'éduquer seul — ça demande du temps, des efforts, de l'argent, toutes choses que l'on trouve avec la passion. Messieurs, soyez passionnés.

Février 1953

★ Dans *Jazz Journal* de février 1953, un papier sur Todd Rhodes, illustré d'amusantes photos des McKinney Cotton Pickers. Papier très intéressant et bourré d'anecdotes, et qui raconte comment le Prince de Galles (qui fut Édouard VIII le Simpsonien par la suite) remplaça un soir le batteur. « Played pretty fair I remember », dit Todd Rhodes. Et un fort bon essai, intitulé « For Beginners Only » qui vient à l'appui d'une théorie défendue ma foi assez souvent par ici, selon laquelle il n'y a point de honte du tout à être venu au jazz par Kunz, Caroll Gibbons, voire Nat Gonella ; l'essentiel est d'y venir par quelque chose. Voici un passage.

« *Voici, mes amis, notre philosophie. Écoutez, digérez les opinions des critiques. Ils vous orienteront vers un tas de trucs très bien — si vous êtes prêts à les apprécier. En attendant ce moment, ne soyez pas leurs esclaves. Servez-vous de votre tête, suivez vos goûts personnels, et, par-dessus tout, gardez votre indépendance. N'êtes-vous pas d'accord avec moi qu'il vaut mieux, de loin, avoir une collection de disques un peu disparate mais qui vous font vraiment plaisir, qu'un magnifique stock des "meilleurs disques" dont vous ne pouvez honnêtement, apprécier la moitié* » ?

Voici ma foi un avis fort sain. Et la conclusion est charmante.

« *Certes vous aurez des amis un peu puants qui vous mépriseront de n'être point musicien vous-même et vous diront avec dédain que l'on ne peut s'attendre à vous voir apprécier ces choses... répondez-leur en citant cette astucieuse repartie : "Mon cher ami, je ne sais pas non plus pondre un œuf — mais je vous assure que je reconnais un œuf pourri !"* »

Ce qui n'est pas dénué de sens.

Mars 1953

★ *P. Guilhon*, 42, bd du Midi, au Raincy, m'envoie un bref billet doux — un peu réchauffée, cher ange, votre allusion finale. Voici le début : « *Avoue-le, "beau riz V'Hi-han", si t'aimes pas Mozart c'est parce qu'il n'était pas nègre.* » Certainement, et si j'aime Bach, Ravel et Berg, c'est parce qu'ils étaient nègres, comme chacun sait.

Chevalier, de Châlon, me communique un charmant extrait d'une proclamation des autorités d'Allemagne orientale, rapportée par le *Figaro*. Le jazz « *détruit la culture nationale, prépare à la guerre et conduit un grand nombre de personnes à l'idiotie* ». Ma foi... la dernière... il y a quelque chose là-dedans. Enfin un groupe de hardis défenseurs de la patrie qui signent — hardiment — tous illisible, sauf un certain Jean Chapisson (?), me fait parvenir un mot que je reproduis *in extenso* (ça fait de la copie) (eh, Hodeir, écoute aussi).

   Monsieur Vian,
   Monsieur Hodeir,
Vous nous emmerdez.
Vous nous emmerdez avec vos querelles de famille et vos histoires à la gomme.
Nous mettons 120 balles, soit 24 thunes, pour avoir des comptes rendus de jazz et non vos conneries.
Nous vous prions de bien nous croire vos... (suivent dix signatures indéchiffrables dont au moins quatre témoignent d'une certaine déficience culturelle, et la mention : *et* PUBLIER (sic)-LA, CETTE LETTRE.

Ce que je m'empresse de faire comme vous le voyez, et prie mes chers correspondants de bien vouloir trouver ici ma réponse :

   Soldats de la caserne Junot de Dijon.

Nul n'ignore que c'est la discipline, et non l'intelligence, encore moins l'orthographe, qui fait la force principale des armées.

Si vous aviez des choses au truc, soldats, vous auriez signé en clair — mais on n'exige plus d'un militaire qu'il soit brave : il suffit qu'il ait de bonnes jambes pour foutre le camp.

Puis-je vous faire remarquer, soldats, que vos cent vingt balles mensuelles (à dix, ça ne fait jamais que 12 balles par tête de nœud), c'est nous, les contribuables, qui les payons ? Alors, soldats, fermez vos gueules et rentrez dans le rang.

Soldats, je suis content de vous. Grâce à vous, la tradition de stupidité du militaire vient de se voir fortement consolidée. Merci encore. Rompez. Fin du petit courrier.

★ *Record Changer* pose un difficile problème : *how pure is pure ?* que l'on pourrait traduire à peu près par : comment évaluer le degré de pureté ? Du jazz bien entendu — ou des musiciens et des styles. Il y a eu jadis un gars nommé Kant qui s'amusait à poser des questions aussi épineuses. Vous voyez où ça mène. Heureusement, Jack W. Farrel, l'auteur du papier, ne va pas chercher si loin. Cependant, il a quelques formules heureuses, comme celle-ci : *En jazz comme en tant d'autres choses, nous souffrons d'avoir trop de Chefs et pas assez d'Indiens...*

Juillet-Août 1953

★ Dans le numéro du 26 août *Down B.* modifie sa couverture (il était temps) et se modernise ainsi avantageusement. Ce numéro est consacré en partie au référendum *des critiques*. Et, chose étrange, on y trouve des choses presques décentes. C'est ainsi que l'on a aux deux premières places du *Big Band*, Ellington et Basie, *Trompette* : Armstrong, Gillespie. *Alto :* Parker, Hodges. Naturellement il y a aussi un bilharris pourri qui vient se faufiler devant Benny Green et Vic Dickenson, mais Ella est suivie de Billie et Sarah, Buddy Rich et Max Roach, Louis Bellson et Jo Jones, enfin dans l'ensemble, hein ! les critiques valent mieux que le public. Il y a aussi la classification annexe des « New Stars » qui n'est pas sotte ; pourquoi en effet ne pas désigner à l'attention des performances qui sans détrôner les tenants du titre, laissent présager des combats futurs ?

Septembre 1953

★ En raison des hautes pressions barométriques qui pesaient le 29 décembre à 16 h 43 sur la face Nord-Nord-Ouest de l'arête extrême du Kalafoutro, petit pic isolé du massif des Trompchounes, dans le Pakistan septentrional, il s'est produit dans la presse mondiale des phénomènes étranges que je me devais de signaler. Tout d'abord, *France-soir* titrait sur six colonnes :

« Panassié tombe sous les coups des fanatiques du bop. » Renseignements pris, c'était inexact, mais vrai. Ne sachant à quel sein me vouer, j'ai choisi le plus confortable, le gauche de Marilyn Monroe (le droit est un peu fatigué par la vie quotidienne qu'il mène). Et, troublé par ce départ en fanfare du plus pur style Nouvelle-Orléans, revu et corrigé par Jacob Delafon, je me suis plongé à corps perdu dans la pile énorme des journaux spécialisés que la secrétaire de Baudelet, vêtue d'un ravissant tutu diaphane en toile de jute ripolinée, me tendait au bout d'une paire de pincettes astrales. Voici le résultat : vous en jugerez vous-mêmes. À mon avis, il est sinistre.

Melody Maker du 35 décembre (bizarres, ces Anglais) est imprimé en rouge sur fond vert, ce qui le rend absolument illisible, mais ravissant, en première page, la photo de la reine Elisabeth en train de danser le bibope avec Dizzie Gillespie, qui porte une très jolie casquette de peau d'éléphant braisé. Dans le fond, à gauche, sa sœur Margaret en train de pleurer. C'est un très bel effet, je me souviens qu'en 1906, j'ai vu Luca della Robia à Houlgate, il peignait une nature morte exactement dans le même genre. Il l'a vendue à Vollard six francs et deux douzaines d'huîtres ; Mac Orlan jouait la belle de Mai à l'accordéon ; le ciel gris, la mer écumante, un truc sinistre. N'y pensons plus, pensons plutôt à notre salut.

En couverture de *Estrad*, le magazine suédois, François Mauriac, en couronne de laurier, qui sourit de toutes ses dents, les doigts crispés sur un superbe saxo ténor M.R.P., la nouvelle marque à la mode. On sait que depuis le prix Nobel, Mauriac passe sa vie en Suède pour essayer d'avoir le prix Nobel tous les ans (ça fait plein d'argent).

Un long article de *Musica Jazz*, dont la direction vient d'être abandonnée par Testoni pour être reprise par l'éminent leader Pella, proteste contre la cession par l'O.N.U. de Trieste à l'Islande. Il paraît que, depuis que les Islandais sont installés à Trieste, le prix du phoque a triplé chez les merciers détaillants. On se perd en conjectures sur ce qui a pu donner à l'O.N.U. l'idée d'une telle manœuvre.

Down Beat explique à sa manière les dessous du duel Delaunay-Panassié qui a ensanglanté avant-hier la place de la Concorde. La version de *Down Beat* nous a paru totalement fausse dans le fond et elle est sensiblement exacte dans tous les détails. Au reste l'affaire est trop connue pour qu'il soit utile que nous y revenions. Résumons-la donc. Ayant lu publiquement au cours de l'émission « Jazz à l'Élysée » un poème de Francis Jammes, poème intitulé « le berger des bruyères » et d'une obscénité révoltante, Charles Delaunay s'est vu violemment prendre à partie par le vieux leader socialiste Cachin. D'un direct bien appliqué, Delaunay décrocha la fausse barbe que Cachin avait enfilée pour se faire passer pour Gambetta, qui est indésirable à l'Élysée depuis 1816. Ô, stupeur, c'était Panassié. Tableau, mais la vie continue, et rien ne change, ou si peu.

On annonce que Fausto Coppi quitterait le cyclisme pour la terre. Muni d'une microcharrue, le champion entend tracer des microsillons dans ses micro-champs. C'est à ce titre que l'information de l'*Osservatore Romano* nous a paru digne de figurer ici.

Eddie Barclay, le fabricant de poissons rouges bien connu, vient de s'associer avec Jean-Claude Merle (le zoizeau français) pour ouvrir un débit de poisson. Mieux vaut *Blue Star* que jamais.

C'est sans la moindre hésitation que Don Byas a reçu hier des mains du Président Jules Grévy, le brevet de nageur scolaire gagné par lui voici des années mais que la négligence d'une secrétaire avait fait égarer. Cette information nous est transmise par l'Agence Tass.

Je vous l'avais bien dit que cette revue de presse sans presse, ça serait un vrai tissu de conneries.

En 1954, les meilleurs musiciens seront, dans l'ordre suivant :

1) Léon Lafeuille né le 11 juin 1936 à Saint-Glaire (Orne), pour son chorus de gros violon bouché dans « les Pieds dans les reins », de Jean Gruyer, paroles de Jacques Plante.

2) Gabriel-Maria Binette, spécialiste du point à l'envers, du point à l'endroit et du contrepoint bourru renouvelé de Denys d'Halicarnasse, pour son arrangement inouï de la neuvième symphonie de Bithoven, réduite à 12 mesures nécessaires et suffisantes.

3) Ophélie Boudin, la reine française du swing de chambre pour le galbe de ses cuisses.

4) César Wrigley, qui a inventé le chewing-gum au temps où les Capétiens étaient encore indirects.

5) Eddy Bernard, parce qu'il ne le mérite, ni plus ni moins que les années précédentes et qu'une telle preuve de persistance justifie toutes les récompenses, à plus forte raison celles qui ne signifient rien.

Tous ces musiciens réunis sur la place du Marché d'Arras exécuteront à la volée une série de condamnés à mort le 11 septembre 1954. On peut apporter son manger.

Et quittons tous ces journaux idiots pour ouvrir enfin le *Bulletin du Hot-Club de France*. Riche moisson de détails : Georges Herment a épousé à Paris le 30 novembre la poétesse Madeleine Gautier. Le même jour, Hugues a tenu Mezz sur les fonts baptismaux de l'Église Saint-Prépuce l'Hospitalier de Passy. Le Hot-Club de France fusionne avec l'Union

Amicale des Accessoiristes de Cotillon ; siège social transféré 14, rue Chaptal, au rez-de-chaussée, sous le nez de Baudelet.

Une photo de Souplet (c'est rare les photos dans le *Bulletin du H.C.F.*) après son passage à la tondeuse militaire en 1916 quand il fut condamné à un mois et demi de camion pour usage de faux en rase campagne. Il n'a pas changé. Enfin, les meilleurs vœux de toute l'équipe du H.C.F. à *Jazote* et à tous ses lecteurs — vœux qu'à mon tour je prie le H.C.F. de trouver ici.

Voilà, le temps passe, comme la revue, aussi, je n'insiste pas. Le 20 janvier, je signale encore à mes lecteurs que j'interpréterai *Padam, Padam,* la pièce posthume de Shakespeare, au Théâtre des Ambassadeurs, dans des décors originaux de Dieu.

Janvier 1954

★ Le numéro du 10 mars de *D.B.* me va droit au cœur. En première page, deux superbes pépées — et c'est juste le jour de mon anniversaire. Merci au rédacteur en chef. Et à vous tous, lecteurs chéris qui m'enverrez des cadeaux utiles tels que cure-pipe (je fume pas) ou petit paquet de trinitrotoluol à se faire sauter à la poire (ça c'est pour le H.C.F. et ses trois membres qui m'écrivent de temps en temps sous de faux noms).

Voilà. J'ai plus rien qu'un peu de courrier.

Une lettre d'un certain Dominique Schauenberg, qui vaut une lettre anonyme en ce sens qu'elle ne porte pas d'adresse ; à moins qu'elle ne témoigne simplement de la certitude de son auteur que sa prose vaut d'être ici publiée. Je vais avoir la douleur de le détromper. J'ai reçu déjà bien des lettres de ce genre ; je précise la proportion, je reçois en moyenne une lettre désagréable pour trois lettres plus qu'aimables. Comme les gens râleurs écrivent plus que les autres, je tiens cette proportion pour très satisfaisante. Citons Schauenberg pour vous donner un échantillon de ma bonne volonté :

« *Je vous laisse ici, et sans vouloir vous donner de conseils, me permet encore de vous dire qu'ignorer cette lettre ou y répondre par la bande, comme vous faites la plupart du temps, serait une situation très gênante pour vous vis-à-vis de beaucoup de personnes* (lesquelles grands dieux ?) *En tout cas cela permettrait de vous juger une fois de plus.* »

Cher Schauenberg, si vous saviez comme je m'en fous, d'être jugé par les gens qui ne comprennent pas ce qu'ils lisent ! Et je serai ravi, si vous envoyez votre adresse, de vous répondre directement, *comme je le fais toujours ;* mais vraiment, publier votre lettre pour apprendre à mes lecteurs que je suis un pornographe indigne, cela me paraît sans intérêt. Soyez assuré que mes lecteurs s'en fichent éperdument, comme ils se fichent de ce qui ne concerne pas le jazz, et que nombre d'entre eux sont assez cultivés pour ne pas confondre érotisme et pornographie, etc... Nous ne sommes pas ici pour discuter de mes mérites personnels, mais pour tenter de faire au moyen des nouvelles qui paraissent concernant le jazz, un commentaire un peu vivant et sans prétention. Si ça vous ennuie, lisez le *Figaro.* Vos arguments se résument à ceci : « *Vous dites si, eh bien moi je dis non.* » Ça ne va pas assez loin pour nous.

Au sujet de Dizzy, voyez l'opinion de Basie, je m'excuse, mais je préfère l'opinion de Basie à celle de Schauenberg.

Avril 1954

★ *M.M. du 4 décembre.*

« *Pourquoi jouer des vieilles m...* », demande en substance Jack Payne page 5. Et il fait une remarque pertinente à propos de l'orchestre de Victor Sylvester que les jeunes ne connaissent point sans doute, mais qui fut l'âme des surprise-parties sentimentales d'avant-guerre. « *Victor jouait la mélodie et le public l'aimait pour cela. Mais il ne prouvait pas pour ça que le public n'aimait pas le jazz. Cependant, dans son*

ensemble, le public, tout comme maintenant, ne vou-
lait pas entendre du jazz toute la nuit. »

C'est fort juste. D'ailleurs, on vous l'a déjà dit, pour
sortir une fille, il vaut mieux une boîte où l'orchestre
n'est pas trop bon. Sans ça on l'écoute, on la néglige
et on la loupe. Et ça c'est grave.

Janvier 1955

★ Dans le *Melody Maker* du 28 mai fulmine une
controverse palpitante ; les musiciens anglais valent-
ils les musiciens américains ? Le problème nous semble singulier. Individuellement parlant (c'est une
bonne méthode que de chercher des solutions particulières pour trouver la solution générale) il ne se
pose même pas ; peut-on citer en Angleterre (ou ailleurs) un gars du calibre de Parker, de Dizzy, de
Duke, de Tatum, de Garner... etc. Il reste bien évident
que l'Amérique mène le jazz, quels que soient les
mérites de Ted Heath, qui à tout prendre, est aussi
bon qu'un orchestre américain pas très bon...

Juillet-Août 1955

★ Un peu de *Down Beat.*
Nº du 30 novembre 1955 : un long papier sur
Jimmy Giuffre et son long playing Capitol, *Tangents
in jazz,* dont on parle beaucoup et qui m'inquiète bien.

Charlie Parker avait pas besoin de discours pour
faire du jazz. Ça sortait tout seul. Aux autres de s'expliquer abondamment là-dessus.

Mais les musiciens qui se fabriquent d'abord des
théories pour les illustrer ensuite sont généralement
aussi emmerdants que les romanciers à thèse.

Lui aussi, dans *Tangents in jazz,* il voulait...

« *I wanted the pulsating beat to be felt rather than
heard.* »

« *Que la pulsation soit perçue plutôt qu'entendue.* »

Il y a également en matière de rapports sexuels quelques théories de ce genre, et les écrivains romantiques abondent en descriptions de frôlements qui font défaillir.

N'en déplaise à ces branlotins, si j'ose m'exprimer ainsi, ça ne vaut tout de même pas une belle fille bien en chair et en os... et surtout quand on peut toucher.

Ce jazz bourré d'intentions est aussi excitant qu'un paquet de chiffons mouillés.

Mais rien ne les empêche d'apprendre sérieusement la musique sérieuse, qui a de grands charmes. Il y a en musique classique des tas de pages où le *pulsating beat* est perçu plutôt qu'entendu, et qui sont fortement satisfaisantes, vu qu'elles vous donnent ce que l'on peut en attendre.

En matière de jazz, je crains d'être assez retardataire pour exiger de lui une émotion physique plutôt qu'intellectuelle. Il va de soi qu'il n'y a pas de différence fondamentale entre une émotion physique et une émotion intellectuelle, vu que c'est le cerveau qui fait le boulot dans les deux cas. Mais le phénomène de résonance, pour se produire, exige dans la réalité, un seul minimum d'intensité de l'excitation. En d'autres termes, quand les soldats qui marchaient au pas firent péter le pont suspendu (historique) ils représentaient une certaine masse mobile. Eussent-ils été de plume, je doute que le pont eût réagi de la même façon. Théoriquement, oui, avec le temps mais dans un monde sans frottements.

Or, nous vivons dans un monde avec frottements.

Tout ça, c'est pas du tout pour décourager Jimmy Giuffre !...

★ Une lettre ouverte de Charlie Mingus à Miles Davis, dans le même numéro, qui vaut la peine d'être lue. Comme on dit dans le grand monde, qu'est-ce que Miles se fait engueuler, mon frère !

                                                    Janvier 1956

★ Il est bien regrettable que la presse préfère consacrer l'essentiel de son activité aux âneries plutôt qu'au jazz, mais le fait est là. La presse française fait preuve d'une partialité révoltante et ne traite jamais que les mêmes sujets : les hommes politiques et les autres criminels. C'est comme ça, on n'y peut rien.

Et ça n'empêche pas Gérard Heyden, de Coudeker-que-Branche — un homme du Grand Nord comme vous voyez — de m'engueuler avec vigueur pour diverses raisons.

Comme je suis de bonne humeur (je suis *toujours* de bonne humeur, d'ailleurs) je vais reproduire sa lettre *in extenso*.

    « *Cher Monsieur,*

« *Par la présente, je suis heureux de vous transmettre deux coupures de l'*Humanité-Dimanche *du 29 janvier, où l'on peut constater que toute question politique à part, il se trouve dans cet organe des gens qui savent parler du jazz avec objectivité et compétence alors que tant de leurs collègues en parlent comme des cons péteux. Si ça peut servir à meubler votre Revue de Presse... À propos de cette rubrique, quelques reproches à faire : D'abord cet article nébuleux sur l'exclusion du H.C. de Strasbourg par le H.C.F. because un certain concert de Chet Baker. Aussi insipide et aussi navrant que le jeu du Chet en question. Ensuite, on avait déjà parlé d'un article de J. Payne de la même matrice que le dernier cité dans J.H. n° 93 au sujet des stupidités à thème vaguement religieux. Que Payne se répète, c'est son affaire. On demande à un journaliste son papier, et non pas du nouveau. Mais qu'un tel sujet qui ne concerne pas le jazz ait à deux reprises l'honneur de ces colonnes, voilà une chose bizarre ; d'autant plus qu'il y avait des choses intéressantes à glaner dans vos canards, comme l'engueulade de Miles par Mingus, qu'on eût au moins aimé voir citer partiellement. Mais non, l'auteur de la « valse jaune » n'y a pas songé, et il faut s'abonner à* Down Beat *pour être au courant. Cela est vraiment curieux de la part d'un critique qui limite son ambition à torpiller ses collègues et leurs insuffisances. Ceci dit entre nous, car étant réfractaire à la pédérastie, j'ai peu de chances* *d'être cité, ce qui m'est parfaitement équivalent. Au plaisir de vous lire dans de meilleures dispositions... »*

Hein ! il me l'envoie pas dire, Heyden. Et je vais lui répondre aussi sec ! C'est comme ça !

1) Il n'y a vraiment pas de quoi se rouler par terre de joie quand on lit les articles d'*Humanité-Dimanche*. En voici l'essentiel : c'est la critique d'Hampton à l'Olympia :

« Pour la surboum, on a fait appel à Lionel Hampton, un des meilleurs musiciens de jazz : on ne se rend compte que rarement de son talent. Pour le reste, il sacrifie à la mise en scène, ce qui n'a rien à voir avec la musique.

« Puis, des serpentins commencent à voler de toutes parts, des danseurs de Saint-Germain-des-Prés montent sur la scène. Pendant une demi-heure, c'est le délire préfabriqué.

« Les amateurs de jazz ne sont pas contents, mais il y a de l'ambiance ! »

On ne peut pas dire que ce soit idiot, certainement... mais la place accordée au jazz par H.D. reste maigre ! En outre, 1) je n'ai jamais dit que les communistes ne connaissaient rien au jazz... 2) si Kurt Mohr ou Hodeir écrivaient dans l'*Humanité* (à supposer, etc...), ils resteraient eux-mêmes, j'imagine ? 3) l'*Humanité* n'a pas toujours encensé le jazz... ni les Américains 4) si l'on peut écrire dans l'*Humanité* en restant soi-même, je suis sûr qu'un tas de gens seront ravis d'y écrire 5) mais l'exemple de Pierre Hervé me fait réfléchir... moi, voyez-vous, je suis plutôt pour Hervé...

2) Si vous trouvez que mon article sur l'exclusion de Chet Baker était nébuleux, c'est que vous n'avez jamais lu ce que j'écris quand je suis vraiment nébuleux ! Là, alors, c'est « sensas » ! Personnellement, je ne cherchais pas à écrire quelque chose de nébuleux, je cherchais à écrire quelque chose d'aussi idiot que l'exclusion du H.C. de Strasbourg par Panaploum. Ai-je réussi ? La postérité jugera.

3) C'est en cognant des tas de fois sur les clous

qu'on les fait entrer. C'est également avec les thèmes des chansons populaires qu'on alimente le jazz. Si ça me plaît de taper tous les mois sur les chansons religieuses pourries qu'on nous sème à longueur de sillon, je taperai tous les mois, et si ça ne vous plaît pas, vous pouvez lire le *Petit Echo de la Mode*.

4) L'engueulade de Miles par Mingus était une lettre ouverte qui tenait à peu près une page de *Down Beat*. En citer des extraits n'avait aucun sens car l'argumentation était serrée et cela risquait de déformer le tout et de faire du tort à l'un comme à l'autre. On fait dire ce qu'on veut aux gens avec des coupures bien placées ; ce n'est guère mon propos de faire du tort à Miles ni à Mingus. Et vous avez parfaitement raison de vous abonner à *Down Beat* ; on n'en sait jamais assez.

5) Vous me connaissez vraiment assez pour dire que je « limite mes ambitions à torpiller mes collègues et leurs insuffisances ? » On a dû se rencontrer en rêve, alors... Et puis quels collègues ? À quel métier faites-vous allusion ? Critique ? Je ne fais pas de critique, je fais une revue de presse, et de la façon qui me plaît ; si elle tourne à la chronique, ça me regarde. Si j'écris des conneries je suis ravi qu'on me le dise — mais je demande le droit d'en faire autant vis-à-vis des autres, et il me plairait qu'ils en fussent également ravis... souriez, Heyden, ou faut-il que l'on vous fasse guili ?

6) Votre allusion à la pédérastie me semble fort obscure. Auriez-vous, à cet égard, la conscience troublée ? Vous parliez de nébulosité au début de votre lettre, mais ce que vous écrivez, est-ce que ça veut dire ?

a) que je suis pédéraste ? (si c'est ça, je réponds que non, et que je le regrette puisqu'il paraît que c'est formidable) ;

b) que je n'aime pas les pédérastes ? (si c'est ça, je réponds encore que non, parce que ça ne me regarde pas, la vie sexuelle des gens) ;

c) que je ne réponds qu'aux pédérastes ? (si c'est ça, toujours non — la preuve).

Pour votre gouverne, sachez que le mot « cocu » employé comme injure ne peut s'appliquer qu'à un célibataire — sinon c'est une constatation, et que le mot « pédé » ne devient également une insulte que si l'insulté ne l'est pas, etc... (et que la meilleure façon d'injurier un pédéraste est de le traiter de sale hétérosexuel...).

Et si ces deux derniers paragraphes — ces sujets que vous m'avez imposés — ont beaucoup moins de rapports avec le jazz que Jack Payne et ses commentaires, que voulez-vous, c'est qu'on ne choisit pas toujours ce qu'on lit — mais quand on est honnête, on s'efforce de répondre aux gens qui vous écrivent...

Mars 1956

★ Pour faire plaisir à notre vieux camarade Eddie Bernard, l'ami Nat Hentoff consacre la moitié de son « Contrepoint » de la quinzaine à Friedrich Gulda. Et l'autre moitié (la première, en fait) à la fâcheuse habitude que les musiciens de jazz ont prise de démarquer un morceau en en repiquant les harmonies, voire un peu la mélodie, et en le débaptisant.

« *Rebaptiser "Windbag" un morceau qui s'appelle "Gone with the wind", ou "And She remembers me" un thème nommé "I'll Remember April" c'est peut-être drôle*, dit Tom Scaulon que cite Nat (je fais de la revue de presse, du 2ᵉ degré, quoi) *mais c'est aussi malhonnête.* »

Effectivement, il y a pas mal de droits qui se perdent pour le compositeur, dans ce genre de coups. Ça me rappelle le bon vieux temps — vous savez, l'occupation, quand on était les Algériens des Allemands — où l'on rebaptisait *Lady be Good* « Les Bigoudis » pour ennuyer monsieur Goebbels. Ah, là, là, on était jeunes...

★ Bref, Gulda va passer au Birdland. Ce qui prouve que le piano classique mène à tout. À condition de savoir jouer du piano en question.

Juin 1956

★ Un petit *Melody Maker* pour franchir la Manche. Celui-ci n'est pas de la première fraîcheur, puisqu'il est du 29 septembre, mais il témoigne en faveur de la Lebigot londonienne qui corsète Julie Dawn. Il recèle un papier surprenant de Jack Payne, un papier qui mérite que l'on s'y attarde.

Vous savez (ou ne savez pas) que l'Union des musiciens anglais étant ce qu'elle est, les musiciens de jazz américains n'ont le droit de venir jouer en Angleterre que sur la base d'une réciprocité. C'est-à-dire que pour chaque orchestre américain venant jouer en Angleterre, les Américains doivent engager un orchestre anglais pour jouer en Amérique.

Or, Jack Payne s'indigne et pose cette stupéfiante question.

« *Freddy Randall a-t-il reçu en dollars une somme correspondant à l'énorme total recueilli pour la tournée Armstrong ? Et Vic Lewis ou Tommy Whittle seront-ils payés de façon comparable à Lionel Hampton ?*

« *J'affirme que les seuls orchestres qui doivent se rendre en Amérique (pour ces échanges) sont ceux qui sont en position de demander des cachets correspondant à ceux que reçoivent les groupements américains visitant notre pays. En outre, ce devraient être des orchestres dont les disques se vendent aux U.S.A. : Johnny Dankworth, Cyril Stapleton, Mantovani ou Ted Heath, par exemple... »*

Eh bien ! ça promet de beaux jours pour les Anglais !

Car :

1) Il n'existe ni en Angleterre ni ailleurs une formation de jazz du calibre commercial (en nous limitant

au point de vue commercial, alors que l'Artistique aurait peut-être un petit mot à dire) de celle de Louis.

2) Il n'existe ni en Angleterre ni ailleurs un nombre d'orchestres de réputation internationale comparable même de loin à celui des orchestres des U.S.A. En France, le seul orchestre best-seller aux U.S.A. est celui de Michel Legrand, et s'il est fortement imprégné de jazz, c'est avant tout un orchestre de variétés. Une des seules petites formations best-seller aux U.S.A. est celle des Blue Stars : c'est également une formation de variétés. Payne le sait bien, qui cite Mantovani (lui n'a vraiment *aucun* rapport avec le jazz).

Ce qui condamne irrémédiablement toute possibilité *d'échange* en ce qui concerne le jazz. Il ne faudrait tout de même pas oublier, M. Payne, que le jazz vient des Noirs américains. En poussant un peu plus loin la théorie de l'échange, on arriverait très vite à exiger d'un orchestre symphonique qu'il ne joue que des productions du cru. Les Anglais vont alors se trouver en fâcheuse posture ! Que dire, si chaque fois que Lamoureux met Beethoven à son programme, on exige que le Philharmonique de Berlin joue Debussy !

Non. Tout cela est inepte. À force de vouloir tout commander et tout régler, on néglige complètement quelques faits primordiaux.

a) Les vrais musiciens de jazz ont toujours été et seront toujours passionnés de jazz, même si ça ne leur rapporte rien.

b) Les problèmes artistiques ne se dirigent pas d'en haut. Si un passionné de jazz n'a pas le talent équivalent à sa passion, c'est très triste, mais personne ne l'empêche de tourner des obus (ça se vend bien) pour gagner sa vie et se payer des bons disques. Seuls ceux qui ont le talent et la santé nécessaires arrivent au sommet. Ce n'est pas en déclarant que Randall doit être payé autant que Louis que l'on fera de Randall (excellent trompette d'ailleurs) un jazzman de la classe de Louis.

c) Il est consternant de constater que dans chaque

pays prévaut l'attitude suivante : Il y a, en tête, les jazzmen américains, et sitôt après, les jazzmen de *mon* pays.

Attitude ridicule ; rien qu'à New York, comme le disait Zannini dans le bulletin du H.C. Marseille, il y a cinq mille batteurs. C'est bien rare si, sur les 5 000, il n'y en a pas 50 qui « enterrent » leurs collègues de *tous* les autres pays réunis. De même, nulle part ailleurs qu'à Londres on ne trouve le « Smog » et la canne de Provence ne se trouve qu'en Provence, etc. À chaque pays sa spécialité. Et au consommateur le droit de s'approvisionner librement, sans douane et sans le reste ; à la fin, messieurs les organisateurs, vous nous cassez les pieds. Allez redresser vos torts chez vous d'abord. Et si vous pouvez aligner chez vous des orchestres du calibre Basie, Ellington ou même Les Brown, on les attend avec joie. Et qu'ils ne se plaignent pas s'il vient 50 personnes ; après tout, il y a trente ans que les Basie et autres bossent pour le jazz ; quand Tommy Whittle en aura apporté autant à la communauté, peut-être que la communauté paiera.

Novembre 1956

★ Un certain Bénard de Paris me met au défi de publier sa lettre (si vous osez... dit-il). Je n'ai jamais été insulté de façon aussi douce ni si plate, et j'ai un peu honte de provoquer des réactions aussi molles : Bénard, mon brave, faut-il vous conseiller de lire la tirade des nez ? C'est effrayant d'être aussi mou à votre âge, mon gros minet... sûrement, je ne publierai pas votre machin, on dirait une réclame de suppositoires...

Juillet-Août 1957

★ Dans le *Melody Maker* du 14 septembre 1957, Steve Race pose un intéressant problème : « What makes a jazz critic ? » et émet une proposition qui semble saine : « le premier devoir d'un critique est d'être lisible ; si personne ne lit ses critiques, autant fermer boutique. » Ce qui nous amène aussitôt à un point brûlant : qui dispose de la liberté de s'exprimer ? Ou pour évoquer la radio, si on permet à un bonhomme d'émettre des critiques, *on force* en même temps les gens à l'écouter. De même, si on imprime les critiques d'un bonhomme, on force *un peu* les gens à le lire (bien sûr, personne ne lit les critiques littéraires d'André Rousseaux dans le *Figaro*, mais étant donné l'importance de ce journal, il y a un risque). Alors ? Une suggestion : on supprime tous les journaux. Les arbres y gagneront, les lecteurs aussi, la radio aussi ; il reste bien Lazareff mais il a déjà bien assez de sous pour se retirer gentiment.

Octobre 1957

★ *Jazz Journal*, novembre 1957. Un article de Steve Race consacré à Benny Powell, le trombone de Count Basie, reproduit diverses opinions de ce dernier. En voici des extraits :

« *Il y a des tas de gens qui prennent le jazz trop au sérieux ces temps-ci. Et ils sont tellement occupés à être sérieux qu'ils oublient de quoi il est question. Le jazz doit swinger, et il doit avoir de l'humour. Dès qu'il perd ces qualités, ce n'est plus du jazz.* »

Et, un peu plus loin :

« *Le jazz est essentiellement une musique populaire. Il a une histoire et une croissance de structure précise. Écoutez Miles Davis et vous retrouverez les influences primitives, à travers Dizzy, Louis, et ceux qui ont précédé Louis.* »

Continuons encore :

« *D'un autre côté, vous avez des types qui vous disent que vous devriez jouer comme Teagarden ou Dick Wells parce que ce sont des noms consacrés et que nul ne fera mieux qu'eux. Ou comme Jay Jay et Kai. Mais un jeune musicien doit progresser naturellement de son côté. Il doit être influencé par ces grands,* »

mais s'il les plagie, il ne sera jamais qu'une copie plus
ou moins bonne. Après tout, Teagarden et Dicky Wells
n'ont pas plus copié Kid Ory que Jay et Kai n'ont
copié Tea. »

Bref, vous voyez en tout cas que Benny Powell,
outre son talent de musicien, est loin d'être idiot...

Décembre 1957

★ Dans le *Melody Maker* du 26 octobre 1957, Steve
Race, à propos de Tony Coe, saxo alto, esquisse une
définition du « grand » musicien de jazz. Voici quelles sont, selon Steve, les cinq conditions requises :
    1. Il doit être maître de son instrument ;
    2. Il doit swinger ;
    3. Il doit être inventif ;
    4. Il faut qu'il ait « le sound » : par cela, Steve
entend « un amalgame de l'old sound et du new
sound » ;
    5. Il doit connaître la musique.
Voilà. Vérifiez vous-même si vous êtes des
« grands » musiciens. Comme chacune des cinq
conditions est matière à d'interminables discussions,
et comme, de plus, on pourrait en ajouter une bonne
demi-douzaine de plus, vos conversations avec vos
amis seront très animées cet hiver.

Décembre 1957

★ *Jazz Monthly* no 10, la seconde partie d'une longue
étude sur Gerry Mulligan, par Michael James. Une
sorte de psychanalyse, si j'ai bien compris. L'auteur
expose notamment le point de vue suivant :
    « *À la lumière de ces remarques, je ne crois pas qu'il*
soit imprudent de tenir la source originelle de l'expres-
sion spirituelle de Mulligan pour un sens profond de
la futilité de l'existence humaine. »
Cette conclusion se basant notamment sur « *la per-*
manence d'un élément de tristesse tout au long de son

œuvre » nous nous permettrons de dire qu'il eût été plus simple, pour s'en assurer, de demander à Mulligan si c'est bien ça qu'il éprouve. Car (attention, on raisonne, ici) à supposer qu'un enfant soit dressé à venir chercher son biberon chaque fois qu'il entend un air considéré (par Michael James) comme vachement triste, il paraît peu douteux que *pour cet enfant*, l'air en question serait vachement gai, vu que c'est bon, le biberon. Cet *élément de tristesse* étant un jugement parfaitement subjectif de James, il est hasardeux de le transférer à Mulligan.

Janvier 1958

★ Encore un *M.M.* un peu plus vieux, celui du 25 janvier qui portait en lettres de 10 cm de haut, le titre « ROCK RACKET EXPOSED ». C'est-à-dire le scandale du rock dénoncé, ou à peu près. Il s'agit d'un film qui exposera les trucs utilisés par les chanteurs à « gimmicks » et leurs exploiteurs.

Voilà qui est bon, décidément. Mais le scandale des gens qui vendent des fusils et des revolvers ne serait-il pas un peu plus grave ? (Je ne parle pas des canons car j'ai d'excellents amis marchands de canons ; je me borne à m'attaquer à ces lampistes, les armuriers.)

Si on nous foutait la paix avec les « scandales » en musique ? La musique, personne n'est forcé d'en écouter, après tout... Faudrait pas oublier que c'est un divertissement que nul n'oblige à suivre... On édite quand même quelquefois des disques de Webern, Dallapicola et autres... Françoise Sagan s'est toujours mieux vendue qu'Alfred Jarry, tout comme Delly... alors, zut, ça ne l'empêche pas d'être sympathique, et Jarry non plus... Quand on voit des crétins sans espoir comme certains rockers ou skifflers gagner des millions en chantant, eh bien, c'est plutôt agréable, non ? Ça fait un peu conte de fées... le vilain petit canard qui touche un tiercé au PMU, et étant donné que ça se déroule dans un domaine encore libre, ou à peu près, qui est-ce que ça gêne ?

Et vive Monk !

Mars 1958

★ M. Claude Bénard, un lecteur qui ne se déballonne pas, ne m'indique pas son adresse ; il m'avait mis au défi de publier sa première lettre, et me reproche de choisir dans mon courrier... mais ce bon chérubin prend-il ma revue de presse pour une poubelle ? Je vous cite les passages les plus savoureux : « *Le pré-texte que vous invoquiez était celui du manque de virulence de ma diatribe... et bien, vous n'avez rien perdu pour attendre, car ma devise est « il n'est point d'étau qui ne se desserre* » (chouette devise s'il en fut). *Je dois donc vous dire ce que je pense de vous : vous êtes un pisse-froid qui ne se prend pas pour de la petite merde, votre seul effort est de découper des articles marrants pour faire rire les lecteurs, mais vous, que pondez-vous ?, etc...* »

Et vous, mon mignon Bénard, qu'est-ce que vous pondez ? des lettres comme ça ? Pauvre petit minet bleu qui est fâché qu'on ne le publie pas... voilà, une risette au monsieur... mais vous croyez *vraiment* que ça va intéresser les amateurs de jazz, votre lettre ? Et vous attirer une rubrique ? Je ne suis pas *tellement* important...

Et puis, faites moins de fautes d'orthographe... Je sais que ça donne du piquant, mais enfin...

Et envoyez votre adresse, courageux petit Bénard, juste pour voir, comme ça... Je vous dépêcherai mes deux tueurs... vous m'avez vachement vexé, j'en pleure de rage en serrant mes petits poings rouges.

Avril 1958

★ À mon vieux camarade Frank Ténot, le coup d'en-voi ; une coquille — ça ne peut être qu'une coquille —

lui a fait conclure son leader de *Jazz Magazine* (n° 37, mai 58) par cette belle formule « *il faut bien dire que grâce à ce petit truquage, le communiqué fut publié dans son INTÉGRITÉ* ». Et il s'agit d'un communiqué truqué ! Dis donc, Frank, tu devrais bien mettre à l'amende l'imprimerie dans son intégralité ! Au reste, notre ami commence son papier par ces mots : « *Je voudrais aujourd'hui vous mettre en garde contre les journalistes. Ce sont dans l'ensemble de braves garçons, pas plus bêtes que les épiciers ou les banquiers... etc...* » Allons, soyons Franks, les journalistes, tout au moins les échotiers, sont généralement une bande de porcs ignares, n'aie pas peur des mots comme ça, vieux ! cela dit, ce papier est tristement vrai. Et ça tient à quoi ? À ce que les journalistes ne savent pas écrire, sont incapables d'avoir un style un peu vivant et sont par conséquent obligés d'intéresser le lecteur par les faits (même faux) puisqu'ils n'ont pas les moyens de le faire par la forme. Un bon journaliste devrait être capable de décrire la fabrication d'un crayon de façon passionnante sans raconter une blague. Mais s'il avait ce talent, au fond, pourquoi serait-il journaliste...

★ M. Jacques Mauguière, pharmacien, m'écrit (une joyeuse lettre) où il se fout dedans complètement, j'imagine, par manque — justement — d'un minimum d'objectivité. La lettre-type de la paille et de la poutre. C'est à propos de Dédé l'Inodore (cette habile périphrase désigne A. Hodeir...) et Lulu le Malsonnant (lisez Lucien Malson), qu'il qualifie (encore un bon petit Hitler de province) *d'intellectuels prétentieux.* M. Mauguière, un pharmacien, ça n'est pas une « espèce » d'intellectuel ? Sans le travail passé de chimistes et de médecins (d'intellectuels, quoi) où seriez-vous ? dans la crotte ou dans l'épicerie ? Sans l'invention du langage et de l'écriture (et ce ne sont pas des « manuels » qui ont trouvé ça) où serions-nous tous ? Figurez-vous que l'élément intellectuel qui subsiste en vous (quelque réduit qu'il soit) est le seul qui puisse intéresser les autres... c'est très facile de cogner sur l'intellectuel, et les brutes adorent ça ; elles utilisent aussi à cet effet le courant électrique (c'est l'invention d'un bouseux, sans doute) le revolver (encore un imbécile qui a trouvé ça), etc. Vous avez tort de jouer au crétin, on gagne à tout coup... Personnellement, j'ai un faible pour les « intellectuels », et les gens cultivés et sensibles, comme Hodeir et Malson ; il se trouve que je dispose également d'un support matériel (85 kg de barbaque) qui m'a toujours permis les relations les plus agréables avec les anti-intellectuels... À votre service, en toute amitié... si vous n'aimez pas ça, c'est inutile d'insulter ceux qui l'aiment, ça prouve probablement que leur domaine de compréhension est plus développé que le vôtre, et c'est vous, à ce moment, qui êtes prétentieux de vouloir les juger... à propos, la musique, c'est pas un art intellectuel, sans doute ? Et qu'est-ce qu'un organe de perception ? c'est sans rapport avec l'intellect ?

P.S. — Je vous signale que le phallocystum à la dose de 1 cg à chaque repas fait grossir le cerveau dans des proportions appréciables.

Et sans rancune, j'espère !

★ Cette revue de presse se déroule sous le signe de la pensée la plus profonde, c'est bien réconfortant. Le niveau s'élève, mes enfants !

★ Un très remarquable papier d'Ernest Borneman dans le *Jazz Monthly* d'avril 1958. Quand il parle anthropologie, Ernest est toujours passionnant.

« *La bataille est engagée aujourd'hui entre les conformistes d'un côté et les non-conformistes de l'autre — entre ceux qui croient que le rebelle est une difformité sociale et ceux qui pensent qu'il est le gardien du progrès humain.* »

« *Le conformiste estime que l'être humain qui diffère de lui (par la race, la couleur, la religion ou le simple tempérament) est par définition sous-développé* »

(« *immature* » ; *plutôt « pas adulte »*) — *et constitue un rejet vers la vie primitive. Le non-conformiste croit que l'évolution de l'espèce humaine en branches différentes est autant un signe de l'amélioration de l'humanité que le développement de ces divergences qui nous ont, à l'origine, séparés de nos ancêtres animaux.* »

Et Ernest devrait ajouter que, puisque pour chaque milieu, il n'y a qu'un conformisme mais une infinité de non-conformismes, le non-conformisme est beaucoup plus riche de possibilités... quoi qu'en disent les irréfléchis qui parlent froidement du « *conformisme de l'anti-conformisme* »...

Assez philosophé, mes chichnoufs !...

★ Ça y est, Raux a trouvé quelque chose ! (On commençait à désespérer d'Hugues.) Il a découvert que « funky » équivaut à « bop ». Ce qui paraît assez intéressant, surtout quand on pense que certains adjectifs s'appliquent à la forme et d'autres à l'interprétation. Mettons tout dans le même sac et écrivons bravement dans la même voie :

« Le swing est une suite de douze mesures altérées (de sang) aux endroits convenables, tandis que le foxtrot est une qualité inhérente au jeu de Jack Schmürz, qui jouait en 1909 à Boston. »

★ Le même Raux (un dangereux polygraphe, comme vous voyez) s'écrie, dans *Dijon-Escholier* : « La critique de jazz n'existe pas. »

Je le remercie au nom de *Jazote* d'avoir lu aussi attentivement ce journal. Ça fait effectivement quelques années que plusieurs d'entre nous le répètent... Et vous voyez, ça porte ! on fait des adeptes.

Cela dit, les conclusions sont aberrantes, puisque basées sur des prémisses absolument arbitraires. Voyez ceci par exemple :

« *Or, les intentions, en art, ne comptent pas* » (ou, autrement dit, gloire aux crétins qui agissent avant de réfléchir, et au pouvoir — artistique — les irresponsables).

« *Et en jazz moins que partout ailleurs, il eût suffi de s'en aviser pour que fût évitée cette stupide « guerre du jazz » qui a fait tant de mal à notre musique.* »

Une question. À qui cette « guerre du jazz » a-t-elle fait du mal ? Et quelle « guerre du jazz » ?

On a l'impression que pour M. Raux, l'essence précède l'existence... il y aurait eu, d'abord, la guerre du jazz, et ensuite les musiciens auraient changé de style...

Malheureusement, la guerre du jazz n'a eu lieu que dans l'esprit de trois ou quatre critiques incapables de continuer à apprécier, faute de clairvoyance ou même de largeur d'oreille, si l'on peut dire...

Je vous assure, sire Raux, que dans le cœur de bon nombre d'amateurs de jazz, l'introduction de Dizzy ou de Miles n'a jamais chassé Louis ou Fats Waller...

Et que le public s'en contrefout... Alors quel mal est-ce que ça a pu faire que Hugues se torture la cervelle et cherche des raisons de condamner ce qu'il n'aimait pas, au lieu de dire tout bêtement : « J'aime pas ça ? »

Les Revivalistes ont échoué ! dites-vous. Eh bien ! vous êtes gonflé, maître Raux ! Demandez un peu à Léon Kaba de chez Vogue si sa maison a bien vendu ou non les disques Bechet-Luter ? Et de quoi vit Saury depuis des années ? Et Reweliotty ? Sans compter Watters, les Anglais, etc...

Et les « progressistes » ont échoué aussi ? D'abord, un « progressiste », ça ne veut rien dire... citez des noms de gens qui ont échoué... et qui ont échoué en quoi ? Kenton, que j'abomine comme jazzman, a eu un superbe orchestre de brasserie qui a rapporté plein de fric et eu des centaines de milliers de supporters... c'est lui-même qui s'intitule progressiste, du reste... et c'est un charmant garçon.

Qui a échoué ? et *Quel* échec ? Artistique ? êtes-vous qualifié pour le juger (et moi donc !) financier ?

vous ne paraissez pas très au courant... social ? Les musiciens de jazz sont accueillis plutôt mieux qu'avant, si les Noirs sont toujours victimes du racisme un peu partout. *Moral ?* Là, vous jouez les démiurges... à chacun son idéal de référence et les notes blues seront bien gardées...

Il faut désentimentaliser la *critique* de jazz. Le *critique* de jazz, Hodeir pour ne citer que lui, ne fait pas de sentiment. Il faut, et c'est pour ça que je m'étends un peu, parce que cela rejoint ce que dit justement Ténot : 1) exiger des journalistes intelligents si vous voulez lire des journaux sans échos ineptes et sans dentier de Bunk ; et il faut 2) que les critiques, Raux en tête, cessent de proférer de l'abstraction au kilomètre. Le mot chien ne mord pas ; la carte n'est pas le territoire ; le « communisme » n'est pas un homme... en matière de jazz, dire « les progressistes » ça n'a aucun sens. Parlez de gens bien définis, d'œuvres bien définies, et dites ce que vous avez à dire ; mais pas de ces généralisations dékhonnantes... C'est ça qui brouille tout.

Mai 1958

★ Ce mois-ci faut que je méaculpise. 1) D'abord à cause des 2 000 abonnements résiliés en raison de l'absence de ma revue de presse dans le dernier numéro.

2) Secundo, mes excuses à Lionel Raux : j'avais cru un instant :

a) qu'il lui serait bon de disposer d'un minimum d'organisation cérébrale pour étudier un problème, et que l'orienter sur un livre astucieux, celui de Jean Ullmo, que je citais, pouvait lui faire du bien... mais en toute honnêteté, je crois qu'Ullmo est d'un niveau un peu élevé pour Raux, et, effectivement, que l'esprit scientifique n'a pas place dans ses critiques (d'où leur valeur poétique...) ;

b) qu'il entendait (Raux) l'ironie. Il ne l'entend point. C'est peu grave (pour nous) ;

c) qu'il apprécierait l'introduction dans une polémique (du ton le plus gracieux, dont je suis coutumier), de quelques arguments point trop éculés ; mais non... je ne les ai pas répétés, les éculés, donc je suis à court, qu'il pense.

3) Mais Raux que, grâce à mes efforts, j'arriverai quand même à faire connaître en France, comme j'ai fait pour Hugues (hé, Raux, ici, le point d'ironie cher à Marcel Achard, *S.V.P. c'est une plaisanterie*) n'importe guère qu'à mon bon ami Petit de Dijon, sans qui je ne lirais jamais rien de ce divin exégète.

Mon troisième mea culpa est destiné à Mauguière.

Le fait est là, je dois devenir bougrement Khon pour que mes cabrioles les plus spirituelles soient prises pour des mouvements d'humeur.

Cela m'amène tout naturellement à une lettre de mince Minouche qui se montre épouvantée de la façon dont les gens prennent au sérieux les charges.

Alors j'éclaire ma lanterne.

Article 1. — *Cette revue de presse n'est pas une chaire du haut de laquelle je tonne.*

Art. 2. — *Quand j'engueule violemment un lecteur, c'est évidemment pour de rire* (Note pour Raux : ce Pour de rire vise à singer la manière de parler des enfants.)

Art. 3. — *Je prends déjà de l'Équanyl tous les jours, et c'est très insuffisant.*

Art. 4. — *Si vous, Mauguière, mon bon camarade, je vous ai injurié bassement, c'est parce que l'idée d'un intellectuel prétentieux est aberrante.*

Si un type est prétentieux, c'est pas un intellectuel. C'est un faux intellectuel.

Art. 5. — *Le jour où je me fâcherai, je prendrai le pouvoir.*

Art. 6. — *Je n'ai pas envie du pouvoir.*

Art. 7. — *Ceux qui ne pensent pas comme moi me réjouissent fort, car sans ça, qu'est-ce que je mettrais dans cette foutue revue de presse...*

Art. 8. — *Je ne boxe pas du tout, mais je suis de première force au marteau pneumatique.*

Art. 9. — *Miles Ahead est un disque du tonnerre (mon préféré) et Gil Evans est un gars pas tout jeune.*

Art. 10. — *D'ailleurs ça fait des mois que j'essaie d'arrêter cette revue de presse car j'aime mieux écrire des idioties qui rapportent que des idioties qui ne rapportent pas.*

Art. 11. — *Si seulement vous envoyiez tous une lettre pour dire que vous en avez marre, je suis libre ! Hardi ! un peu de bonté.*

Art. 12. — *C'est drôlement fatigant d'écrire en capitales, ce que je viens de faire pendant onze articles.*

Art. 13. — *Riez, mes enfants, riez ! Ça n'a rien de tragique ! Dans cent ans, aucun de nous n'y pensera plus.*

Art. 14. — *Pourquoi avez-vous des âmes de prosélytes ?*

Assez. Le prochain chapitre de ma Constitution personnelle suivra en son temps.

★ Et si je répondais à cette brute avinée de Lephay, 7, avenue Félix-Faure, Paris, quinzième ? (Hein, je ne me dégonfle pas, même les adresses aujourd'hui.)

Grâce à cette liberté d'esprit qui fait mon charme particulier, je vais le traîner publiquement dans la boue infâme, alors qu'il m'adresse une lettre privée... Suis-je primesautier !

Lephay, je me déshabille devant vous :

1) Je ne suis pas licencié de philo (la Providence m'en garde).

2) Un *a priori* n'est *jamais discutable. Un raisonnement, oui ;* mais pour l'*a priori,* on est libre, oui ou m... ?

3) Mes syllogismes sont scolaires parce qu'il est de la nature du syllogisme d'être scolaire. La logique symbolique et ses notations échapperaient, je crains, à la majorité de mes lecteurs minables (et à moi, donc).

Néanmoins, je vous recommande le petit manuel

de Suzanne K. Langer (*An Introduction to symbolic Logic, Dover Publications*, N.Y.).

4) Ce qui se passe entre mon vieux pote Mauguière et moi résulte d'une combine montée longuement à l'avance.

5) Pourquoi me parlez-vous *tous tout le temps de Hodeir et Malson ? Ce ne sont pas mes enfants, nom d'une pipe à pana !*

6) En matière de conformisme ou de non-conformisme, vous me permettrez de croire que vous cherchez à noyer le goujon, puisque vous me donnez un exemple scientifique et que l'esprit scientifique consiste à tenter d'établir des lois, des phénomènes et, *aussitôt, à voir comment on pourrait les prendre en défaut.*

Et puis votre Pascal, pardon... il y a eu quelques logiciens depuis...

7) Au cas où je me serais mal expliqué, je continue à préciser que le non-conformisme est innombrable — et que vous auriez tort de confondre le non et l'anti (qui est, assurément, de même nature que ce à quoi il s'oppose). Refuser et attaquer ne sont pas *du tout* deux attitudes analogues.

8) Je ne m'ennuie pas en société... J'ai juste pas assez de temps pour voir tous mes potes.

9) Je déteste le veau, mais ça n'empêche pas qu'il ne faut pas vous gêner, surtout qu'un mot de billet, c'est plutôt inoffensif...

10) Pourquoi n'écrivez-vous pas plus souvent ? J'écris bien tous les mois... alors ?

★ J'ai décidé que je ne parlerais pas de jazz dans cette revue de presse, et c'est pas maintenant que je vais changer d'avis.

★ Par contre, Frank Ténot, que j'ai ignoblement traité ici même, me flanque Littré à la tête, et défend son intégrité.

Eh bien, s'il croit que ça me fait peur ! Qu'est-ce qu'il a fait, Littré ? Il a codifié les tristes manies des

« grands » littérateurs sur lesquels il s'appuie. Ensuite, il est mort. Et maintenant, comme personne ne peut plus lui dire qu'il a eu tort *à certains endroits*, il em... tout le monde.

Allez, Frank, tu plaisantes... puisque je te dis que tu as pas le *bon* Littré. Qu'est-ce que ça lui donne, d'être mort, ce type ? Il s'est trompé, voilà.

★ Il peut se faire que nombre de lecteurs n'étant pas au courant de tout ce à quoi je fais allusion aujourd'hui, se jugent brimés par cette revue de presse ; c'est bien le but visé. Faut que je vous en dégoûte, vous prenez trop ça comme un phénomène naturel, du genre geyser. Normalement, c'est déjà pas marrant, mais vous allez voir, les dix ans qui viennent...

Salut.

Juillet-Août 1958

CHAPITRE III

LA VIE DU JAZZ

Toutes les choses qui comptent, défendues par des esprits que l'on reconnaît de bonne qualité et par des compétences que l'on craint, parviennent, en dépit de la faible étendue de leur audience, à faire parler d'elles. Créateurs, critiques, amateurs – combattants d'un petit domaine – font dix fois plus de bruit qui en impose que n'en ferait toute une armée. Peu de cabarets en Amérique et en Europe, peu de public connaisseur, beaucoup d'artistes dans la misère, et, en même temps, quantité de disques, de concerts, de revues, d'articles : ce paradoxe d'une société qui hésite à reconnaître un art en même temps qu'elle se refuse à le négliger, Vian l'éprouva, au cours des années 50, ainsi que le contraste entre la suprématie noire et le pouvoir de pénétration mondial du jazz. Cette suprématie est proclamée dans les pages qui suivent, où Boris ne mâche pas plus ses mots qu'il ne cache ses goûts.

★ Le déjà nommé Stan Kenton émet quelques opinions assez suffocantes dans le numéro de *Down Beat* du 19 novembre. « Tandis que Harry James et Tex Beneke (*ex* Glenn Miller) se tirent dans les pattes,

Woody Herman et moi nous aidons mutuellement à conserver un intérêt à la musique... les gens sont fatigués des accords ressassés... Il faut de la dissonance. Je crois que le plus grand compositeur contemporain est Stravinsky. Darius Milhaud le suit de près...

« Je ne suis pas, cependant, influencé par Stravinsky... ni par Dizzy comme beaucoup le croient... »

C'est charmant, et il dit encore bien des choses, ce bon Monsieur Kenton... Mais s'il s'occupait un peu de jazz ? Il y a des gens comme Bix, qui se sont cassé la tête à force d'écouter les compositeurs dits « sérieux » et qui ont très mal fini. Soyez très prudent Monsieur Kenton... le jazz a tout de même la peau noire... ne pas oublier.

Eddie Condon se lance sur les traces de Mezzrow dont le *Really the Blues* avait fait sensation (à juste titre). Mais dans *We Called it Music*, Eddie paraît-il ne réussit à passer ni pour un génie ni pour un martyr. (*Capitol News.*)

Le concert donné par Louis à Carnegie-Hall vers le milieu de novembre fut un succès. Y participaient Teagarden, Barney Bigard, Sid Catlett, Dick Carey (piano), Arvel Shaw (basse). On a paraît-il reproché à Louis de ne pas jouer assez ; il a répondu que tous ses musiciens étaient des as et qu'ils méritaient autant que lui de prendre des chorus.

Toujours dans *Down Beat*, toujours sous la signature de Mix, nous apprenons que Sarah Vaughan et Lester Young n'ont pas « rendu » de la même façon à leur concert de Town Hall. Sarah fut excellente mais Lester déconcertant. Lester répond qu'il n'a jamais mieux joué.

Selon toutes les critiques l'orchestre de Woody Herman ne fait plus d'argent. Ça fait bien plaisir à entendre, quand on se rappelle l'insolence avec laquelle il tirait les marrons du feu dans le film « New Orleans » (le plus grand coupable étant surtout le scénariste). C'est Stan Kenton qui a la cote, cette année. Attendons que le public s'en lasse... Ça ne durera sans doute pas beaucoup plus longtemps. Au même moment, Ellington et Armstrong font toujours de la bonne zizique.

La dernière formation de Lionel Hampton, bien qu'amputée de vedettes comme Illinois Jacquet et Arnett Cobb, paraît néanmoins remporter tous les suffrages. Hampton lui-même déclare que c'est le meilleur orchestre qu'il ait jamais eu. Selon Ralph Gleason, son mérite le plus grand est de faire de la bonne musique et sur laquelle on peut danser... évidemment... il faut penser à ça...

Janvier 1948

★ Salle comble à Paris et très enthousiaste, et pas déçue, je crois, car ceux qui venaient là venaient surtout entendre Mezzrow jouer ses chorus habituels. Pas de surprise, tel est le mot d'ordre ; de fait, il n'y en eut aucune, sinon qu'à mon sens, Mezz et son orchestre jouèrent mieux qu'à Nice ; l'atmosphère et l'ambiance jouent toujours un rôle considérable dans la réussite d'un concert de jazz.

Mezz Mezzrow m'a semblé mieux posséder son instrument qu'avant-guerre. Cela s'explique effectivement lorsqu'on a lu son autobiographie, *Really the Blues*. D'ailleurs Mezz n'a que cinquante ans et on peut s'améliorer à tout âge. Il a toutefois tendance à laisser sa clarinette jouer toute seule de temps en temps, et utilise un peu trop souvent quelques clichés, sympathiques d'ailleurs, mais vite lassants.

Bob Wilbur. Jeune, blond, frisé, élève de Bechet, il copie son maître de façon complète, mais il lui manque l'envolée du grand Sidney (ce qui s'explique par son âge et la couleur de sa peau, car je maintiens, puisque je suis raciste, que jamais les Blancs n'égaleront les Noirs en matière de jazz ; je m'excuse de répéter ici ce que j'ai déjà écrit dans *Combat* ; mais je le pense encore).

Quant au concert lui-même ? Mon Dieu... tout y est passé : depuis *Royal Garden Blues* jusqu'à *Really the Blues* en passant par tous les autres blues de la série. Et c'est là mon seul grief contre ces formations, que ce soit celle de Louis ou celle de Mezz : elles se recopient, elles ne se renouvellent pas ; bon sang, quand Louis jouait *You are my lucky star* en 1936 (c'est bien 1936 ? tant pis), c'était un air à la mode, et il en faisait *quelque chose de formidable*. Moi, c'est ça que je voudrais les voir faire encore maintenant : jouer Laura en collective... Laura, ou n'importe quoi d'autre... mais pas se répéter mot à mot. Et je vais vous dire une chose. Nous avons joué le 28 mars toute une soirée avec Archey, et l'orchestre de Claude Abadie ; j'ai confié à Archey ce désir et il m'a dit à peu près : « *Mais naturellement ! moi aussi*, Royal Garden Blues, *j'en ai marre ! À New York, ce qui nous amusait, c'était de prendre* Star Dust *et de le jouer dans le style Nouvelle-Orléans*. » Et, sacré nom d'une pipe, zut pour ceux qui ne sont pas d'accord, mais King Oliver ne faisait pas autre chose. À bas la fossilisation. Moi, j'aime entendre des choses que je ne connais pas, quitte à perdre un peu sur la qualité... mais justement, avec de vrais musiciens, la qualité n'y perd pas.

Avril 1948

★ On se fait suffisamment engueuler toutes les fois qu'on a le malheur de dire... ou d'insinuer (avec perfidie) que... peut-être... après tout... ces grands musiciens qui jouaient si bien voici quinze ans, jouent encore bien... mais moins bien... parce qu'ils ne sont plus... enfin, parce qu'ils sont moins dans le coup... On se fait, dis-je, suffisamment engueuler pour trouver une compensation atroce et maligne dans un éditorial tel que celui publié par *Record Changer* d'avril 1948, sous le titre « Lemme take this chorus ».

C'est un éreintement de l'orchestre de Louis (celui qui a fait la tournée en France) comme personne n'a jamais osé en écrire.

En substance, on trouve tout simplement que ces

messieurs se foutent du monde, et particulièrement Bigard.

Un solo vide et fluent de Barney Bigard qui commençait en Tea for Two *et se terminait exactement comme le* Concerto *pour clarinette d'Artie Shaw, si ce n'est que cette fin était jouée sans goût dans le registre grave au lieu d'être jouée sans goût dans le registre aigu.*

Moi je connais des gens, je vous le répète, qui se font affreusement engueuler quand ils disent que jouer ses propres disques par cœur, c'est peut-être manquer un peu d'enthousiasme... et de respect pour le public... mais j'ai d'épouvantables relations... la preuve... j'écris dans *Jazz Hot*... Mais il y a aussi de ces gens en Angleterre, si nous en croyons le *Musical Express*. Reprenons au début cette affaire, qui comme dit Denis Preston, « *a déchaîné un essaim de frelons...* »

Donc, *Musical Express* du 2 avril 1948 a publié un article de Hugh Rees tendant à « *réévaluer l'importance d'Armstrong* ». « *Car* », nous dit Hugh Rees, « *selon Mezz Mezzrow, Louis a donné tant au monde qu'il faudra des années et des années pour en faire la somme. M. Panassié cite ces mots de Mezzrow sur la page de garde de son livre* (sur Armstrong) *mais ni Mezz ni Panassié ne nous ont jamais dit exactement CE QUE Louis a donné à l'humanité* ».

J'ose à peine poursuivre la traduction de l'article de Hugh Rees, car il va très loin ; il risque sa peau même. Voilà ce qu'il dit encore :

« *Heureusement, un grand nombre de disques sont là qui servent de points de repère. Et presque sans exception, ils sont bruts, sans* « beat », *informes et manquant de la compétence technique de, mettons, l'orchestre de Jean Goldkette.*

« *Certainement. Louis lui-même, y donnait déjà des indications de ce que serait cette* « présence en scène » (showman-ship : littéralement, capacités de vedette) *qui ferait de lui le plus gros revenu des managers vers les années trente. Mais le reste des musiciens (les tant vantés Hot Five) n'étaient guère que des illettrés musi-*

caux, inconscients eux-mêmes, semble-t-il, de leur propre incompétence.

« *Non que Louis ait été sans défauts. Car à côté du charme de ses solos et du dur travail qu'ils représentaient, il y avait trop de notes qui ne sortaient pas, de phrases boulées et de silences embarrassants, quand le grand homme n'y arrivait plus du tout !*

« *Heureusement pour Armstrong, il rencontra en 1929 un manager à l'esprit avisé. Louis est un showman-né, un bon trompette, quoique dépourvu d'imagination, et un chanteur original, quoique parfois incompréhensible.* »

(M. Rees ajoute ici que les Noirs ont un avantage sur les Blancs quand ils sont sur scène. De nouveau, je ne suis pas d'accord : en Amérique, ce serait plutôt un handicap – et il continue.)

« *... et quoique dépourvus des trouvailles d'Ellington, de la technique de Benny Goodman ou du swing de Fats Waller, quelques-uns de ses disques de cette époque réussissent à restituer son charme personnel d'une façon absolument stupéfiante. À l'époque d'un Dizzy sa technique est enfantine. Et toutes les phrases qu'il utilise, il les a utilisées cent fois, si bien qu'elles semblent maintenant toutes usées...* »

Inutile de vous dire que le numéro suivant de *Musical Express* contient trois articles-réponses dus aux plumes de Kenny Clarke, trompette anglais réputé, Jeff Aldam, critique chevronné et Stéphane Grappelly (vous savez sans doute qui c'est). Ces articles, naturellement, rectifient les évidentes erreurs de Rees (erreurs ou plutôt exagérations).

« *Le grand mérite de Louis*, écrit Kenny Baker, *est d'avoir été un révolutionnaire il y a bien longtemps, pendant les années vingt, à un moment où les seuls musiciens dont il pouvait s'inspirer étaient des gens comme Bunk Johnson et King Oliver et où le jazz, dans son ensemble, était dans une phase plutôt élémentaire.* »

Oh, monsieur Baker, que vous êtes imprudent ! Si les gens de chez les Lorientais vous entendent dire du mal de King Oliver, vous allez vous faire assommer à grands coups de tuba ! et pourtant il est vrai que le jazz, effectivement (attention, je vais me faire tuer par mon bon ami Borneman) était plutôt informe à ce moment-là. Jeff Aldam est le plus agressif des trois. Il souligne « *cette vieille, vieille illusion que le progrès est en rapport avec la complexité toujours croissante !* » Il dit aussi une grosse énorme bêtise. « *Les be-boppers sonneraient plutôt "sauvage" s'ils jouaient ces mélodies lentes : imaginez Gillespie jouant* Laughin' Louie *ou* Sleepy Time ! »

Eh bien ! ça on l'imagine très bien quand on a entendu Gillespie jouer *I can't get Started* ou Howard Mc Ghee jouer *Stardust,* ne déplaise à M. Aldam. Mais celui-ci conclut que « *L'influence d'Armstrong est toujours présente – et on peut la retrouver dans le jeu de n'importe quel de ces musiciens sobres et solides qui en restent au développement logique d'une ligne mélodique, à une texture tonale agréable et à cette conception du jazz qui – quelque démodée qu'elle puisse apparaître à tous les souffleurs d'aigu de la 52ᵉ rue – est saine et complète* ».

Monsieur Aldam, voilà qui est très dangereux ; texture *agréable ? dites-vous.* Mais si l'on trouve agréable d'entendre des trente-septièmes diminuées avec des secondes coupées en quatre ? Et ce « développement logique » ? Ma foi, il y a plusieurs types de développements parfaitement logiques, de même, si je ne m'abuse, qu'il y a plusieurs géométries... ce n'est pas Riemann (le pauvre, il est mort, c'est vrai) qui me contredirait... et que ces géométries, si certaines sont moins immédiatement accessibles, restent toutes parfaitement logiques. Bien plus, dans le cas du jazz, les points de départ harmoniques sont souvent les mêmes, ce qui n'est pas le cas desdites géométries. Mais venons-en à Stéphane Grappelly qui reconnaît d'abord le courage qu'a eu Rees (d'autres diront l'inconscience) de s'attaquer à une idole de l'importance de Louis. Pour Stéphane « *Il est tout à fait erroné de critiquer la technique d'Armstrong qui a toujours été à la hauteur de ses besoins.* » Cela, naturellement, est vrai, et comme l'ajoute Stéphane « *dans le feu de la création, s'il fait un canard, c'est ridicule de le lui reprocher* ».

Par contre, « *que les premiers disques d'Armstrong manquent de swing, c'est parfaitement vrai ; et M. Rees a raison de critiquer les musiciens choisis par Armstrong pour jouer avec lui. Cela est une faute que je n'ai jamais pu lui pardonner. Peut-être Louis estimait-il que sa propre personnalité était suffisante pour lui gagner les applaudissements du public, et peut-être était-ce vrai. Mais neuf musiciens infâmes et un bon ne suffisent pas à faire de la bonne musique : cela fait une musique qui est obligatoirement mauvaise pour les neuf dixièmes* ».

« *En entendant Armstrong au Festival de Nice, pour la première fois depuis 1934, j'ai été obligé d'aboutir à quelques regrettables conclusions. Quoique ses dons innés restent sans équivalent – sa justesse parfaite, son timbre magnifique et ses idées mélodiques – il n'y a plus cet enthousiasme d'autrefois dans son jeu. Comme le dit Rees* (et ici Stéphane cite la dernière phrase de Rees)... *mais aujourd'hui, la musique d'Armstrong est démodée. L'Art doit progresser. Il ne doit pas rester immuable...* »

Voilà évidemment quelque chose de dangereux à dire... surtout quand on s'appelle Stéphane Grappelly... parlez-moi de gens qui restent sur place... comme dirait encore mon bon ami Borneman... mais ne soyons pas méchants... Stéphane conclut : « *Quand M. Rees dit que les Noirs sont fréquemment avantagés par rapport aux Blancs, il n'a pas tout à fait tort : si Louis était un petit homme blanc et gras avec des lunettes... on se moquerait de lui.* » Mais ça, bien sûr, pour ma part, je considère que les Blancs peuvent essayer (sans y réussir) de faire du jazz entre 18 et 35 ans... au-delà, il vaut mieux revenir aux bonnes polkas de chez nous... C'est moins triste...

Voilà... C'est tout pour Louis. Il mérite tout de même qu'on s'occupe un peu de sa presse.

Mai 1948

★ Parlons tout d'abord de Claude Luter, le style dans lequel il opère venant, chronologiquement parlant, en premier (à moins qu'il ne se trouve prochainement quelque jeune chef désireux de retrouver l'atmosphère du temps de Bolden, voire de Congo Square). Claude Luter a fort bien joué pendant cette Semaine du Jazz ; et j'ai dit par ailleurs l'intérêt de la comparaison que l'on a pu faire de son style avec celui de Graeme Bell et son Dixieland Band ; l'orchestre Luter jouant avec plus de chaleur et moins de technique. Pour notre ami Derek Neville (Ah ! Derek ! serais-tu chauvin ?), ce sont les Australiens les meilleurs :

— *Je dois,* dit Derek, *souligner la démonstration de jazz de Graeme Bell et ses boys, qui ont merveilleusement joué à Paris. C'est la meilleure musique dixieland que j'aie entendue, et j'ai l'impression qu'après ça, Claude Luter et son orchestre peuvent aller se coucher. Je n'ai pas aimé les musiciens de Luter qui, à mon goût, ont besoin de travailler à acquérir plus de métier.*

Voilà qui est grave, monsieur Neville ; et mon goût pour la controverse m'oblige à vous répondre par la voix de mon correspondant Jacques Tailhefer :

— *Je ne compare pas Graeme Bell et Luter. Ce n'est pas le même genre. Luter = King Oliver. Graeme Bell = Chicagoans. Chez Graeme Bell il y a déjà une évolution par rapport à Luter : Luter, c'est l'improvisation collective complète, parfaite. Graeme Bell est plus évolué : ce n'est pas l'improvisation collective d'un bout à l'autre.*

L'idéal ne serait-il pas un groupement de musiciens aussi bons techniciens que ceux de Graeme Bell jouant avec l'esprit de ceux de Luter ? Hé hé !... j'ajoute pour consoler tout le monde que Luter et Graeme Bell s'adorent et sont tout le temps ensemble (je parle des orchestres) lorsque ces derniers se trouvent à Paris.

Juin-Juillet 1948

★ *Jazz Journal* publie un article très chouette (je traduis de l'anglais : sweet) (parce que je pense en anglais, comme les Grands critiques de jazz) d'un certain Carolus, musicien de profession. Il y a des passages qui valent leur pesant de noix vomique (il se plaint de la surdité des critiques).

« *Tenez, Dodds, par exemple. Dodds était un homme qui sans aucun doute pouvait improviser des chorus incomparables, mais pourquoi oh ! pourquoi nous dit-on qu'il avait une belle sonorité ? Sa sonorité et sa justesse étaient à peu près aussi atroces qu'il est possible de l'être. Et Ory ? Ory joue à peu près à un quart de ton de la note qu'il veut émettre. On nous parle également de sa technique fantastique alors que c'est l'homme du do-sol septième. Sans doute il est très excitant dans les ensembles, mais qu'il joue faux !... J'aime Dodds pour ses chorus, Fazola pour son timbre, Louis pour presque tout, Ory parce qu'il a écrit "Muskrat Ramble", Mutt Carey pour son phrasé, et... mais je crois qu'il est essentiel de se rendre compte de leurs points faibles et d'admettre qu'une partie de ce qu'ils font est ignoble. Et puis, il y a tout ce blabla à propos du jazz "qui ne doit pas être commercial". Quand Oliver jouait le "Real stuff", il n'était pas du tout en train de se dire qu'il déversait le trop-plein de l'âme des masses opprimées ni rien de toutes ces balivernes. Il pensait probablement à la bonne petite enveloppe qu'il allait palper à la fin de la semaine, ou aux dix dollars que Dutray lui devait, ou si on lui paierait un coup après le morceau. Il faisait le seul boulot qu'il savait pour vivre. Qu'est-ce que ça pouvait lui faire si un Nègre de New Orleans travaillait 18 heures par jour pour gagner sa croûte ? S'en fichait ! Il faisait du fric !... »*

Voilà n'est-ce pas mesdemoiselles et messieurs un article qui frise le crime de lèse-majesté. Moi ça me fait d'autant plus plaisir que (bougez pas, je vais dire le truc le plus dangereux que j'aie jamais dit) je n'ai jamais pu écouter un King Oliver de la bonne période parce que l'enregistrement est dégueulasse (je pèse mes mots) et que la musique, pour moi, ça doit y ressembler, et pas faire du bruit d'aiguille. Pour moi, la musique phonographique (jazz ou autre) commence à la date de l'enregistrement électrique.

★ Il y a une telle différence d'envergure entre Duke Ellington et tous les autres musiciens de jazz, sans exception, qu'on se demande pourquoi on parle des autres. Le fait est qu'on en parle tout de même, et moi aussi, alors je n'ai rien à dire, et d'ailleurs je ne dis rien. Mais pour en revenir à Duke, il est une question que bien des gens se posent : lorsqu'un musicien entre chez Duke, ses enregistrements le présentent bien souvent sous un jour extraordinaire et au bout de peu de temps, s'il n'atteint pas la célébrité, c'est vraiment qu'il le fait exprès.

Aussi on est amené à se demander si le fait de jouer chez Duke développe les qualités intrinsèques du monsieur (ce qui est très admissible : jouer avec un orchestre de cette classe des arrangements de cette classe, ça doit faire encore plus d'effet que de se trouver à brûle-pourpoint au milieu du harem d'un pacha à son aise), ou si l'orchestre de Duke ne doit ses qualités qu'au fait que Duke s'assimile les vertus particulières de chacun des hommes qu'il emploie.

En résumé, Duke est-il un vampire ou un catalyseur ? Notez qu'il y a encore une troisième possibilité : peut-être a-t-il tout simplement un flair de chien de chasse pour découvrir les hommes qu'il lui faut – et ceux qui savent jouer. Mais Cootie a-t-il, depuis qu'il s'est séparé de Duke, fait mieux que le *Concerto pour Cootie* ou les *Echoes of Harlem* ? Et Barney Bigard ? (exemple beaucoup plus frappant encore). Et Ben Webster ? (cas plus discutable, car certaines des faces qu'il a gravées en petite formation sont plus qu'honorables). Ben Webster va cependant, paraît-il, revenir chez Duke. Alors ? Catalyseur ? C'est difficile à dire – il faudrait y être. L'esprit d'équipe de l'orchestre joue-t-il ? Posez-vous la question à votre tour... tâchez de la résoudre ; de toute façon, quelle que soit la règle à laquelle vous aboutissiez, vous aurez l'exception qui la confirme : Jimmy Hamilton, le clarinettiste actuel du Duke, qui est si ennuyeux qu'on peut affirmer en toute certitude qu'il n'a rien apporté au Duke et que Duke n'a rien pu faire pour lui : c'est simplement une victime de Benny Goodman.

★ Saluons une parodie espagnole de *Down Beat* (ne pas confondre avec la rapsodie idem de Lalo) intitulée *Ritmo y melodia,* et vraiment on dirait *Down Beat* traduit en castillan. Don Byas s'y trouve, éditorialisé, et Alfred Papo et passons sous silence un *Melody Maker* (et même trois *Melody Makers*) où Stan Kenton, qu'ils disent, quitte le jazz ! Ha ! Ha ! En faisait-il donc ? Attention ! Saisissons *Down Beat.* Celui du 29 décembre ? Non. C'est le résultat du référendum. Allons Ellington est quand même avant Kenton, ces Américains ont eu un reste de pudeur. Aïe ! dans les premiers solistes, il y a du Ziggy Elman, du Flip Phillips, du Al Hibbler (ils aiment bien les veaux, outre-Atlantique)... N'insistons pas, Ellington doit être une erreur... Passons sur le reste du numéro, où il y a un fou qui dit que ça vaut la peine de faire 300 kilomètres pour entendre Benny Goodman... Ça c'est la honte de la nouvelle Disco du directeur Delaunay : y a Goodman, Glenn Miller, Dorsey et d'autres... C'était si simple de classer les seuls bons disques qu'ils aient faits sous le nom de Hampton, Teddy Wilson, Sy Oliver (pour les arrangements de TD), etc... mais non... À propos, l'interdiction d'enregistrer est levée, ce coup-ci c'est pas du flan, comme dirait mad... Marguerite Gautier... mais voilà le numéro 1... *BONNE ANNÉE ! C'EST VRAI !* Oui ! Kenton quitte la musique (*sic*). Tenez-vous bien... Il veut reprendre ses études et faire de la médecine... devenir psychiatre...

Tout s'éclaire, me dit mon voisin.

D'abord, il les a rendus fous avec sa musique de brasserie épileptoïde... et maintenant, il va les soigner... il a assez de clients...

Mauvaise langue !... Kenton n'a jamais fait de jazz, d'ailleurs, et je ne sais pas pourquoi nous nous occupons de cet individu dans les colonnes d'un magazine qui se prétend sérieux. Aussi revenons à la levée du Petrillo Ban. Va-t-on avoir des disques ?

(Quand je dis on, je ne pense pas à nous, parce qu'on n'a pas des dollars à dépenser pour du jaze-bande, le plan Marshall a autre chose à faire.)

Allez, après tout, ce numéro de *D.B.* est parfait. En pages 12 et 13, une photo de deux mètres sur deux de notre génial père Ellington, le vrai Roi du Jazz. C'est là-dessus que je vous quitte. Vive le Roi !

Février 1949

★ *Metronome* : un engin qu'on ne voit pas souvent. En couverture, Bauer, Tristano et l'éternel Parker. Au fait, connaissez-vous Parker ? Moi, non plus. Si nous parlions de Buddy Bolden. Justement le premier article de *Metronome,* par george simon (sans majuscules, ce qui prouve bien que c'est un magazine avancé) nous signale que les *Metronome all stars* ont enregistré des faces du tonnerre. Voilà la composition : Gillespie, Miles Davis, Fats Navarro (tpts), Kai Winding, J.J. Johnson (tb), B. De Franco (clt) ; C. Parker (alto), C. Ventura (ténor) ; E. Caceres (baryton). L. Tristano (piano) ; B. Bauer (guitare), E. Safranski (basse) ; Shelly Manne (batterie). Ce qui permet d'affirmer que la section rythmique sera pas marrante. Pas la peine de les écouter. Quand même, on dirait qu'ils n'ont jamais entendu parler de Max Roach ou de Ray Brown...

Autres articles : une étude sur les disques microsillons de chez Columbia et Victor. Beuh, attendez un peu qu'on vous sorte nos longues durées à nous. Quatre-vingt-dix minutes sans dé... Zut... j'allais me tenir mal. À part ça, *Metronome* pourrait s'abstenir de parler des marchands de sirop Rami (sans offense) de Tony Martin et Johnny Desmond-le-Veau, avec photos gominées et tout. Tas d'affreux, va.

★ Au fait, j'ai reçu l'édition américaine du *Time* où Armstrong était fitchuré sur la couverture identique à celle parue en France : j'avais tort de douter. Mais l'édition américaine est drôlement plus sympa : le papier est mieux, et y a la publicité en couleurs. Par la suite, dans le numéro du 10 mars, *Time* donne un bref compte rendu de la fête des Zoulous. Louis a bu des tas de champagne paraît-il. Dans les lettres à l'éditeur, un bougre de Tacoma (Wash) éprouve le besoin de raconter l'histoire idiote de Louis se mettant à pleurer en écoutant Bix ; découragé qu'il était, Louis qu'il dit le bougre. Enfin faut bien que les légendes se perpétuent.

Juin 1949

Record Changer, Oct. 49.

★ Un papier sur sept grands trompettes blancs. Ça me rappelle quelque chose. Mais quoi ? Les susdits sont Kaminsky, Spanier, Wild Bill, Mc Partland, Yank Lawson, Wingie Mannone et Pete Daily. De ce dernier on commence à parler beaucoup. C'est un Chicago, savez...

2e *alinéa*. – Encore sur le ragtime. Par Kay C. Thompson. Bien, bien, mais moi j'aime pas beaucoup ça, alors tant pis. Quand c'est joué par Waller, Duke, etc... c'est très bon, naturellement, mais un air de Cole Porter interprété de la sorte est tout aussi bon. Je pèse mes paroles !

Novembre 1949

★ La presse française non spécialisée a consacré un certain nombre d'articles aux Concerts Ellington. Je n'ai pas l'intention de relever ici tout ce qu'on a pu écrire sur Duke. Il y a quand même quelques perles... Relevons celle de notre bon ami Jean Lannelongue dans *Libération*, ainsi nommé par antiphrase comme chacun sait :

« *Mais pourquoi l'adjonction d'un second drummer ? Cela enlève de sa cohésion à la section rythmi-*

que, déjà affaiblie par la tendance trop harmonique de Duke. »

Je voudrais savoir ce que peut être une tendance « trop harmonique ». Cela dit, Lannelongue a raison d'ajouter : « *Souhaitons de retrouver Duke Ellington débarrassé de la hantise des concessions à faire au public et au spectacle, habitude qu'il a contractée en Amérique.* » Et il a eu tort de ne pas retourner à Chaillot car dès jeudi après-midi, le programme (qui compte plus qu'on ne pense pour un orchestre de ce genre) était très nettement amélioré et atteignait presque la perfection dans les derniers concerts.

Melody Maker du 15 avril 1950 présente un grand compte rendu de notre ami Max Jones sur le concert du Havre et le premier concert de Paris. Nombreuses photos, de notre ami Hervé Derrien pour la plupart, et compte rendu précis et objectif de Max qui termine sur ces mots concernant le programme :

« *Je crois qu'Ellington aurait dû se fier plus complètement à l'enthousiasme du public français. Mon impression devant les réactions de ce public est que la majeure partie d'entre eux auraient préféré des exécutions complètes de ses fameuses pièces de concert plutôt que ces pots pourris sur des succès ou d'anciens enregistrements.* »

Ce qui est très juste. Mais ce diable de Duke est d'un entêtement.

Mai 1950

★ Peu de chose à se mettre sous l'Adam, comme on disait autrefois, cela au propre, vu que c'est sale, et au figuré vu le minime intérêt présenté par ce qui s'écrit sur le jazz. Plus ça va et plus je considère qu'il vaut beaucoup mieux l'écouter que le commenter – on me répondra que la propagande est nécessaire, mais alors qu'on la fasse comme il faut, sans blabla, sans littérature – et qu'on la confie à de bons agents de publicité. Tout cela pour vous dire que je suis bien triste d'avoir à faire, une fois de plus, cette revue de

presse, parce que j'ai dû lire, une fois de plus, des tas
d'articles et que je sais d'avance et par cœur tout ce
qu'on peut écrire sur tous ces malheureux musiciens
qui préféreraient de beaucoup trouver des engagements plutôt que de se faire encenser par des viocs
compréhensifs. Tout de même, dans la *Gazette du
Jazz*, ça m'a fait un peu plaisir de lire un papier de
Max Dornand qui, pour une fois, rend un commencement de justice à Red Allen ; alors, je vous le signale.
Par ailleurs, après audition de Goodman, je dois dire
que je trouve par contre le papier de Dorigné bien
trop gentil pour le « Roi du Swing » ?

Enfin. Roy est resté, c'est déjà ça ; mais à part lui, le
sextette Goodman, quelle belle bande de constipés...
exceptons la chanteuse, qui a une jolie poitrine (ça
peut servir), et qui ne chante pas mal (que je préfère
en tout cas à Chubby Kemp dans le genre fabriqué).

Un petit *Down Beat*. Pour changer, Goodman sur
la couverture. Information : *Jazz at the Philarmonic*
vient en Europe l'année prochaine. C'est très bien,
mais gare au drummer. Si c'est un gars comme
Shaughnessy, l'homme aux deux pédales, ça va être
propre. Au fait, il y a des gens qui disent
Shaughnessy, d'accord, pas de swing, mais il a une
technique formidable. Eh bien, les tambours de la
Garde républicaine aussi, mes enfants... En outre
Shaughnessy a une *sonorité exécrable*. Mais est-ce
que vous ouvrez vos oreilles quand vous écoutez, ou
est-ce que vous percevez seulement les chocs, ou est-
ce que vous pensez à votre petite amie, ou est-ce que
vous avez les étiquettes soudées à l'autogène, ou est-
ce que simplement vous êtes mûrs pour Yvonne
Blanc ?

★ Un article-interview d'un certain Red Rodney,
encore un trompette qu'a sûrement écouté Miles et
qui se figure qu'il n'y a qu'à en faire autant.

« Qu'on rende le jazz respectable », dit Red. Alors ?
C'est pas respectable le jazz ? il est dur, ce frère-là...

Dernier article : *Mes plus mauvais enregistrements*,

par Kenton. Ça, c'est puissant ! Comme s'il y en avait de bons !...

Y en a, je vous jure, comme dit Robert Lamoureux...

Juillet-Août 1950

★ Volons, tels de jeunes autruchons, jusqu'aux rives embaumées du territoire de l'oncle Sam. Deux *Down Beat*, l'un du 6, l'autre du 20 octobre, feront l'affaire pour cette fois.

a) Première page, Lennie Tristano. Lennie proteste contre les tentatives de commercialisation du bop, qui l'affadissent.

« Les efforts de formations comme le quintette de Shearing et le "Bird et ses cordes" pour accoutumer le public au bop en présentant celui-ci sous une forme commerciale produisent exactement le résultat opposé. » dit Lennie. « Si vous donnez au public du bop délavé, ils le préféreront au vrai. George Shearing a-t-il aidé le jazz en introduisant des morceaux bop en sandwich parmi des mélodies populaires ? de toute évidence non, car il y a à l'heure actuelle moins d'endroits où on peut faire du jazz que quand George et son quintette ont démarré... »

Ça comme conclusion, c'est un peu renversant, et ça donne tout de même un peu d'importance à Shearing qui (c'est toujours un avis personnel) n'est qu'un plat emmerdeur de style Huntzo-progressiste. Mais Tristano continue.

« Regardez ce qui est arrivé à Charlie Parker. Il a fait des disques en jouant la mélodie. Ils se sont vendus, et il a eu un gros succès auprès du grand public. Alors on l'a mis au Birdland avec des cordes pour jouer la même chose. Et il a mal joué. Pourquoi ? Parce que l'effort de jouer dans une veine musicale qui ne l'intéressait pas a été trop fort pour lui. Des choses comme ça n'aident ni le Bird ni le jazz. »

Si vous avez entendu en 1949 Charlie raconter à

quel point il désirait jouer devant un orchestre de cordes, et si vous avez entendu les merveilleux Mercury Longplaying avec le Zoizeau et les cordes, vous vous rendrez compte que Monsieur Tristano déraille un peu. Ça doit encore être un de ces bons théoriciens du dodécaphonal qui composent sur le papier sans se servir de leurs feuilles. Parce que Zoizeau et les cordes, c'est simplement « du tonnerre ». Et Tristano, c'est drôlement embêtant. Fâcheuse, ô que fâcheuse coïncidence. Mais Tristano insiste :

« Ce que je joue est tellement peu orthodoxe que vous ne pouvez tenter de le prévoir. Il faut s'asseoir, et être très détendu, avant de mettre un de mes disques. En conséquence, les gens n'aiment pas entendre mes faces aussi souvent que mettons, celles de Garner... »

C'est-y pas formidable, d'être inconscient à ce point-là ? Ah, Tristano, tu es bien le roi des humoristes. Non seulement tu confonds le non-orthodoxe avec le décousu, mais encore tu ne te rends pas compte du petit quelque chose de Garner. N'oublie pas, Tristano, que c'est plus embêtant de prévoir qu'on ne va pas pouvoir prévoir, que de prévoir qu'on va entendre de la bonne musique. Mets-ça dans ta fouille, Tristano, et va te ranger plus loin. Tu nous les brises, Tristano. Quand Parker joue la mélodie, c'est comme quand Louis la joue, ça devient de la musique, même si c'est une mauvaise mélodie.

Dans le même numéro du 20, un encore plus démentiel interview de Chubby Jackson. Cette fois, je ne veux pas m'étendre ; mais en résumé, l'opinion de Chubby c'est que pour que le jazz se vende, il faut faire le c... sur scène, il appelle ça une attitude saine et joyeuse.

Et il apprécie qu'il a cessé de gagner sa vie quand il a cessé de transpirer. Et vive Spike Jones qui, lui, ne prétend pas faire du jazz.

Novembre 1950

★ Passons chez nos amis les godons d'outre-Manche. Voilà un *Musical Express* pas trop vieux du 5 janvier. Nous y voyons une photo de Louis Jordan signant de nouveau pour trois ans chez Decca ; ça fait treize ans qu'il y est. J'aime pas beaucoup cette zizique, mais évidemment ça vaut encore mieux que de refaire du dixieland (et pan ! un coup en traître). Ça vaut aussi sans doute probablement mieux que cette *California Suite* de Mel Torme par Mel Torme et ses chœurs célestes qu'il appelle les Meltones et qui fait l'objet d'un Capitol longue durée et d'une critique longue durée de l'ami Steve Race, qui paraît tout ému. Sur que c'est vraisemblablement de la très jolie musique de chambre, à condition de ne pas être tout seul dans la chambre et de pouvoir jouer autre chose quand la fille est partie. Comme Steve signale honnêtement qu'il s'agit de musique commerciale, on ne peut pas lui en vouloir ; mais vous, vous allez peut-être vous demander pourquoi j'en parle. Eh ben ça, c'est pour vous brimer un peu surtout pour souligner ce fait que l'essentiel de la littérature prétendument consacrée au jazz que ce soit en Angleterre, en Amérique ou ailleurs, roule essentiellement sur des sujets du genre Mel Torme ; comme si *Jazz Hot* consacrait deux pages à André Claveau (excellent chanteur d'ailleurs, mais qui lui-même serait très étonné de se trouver dans un magazine de jazz). Tout le mal vient de ce que la musique populaire américaine est, comme le jazz, une musique à quatre temps.

Février 1951

★ Mais voici que défilent, sous le ventre argenté de notre stratocruiser à deux ponts les rivages verdoyants d'Albion la Pâle (Dieu ! que je cause bien) et qu'apparaissent au loin les côtes abruptes de la Nouvelle-Angleterre. Cette transition lyrique a pour but de vous préparer à la lecture d'un *Record Chan-*

ger, celui de février 1951. Car il faut varier les plaisirs et ne pas se contenter de cultiver la fleur rouge du jazz en des lieux, où transplantée, elle mute et parfois s'étiole. Donc, un petit tour aux uhessa.

Record Changer nous apprend d'emblée de bien tristes nouvelles.

D'abord une remarquable couverture de Robert J. Lee, en noir et blanc, sans ces couleurs habiles de *R.C.*, nous met la puce à l'oreille. Palpons. Horreur ! Cette couverture est mince autant que le reste. Voyons. Tremblez, supporters. *Record Changer,* victime de la crise du papier et du reste et de l'augmentation des prix, modifie quelque peu sa présentation pour pouvoir tenir.

Ça ne va pas mieux là-bas qu'ici, paraît-il. Fâcheuse constatation.

Enfin, c'est fatal. À l'intérieur du numéro, un article de Kay C. Thompson sur la comtesse Willie Piazza, la reine des tenancières de boxon de La Nouvelle-Orléans (faut appeler les choses par leur nom).

La comtesse, âgée de 80 ans, vit encore, paraît-il. Elle est la veuve d'un riche « pétrolier » du Texas.

Le papier abonde en détails amusants ; il ne peut se résumer ici, mais tous ceux qui s'intéressent à la petite histoire du jazz devraient le lire. Inutile d'ajouter qu'il est entièrement inventé.

Dans le même numéro, les chroniques habituelles.

Et, sur ce, comme l'administrateur me talonne, je m'interromps, à votre grand regret, et je vous bise affectueusement tertous.

★ Le *Melody Maker* du 10 mars, en couverture, nous présente le Kunz d'exportation, George Shearing, recevant le tableau d'honneur des mains de Leonard Feather sous l'œil diabolique de Lionel Hampton. Triste spectacle. Page 3, un article sur Count Basie nous apprend que l'homme en question reformerait son grand orchestre ces temps-ci. Bonne chose. Après le choc terrifiant provoqué par l'orchestre de Dizzy Gillespie, on aimerait ressentir un peu plus souvent cette impression inégalable causée par ces grosses usines à swing qui constituent – à notre avis – le summum du jazz (chacun son goût.)

La page 6 nous informe de la présence en Angleterre de deux chanteurs noirs, Mildred Smith, que je ne connais point, et Dolores Parker dont, au contraire, j'avais déjà apprécié les charmes vocaux dans quelques Ellington de 48-49, en particulier *It's mad, mad, mad*, où elle donnait beaucoup d'allure à un machin commercial, soutenue il est vrai par un petit arrangement corneculrangement corneculrangement.

La photo de *M.M.* démontre surabondamment et jusqu'aux jarretelles, que Dolores Parker prend contact avec le sol par l'intermédiaire de deux supports dont le galbe est assorti à celui de sa voix : entendez par là qu'elle a une drôle de paire de fumerons, assurés, assure-t-on, 28 000 dollars. C'est cher, mais bon.

Avril 1951

★ *Melody Maker*, du 12 mai, titre sur cinq colonnes (toute la largeur) : *La Princesse Elisabeth sera au Festival de Jazz*. Eh ben, mes enfants !... Il s'agit du festival de la National Federation of Jazz Organisations, quelque chose comme la FHCF d'Angleterre. Son Altesse Royale n'aura pas son homme avec elle, il est retenu en Méditerranée, a exposé le général Browning dans sa lettre à Lord Donegal, président du truc.

Quand même. Vincent charrie. Jamais il n'est venu à Jazz Parade. Jamais il n'est venu aux séances du samedi à *Jazote*, jamais il n'est venu au Salon du Jazz. On a eu Lapie, c'est vrai, mais d'abord Lapie, il n'est que ministre, et ensuite il aime bien le jazz, alors il a moins de mérite. Moi je veux Vincent. Avec son écharpe tricolore et ses boucles d'oreilles. Non, c'est sa femme ça. D'ailleurs, ils peuvent bien venir tous les deux. Et leur belle-fille aussi. Avec son avion. Allez, un bon mouvement... On ne peut pas rester en arrière, les godons s'agitent... Oh ! et puis page 7, il y a encore une petite pineupe très sympa, Sonya Rook, elle a 17 ans. Et il y a aussi à propos du Festival en question une déclaration de Sinclair Traill (c'est confidentiel, ils disent). Sinclair, il leur a expliqué que les salles, on pourrait les remplir de public rien qu'avec des musiciens anglais sur scène ; la seule différence, si on faisait venir des Américains pour jouer c'est que ça coûterait du pognon. Sinclair, il est pas fou, mes enfants. En tout cas, ce *Melody Maker*, c'est bourré de trucs ; page 9, une page entière sur Fat's Waller. Et quand on pense que ça paraît toutes les semaines, hein.

Juin 1951

★ *M.M.* du 22 septembre insiste un peu trop sur Artie Shaw dont le seul mérite est d'avoir créé un remarquable *Begin the biguine* de surprise-partie qui nous rappelle à tous n'est-ce pas mes chers frères, des heures bien douces et de bien bonnes petites. Mais que voulez-vous, c'est déjà pas mal.

Octobre 1951

★ Le *M.M.* du 6 octobre s'attaque à un grave problème : Y aurait-il deux « Ma » Rainey ?
Problème que je n'essaierai pas de résoudre. D'abord, une suffit. Ensuite, on ne sait jamais. Troisièmement, ça se saurait. Enfin, ils s'en occupent et on serait bien idiots de s'en mêler.

Novembre 1951

★ Il y a le bon Oscar Pettiford qui vient d'avoir une grande bagarre pendant une tournée en Corée. Il s'est flanqué la tripotée avec son guitariste Skeeter Best et l'USO les a renvoyés tous deux aux USA. Pettiford a dit qu'il y avait un mauvais esprit dans l'orchestre : Skeeter s'en est tiré avec la main droite cassée, Oscar avec un œil poché. Il paraît que Skeeter avait bu.

Mais quel exemple pour les Coréens !

Mars 1952

★ Bouquet du *D.B.* du 8 février à Earl Hines. Avec plein de photos. Il y a une très jolie histoire. Hines travaillait la nuit, et à l'école, le jour, il roupillait un peu. Son professeur de français lui dit finalement :

— *Hines, vous n'êtes pas aussi idiot que je le pensais.*
— *Merci, monsieur,* dit Hines.
— *Non,* reprend l'autre, *vous l'êtes encore plus !*

Sur quoi, Hines quitta l'école.

Avril 1952

★ Saluons *Musica Jazz,* notre sœur latine, car voilà son numéro spécial d'avril 52 consacré aux concerts divers. Et relevons-y cette phrase : *Indubitablement, des deux tendances parisiennes extrêmes et opposées, celle de Panassié pour qui Mezzrow serait* « *le dieu blanc de Harlem* » *et celle de la revue* Jazz Hot *pour qui ce musicien blanc représente un amateur de peu de possibilités, la seconde bien qu'un peu exagérée, me semble se rapprocher le plus de la vérité.* » Et que si l'on nous reproche de reparler de remezz, répétons que résolument nous remettrons ça, car nous sommes payés par les Noirs de Harlem pour harceler nuit et jour ce grand clarinettiste et l'inciter à retourner là-bas où on souffre profondément de son absence.

★ Une interview, brève, de Zutty (l'as de la batterie, à qui Mezz doit une fière chandelle) nous apprend le goût immodéré de ce bon garçon pour l'orchestre de Jack Hylton des années 30. On est tous venus au jazz pour des trucs comme ça, mais ça fait plaisir de les voir appréciés par de vrais connaisseurs, pas ?

★ *M.M.* Numéro du 12 avril. Une chose que je ne comprends pas. Voilà l'Union des musiciens anglais qui refuse l'autorisation à J.A.T.P. de donner un concert de *bienfaisance* ! Mais, sacré nom de Dieu, si j'ose m'exprimer ainsi, est-ce parce qu'ils sont sous-alimentés que les Anglais ne foutent pas le feu au siège de leur M.U. ? Je pose la question. Répondez, Anglais estimables.

Juin 1952

★ On apprend aussi dans *Down Beat* que pour la première fois depuis 1947, Teddy Wilson part en tournée. Avec, notamment, Harold Baker. Ça ne vous dit rien ? Moi, oui !... On l'invite ?

★ *Record Changer.* Il y a un article sur « *W.C. Handy, une Énigme* », par le docteur Samuel Souchon. Il conclut habilement que si l'on a peut-être tort d'appeler Handy le « Père du Blues », à coup sûr, vu les services qu'il a rendus au folklore noir, il mérite le titre de « Parrain du Blues ». — Ce à quoi nous souscrivons.

★ Dans le *Melody Maker* du 31 mai, on apprend que Harry Gold et ses hommes ont frappé un grand coup. Ils sont apparus maquillés et costumés pour un show un *dimanche !* Or, en Angleterre, on n'a pas le droit de donner des choses comme ça le dimanche. Ça fait une campagne. Il est temps, effectivement ! Il n'y a pas qu'en France que la religion et l'hypocrisie se mêlent de ce qui ne les regarde pas. Nos meilleurs vœux à Harry Gold.

★ L'*Illustrierte Woche* publie une page de photos où l'on voit notamment le musicien Bechet s'entretenir avec le célèbre clarinettiste Noir Mezzrow, ce qui anéantit les affirmations ridicules des zazotteux selon lesquels ces deux hommes seraient brouillés.

★ Un certain Johnny Ottis, qui ne s'entoure que de gens de couleur, du premier au dernier de ses chanteurs et musiciens, a, paraît-il, un orchestre de blues – rien que du blues – qui marche fort bien. La jeune Esther Mae Jones est une de ses vedettes. Elle a treize ans. Elle enregistre. Alors, à quand ?

Juillet 1952

★ *Melody Maker* du 13 septembre. Grosse réclame au guitariste Les Paul et à sa souris Mary Ford. D'accord, ils ont vendu beaucoup de disques, mais dans trois ans on ne pourra plus écouter une note de ces trucs-là sans avoir envie de vomir.

Octobre 1952

★ Dans le *M.M.* du 11 octobre, une interview de Cab Calloway par Max Jones. Qui écrira un article sur les disques de Cab, dont un grand nombre mériteraient les dithyrambes, souvent, et pour quelles étranges raisons, adressés à d'autres, mais passons.

★ Enfin, une page est consacrée à Louis, et une photo, hélas, à Velma Middleton, qui est toujours fidèle au poste. C'est pas qu'elle ait tort d'être bien ronde : Ella l'est aussi ; c'est juste qu'elle n'a pas de classe. Pas la classe qu'il faut, en tout cas.

Novembre 1952

★ *Il arrive une chose terrible aux chanteurs : tout le monde gueule !* dit à peu près textuellement Madame Ella Mae Morse dans le *Down Beat* du 19 novembre. Et comme elle a raison ! Et pas seulement chez les chanteurs... Où sont les nuances d'antan !

Janvier 1953

★ Shavers le 3 mars à l'Alhambra.
Shavers, votre cas est clair. Vous jouez très bien. Mais vous avez la passion de la vie plus que celle de

la musique ; c'est dire en d'autres mots que vous avez la passion de la musique entière plus que celle de la trompinette. On vous dira sans doute que vous manquez souvent de goût, Charlie. Quelque intellectuel sous-alimenté vous le reprochera. Mais Balzac aussi, vous savez. Le manque de goût, si ça se double d'une certaine puissance, ça devient un style. Vous auriez pu arriver bien haut. Vous êtes né juste un peu trop tôt – vous n'avez pas entendu quand il fallait ce qu'il fallait – ou votre éducation ? Après tout, vous avez peut-être eu du mal à devenir Shavers ? On vous dit né le tant... 1917... mais né comment ? On souffre souvent, et ça n'est pas sur le papier. Personnellement, Shavers, je suis un de vos partisans. Vous êtes capable de très bien faire. Vous vous laissez prendre par la bonne fièvre. Mais vous n'y croyez pas tout le temps parce qu'il fait tellement beau dehors que c'est bien bête de se décarcasser et que c'est très bon d'aller battre sa flemme dans les bois ou dans les bars. Avec un bon directeur de conscience, vous eussiez fait un grand Shavers. Chez Duke, par exemple. Au revoir. J'irai vous écouter à la J.A.T.P. et vous jouerez pourtant probablement des tas de blagues qui vous feront rire dedans, et qui me gêneront – mais pas trop parce que vous êtes très sympathique... et puis cette idée de s'habiller en Espagnole... C'est facile... mais c'est gai.

★ Une longue interview de Nesuhi Ertegun qui (est-ce du noyautage) finit dans *Second Line*, magazine strictement New Orleans, par déclarer qu'il adore Parker... car il joue le Blues.

Comme c'est vrai, ça !

Et enfin, un article sur la mort du frère de Sidney Bechet, le chirurgien-dentiste Leonard Bechet qui fut aussi un grand trombone. C'est à lui, paraît-il, que Bunk Johnson dut de pouvoir rejouer, grâce au travail de prothèse qu'il sut réaliser.

Mars 1953

★ Je ne peux commencer cette revue de presse sans déplorer, comme tous les amateurs de jazz, et comme tous ceux qui le connaissaient encore plus, la mort de ce bon Django. Voilà des articles que j'aurais bien voulu ne pas lire, je vous assure, ceux qui annonçaient cet imbécile événement. Django était un si chic type, si peu prétentieux, si bon copain et si excellent musicien de surcroît, qu'il est impossible de ne pas se sentir personnellement lésé par sa disparition. Le jazz français ne pouvait subir de perte plus irréparable ; et c'est le jazz mondial qui est atteint tout entier. Que ce modeste hommage le salue une dernière fois. Django n'a pas été si souvent cité dans cette page ; c'est que, comme les gens heureux, il n'avait jamais d'histoires et sa totale modestie ajoutée à son immense talent le mettait inévitablement à l'écart de toutes les « salades » du métier. Django a amené au jazz des milliers de jeunes qui ont subi le choc en l'écoutant un jour pour la première fois – il a fait pour lui mieux que nous ne ferons jamais avec nos plumes. Django, vieux frère, adieu, nous ne sommes pas près de t'oublier.

J'ai pas beaucoup le cœur à la rigolade, vous vous en doutez peut-être. Après ça, on n'a pas bien le goût de se divertir, même si on lit le bulletin du hot-club de Tokyo. Ou *Music Views* ; et pourtant, Judy Canova y donne une assez gratinée définition de l'Opéra : « L'Opéra, c'est un endroit où un type reçoit un coup de poignard dans le dos et se met à chanter au lieu de saigner. »

Juin 1953

★ D'ailleurs le *M.M.* du 6 juin consacre une page entière audit Chet Baker, ce qui semble une preuve d'intérêt (?). En tout cas, les propos de ce bougre sont assez joyeux par instants.

« *Gerry Mulligan est un grand musicien, dit-il. Mais trop de gens lui ont dit qu'il est un génie, surtout son ex-femme. Gerry se balade maintenant avec l'impres-*

*sion d'être ce qui est jamais arrivé de plus formidable
au jazz. J'ai dit à Gerry ce que je pensais de cette attitude... »*

Et il ajoute :

*« Peut-être que c'est excellent pour Gerry de faire
des laïus aux clients pour leur dire de se taire quand il
joue. Mais quand la conférence dure un quart d'heure
et plus, c'est un peu embarrassant pour les autres gars
de l'orchestre – c'est le moins qu'on puisse dire. »*

En voilà, mes enfants, du gossip. On devient des
vraies commères, ici, non ?

Juillet-Août 1953

★ Ralph Gleason engueule Mulligan. Tiens. Il paraît
qu'à les réentendre, les disques de Mulligan n'étaient
pas si bien que ça. D'accord. Vaut mieux s'en apercevoir maintenant que jamais, Ralph. Mon compère
Nat, lui aussi, il va constater un de ces jours que Brubeck, c'est emmerdant comme la pluie. Sans discuter
la technique du bonhomme, tout à fait indépendante
de la question. Monsieur Bonnat avait une époustou-
flante technique picturale. Je pense à Brubeck à
cause du Blindfold Test de Earl Hines, qui n'aime pas
ça du tout. Et Dieu sait le cas que je fais de l'opinion
des musiciens les uns sur les autres ; ils sont encore
plus vaches que les écrivains entre eux. Juste, j'y
pense, voilà.

★ Il ne me reste plus rien à me mettre sous la
dent. Il n'y a par conséquent aucune raison pour que
je pousse plus avant cette revue de presse. Prenons
cependant le temps d'engueuler un peu le père
Delaunay. À quoi ça ressemble, cette idée de me
coller douze numéros d'un magazine finlandais ?
Chacun sait, que je ne lis que le japonais et l'assy-
rien.

Adios (ou plutôt Vaya con Dios, c'est à la mode).

Octobre 1953

★ Un papier du *M.M.* du 26 sept., fort satisfaisant de Max Jones et Sinclair Trail stigmatisant une fois de plus la stupidité de l'Union des musiciens britanniques et menaçant (voici la subtilité) de boycotter les musiciens anglais si ceux-ci n'interviennent pas auprès de leur propre Union pour exiger la suppression de cette grotesque mesure. Voilà qui est joyeusement machiavélique et fort bien trouvé.

Novembre 1953

★ D'Amérique voici *The Record Changer*.

Extrayons de la colonne du « compère » Benny Frenchie le potin suivant : « *Une des personnes présentes à l'enterrement de Jimmy Yancey était Dizzy Gillespie qui aurait, dit-on, émis la remarque suivante : j'espère que quelqu'un de plus progressif que moi viendra à mon enterrement.* »

★ François Boncour, qui opère sur d'autres pages, me signale un papier du *Melody Maker*, du 14 novembre, signé Maurice Burman, qui proteste avec une violente et compréhensible colère contre la décision de la B.B.C. de supprimer après Noël la *seule* émission anglaise de Jazz, Jazz Club. Le fait est que c'est un peu abusif. Mais quand un pays a la stupidité de tolérer une radio pareille (cela vaut pour le nôtre, chers anges, presque autant), c'est-à-dire nationale, il n'a que ce qu'il mérite si ça tourne de cette façon-là. Il se produit en l'occurrence la même chose qui arrive très souvent : il suffit que trois ou quatre nœuds volants écrivent pour protester, quand même il y en a 3.000 ou 4.000 qui *n'écrivent pas*, parce qu'eux sont satisfaits, et les 3 ou 4 l'emportent. Or, en cette matière n'oublions jamais que ceux qui sont *pour* n'écrivent presque pas. Qui consent ne dit mot. Telle est à peu près la règle en matière d'opinion publique ; on n'écrit guère que pour protester ! Triste, mais vrai. Où en étais-je ? Ah ! Donc on supprime l'émission Jazz Club à la B.B.C. Eh bien si l'on fait ça, les amateurs anglais essaieront d'écouter les postes étrangers, et la B.B.C. aura juste fait une idiotie de plus.

★ *Jazz Journal*, numéro de novembre 1953. La chronique de Stanley Dance « Lightly and Politely » contient comme de coutume des choses pertinentes notamment une brève étude sur Tab Smith et la remarque suivante : « *Une des choses étranges du boom des disques "Rhythm and Blues", c'est la rentrée en scène du saxo alto. Non que nous soyons toujours d'accord sur les résultats, mais avant le succès des Earl Bostic, Bernie Peacock et Preston Love, le saxo ténor semblait avoir accaparé le marché entier des solos de saxo dans le monde du jazz.* »

C'est fort juste, et nous souffrions de trop de frères et de cousins ; mais il ne faut pas non plus que la vapeur se renverse totalement et ce serait grand dommage de voir le ténor redisparaître...

Une discographie du trombone le plus monstrueusement infect de tous les temps, Bill Harris, complète, on ne sait pourquoi, ce *Jazz Journal*.

Décembre 1953

★ Enfin, Billie Holiday vient en France. On l'attend depuis tant d'années que cela n'a pas l'air vrai – on n'y croit pas... heureusement, ces années n'ont pas changé un brin de son talent ; il a ceci de commun avec les vins de qualité qu'il s'est amélioré si possible. Il paraît que seule sa ligne a évolué légèrement, et qu'elle présente maintenant d'agréables rondeurs parfaitement invisibles sur les photos de la jeune Billie de 37 ou 38. Ma foi, cela n'est pas pour nous déplaire, à nous autres les obsédés de France – et Billie est encore loin d'atteindre le volume des Peter Sisters qui pourtant n'a choqué personne chez nous (même, elles ont trouvé des maris).

On aime ou on n'aime pas la voix de Billie Holiday, mais quand on l'aime, c'est à la façon d'un poison. Ce n'est pas la chanteuse qui vous fiche tout de suite le gros choc imparable dont on ne se remet pas. La voix de Billie, espèce de philtre insinuant, *surprend* à la première audition. Voix de chatte provocante, inflexions audacieuses, elle frappe par sa flexibilité, sa souplesse animale – une chatte les griffes rentrées, l'œil mi-clos – ou pour faire une comparaison bougrement plus brillante, une pieuvre. Billie chante comme une pieuvre. Ça n'est pas toujours rassurant d'abord ; mais quand ça vous accroche, ça vous accroche avec huit bras. Et ça ne lâche plus. (D'ailleurs il n'y a pas d'animal plus folâtre et plus câlin que la pieuvre, ainsi qu'en témoignent les films de Cousteau, explorateur sous-marin.)

Il serait assez vain d'étudier le style vocal de Billie – une étude de ce genre se base généralement sur une comparaison avec des voix repères supposées connues du lecteur, mais cela ne marcherait pas avec Madame Day : en vérité, elle n'est comparable à aucune autre chanteuse, quand ce ne serait que par son timbre un peu « pinchard » si caractéristique. Billie, on l'imite – elle n'imite pas. Au fait, je dis on l'imite ? J'ai tort. Il semble bien que personne ne s'y soit jamais risqué. Il y a dans sa façon de chanter quelque chose d'ironique – une ironie qui devient dureté dans les moments d'émotion – qui élimine de ses enregistrements tous les éléments sentimentaux et vulgaires. Qui pourrait chanter cette banalité qu'est *No Greater Love* avec ces intonations ? Plate en elle-même, la chanson devient provocante dans la bouche de Billie – et si les critiques américains béent en ce moment devant la « sexualité » des interprétations de la charmante Eartha Kitt, ils ont oublié que Billie l'a précédée dans la voie du sous-entendu – celui-ci suggéré par des moyens purement vocaux et non verbaux. On a reproché à Billie Holiday son côté « sophistiqué ». On se demande en quoi elle l'était ; autant reprocher à Lester d'avoir une personnalité différente de celle de Hawkins ; il est de fait qu'en 1934, époque où le règne de la grande Bessie touchait à sa fin depuis peu, le style inattendu de Billie avait de quoi étonner autant que celui de Lester – et ce n'est pas au hasard que cette comparaison est choisie. Elle tranchait sur la foule des chanteurs autant que, plus tard, Sarah Vaughan. Et c'était d'autant plus méritoire que Billie n'a jamais eu les moyens vocaux d'une Sarah, d'une Ella, d'une Ivy Anderson. Mais elle a su pallier cette carence par une intelligence aiguë de ses possibilités, un exceptionnel sens du jazz, et une originalité qui suffirait, en ces temps de plagiat où l'on ne peut plus distinguer un musicien de son cousin ou de son frère, à lui mériter nos hommages. Lesquels nous lui présentons en l'assurant que c'est avec une joie sans mélange que nous nous préparons à l'entendre, en chair, en os et en voix.

★ *D.B.*, 2 décembre. Le *Contrepoint* de Nat – je vous le dis, j'ai un contrat avec lui pour sa publicité en Europe – contient un commentaire sur les déclarations de Stan Kenton, retour d'Europe – déclarations qu'il me semble avoir déjà relevées. Vous vous rappelez ce que disait Stan : « *Nous avons joué de la musique plus avancée, harmoniquement et mélodiquement, que Duke.* » Le raisonnement tenu par Stan tout au long de son interview est qualifié par Nat de « parfaitement absurde ». Et son papier se conclut par ces mots : « *Je crois que les Européens sur qui la musique de Kenton peut produire un effet important sont considérablement peu cultivés et en jazz et en musique classique. Et je crois aussi que ceux des Européens qui sont au courant du jazz et de la musique classique ont trouvé infiniment plus d'intérêt à l'œuvre d'Armstrong, de Beiderbecke, d'Ellington, de Lester Young, Getz, Parker, Gillespie, Milt Jackson, etc... qu'à celle de Stan.* » On ne peut que confirmer cette proposition et ajouter ce que l'on a déjà répété ici : un bon orchestre de danse, Kenton, et rien de plus, et des arrangeurs corrects sans le moindre génie. Personnellement, je préfère cent fois un garçon comme John Lewis à un arrangeur comme Rugolo tout en mécanisme, sans aucune originalité. Et s'il faut tout dire, j'ai trouvé – et je ne suis pas le seul – cent fois plus d'intérêt à la musique d'Alex North – qui n'innove pas de façon révolutionnaire, mais qui a au moins le mérite d'être sans prétention et adaptée à son dessein – dans *Streetcar Named Desire* qu'à cette musique qui veut être « progressive » et reste bien en deçà des recherches de compositeurs morts depuis longtemps. Écoutez la musique pour cordes et percussion de Bartok, cher Kenton. Entre autres. Entre cent autres. Et Bartok n'est pas le plus avancé !... Ensuite, remettez sur votre pick-up le *Reminiscing in Tempo* de Duke, qui date de 1935, et allez commander de la musique à de vrais compositeurs.

★ Continuant son examen des formes de jazz, Nat Hentoff a interrogé Teddy Charles, et nous extrayons de la réponse de celui-ci quelques lignes intéressantes du *D.B.* du 2 décembre.

« *À mon avis, l'improvisation durant, une exécution est avant tout sous l'influence – c'est-à-dire dérive directement – de l'environnement musical...* »

Ce qui n'est point sot. Ainsi lorsque l'on écrit en outre comme Ellington pour des musiciens donnés, l'on obtient les meilleurs des résultats, l'action et la réaction se combinant de façon positive. Il y a déjà 30 ans que Duke fait ça, appliquant sans le savoir la règle de Teddy Charles à laquelle celui-ci aurait dû ajouter qu'en principe, tout de même, il vaut mieux choisir au départ des gens qui ont des idées communes, tout au moins sur les bases de leur musique.

★ *Down Beat*, 16 décembre 53.

« *Les jazzmen d'aujourd'hui, quand ils se rassemblent dans un bistrot local pour participer à une jam-session se trouvent devant un problème. Un problème simple et fondamental : ils n'ont absolument rien de nouveau à jouer. »*

Ainsi s'exprime tristement Leonard Feather. Et sans parler de dixieland (oh ! qui nous délivrera, comme disait Nicole Louvier, de *When the Saints,* de *Careless love* ou de toutes ces rengaines ultra-plates) il est bien ennuyeux de ne pouvoir entendre que *How High, All the Things you are, etc...* Feather a raison de le souligner.

Mais pourquoi tous ces musiciens ne jouent pas des choses comme *La Pavane pour une Infante défunte* de Ravel, dont Peiffer se tire fort délectablement, ou quelques pièces de Debussy, etc...

Évidemment, ça leur donnerait des points de départ plus riches et plus inspirants.

Février 1954

★ Dans *D.B.* du 13 janvier, nous apprenons que sept de ses musiciens quittent Stan Kenton, dont Lee Konitz et Conte Candoli. Profitons de l'occasion pour instruire divers correspondants qui prennent la peine de s'informer parfois de mes goûts personnels : jamais je n'ai entendu un bon musicien plus ennuyeux que Lee Konitz. (J'espère qu'il n'y a pas d'ambiguïté.)

★ Toujours *D.B.*, 13 janvier, les souvenirs de Jimmy McPartland sur Bix. Et toujours pour déculotter ma pensée, que l'on sache ici que j'ai beaucoup d'estime pour Bix, un gars qui avait de l'atmosphère dans les doigts ; intéressants souvenirs, et notamment sur la fin de Bix.

« *Durant les derniers mois de sa vie, je vis Bix assez souvent dans un petit speakeasy de la 53ᵉ rue, appelé* Plunkett's... *La plupart des musiciens y venaient. Je le voyais aussi dans les coulisses quand Whiteman jouait en ville. On faisait la jam dans les loges, avec Bing Crosby, toujours aux cymbales ou à la caisse claire.*

« *Chez* Plunkett', *on s'asseyait et on parlait. Bix n'al-*

*lait pas bien, mauvaise mine, il avait l'air tout gonflé.
Il buvait, ne mangeait pas, se couchait tard, était très
déprimé. Whiteman l'avait envoyé chez lui à Davenport
un certain temps, mais ça paraissait ne servir à rien.*

« *Je me rappelle un soir, il avait une sale grippe et il
était fauché. Je lui dis de rentrer se coucher jusqu'à ce
que ça passe et lui prêtai un peu d'argent. "Merci, petit.
Ça va", répondit-il, "j'ai un engagement à Princeton
dans quelques jours". C'est la dernière fois que je le vis.
Naturellement, j'ai pleuré quand il est mort.*

« *Les gens m'ont souvent demandé comment Bix
était comme homme. Eh bien, il était très fermé. Son
seul intérêt dans la vie, la musique, un point. À part
ça, c'est tout juste s'il existait.*

« *Quant à la raison pour laquelle jamais il ne quitta
le cornet pour la trompette ? Il disait que la trompette
a un son "pee wee".*

« *À propos de ses disques, il est remarquable qu'il
y joue aussi bien avec tout ce poids mort qu'il avait
pour l'accompagner... »*

Ohé, Nat, qu'est-ce qui se passe dans ce vieux
Down Beat ? Plus de jolies filles, chez toi ? Jamais
vu aussi peu de belles dames que depuis quelques
numéros. J'espère que ce n'est pas un vieux purita-
nisme bostonien...

★ Dans le *Record Changer* de janvier, il y a un peu
plus de choses. Un extrait du livre à paraître de
Marshall Stearns : Problèmes de l'origine des esclaves noirs qui furent importés en Louisiane par les
colonisateurs français et espagnols. Au fait, lorsque
l'on y pense, ce sont bien les Français les responsables du jazz. Sans nos vaillants ancêtres qui dépor-
taient les Noirs d'Afrique, nous n'aurions pas le jazz
d'aujourd'hui. Suggérons, à l'occasion, à ceux de nos
contemporains pour qui la musique s'arrête à Bach,
que le jazz a été préparé dès cette époque par ces
grands ancêtres eux-mêmes. Ça les rendra furieux.
Toujours ça de pris.

★ Le *Melody Maker* du 30 janvier 1954 consacre un supplément spécial de quatre pages au film tiré par Hollywood de la vie du défunt Miller Glenn, trombone de son vivant. Glenn Miller avait un excellent orchestre de danse, c'est bien d'accord, mais qui sait ce qu'il serait devenu s'il n'était pas mort ? Que l'on ne voie là aucun cynisme, bien au contraire une certaine crainte que l'on n'exploite un peu cette mort accidentelle, laquelle ne peut rien changer à ce fait inéluctable : jamais l'orchestre de Glenn Miller n'a dépassé le niveau d'un excellent orchestre de danse, bien loin derrière les Basie, Ellington ou Gillespie. Et *In the Mood*, c'est vraiment une rengaine à vous dégoûter à jamais du jazz... heureusement, ce n'en était point, car hélas, très tôt, ce bon musicien se tourna vers le commercial et, comme je vous le disais, Glenn avait un excellent orchestre de danse, etc., etc.

Mars 1954

★ Les premiers enregistrements Vanguard en vraie « haute-fidelité » sont parus.

Hélas, il faut le dire, l'installation électronique de l'amateur moyen est bien minable. Les prix des électrophones en France sont une honte et un défi à l'honnêteté. Ceci à l'adresse de toutes les grandes marques. Ne me remerciez pas, je vous en prie.

★ *M.M.* du 27 février est plein de l'affaire Stan Getz. Vous vous souvenez, c'est ce monsieur pas très amusant qui joue du ténor comme tout le monde, qui se droguait à ses moments perdus, comme un simple Mezz, et à qui ça donnait pas plus d'idées. Mezz a mieux tourné, maintenant, il écrit des livres, mais Getz a l'intention de recommencer à jouer. Lui il a encore sa technique évidemment. Sans lui jeter la pierre reconnaissons que si c'est très embêtant d'être pris par la drogue, c'est tout de même très facile de *ne pas* être pris par la drogue. Au reste, du moment que la vente de l'alcool est légale, on se demande pourquoi celle de l'héroïne est interdite ; ça tue juste un peu plus vite. On saurait bien plus rapidement à quoi s'en tenir. Et je crois avoir déjà exprimé ici cette intéressante opinion, du moment qu'on encourage les jeunes à aller se faire tuer quand ça se trouve, on se demande encore pourquoi, au nom de la morale, on les empêche de se tuer de la façon qui leur plaît le mieux. Cela dit sans le moindre cynisme ; il y a assez d'emmerdements sur cette terre pour qu'on excuse, au moins, ceux qui veulent s'en évader temporairement ou pour de vrai. Souhaitons à Getz, sans trop le plaindre – car il l'a cherché et il a eu ce qu'il voulait – un prompt rétablissement, et attendons que la logique s'empare de l'esprit des censeurs de la vie d'autrui. Attendons longtemps. C'est plus sûr.

★ Le *Melody Maker* publie depuis le 20 février les souvenirs de Stephane Grappelly sur Django. Évidemment, peu de gens sont plus qualifiés que Stephane pour évoquer les débuts de l'immortel Quintette du Hot Club de France. Souvenirs bourrés d'anecdotes, écrits d'une plume alerte par l'adroit manieur d'archet qu'est Grappelly. Ah, ces premiers concerts du Quintette... Mais les jeunes qui lisent aujourd'hui *Jazz Hot* tétaient encore leurs nourrices respectives, en ce temps-là...

Même *M.M.*, Max Jones passe un Holiday avec Billie... excusez-moi mais si je traduis, ça n'a plus rien de spirituel.

« *Naturellement, elle parle de Lester Young et de ses batailles avec son camarade de section Herschel Evans* », raconte Jones.

« *Normalement*, dit Billie, *ça ne me plaît pas, ces batailles de saxos, mais ces deux zèbres, en vérité, ils se haïssent et ça les tenait en train de souffler tout le temps.*

« *Ils ne pensaient qu'à se "posséder", l'un l'autre. On les trouvait dans les coulisses en train de taillader leurs*

anches, essayant toutes sortes de nouveaux modèles,
n'importe quoi pour prendre le meilleur sur l'autre.

« Évidemment, Herschel avait cette belle grosse
sonorité ; Lester avait moins de sonorité, mais des tas
d'idées. Une fois, Herschel demanda à Lester : "Pourquoi tu joues pas de l'alto, mec ? T'as une sonorité
d'alto." Lester se toucha le crâne. "Y'a des trucs qui se
passent là-haut, mec, dit-il à Herschel. Des types
comme vous autres, c'est rien que des tripes, des
foies..." »

Avril 1954

★ La presse est peu abondante ce mois-ci. Le courrier compense cela. Nous allons tâcher d'équilibrer
ces deux éléments dans l'honneur et dans la dignité,
selon nos méthodes ordinaires.

Musica Jazz, la revue italienne de Milan. Mars
1954, retour de J.A.T.P. Un papier de Giancarlo Testoni sur le tort qu'a Norman Granz de ne croire qu'à
« l'excitation » à tout prix sur scène, au détriment du
bon jazz en fin de compte.

Le fait est que la jam habituelle de J.A.T.P., personnellement, me sort un peu par les yeux. Ah, que l'on
aimerait de bons arrangements pour mettre en
valeur chaque soliste !

Mais l'entêtement du Granz n'a d'égal que son
mépris du public.

Jazz Journal, avril 1954.

Un papier de tête sur Benny Carter, encore un de
ceux que les Anglais, avec la regrettable politique de
leur Union, n'auront pas pu entendre.

Un article d'Alun Morgan sur Bud Powell, le prodi-
gieux pianiste au cerveau un peu dérangé. Le fait est
que si ce bougre se droguait un peu moins – mais ne
se drogue-t-il pas parce que ça va déjà mal ? – ça
serait bien agréable de le faire enregistrer à longueur
d'année, et pas par crises.

Melody Maker – 13 mars – se perd en lamentations
sur le malheureux sort de l'auditeur anglais qui voit

venir chez lui tous les grands jazzmen de passage en Europe, mais ne peut les entendre.

Et l'affaire se corse ! voir *M.M.* du 27 mars. Voici que l'embargo est levé pour King Cole. L'Union des Musiciens, après une dernière tentative pour empêcher l'orchestre des Skyrockets de jouer avec Cole, a « cané » finalement devant l'attitude du directeur du Palladium où Cole était engagé. Et Cole a joué. On commence à avoir du mal, à la suite de ça, à expliquer pourquoi Cole et pas Peterson. Ça fait pas mal de raffut en Angleterre. Et pour cause. On va finir par croire que c'est la France le pays de la liberté.

Dans le *M.M.* du 13 mars, début des mémoires de Mary Lou Williams que l'on aimerait à coup sûr voir paraître en France aussi. Pourquoi pas ?... Dans le numéro du 10 avril, c'est ainsi qu'elle nous apprend son passage dans la même école que Billy Strayhorn et Erroll Garner. « Un jour, dit-elle, je donnai le la pour remplacer un diapason que le maître avait perdu, et on découvrit que j'avais l'oreille absolue. Le bruit de cette bizarrerie se répandit dans l'école, et les élèves flanquaient par terre des casseroles ou des pots et autres objets bruyants en disant : C'est quelle note, Mary ? »

Un peu plus loin, elle évoque Baby Hines, la première femme de Earl Hines, qui chantait dans un cabaret et ne connut jamais le succès qu'elle méritait.

« À cette époque quand elle commençait un morceau comme *You're an old smoothie*, les clients lui glissaient des pourboires pour témoigner leur satisfaction – et j'y ai vu des billets de 50 ou de 100 dollars. Ses chansons sentimentales leur tiraient les larmes des yeux. Ça se comprend, à ce prix-là !... »

Innombrables anecdotes sur tous les musiciens de l'époque où Mary Lou faisait ses débuts, Fats, par exemple, dont elle nous dit que lorsqu'il quitta New York après avoir tenu l'orgue au Lincoln, ses admirateurs ne laissèrent personne le remplacer, jetant au besoin n'importe quoi sur la tête de quiconque s'y fût risqué.

Le tout est à lire.

Mai 1954

★ *Down Beat* du 21 avril 1954.

Une lettre de Stan Getz à Jack Tracy. Stan écrit de la prison de Los Angeles. Nous ne retiendrons de sa lettre que les deux dernières lignes qui nous paraissent clore avec pertinence un débat sans autre intérêt :

« *Dites-lui* (au jeune qui demandait conseil) *que les musiciens vraiment bons sont trop intelligents pour s'embourber dans la drogue, et n'en ont d'ailleurs pas besoin.* »

Juin 1954

★ Mary Lou s'étend sur Harold Baker (ce n'est pas une façon indécente de dire qu'elle l'épouse, bien qu'elle raconte comment elle l'épousa) et sur Thelonious Monk et les Boppers. Toujours très intéressant. Plus ça va, plus je suis d'accord avec Madame Mary Lou. Spécialement depuis que je sais que Harold Baker et Clyde Hart sont (était, pour Clyde, hélas) de ses favoris.

Dans le numéro du 29, pour notre plaisir, elle se laisse aller à des considérations personnelles. Dans le numéro du 5 juin 1954 à propos des concerts du Salon du Jazz, Mike Nevard fait une remarque intéressante (sur ce qu'elle nous révèle de lui, qui est un critique honnête et sans parti pris).

« ... et j'abhorre le déluge dénué d'émotion de Bud Powell. »

Ce qui nous amène à la question suivante :

Cher Mike Nevard, êtes-vous sûr d'être capable de le percevoir ?

Et si par hasard Bud Powell allait beaucoup trop

loin – et beaucoup trop vite – pour que vous puissiez suivre ?

La science nous enseigne, mon doux ami, que l'on ne mesure pas les bactéries avec des décamètres d'arpenteur. Si vous voulez écouter – et apprécier – Bud, peut-être faudrait-il vous aiguiser un peu les zozores ?

★ *Melody Maker,* 15 mai 1954.

Encore des échos de l'idiotie sanglante de l'Union des musiciens britanniques. Bernard Hilda ayant engagé des musiciens anglais demandait à pouvoir jouer, en échange, en Angleterre. Et le rapport des forces était à l'avantage des Anglais. Ce qui n'a pas empêché ces derniers fidèles à une tradition solide de tirer les premiers. MUSICIENS DE JAZZ ANGLAIS, QUAND, PUISQUE VOUS CROYEZ À L'UNION, ALLEZ-VOUS FORMER VOTRE SYNDICAT INDÉPENDANT ? VOUS N'AVEZ PLUS RIEN DANS LES ROUBIGNOLLES, ALORS ? (IT MEANS : NOTHING LEFT IN THE BALLS.) JE TRADUIS PAR PRÉCAUTION.

Mary Lou évoque Charlie Christian et plein d'autres encore.

Juillet-Août 1954

★ Dans le *Melody Maker* du 14 août, intéressants souvenirs de Billy Eckstine sur les débuts du père Bird à Chicago.

« *Il y avait un endroit là-bas, le Club 65, qui donnait une "Breakfast dance" (séance de six heures et demie du matin) un matin ; une petite formation, avec King Kolax à la trompette, un gosse nommé "Goon" Gardner, qui swinguait comme un dingue sur son alto, John Simmons à la basse et Kansas Fields à la batterie.*

« *C'était plus ou moins un "Jam Show" parce que après le show tous les musiciens venaient jouer là. On était là un matin quand entre un type qui avait l'air de descendre d'un wagon de marchandises : le pire clodo qu'on puisse rêver. Et il demande à Goon : "Dis, gars, je peux souffler dans ton biniou ?"*

« *Goon, c'était plutôt le genre feignant. Tous ceux qui voulaient le remplacer pendant qu'il allait au bar causer avec les fillettes, ça faisait son affaire. Alors il dit : "Vas-y, vieux."*

« *Le gars monte – et je vous jure qu'il soufflait à faire sauter le pavillon du truc ! C'était Charlie Parker qui venait de Kansas City en brûlant le dur. Je pense qu'il ne devait pas avoir plus de dix-huit ans... »*

Et il y a encore plein d'autres histoires.

★ *M.M.* du 28 août contient celle (recueillie par Ted Hallock des lèvres de Roger Segure, ancien arrangeur de Jimmy Lunceford) des motifs pour lesquels l'orchestre fameux dut se dissocier. Si l'on en croit Segure – et il n'y a pas de raisons de suspecter sa parole, une chose surtout n'allait pas dans l'orchestre : le manager Oxley et Jimmy lui-même ne payaient guère leurs hommes, ni d'argent ni d'attentions.

« *J'ai quitté Lunceford pour deux raisons. La première, l'argent. Je recevais 25 dollars par arrangement ; à peu près un par semaine, et presque pas de royalties d'Oxley pour mes compositions. Par exemple, je composai* Back Door Stuff, *et je reçus des chèques de 25 ou 50 dollars, de temps en temps, d'Oxley. Un beau jour, l'orchestre l'enregistra pour Decca qui en devint propriétaire ; je reçus donc mes droits directement de Decca. Le premier chèque fut de plus de 2 000 dollars. Pigez ?*

« *La seconde raison, c'est que tout le monde commençait à l'imiter – bien avant May ou Anthony. J'ai entendu dans un disque de Woody une copie exacte presque mesure pour mesure d'un de mes morceaux ; l'*Intermission Riff *de Stan Kenton s'approche également de* Yard Dog Mazurka *que j'écrivis pour Lunceford avec Gerald Wilson... »*

Et Segure nous apprend encore bien d'autres choses tandis que Billy Eckstine, dans le même numéro,

continue la série de ses souvenirs passionnants.
Riche numéro.

★ Pour en finir avec les textes français (les Suisses,
même lorsqu'ils écrivent en allemand, étant considérés comme tels, et les Belges de même – ce qui ne
veut pas dire que je crois leur faire un bien grand
honneur, hélas, mais passons, où es-tu pauvre
France –) répondons enfin à Roger Bock de Bruxelles, qui m'engueule affectueusement parce que « je
n'aime pas Kenton ». Voici ma réponse : 1º Jouez ce
que vous voulez, j'écouterai ce que je voudrai. 2º
C'est possible que je ne saisisse pas les beautés
cachées dans Kenton, mais ça m'est égal car si je ne
les saisis pas c'est que *pour moi* elles n'existent pas.
3º Je prends un vif plaisir à pas mal de compositeurs
que Kenton lui-même trouve à coup sûr plus complexes que ses arrangeurs – tels Bartok, Berg, feu
Prokofiev et même ce bon Debussy qu'il a un tout
petit peu pillé, non ?... 4º Je n'ai nul désir d'être
objectif ; ma revue de presse est signée et c'est mon
avis que je donne ; l'avis d'un critique systématiquement opposé à vos goûts est aussi utile que celui d'un
critique de votre bord : vous n'avez qu'à prendre le
contrepied. 5º Ce n'est pas le résultat des efforts de
Kenton que je mets en boîte ; il a un orchestre soigné ; c'est la prétention de ses déclarations (qui vient
sans doute de ses agents, mais Ellington aussi a des
agents). 6º Je me contrefous de faire accepter le jazz
moderne à qui que ce soit : il y a longtemps que je
sais qu'une propagande quelconque doit partir de
l'intérieur. 7º L'accordéon, l'ocarina, le violon
bouché, la tapette péruvienne, le sifflet tahitien, etc...
à condition que cela soit bien employé. 8º J'ai dû déjà
dire cent sept fois qu'à mon avis la critique a une
utilité à la longue : vous lisez les critiques, vous com-
parez à vos propres réactions (si vous en avez) et à
la fin, vous serez à même de prévoir à peu près vos
propres réactions sur la seule lecture d'une critique,
ce qui pourra vous dispenser de perdre votre temps.

9º Les études comme celles d'Hodeir sur Cootie, etc., intéressent beaucoup de lecteurs ; mais elles présentent un travail considérable, aussi n'est-il pas toujours possible à Hodeir (qui est le seul à pouvoir les donner) d'en faire autant que l'on voudrait ; au reste, cela ne ferait jamais que douze faces par an... et, voyez ce qu'il paraît ! 10º Vous quand vous écrivez au moins, vous mettez le paquet. 11º Au revoir et n'hésitez pas à protester quand ça vous taquine.

Septembre 1954

★ Pour compenser l'afflux insolite du mois dernier, il y a fort peu de choses dans la pile de celui-ci. Il y a une lettre de J.-F. Coutin qui est surpris de voir que je n'aime guère le « cool ». D'abord, je n'ai jamais parlé de cool en général pour dire que je n'aime pas ça : j'ai horreur de ce genre d'étiquettes ; en outre, je n'ai jamais mis Miles Davis dans le même panier que Lee Konitz et Gerry Mulligan. Il se trouve que Konitz (peut-être plus que les autres), Getz et Mulligan me laissent d'une froideur totale, et qu'à mon avis, Kenton qui a une belle machine sous ses ordres, manque absolument de goût. C'est tout ce que j'ai dit ; pour rien au monde, cher Coutin, je ne veux vous en dégoûter ; et je trouve que Mulligan est un remarquable arrangeur, bien qu'il n'apprécie guère Kenton dont le goût pour la dissonance le choque. Quant à Miles, le gars qui a fait le chorus de *Now's the time* (avec Parker) a donné la preuve de ce qu'il vaut, et je suis pour.

Coutin emploie d'ailleurs une assez jolie formule. « Peut-être considérez-vous le cool comme le style Chicago du jazz moderne. » Hé hé ! ce n'est pas mal dit !

Mais laissons là ces querelles de mots.

Octobre 1954

★ Une lettre des deux Rames, citoyens du 18ᵉ (excellent arrondissement), qui se posent (et me les posent) diverses questions à propos des comptes rendus parus dans *Jazz Hot* de différents concerts.

La sévérité manifestée à l'égard de Monk traduit le fait que, en concert, certains artistes sont très irréguliers. Les critiques de *Jazz Hot* ont souvent l'occasion d'entendre les artistes dans le privé et sont naturellement déçus de les voir décevoir le public alors qu'ils peuvent faire tellement mieux. Le concert n'est pas l'ambiance rêvée pour le jazz, c'est un fait indéniable. Peut-être ne faut-il pas vous étonner de voir l'opinion d'un critique plus ou moins professionnel différer de celle du spectateur moyen ; ça me paraît plutôt normal.

Avec une grosse bise... (à madame naturellement)...

Novembre 1954

★ Un bon papier de Nat sur l'orchestre de Johnny Hodges au Basin Street (N.Y.) et notamment sur Harold Baker qui s'y trouve. Ah, oui, Nat, tu as raison, Baker c'est un trompette formidable, et ça ne se compare pas à Chet du même nom. Et on n'enregistre pas Harold. Mais que diable, si Harold est 29e au référendum et Chet 1er, ça prouve bien que les référenda sont idiots. La tâche des journalistes doit consister à dresser le public et non pas à le suivre, ou alors c'est l'abjection la plus parfaite, le client a toujours raison, etc... *Nous-Deux*, *France-Soir* et la suite. Les journalistes ont généralement la trouille de déplaire au directeur, et ne se mouillent pas, mais ils le savent fort bien. (Je sens que cette prise de position va m'attirer des ennuis. Mais j'ai l'habitude, et hop !...)

★ Dans le *Melody Maker* du 23 octobre on ne peut qu'une fois de plus, avoir le cœur fendu en imaginant les pauvres « fans » anglais, une fois de plus privés de leur sport favori par de ridicules règlements. Devant les photos de Jacquet, Hawk, etc... on les imagine, l'eau à la bouche et la larme à l'œil. Allons ! révoltez-vous, les gars ! On vous parachutera des armes ; chacun son tour ! Coleman, Hawkins et Sarah Vaughan ont conquis le cœur des rares favorisés qui ont pu assister à un concert donné pour les Américains à Sculthorpe.

Décembre 1954

★ Une bien bonne, en tête du *Down Beat* du 15 décembre : on a enregistré sur la marque « *Audiophile* », un orage en haute fidélité pris sur le vif. L'autre soir, deux musiciens et un critique écoutent le disque :

— Où ça a-t-il été pris ? demande, innocent, le premier musicien.

— Je ne sais pas, répond le critique. Quelque part dans le Middle West.

— C'est ce que je pensais, reprend, sans rire, le musicien. Le style Chicago, pas moyen de s'y tromper : je le reconnaîtrais n'importe où.

Elle est dure, mais bonne. À toi, le vrai bleu.

★ *Melody Maker* du 27-11-54.

En page 3, une longue revue du livre d'Armstrong, *Satchmo,* par Ralph Berton.

L'article est plus précisément consacré à Ralph Berton et les réflexions sur lui-même que lui inspire le titre de Louis, réflexions qui ne sont point gaies. Berton évalue l'âge moral de Louis à cinq ans ce qui lui laisse encore le temps, et son sens critique à zéro ou à peu près. Il conclut fort justement : « *si l'on ne connaissait pas sa musique, on ne la devinerait pas d'après sa façon d'écrire* ».

C'est certain et c'est heureux, puisque Louis est surtout un musicien (il n'est pas inutile, à ce qu'il semble, de le rappeler).

Janvier 1955

★ Je vous ai déjà parlé d'un monsieur tout noir de deux mètres et cent vingt kilos qui s'appelle Big Jay

McNeely et qui a trouvé que le mieux pour faire du bon jazz, c'est de se rouler par terre en jouant la même note pendant vingt à trente minutes d'affilée. Il y a dans le *Down Beat* du 29-12-54 un papier de Will Jones très marrant sur le personnage. Il paraît qu'il passait à Minneapolis et qu'il donnait son poids de sueur tous les soirs aux spectateurs ; la maison où il jouait vient de brûler, c'est un détail, mais il a eu des imitateurs un peu partout. Chez Augie, le trio Eugène Jackson (le gars qui jouait Farina dans les vieux films muets de chez Pathé, sur les gosses insupportables) a établi un petit pont volant et souple en contreplaqué entre la scène et le bar, et Jackson qui n'a pas les facultés transpiratrices de Big Jay, s'est mis à danser les claquettes en jouant du saxo et en rebondissant sur le contreplaqué. Au bar du Grand Lac, un autre artiste inspiré fait passer un disque de Big Jay et l'imite en jouant du Salami, suivi d'un épongeur qui porte une serpillière pour la sueur.

Hein, c'est beau, le jazz !

Février 1955

★ Je trouve dans ma pile un magazine hollandais où il y a un très bel article sur Landru... ah, non c'est pas ça, il y en a un aussi sur Tatum... Entre parenthèses, je suis assez d'accord avec Hodeir (et d'autant plus à l'aise pour le dire que ce n'est pas toujours le cas) sur Tatum, extraordinaire exécutant, mais créateur qui n'arrive pas à la cheville d'Ellington pour ne citer que lui. Le jeu de Tatum a évolué considérablement depuis qu'il tripotait son hochet dans son berceau, et le jour où il a écouté *Humoresque* et la *Mélodie en Fa* en disant « je VEUX les jouer », il a été foutu, ce qui ne l'empêche pas de jouer très remarquablement la musique morte (ouf... j'ai cru que j'en sortirais pas... je fatigue un peu, aujourd'hui... c'est les rhumatismes).

★ Et puis j'ai eu une lettre de Françoise, qui a fait bien des bêtises depuis sa dernière (lettre) et qui a l'air d'incinérer que ça serait presque ma faute. Ce qui est évident. Il faut que je la fasse rire, qu'elle dit, parce qu'elle a plus la force toute seule. Feignante, va, ça t'apprendra à me plaquer. Je t'embrasse quand même. Mais recommence pas à me laisser tomber, sans ça je cogne.

★ La tournée, lit-on, de Tatum, est annulée ; c'est pas parce qu'il est malade, nous signale le *Melody Maker* du 8 octobre. C'est que N. Granz aurait pris la décision, alors ? Allez savoir ce qui se passe dans l'âme d'un meneur d'hommes ! Peut-être qu'il a trouvé qu'on est tous trop méchants ?

Novembre 1955

★ Dans le *M.M.* du 15 octobre (j'y vais à reculons, pour varier) un bon papier de Jack Payne flétrissant la pratique déplorable qui consiste à repiquer note pour note des arrangements sur des disques américains.

« *Il devrait tout de même y avoir une sorte de code d'honneur professionnel* », estime Payne.

C'est comme la loi du milieu... qui n'existe que dans l'imagination des journalistes. On pique joyeusement et on s'en fout !

★ Tatum est un génie ! s'exclame Steve Race au même numéro du *M.M.*, paraphrasant ainsi Norman Granz. Ce qui nous ramène insidieusement à la controverse courante ; Steve Race, cependant, va très loin quand il écrit « *Tatum n'est pas qu'un roi de l'arpège. Ses audacieuses successions d'harmonies, le formidable swing « sous-entendu » alors qu'il ne joue même pas une note... etc... »*

Ce swing sous-entendu (phrase exacte : *the tremendous implication of swing*) me fait penser aux commentaires de ces amateurs de jazz burlesques décrits par Bernard Lavalette, le chansonnier bien connu ; « quand il joue, man, c'est terrible... mais quand il s'arrête, à cet endroit-là... ça c'est du jazz ! » dit Lavalette en substance.

On comprend bien ce que veut dire Steve Race... mais faut rien exagérer. Au fait, à propos de la controverse Taylor-Hodeir... Hodeir a répondu à Taylor dans le numéro du 2 novembre 1955 de *Down Beat*, et il introduit la notion fort pertinente du côté « décoratif » du jeu de Tatum, ce côté décoratif qui est bien à notre avis le côté embêtant de Tatum qui pourrait être un si grand génie s'il avait du génie...

Hodeir rappelle que Billy Taylor a raison de trouver présomptueux que l'on juge un jazzman sur un seul groupe de disques ; mais « *il est aussi présomptueux*, estime-t-il, *de donner à un album le titre : Le génie de quelqu'un* ».

Et il a pas tort. Cela dit, je voudrais ajouter qu'à mon avis, on est assez rarement surpris par l'audition directe d'un musicien quand on le connaît bien en disque. Personnellement, les deux concerts de ma vie, ceux qui m'ont bouleversé, c'est Ellington juste avant la guerre, en 38, je crois, et Dizzy quand il est venu pour la première fois avec son grand orchestre. Pourquoi ? parce que je les connaissais ou mal (en 38, j'avais pas beaucoup de disques) ou pas du tout (en 48 j'avais aucun disque du *grand* orchestre de Dizzy). Mais toutes les fois qu'il m'est arrivé d'entendre en chair et en os un musicien que je connaissais bien en disque j'ai été souvent charmé, rarement étonné, parfois déçu. À mon avis, le disque rend très fidèlement compte de la valeur d'un musicien s'il ne s'agit pas d'un de ces exemples légendaires de zèbres inconnus qui n'ont gravé qu'une face en 1923 et encore, avec la coqueluche.

Ainsi, l'orchestre de Basie en chair et en os ne m'a pas apporté de surprise. Ni celui de Louis. Et l'on pourrait multiplier les exemples. Je crois en tout cas qu'il n'est nullement présomptueux de juger sur disques, c'est ce qui a fait la gloire de notre grand Panassié au temps jadis, quand il aimait encore la musique de son époque.

Décembre 1955

★ *Beiderbecke était-il le premier bopper ?* se demande *un lecteur de Brighton dans le M.M.* du 31 décembre. Avec discussion à l'appui. Beiderbecke était simplement un grand trompette et il en avait plein le buffet – il n'y a qu'à réécouter ses disques pour s'en rendre compte. Les qualités essentielles de Beiderbecke étaient la chaleur et la propreté de son jeu, la netteté et la fraîcheur de son inspiration et la pureté de son timbre, qui avait tout ce qui manque à Chet Baker. (Cela n'est pas une pierre à l'adresse de Chet, trompette très agréable mais qui, avec une sonorité voisine et une conception d'ensemble du même ordre, n'arrive pas à la cheville d'un autre Baker, Harold, le plus sous-estimé de *tous* les musiciens.) Comme le définit Jim Godbolt dans le même numéro, dans un « Salut à Bix », il y eut en Bix « un jeune cornettiste doué d'un lyrisme et d'une grâce poétique uniques dans le jazz » (Unique est de trop, puisque, répétons-le, Harold Baker l'emporte encore sur Bix à cet égard). Tout cela pour dire qu'il y a encore ici un beau sujet d'étude sur « les différentes conceptions du timbre chez les trompettes de jazz et assimilés ».

                                        Février 1956

★ *Down Beat* du 19 septembre : Un long papier sur notre ami Roy Eldridge, trop important pour qu'on le résume. Un papier d'Art Pepper sur la façon dont la drogue le conduisit au néant – papier que les drogués feraient bien de lire de temps en temps ; pas pour les morigéner, mais juste pour leur rappeler que se droguer pour autre chose que la drogue est illusion fallacieuse. Au courrier des lecteurs, une lettre de Norman Granz concernant le télégramme de Kenton, cité dans notre dernière revue de presse. Des deux mains, bravo à Granz (on l'engueule un peu de temps en temps, alors, pour une fois !). Sa lettre se termine ainsi :

« *Kenton croit-il avoir un meilleur orchestre que*

Basie ou le Duke ? S'il était honnête avec lui-même, il n'oserait pas réunir dans une même phrase le nom de son propre orchestre et ceux de Duke et Basie. »

Hardi, Granz ! Bien envoyé !

★ Et dans le numéro suivant, c'est l'avalanche de lettres de lecteurs, presque tous indignés par le câble de Kenton. Charlie Mingus, entre autres, y va d'une bien raide... Et Leonard Feather d'un article où il pose un certain nombre de remarques assez pertinentes.

« Passons aux cas précis. Quel est celui des élus par les critiques dont le nom a soulevé votre ire ? Dizzy ? J.-J. Johnson ? – dont tous les trompettes et tous les trombones que vous avez engagés, ou à peu près près, ont toujours imité les styles ? Et croyez-vous que Lester doive abandonner son titre de Président ? Que Tatum doive laisser la première place du piano à Stan Kenton ? Qu'un seul drummer au monde, Noir ou Blanc, puisse se fâcher de voir Jo Jones triompher aux percussions ? »

Hein, Stan ? Que répondrez-vous, mon minet ? Ce n'est pas parce que vous avez un excellent orchestre de variétés qu'il faut tout bouffer comme ça, voyons !

Novembre 1956

★ *Down Beat*, 17 octobre 56. Un papier sur le clarinettiste le plus ennuyeux après Buddy De Franco, Tony Scott, par Nat Hentoff. Le clarinettiste moderne s'efforce de tirer de son engin soit une sonorité de sifflet à vapeur, soit une sonorité de flûte. Pourquoi ne joue-t-il pas du sarrusophone ? Ça nous changerait.

Décembre 1956

★ 175 flics à cheval pour l'ouverture du grand spectacle Rock and Roll au Paramount, 15 220 billets vendus entre 4 h du matin et 1 h du matin suivant. Rock and Roll ? Pas si mort que ça, on dirait !

★ Suffit pour aujourd'hui. La menuiserie m'appelle.

Mai 1957

★ Au sommaire de *Jazz Monthly* un papier sur Thelonious Monk de Max Harrison. Thelonious, artiste inquiétant. Il ressort clairement de l'article en question que Monk est profondément, et au sens plein du terme, un pataphysicien complet. C'est-à-dire, comme le remarque l'auteur, un homme qui cherche la vérité, mais qui assaisonne d'ironie sa recherche.

Septembre 1956

★ Plein de gros papiers sur Duke Ellington dans des revues illustrées mais on ne m'a pas mis les références. L'une d'elles semble être *Look*, mais je ne garantis rien. Dans l'autre, on raconte la bataille d'Ellington avec sa « poche » c'est-à-dire cet agréable bedon qu'il portait toujours sur lui. Il a maigri de 10 kg paraît-il, et ses projets sont plus nombreux que jamais. Un certain bonheur d'expression dans le papier de David Zingg : « *Un ours du monde café au lait* » est une assez jolie façon de décrire ce bon grizzly impeccable. En passant, rappelons pour bien indexer notre position que s'il est *un* jazzman que l'on doit considérer comme « *le* » plus grand, à notre avis c'est lui. (C'est celui dont on emmènerait l'œuvre sur une île déserte s'il fallait en garder une – mais ça serait bien triste, cette histoire-là...)

Novembre 1957

CHAPITRE IV

TRADITION ET ÉVOLUTION

Comme tout art vivant, le jazz, à plusieurs reprises, avait modifié ses apparences. Avec le Hot Five d'Amstrong, avec l'orchestre d'Ellington, avec Count Basie, avec Jimmy Lunceford. En 1935, ceux qui regrettaient le passé louisianais parlèrent du style « modernistique » d'un Roy Eldridge ou « tarabiscoté » d'un Lester Young. La guerre finie, parce que nous avions été privés pendant cinq ans de communications avec les Etats-Unis et parce que la musique syncopée y avait rapidement évolué, une école novatrice arracha, en Europe, des mêmes poitrines traditionalistes, des cris de fureur et d'effroi. Simultanément, les arriérés tentèrent d'opposer à un « be-bop » de préférence mythique un « dixieland revival » qui maintenait avec l'acharnement du désespoir un art de jadis. Intelligent comme il l'était, Boris Vian prit spontanément, contre les Anciens, le parti des Modernes. Il expliqua clairement pourquoi.

★ Je parie vingt-huit sous et des liards que mes sept fidèles lecteurs vont glapir de joie en constatant qu'aujourd'hui cette chronique portera sur le be-bop, puisqu'il faut l'appeler par son nom.

Il se passe en effet des choses très terribles : Louis Armstrong, le « Satchmo » lui-même, vient d'assassiner le be-bop en quelques phrases bien senties au cours d'une interview menée par Dwight Whitney.

La revue du Hot Club de Belgique *Hot-Club Magazine* fait, à ce propos, un ironique rapprochement entre ce que disait Louis dans l'« Esquire Jazz Book » de 1947 et ce qu'il dit maintenant :

Esquire J.-B. : Savez-vous que je suis fou de be-bop ? J'adore en écouter. Je pense que c'est très divertissant. Seulement, pour jouer be-bop, il faut avoir des lèvres solides, je le garantis. Je suis un type qui aime tous les genres de musiques.

Interview de Louis par Dwight Whitney : Tenez ces types be-bop, ce sont de fameux techniciens. Des erreurs, voilà ce qu'est tout le be-bop et, mon vieux, il faut être un technicien pour savoir quand vous les faites... Ces types jouent trop de musique ; des tas de notes, des notes bizarres ; ça ne signifie rien, il faut conserver une mélodie, etc... Et Louis assure, pour terminer, qu'il a déjà entendu ça en 1918.

                                            Novembre 1947

★ *Down Beat*, la grande revue américaine de jazz, a récemment publié le compte rendu d'une conversation entre Louis Armstrong, Mezz Mezzrow et Barney Bigard, conversation rapportée par Ernest Borneman et qui offre un intérêt d'autant plus évident qu'elle nous montre ces musiciens sous un jour assez imprévu.

Nous apprenons tout d'abord que Louis et Mezz ont particulièrement apprécié à Nice l'orchestre de Claude Luter, tandis que Barney lui reproche de ne pas jouer toujours juste.

Puis, la conversation dévie sur le be-bop et Armstrong développe ses griefs contre les be-boppers ; le plus important semble celui-ci : ces musiciens sont âpres au gain et refusent de jouer pour rien. Voici, du reste, le passage qui est savoureux :

« *Je parle de tous ces jeunes "zazous" (cats) de la 52*e *rue avec leurs trompettes entortillées dans des bas qui vous disent : donnez d'abord de l'argent et je vous jouerai une note. Vous savez que jamais on n'a fait de bonne musique comme ça. Il faut aimer jouer de jolies choses si vous voulez faire quelque chose de bien. Eux veulent de l'argent d'abord et se fichent de la musique... Et n'importe quelle façon de jouer leur est bonne pourvu qu'elle diffère de ce qui a précédé. Aussi, on entend toutes ces harmonies bizarres qui ne signifient rien... Et bientôt les gens sont fatigués parce qu'on ne peut pas se rappeler la mélodie et qu'on ne peut pas danser sur le rythme. Alors, ils sont pauvres de nouveau, personne ne travaille plus, et voilà ce que cette malice moderne a fait pour nous.* »

Sur quoi, Mezzrow renchérit et déplore que l'on s'écarte de la tradition, faiblement contredit par Bigard qui estime, lui, que l'on peut tout de même essayer d'évoluer.

Puis, Louis : « *Et nous serons encore là quand on aura oublié les autres.* »

Mezz : « *Ils seront balayeurs des rues pendant que nous mangerons du homard au* Negresco. »

Tout cela manque un peu de hauteur. Et les amateurs français de jazz ne manqueront pas de s'étonner. Ne leur a-t-on pas dit que, lors de leur venue en France, les orchestres d'Armstrong et de Gillespie ont demandé, le premier plus de 500 000 francs par concert pour sept musiciens et le second 214 000 francs par jour et pour dix-sept musiciens. Quant au homard, espérons qu'il ne fera pas mal à l'estomac de tous ceux que M. Mezzrow condamne allégrement parce qu'ils ont la stupidité de vouloir trouver du nouveau au lieu de ressasser pour la 9 000e fois des chorus inventés par d'autres.

Mai 1948

★ Comme de juste, il y a une paire de mois qu'on ne
s'est vus ; alors, pour commencer, une grosse bise à
tous mes petits amis et en avant la musique. Revue-
depressons d'abord les journaux de la perfide Albion
(c'est une façon de dire, naturellement) et notamment l'organe intitulé *Melody Maker*. Dans le numéro
du 10 juillet, au-dessus d'un élogieux article de
M. Denham concernant notre ami Luter et ses
Lorientais, se trouve un curieux papier d'un
dénommé Pratley Gerald qui analyse (*sic*) les raisons
du déclin du jazz noir à La Nouvelle-Orléans. Il
conclut que le jazz se meurt pour de vrai parce que
là-bas on est en train « *d'exterminer lentement mais
sûrement les facultés créatrices des Noirs* ». Bon, d'accord, mais enfin, tout le monde sait bien que c'est
la fermeture des maisons closes qui tua le jazz à La
Nouvelle-Orléans, pas vrai ? Et ensuite, n'y aurait-il
jazz que de La Nouvelle-Orléans ? Ah ! ah ! voilà une
question qui préoccupe fort les Anglais, et notamment le trompette dit Nouvelle-Orléans Humphrey
Lyttelton (*Melody Maker*, 21 août). Humphrey est
résolument pour le style Nouvelle-Orléans (improvisation collective), contre le style dixieland, trop
restrictif, et contre le be-bop, évidemment. Mais... il
dit des choses bien dangereuses :

« *La voie vers la maîtrise de l'improvisation collective Nouvelle-Orléans est très étroite. Il n'est que trop
facile de tomber dans l'ornière de la "jam-session"...
Mais il y a un danger plus grand : l'unité du jeu d'ensemble est un des éléments essentiels du style Nouvelle-
Orléans, mais également sa fluidité ; et si en perfection-
nant l'une vous sacrifiez l'autre, le résultat est
désastreux... Pendant des années le style dixieland s'est
engagé dans une impasse, car en stéréotypant la partie
de trombone et en réduisant la clarinette à un rôle
mélodique dans le registre supérieur, il s'est peu à peu
sclérosé tant et si bien qu'il n'y a plus aucun espoir. Et
le style Lu Watters-George Webb... menace de suivre le
même chemin.* »

Dans le numéro du 28 août, *Melody Maker* donne

le compte rendu du « triomphe » de Lyttelton au festival européen de Knokke.

Et en queue de l'article de Lyttelton déjà cité, apparaissait ceci :

« *Mais la majorité des fans place déjà l'orchestre de Lyttelton en tête des orchestres convoqués, à égalité avec le Dutch Swing College.* »

Il se passe une chose très ennuyeuse. C'est que j'étais à Knokke. J'ai constaté, comme tout le monde, qu'il n'y avait pas la moindre différence entre chacun des trois orchestres : suisse, hollandais et anglais. Vraiment, il fallait faire attention ; naturellement, lorsque les deux clarinettes de Hollande jouaient des arrangements on les repérait, mais sans ça... ma foi...

Or (gare là-dessous, Lyttelton !), j'ai entendu de mes propres oreilles un des Hollandais dire devant témoins :

— Au fond, la seule vraie musique, c'est le dixieland blanc, et c'est ça qu'il faut essayer de faire.

Je ne vous garantis pas la lettre, mais c'est ça qu'il a dit. Alors ? Alors ? Le dixieland blanc, le *(sic)* Nouvelle-Orléans blanc, ça fait le même effet : ce n'est pas de la musique. Il faut être un peu modeste : il n'y a pas eu tellement de bons orchestres Nouvelle-Orléans noirs ; et il faudrait que des amateurs (je pense aussi à Bob Wilber) rénovent et rajeunissent ce style ? Mais non... c'est beaucoup plus accessible que du jazz moderne, bien entendu, et ce n'est pas désagréable... C'est dansant... mais il y a des polkas très dansantes et des marches militaires très entraînantes ; moi je préfère les marches militaires allemandes ; au moins, avec ça, on sait où on va.

Quant au Festival de Knokke, pendant que j'y suis, je vais vous dire, il y avait deux choses à en retenir : la section rythmique d'Abadie, qui écrasait les autres, et l'orchestre des Bob Shots, qui est une formation du tonnerre, la meilleure de ce genre sur le continent. Quant au reste, à la longue, ça vous use d'entendre toujours la même chose ; si les Noirs se sont détournés de cette musique, c'est que ça devait évo-

luer : pas question de progrès ou de jugement de
valeur : il y a évolution, c'est inéluctable ; profitons-
en... les Noirs ont *forcément* raison quand il s'agit de
jazz. C'est pourquoi le titre de l'article de Lyttelton
est lui-même une blague : le voilà : « Rebop » ou
« Retour aux origines. Quelle est la voie du progrès ? ». Pourquoi progrès ? Constatez, ne jugez pas.
Mettez-vous en travers si vous voulez... mais ça arrivera quand même...

C'est délibérément et de propos réfléchi que j'écris
Knokke avec deux k et non un ck, vu que ça se trouve
en Flandre et que la première version est la fla-
mande. A Knokke, donke, se tint le Festival européen
organisé par le Hot-Club de Belgique, c'est-à-dire
Willy de Cort, l'actif président et ses séides, Carlos de
Radzitzky et Albert Bettonville.

Fort bien organisé, dans le fort beau casino de
Knokke, œuvre imposante et pleine de tapis et de
mécaniques silencieuses. Participaient le Dutch
Swing College (Hollande), le New Rhythm Band
(Suisse), les Bob Shots (Belgique), Humphrey Lyttelton (Angleterre) et Claude Abadie (France). Les Hollandais, les Suisses et les Anglais nous firent entendre
des musiques quasi identiques, Abadie s'en échappa
un peu tout en restant assez voisin ; seuls les Bob
Shots nous donnèrent l'occasion d'entendre quelque
chose de « pas déjà su par cœur ».

Je sais qu'on m'accusera encore de partialité, et je
m'en contrefiche, mais vraiment la vanité de ces tentatives de rénovation d'une époque disparue est par
trop flagrante et s'il a été intéressant de voir (par
réaction surtout contre la guerre, et par suite de la
coupure entre l'Europe et l'Amérique) les jeunes se
lancer sur le dixieland, ça commence à avoir un peu
trop duré pour continuer à être drôle. On m'objectera
que les Anglais n'ont été coupés de rien du tout ; oui,
mais les Anglais mettent toujours vingt ans à comprendre ; voyez les Suédois : eux ont déjà compris.
On me dira encore que les Américains eux-mêmes...
bon, il y a Lu Watters et Bob Wilber (Blancs), mais

si le premier vaut le second, ça ne va pas encore très loin... et vraiment le jazz américain noir entier est derrière Parker, Hawkins, Gillespie, et les modernes. Je ne peux pas faire un compte rendu du Festival de Knokke parce que je n'ai pas pu l'écouter, bien qu'étant présent à chaque exhibition ; je n'ai entendu que les Bob Shots, quelques passages (arrangés pour deux clarinettes) du Dutch Swing College, le trombone de Lyttelton, le trompette suisse qui avait une bonne technique, les chorus d'Hubert Fol et de Guy Longnon sur *Tight like this*.

Ce n'est pas ma faute, j'ai fait ce que j'ai pu, mais la musique en conserve, ça ne m'amuse plus et je le dis. Maintenant, je suis un critique musical engagé. Bien sûr, je pourrai vous répéter aussi que le trompette hollandais joue dans le style de Bobby Hackett... mais alors j'aime mieux Hackett... que les blues interminables joués avec du sentiment ne peuvent compenser l'absence de section rythmique... etc... Quant à Lyttelton dont je parle ailleurs (*cf.* revue de presse) et qui m'avait très favorablement impressionné à Nice, il m'a paru avoir perdu ce côté éclatant qu'il avait... est-ce un tort ou non ? Je ne sais pas... je ne juge plus cette musique-là, je suis en dehors du coup... j'en ai trop fait moi-même, j'en ai trop ouï... oui... un peu d'air... et vivent les Bob Shots. Je ne sais pas s'ils font du bon jazz, mais moi j'aime mieux ça. Au moins, on n'entend pas cette musique-là à tous les coins de rue, savez-vous...

Août-Septembre 1948

★ Un petit peu de *Down Beat*, un du 8 septembre où l'on apprend que Fletcher Henderson a dit :
« *De toutes les atrocités mondiales, le be-bop est la plus phénoménale. D'ailleurs, je ne vois pas ce que c'est que le be-bop*, ajoute-t-il. *Mais pour moi ce n'est pas de la musique. J'ai entendu l'orchestre de Dizzy à Los Angeles et je dois dire qu'il a un fameux orchestre.*

Quoi que soit le be-bop, Dizzy est un des rares qui peuvent en jouer, et d'ailleurs, il n'en joue pas toute la nuit... »

Je laisse à mes lecteurs chéris, le soin de tirer leurs conclusions de cette suite d'affirmations, curieuses dans leur enchaînement. Autrefois, au fait, Henderson a gravé un disque intitulé « *Queer Notions* » (Aucun rapport, naturellement).

Octobre 1948

★ Le be-bop envahit l'Amérique du Sud, qu'ils disent. C'était sûr. Ce Dizzy, quand même. Ce Dizzy qui attire même les « dixieland », nous apprend Ralph Gleason, « *même les musiciens dixieland locaux* (l'histoire se passe à San Francisco) *ont été entendre Dizz... et l'un d'eux dut dépenser* 15 *dollars pour se faire remplacer... C'est sans doute le plus gros compliment qu'on puisse faire à quelqu'un...* » Il paraît qu'un nommé Andy Duryea, trombone à Frisco, complète maintenant l'orchestre, où il est « featuré » comme soliste au trombone et à la trompette basse. Selon Lester Boss, trombone chez Hampton, jamais Dizzy n'a eu un si bon orchestre. Bigre, les San-Friscotains sont des veinards... Quand reviendras-tu, Dizzy ?

Novembre 1948

★ La révolte d'Armstrong contre le be-bop revêt un caractère d'autant plus sensationnel que l'on assiste à une remontée du gaillard Satchmo, qui fait fureur actuellement aux Etats-Unis.

Sur quoi les *Capitol News* recueillent l'avis d'un certain nombre de musiciens connus, lesquels ne se mouillent pas trop ; exception faire de Fletcher et Horace Henderson, qui déclarent :

— *Fletcher* : L'opinion de Louis devrait être publiée à des millions d'exemplaires et placée entre les mains de tous les jeunes musiciens et de tous les amateurs de musique du monde. Rien de plus vrai et de plus courageux n'a encore été dit. Il a raison comme la vérité elle-même.

— *Horace* : 100 % pour Armstrong. Le be-bop devrait être remisé avec les pianos mécaniques.

Mais Stan Kenton, Woody Herman, Peggy Lee, Phil Moore et Red Norvo y vont plus prudemment, et sans doute n'ont-ils pas tout à fait tort. Johnny Mercer Ellington déclare :

— Je ne suis pas assez bon musicien pour éliminer arbitrairement le be-bop en totalité. Peut-être qu'il y a quelque chose.

Nous craignons, quant à nous, qu'il n'y ait effectivement quelque chose. Louis lui-même n'avait-il pas déclaré aux rédacteurs de l'*Esquire Jazz Book 1947* :

— Savez-vous que je suis pour le be-bop ? J'adore en écouter, je pense que c'est très divertissant.

Seulement pour jouer be-bop, il faut avoir de très bonnes lèvres, je peux vous le garantir, je suis un type qui aime tous les genres de musique.

La revue belge *Hot-Club Magazine* qui rapproche astucieusement ces deux déclarations de Louis, sous le titre « A qui se fier » ne conclut pas. Nous concluons que si les Blesh et Granz ont tort de donner des conseils aux musiciens, les musiciens comme Armstrong ont tort de juger leurs confrères. Nous savons bien qu'il y a eu des Gonella qui ont plagié Armstrong mais nous savons aussi qu'il y a des Gillespie et des plagiaires de Gillespie. Ça n'enlève rien à Armstrong, mais ça n'enlève rien non plus à Gillespie qui est un type génial et un musicien hors ligne, comme sa musique est une musique hors ligne. Quant à dire qu'il n'y a pas de mélodie dans un chorus be-bop... Non Satchmo, écoutez plutôt *Round about midnight* ou *I can't get Started* par Dizzy, ou le chorus de Diz sur *Our delight*.

N'est-ce pas plutôt le vieux problème de l'évolution et de l'homme mûr, qui revient ici ? Armstrong, qui fut le plus grand novateur que le jazz ait connu, condamne l'œuvre de ses successeurs. C'est dans la

logique des choses humaines. Tout de même il y a
des opinions qu'il ne faut pas exprimer, surtout
quand on est Armstrong. Si l'on ne savait pas qu'il
est le meilleur type de la terre, on pourrait supposer
des tas de choses. Surtout quand on s'aperçoit du
succès remporté par Dizzy, Charlie « Bird » Parker et
Ella Fitzgerald qui ont rempli Carnegie Hall à la
limite à l'occasion d'un concert donné dans les premiers jours d'octobre. Les seuls reproches sérieux
que l'on ait adressés à Dizzy sont surtout sa mauvaise
tenue en scène, qui d'après les descriptions que nous
en connaissons, rappellerait fort celle d'un certain
A.C. aux beaux jours du Jazz de Paris, et la mauvaise
acoustique de Carnegie, dont Leonard Feather n'a pu
se dépêtrer aussi bien que l'aurait fait Granz.

Mike Lewis décrit ainsi le jeu de Parker : « Son flot
ininterrompu d'idées, ses attaques spectaculaires et
l'usage impertinent qu'il fait de la ponctuation musicale furent une révélation pour un auditoire trop
saturé de ténors. »

Lewis dit d'ailleurs :

« Ne tournons pas autour du pot : c'est là un
ensemble qui joue avec une conviction et un enthousiasme profonds. Aucun auditeur de Gillespie ne doit
perdre de vue qu'il y avait là des musiciens qui
jouaient dans un style qu'ils jugeaient le meilleur et
pas simplement en remâchant les idées des autres.
En gros et en détail, musicalement parlant, ce
concert fut revigorant. »

Pour en revenir à Louis, rappelons-nous qu'il a eu
des ombres : Nat Gonella par exemple. Aurions-nous
jamais pensé juger Louis d'après Nat ? Non. Aussi
que Louis ne juge pas le be-bop, c'est-à-dire d'abord
Parker et Dizzy d'après les innombrables sous-fifres
de la 52e rue qui ne sont peut-être pas même au
Bird et à Gillespie ce que Nat Gonella fut à
Armstrong.

★ Voici enfin *Jazz Journal* de novembre, qui m'engueule très perfidement dans son éditorial, et me

lance ma vie privée à la tête, et tout le monde sait qu'il y a de quoi tuer un bœuf. Un nouveau critique anglais opère dans *Jazz Journal*, il signe Hugues Panassié, mais personne ne s'y trompe : puisqu'il écrit en anglais, c'est un pseudonyme. Il parle de Count Basie et du blues, et évidemment, on peut dire des choses sans trop de difficulté là-dessus. Il y a un article sur le bon trompette Freddy Randall (que personnellement je trouve plus brillant que Lyttelton). Un autre, intéressant, sur Sammy Price, et il y a des Résolutions par Brian Rust (qui n'a pas volé son nom, ça veut dire rouille) dont je traduis des passages de la fin : ce sont des résolutions qu'il prend :

Essayer de clarifier la situation respective du be-bop et du jazz (lui, il dit re-bop mais c'est un re-actionnaire).

Par cette phrase, je veux montrer qu'il n'y a aucun rapport entre ces deux termes...

... Je ne veux pas dire qu'un musicien né en dehors de La Nouvelle-Orléans n'est pas un jazzman, parce que la réciproque m'amènerait à classer Lester Young dans le peloton de tête, ce que je juge particulièrement incongru, mais je veux seulement dire que, du fait que les bases du jazz et celles du be-bop n'ont aucun rapport, exception faite des signes extérieurs et audibles, je n'arrive pas à comprendre comment quelqu'un peut leur trouver un rapport (en passant, notons que le procédé qui pour parler musique consiste à faire abstraction de ce qu'on entend, paraît plein de promesses : tous les sourds vont pouvoir chroniquer les disques, comme Frank Ténot).

La musique de King Oliver, Louis Armstrong, Kid Ory, est du jazz, que ce soit avec le Créole Jazz Band, les Savannah Syncopators ou le Savoy Ballroom Five, et les bruits produits par Gillespie et Cie n'en sont pas. C'est un sous-produit, si on veut, mais ça ne demande aucune des capacités artistiques exigées par le jazz... ! ! ! (les points d' ! sont de votre serviteur).

Sur quoi Brian Rust termine : « *Et maintenant, j'attends les pierres et les tomates pourries...* »

Mais il a tort ; ça se traite uniquement par la rigolade ou le coup de tatane au chose quand la bête devient agressive. Enfin... il nous aura quand même bien fait rire... Cela dit, je vous tire ma révérence et m'en vais z-à-la-pêche, adieu mes couloucoulous, à la prochaine.

Décembre 1948

★ Nos chères habitudes nous condamnant (comme l'habitude) à les suivre, il est bien normal que je commence, doncques, par vous dire que je ne comprends toujours pas le danois et que par conséquent, *Orkester Journalen*, écrit en suédois, ne nous livrera pas encore ses mystères. Mais sautons la mer du Nord et nous voici chez les Godons, avec le n° 10 de *Jazz Music*. Numéro presque spécial consacré pratiquement à Sidney Bechet dont une très jolie discographie apparaît ici. J'y connais rien en discographie, si je me mets à discuter numéros de matrices et versions spéciales non publiées, on va encore me traiter de pornographe, alors je vous dis juste qu'elle est très jolie. Un certain Charles Wilford nous fait part vers la fin du numéro, de son expérience de critique de disques. Il dit entre autres : « *Le changement de mon goût en matière de domaine où il peut s'exercer, car je n'ai rien perdu de mes vieux enthousiasmes ; j'ai par contre fait des découvertes et me suis mis à apprécier des formes de jazz moderne qui précédemment ne m'avaient guère intéressé. Cela est sans aucun doute une bonne chose parce que ça signifie que le plaisir total que je retire du jazz est plus grand que par le passé.* » Le même Wilford dit ensuite des choses qu'on peut discuter si on veut, mais moi je préfère passer à *Jazz Journal* qui premièrepagise une très belle photo de Josh White qui est sûrement un garçon bien puisqu'il a sa photo en première page de *Jazz Journal* qui est un journal bien, et si vous aimez le beau style apprenez par cœur mes revues de presse et récitez-les le soir, ça vous fait aller au paradis aussi bien qu'une prière brevetée S.G.D.P. et c'est moins tendancieux.

Février 1949

★ Dans *Melody Maker*, 12 février, un titre de Dizzy Gillespie qui à mon sens, résume admirablement la question. À une question de Stuart Allen : « *Qu'est-ce que le bop ?* », Dizzy répond : « *C'est juste la façon dont mes copains et moi sentons le jazz.* » Comme c'est vrai, ça... Et *Manteca*, bien sûr, ça a été coupé à l'enregistrement. C'est triste... On le savait, mais c'est triste. À quand du Gillespie sur microgroove ?

Mars 1949

★ *Nota Bene :* Faut de l'ordre et de l'organisation.
Chapitre I, Jazz Journal, oct. 1949.
1 er *alinéa :* La page 1 de *Jazz Journal* reproduit les traits de notre grand Duke Ellington, l'homme dont on ne parle jamais assez et qui est sans doute le seul vrai génie du jazz malgré l'abus que font ces ânes de critiques de ce terme rebattu.
2 e *alinéa*. – Avouez que cette revue de presse se présente, pour une fois, dans un ordre rigoureux. J'espère qu'on m'en tiendra compte au ciel.
3 e *alinéa*. – Ensuite, *Jazz Journal* est toujours une bonne revue. Il y a un article intitulé American Jazz 1949 par Jack Stine que je vais lire. Une minute. Là, ça y est. Ah ! Françoise, écoute bien, je crois qu'il parle du bop par ici. Oh ! oh ! il prend comme exemple de perfection « *l'exécution par Benny Goodman du* King Porter Stomp ». Cela nous intéresse... et selon lui, les boppers n'approchent pas, même par « l'esprit » de leur jeu, une exécution de ce genre...

Grâce à Dieu, grâce à Dieu. Puis-je faire une remarque accessoire ? Merci, monsieur. Bon. Eh bien ! pourquoi s'obstine-t-on à ne parler du bop qu'à travers les mauvais musiciens. Et pourquoi ne se rend-on pas compte que le bop n'existe pas (mais je me répète). Bien. Donc, un zazou a expliqué à Jack Stine que « *le solo-bop est fondamentalement la transposition sonore d'une sensation nerveuse, d'où sa qualité d'irrégularité et de staccato* ». Et en conclusion, Jack se voit forcé de déplorer l'aspect non mélodique du bibope. Tout cela est merveilleux, mais il y a des drôles qui en disent encore de plus cochonnes, et si on devait reproduire l'avis de tous les imbéciles, les colonnes de *Jazote* n'y suffiraient pas, vu que j'écris beaucoup. Par ailleurs, et pour conclure, notons encore que d'autres gens appellent le bibope : « jazz existentialiste ». Hein ! C'est-y avancé !...

Chapitre II. – *Melody Maker*, 15 oct. 49.

Le titre : « *Le bibope envahit le Jamboree annuel* ». Je trouve qu'on commence à nous fatiguer avec ce fameux produit. Si ce que je dis choque ma bien-aimée, qu'elle me pardonne, eu égard à mes antécédents défavorables.

Down Beat n° 19.

« *Zoizeau a tort*, dit Dizzy : *le bibope doit acquérir un beat.* » (C'est le titre.) Vous vous rappelez la grande interview de Charlie Parker dont quelques journaux se sont fait l'écho et qui fut déjà utilisée contre le bibope. (Décidément, moins ça existe et plus il faut en parler.) Charlie disait que « *ça n'avait pas de relation avec le jazz et qu'il n'y avait pas de continuité de tempo (beat), pas de chug-chug régulier* », Dizzy répond : « *C'est justement ce qui cloche dans le bop aujourd'hui ; l'ennui avec le bop tel qu'on le pratique maintenant, c'est que les gens ne peuvent pas danser dessus ; ils se moquent qu'on joue une quinte diminuée ou une cent vingt-neuvième explosée, pourvu qu'ils puissent danser.* »

(En fait, c'est bien pour ça que je dis que le bop n'existe pas, puisque ses deux créateurs sont en désaccord sur un point aussi crucial.)

Extraordinairement surpris, après avoir lu autre

chose ailleurs, de constater que Nat King Cole est un apôtre du bop. (Pas si extraordinairement que ça, bien que le bop n'existe pas : c'est ce que dit aussi Nat, qui s'élève contre le mot, employé uniquement par les détracteurs de la musique qu'il semble couvrir pour désigner ce qu'il y a de mauvais dans cette musique.) À bas le bibope, vivent Gillespie, Parker, Miles, et tout ce qu'ils font. Et vive King Cole. (J'adore King Cole.) Tout le mal, en somme, vient des journalistes.

C'est Cole qui parle :

« *Mais ç'a toujours été ma plus grande ambition d'empêcher les gens de dire que le be-bop est une musique de basse classe...* »

Novembre 1949

★ Et voici les Uhessa, *Metronome*, *Record Changer*, *Down Beat*. Ça change pas. *Metronome*, jolies photos de Sarah Vaughan (n° d'oct. 49). Encore George Shearing. Encore Benny Goodman. Un petit mignon du nom de Gil Lawrence, oh ! qu'il est chou ! Enfin, l'article est écrit par une femme, heureusement, sans ça on pourrait croire. *Une épreuve de Louis Armstrong les yeux bandés*. Ah ! Ah ! Que va-t-il dire du bop... voyons ça de plus près... Tiens... il ne déteste point Miles Davis ; mais il préfère une bonne valse de Milt Hert ; deux étoiles sur 4 à *Manteca* de Dizzy ; deux et demie à Tristano ; trois à Tadd Dameron (*John's Delight*). Écoutons :

« *On ne peut pas appeler ça du vrai be-bop ; les saxes me rappellent Benny Carter dans* Sometimes I'm happy... *j'aime ce phrasé... genre Carter... et la guitare... C'est le meilleur bop que j'ai encore entendu ; ça ressemble plus à du dixieland soigné. Nous pourrions très bien jouer ça. En fait, vous savez nous jouons aussi du bop :* Mop Mop. *Mais nous n'exagérons pas. Trois étoiles.* »

Mais la palme (4 étoiles) va à Billy Eckstine pour *Good-bye*. Tandis que Kid Ory *qui joue faux et un ton trop bas* n'en a que 2 et demie. Babs Gonzalès n'est même pas classé.

Dernière réflexion de Louis. « *Peut-être que les jeunes n'apprécient pas ce que nous faisons. Bon ! nous jouerons pour les vieux ; après tout, c'est eux qui ont tout l'argent...* »

Ce qui est une erreur ; les jeunes apprécient ; seulement, effectivement, il faut de l'argent pour écouter Louis...

Décembre 1949

★ L'Angleterre et ses dominions. Voici *Melody Maker* et *Australian Jazz Quarterly*. Dans ce dernier magazine, notre bon ami Roger Bell prend la plume. Et il dit entre autres :

« *Il est tout à fait évident que maintenant le Noir américain a abandonné le jazz.* »

Ah bon ! Alors on va écouter autre chose, parce que si on compte sur les Blancs... Non Roger, tu exagères ! C'est comme Pape quand il oublie de définir « progrès ». Si on appelle jazz le jazz blanc pratiqué à la dixieland, certes, le Noir américain l'a abandonné... et il a eu raison, car il *faut* évoluer... comme Ellington, par exemple... Et Roger ajoute :

« *L'avenir du jazz, s'il en a un, est entre les mains des jeunes Blancs, et il l'est depuis cinq à six ans...* »

Cela nous dispense de commenter *Melody Maker*, qui à en juger par l'importance accordée aux Blancs locaux, est de cet avis bien anglais.

Avril 1950

★ *Jazz Journal*, mai 1950, numéro avec photo de Fat's en couverture, c'est bon. Si on rééditait du Fats au lieu de nous casser les pieds avec du dixieland pourri, tout irait mieux. Dans *Jazz Journal*, un merveilleux « Lightly and Politely » – dont j'extrais ces quelques lignes :

« *D'une part, les voitures de pompiers et les cha-*

peaux hauts de forme épelant "dixie", de l'autre, les lunettes noires, bérets, peaux de léopards et petits boucs ; chacun témoigne d'une attitude enfantine également pathétique, superficielle, non sentie »...

Comme dit *Jazz Journal*, c'est bien triste, mais il faut tout de même se rendre compte qu'en général, des deux côtés de la route il y a un fossé. La route, c'est le jazz. Le fossé, on peut y mettre Kenton et les Firehouse Five, les « progressistes » et les dixielanders, et tout ce qui est artificiel et ne correspond à aucune nécessité historique.

Juillet-Août 1950

★ J'y ai coupé pour le dernier numéro, parce qu'à Saint-Tropez, pas, je pouvais faire un petit peu le mort et le père Souplet n'y voyait rien. Mais là, je suis revenu dans ce Paris saumâtre, dont les brumes mélancoliques vous foutent un vague à l'âme du tonnerre, et il me coince à tout coup, il va même jusqu'à me porter les documents à domicile pour être bien sûr que je n'y échapperai point. Alors, comme je suis bon et comme je sais que le jazz dépérit sans moi, je me laisse faire, et j'élucubre. Encore heureux que je puisse citer des trucs d'autres zèbres, ça bourre et ça remplit. Et pourtant, combien je préférerais vous parler fesses, mes bidules adorés ; moi, la pornographie, voyez-vous, ça me tient au cœur, pas moins.

Nous sautons élégamment de l'autre côté de l'Atlantique où, si j'en crois une photo du magazine *Spin*, il y a au moins une fille du tonnerre, qui se nomme Eileen Barton. Elle vaut la peine d'être sautée (la mare, bien entendu, aux harengs), s'il n'y en a que des comme ça (phrase confuse, mais l'effet tonique de la photo me trouble le stylographe). Bailli ze ouê (qui est une façon de dire : « à propos » en godon), il y en a une autre dans *Capitol News*, Vera Ellen. Ha, Ha ! Tout ça, c'est pas pour nous, c'est pour les producteurs d'Ollivoude. Nous, on a droit à Cécile Sorel et à Mistinguett, et encore on a de la veine que Sarah Bernhardt soit morte.

Tout cela pour arriver au numéro du 9 septembre de *Down Beat*. Numéro qui ne peut que nous confirmer dans notre opinion bien arrêtée : oui, c'est assez dégueulasse, de la part de quelque prétendu défenseur du jazz que ce soit, de crier au miracle et de se réjouir de la situation actuelle de musiciens comme Dizzy, dont l'orchestre contenait en germe et réalisait déjà tant de promesses. Une interview de Dizzy dans le *D.B.* exprime avec une netteté et une simplicité totales la situation de ces gens qui se heurtent aujourd'hui au mur du public – comme s'y heurtèrent leurs aînés aux plus sombres périodes du jazz – rappelez-vous Tommy Ladnier... et Bechet qui dut être tailleur pour continuer à vivre. Voilà ce que dit Dizzy qui a dispersé son orchestre en juin :

« Ça m'a vraiment brisé le cœur de disperser un tel orchestre. Mais il n'y avait plus de travail pour nous. Maintenant, c'est dur. Tout le monde demande de la prétendue "musique de danse". Ce qu'ils veulent dire, c'est ces machins qui font ticky-ticky-tick... Mon vieux, ça, c'est pas de la musique de danse. »

Dans les commentaires qui suivent, Dizzy attribue une part de son insuccès commercial au manque de goût de ses musiciens pour le « show » et à leur inaptitude à paraître ravis en permanence. Là, je crois que Dizzy s'égare... C'est bien l'incompétence du public la cause de tout cela ; le public a toujours mis un temps avant de se rendre compte... dans dix ans, on redécouvrira les disques de Dizzy en Amérique...

Enfin... on a de la veine de l'avoir vu ici, avec son orchestre ; et ceux qui l'ont vu et entendu s'en souviendront longtemps.

Octobre 1950

★ *Melody Maker*, **20 janvier.**

Un revenant en Angleterre ! Le fameux (en France) Garland Wilson qui fit les beaux jours de notre avant-guerre (mince, je me mets à causer comme le billet de Guermantes) est à l'Astor Club. Peut-être qu'il fera un tour ici, on sait pas

Les Bell (Graeme) font l'objet de l'entière page 3 du
Melody Maker. Graeme Bell lui-même a la parole ; pour
lui, sa définition de la musique Bell est fort simple : jazz
australien 1951. Ma foi ? C'est pas si mal dit. Graeme
ne veut se rattacher à aucune école ; quand on lui dit :
« *On était en train de discuter pour savoir comme qui
votre clarinettiste, Pixie Roberts, essaie de jouer* », il
répond : « *À mon avis, il joue comme Pixie Roberts.* »
Cette façon de considérer la chose présente un petit
inconvénient ; j'ai eu un copain qui voulait écrire et qui
me disait : « *Je ne veux rien lire pour ne pas gâter mon
style* » ; moralité, il écrivait comme un mélange de tout
ce qu'il avait déjà lu, technique en moins. Le seul
moyen en ce domaine, comme en celui de la musique,
de faire quelque chose de *différent* et de vraiment personnel, c'est au contraire de savoir *tout ce qui a été fait
par ailleurs* ; sans ça, il se trouve comme dans le cas de
Graeme Bell que (par pur hasard, sans doute) ce jazz
australien 1951 ressemble à s'y méprendre au dixieland
revitaminé que débitent dans les deux hémisphères
d'innombrables jeunes hommes de bonne volonté mais
d'oreille rétive.

Février 1951

★ Les musiciens de Los Angeles, sont, paraît-il submer-
gés de femmes nues (ou tout au moins, en « minimum ». Le « minimum », ça se dit là-bas « G string »,
ça se traduit à peu près par : « Sol de violon ». C'est évidemment pas large, mais après tout, pourquoi une
femme nue en porterait-elle plus ?) Les musiciens se
plaignent qu'il n'y ait que les filles sur l'affiche, mais
comme les gens regardent les filles, ça leur permet de
jouer du bop sans que le client s'aperçoive de rien.

★ Fletcher Henderson interviewé par Leonard Feather en page 3. Tiens. Leonard lui demande : *Ces
déclarations que vous aviez soi-disant faites sur le be-
bop ?* Et Fletcher répond : *On avait très exagéré. J'ai*

toujours pu écouter Charlie et Dizzy. C'est juste qu'il y avait des choses que je ne comprenais pas...

Faut jamais croire ce que disent les journalistes quand ils répètent ce que disent les musiciens.

Mars 1951

★ *Melody Maker* du 15 septembre 1951 publie un grand article : « *Il ne reviendra jamais le bon vieux temps* », de Louis Armstrong. C'est un bavardage à bâtons rompus dans lequel on apprend plusieurs choses intéressantes, et notamment, la trois centième version de l'opinion de Louis sur le bop :

« *Imaginez que MOI je change MON style pour le bop. On dirait que je veux faire le malin – et ce ne sont que des exercices ; je faisais ça autrefois à la Nouvelle-Orléans quand je prenais des leçons.*

« *Je jouais des tas de variations et des choses comme ça quand on jouait dans les honhy-tonks 1917... ça remonte à ce temps-là.*

« *Joe Oliver me dit de supprimer toutes ces variations et de jouer un peu plus le thème directeur.*

« *En ce qui concerne Dizzy Gillespie, je lui accorde qu'il a créé un style. Lui et Parker. Ce style-là, ça venait des jam-sessions, où on pense surtout à écraser les musiciens avec ce qu'on joue.*

« *Mais le secret du bop, c'est qu'on gardait le thème directeur dans sa tête... et puis on s'est extasié en disant que c'était un nouveau style. Voyez ce que je veux dire ?*

« *C'est cette musique-là qui a ruiné New York, Chicago, la Californie...*

« *... En 1922, il y avait au moins mille trompettes qui travaillaient. De nos jours tout ce qu'on entend, c'est le ténor, la batterie et le piano, avec le ténor qui fait Booooom ! sur l'estrade.*

« *On ne reviendra jamais en arrière... Trop tard... trop de mal a été fait...* »

Hein, il n'est pas gai, le père Louis.

Octobre 1951

★ Décidément (*Down Beat*, 22 février), Nat Hentoff me plaît assez ! Il engueule deux orchestres de sous-dixieland de la façon suivante (il s'agit notamment de celui de Conrad Janis) :

« Ces jeunes gens jouent véritablement faux et n'ont qu'une connaissance très vague de leurs instruments, mais leurs partisans ne s'en soucient nullement. »

★ Horrible, atroce nouvelle ! Un renégat, mes enfants, un dingo, un fou ! Mais je vais vous y préparer avec des ménagements. Tenez. Supposez que vous rencontrez Dupont. Il vous dit :

— Tu ne sais pas ?

— Non, répondez-vous (et c'est vrai).

— Il paraît que Luter...

— Quoi (vous haletez) ?

— Non, c'est pas croyable.

— Mais dis-le, bon sang ! (Vous dites merde parce que vous êtes mal élevé, mais on ne peut pas imprimer des choses pareilles.)

— Luter vient de s'inscrire au cours de clarinette de Charlie Parker !

— Bang ! vous faites. (C'est le bruit de votre tête sur le trottoir, parce que c'est tout de même un coup à s'évanouir.)

Eh bien, bref, Bob Wilber est un des élèves les plus assidus de Lee Konitz à l'école Lennie Tristano.

Bob, en gros, a trouvé que « *le dixieland devenait en fait un truc aussi commercial que Guy Lombardo* ». Sur quoi, il travailla à se débarrasser de son vibrato.

Mais Wilber n'est pas un renégat, j'exagère. En réalité, il est simplement de notre avis à tous :

« *Bechet, Ory, Foster, Siméon, étaient les "modernistes" de leur époque. Ils expérimentaient de nouvelles idées, de nouvelles techniques ; ils n'imitaient pas ce qu'on avait fait avant eux.* »

Il dit d'autres choses fort pertinentes. Voir votre *Down Beat* habituel.

Avril 1952

★ *M.M.* un article de Borneman dans le numéro du 10 mai (j'ai un drôle de trou entre le 12 avril et le 10 mai, mais tant qu'Henry Kahn ne me le fera pas envoyer directement, Charles allumera toujours ses cigares avec le *M.M.*, ça fait sport). Où Borneman finit par poser la question brûlante : *combien de temps des musiciens européens pourront-ils puiser au réservoir limité du jazz Nouvelle-Orléans sans en atteindre le fond ?*

Répondons tout de suite : ils l'ont atteint depuis bien longtemps et ne font plus que se répéter, c'est-à-dire répéter un reflet.

★ Américanisons-nous zun peu avec le *Record Changer* d'avril 52 qui contient un article sur « Bix ou Louis », question stupide à mon avis. « *Suivre Louis, c'était devenir Red Allen, suivre Bix, c'était devenir Red Nichols* », dit élégamment, sans rougir de cette énorme idiotie, l'auteur John Lucas – et il y en a d'autres ! Dans le même numéro, une polémique entre mon bon camarade Hentoff de *Down Beat* et Orrin Keepnews, ce dernier fort marri du traitement sévère infligé par Hentoff à un nommé Janis, dixielander professionnel – et c'est tout dire. « *Je ne crois pas, écrit notamment Hentoff, qu'il soit jamais possible de nouveau de s'exprimer dans l'idiome New Orleans avec l'autorité vigoureuse et la beauté lyrique des classiques originaux de New Orleans.* »

Les imbéciles de *Zazotte*, chose étrange, ne sont donc pas seuls de leur avis ? Ah, quelle tristesse ! Mais que voulez-vous, on est forcé d'avouer qu'il y a aussi des Keepnews pour soutenir l'argument opposé. Ça fait une moyenne.

Juin 1952

★ Monsieur Feather lui-même étudie le problème « Qu'est devenu le bop ? ». Et il conclut avec pertinence ce que nous avons déjà conclu 25 fois ici (car nous sommes un peu génial, faut dire). C'est que le bop n'étant qu'un mot, est mort, mais qu'en tant que style, il est aussi vivant que jamais Je me suis toujours tué à vous le dire : le bop, ça n'existe pas. Mais Parker, Dizzy, etc... Ça, ça existe. Et c'est bien vivant. Et ça influencera encore.

★ Johnny Dankworth est plus moderne que Dizzy assure sans rire Edgar Jackson. Ce bon Edgar !

★ Notre ami Borneman estime que l'introduction des rythmes cubains est le plus important apport du bop à ce que sera le jazz de demain. Hé hé ! Ça aussi, c'est une petite opinion qui nous plaît bien !

Juillet-Août 1952

★ De Billy Eckstine dans le *D.B.* du 8 octobre 52.
   ...Peut-être avez-vous été surpris de lire ce qu'on m'a fait dire, que le bop c'est une duperie, etc... Tous ceux qui me connaissent ont deviné que jamais je n'ai dit ça ; ça a été ajouté aux épreuves qu'on m'a envoyées sans que j'en aie connaissance.
   ...Si j'avais un orchestre maintenant, je voudrais un orchestre qui fasse du nouveau. Progressif, oui, mais sans perdre toute chaleur, tout tempo, et en gardant le contact avec le vrai jazz.
   Voilà ma foi de fort bonnes paroles, et l'on se souviendra que Mr. B. eut jadis un orchestre agréable.

Novembre 1952

★ Voici le bulletin du Hot Club de Montevideo, où nous trouvons la signature d'André Hodeir, et de Georges Daniel, en suite de quoi nous le refermons, découragés, après avoir renoté l'admirable devise du club.
   « *Cuando el jazz es bueno, no importa si es antiguo o moderno.* »
   Enfoncez-vous bien ça dans la tête.

Décembre 1952

★ *Angleterre*. La grosse nouvelle du *Melody Maker*, c'est l'arrivée du J.A.T.P. à Londres. Des pages lui sont consacrées.

Une interview de Buck Clayton, le trompette que connaissent et apprécient tous les amateurs, comporte les phrases suivantes que je dédie au sergent J.B.P.

...« *Il y a un tas de gens qui croient que pour que ce soit du vrai jazz, le jazz doit être joué comme Kid Ory le jouait. Je ne suis pas d'accord.*

« *Ici, avec Mezz, nous allons jouer du dixieland et des Blues parce que c'est ce qu'aime Mezz, bien que nous puissions jouer dans n'importe quel style et que nous adorions "swinguer" comme fait Basie.* »

★ Le sergent J.B.P. m'a écrit une lettre adressée à *Jazz Hot* tout entier (ou entière ? est-ce un magazine ou une revue ? À vous, Dauzat). Le sergent J.B.P. aurait pu signer sa lettre, je trouve. Voilà une partie de ce qu'il a dit, le sergent. « *Vous êtes bop. Bon. Ça va, on le sait. Mais alors au moins soyez respectueux, foutez-nous la paix. Personnellement, je suis un amateur acharné et connaisseur de jazz. Pourquoi vous le cacher (sic) ? Je suis anti-bop. Mais alors à fond pour le New Orleans. Vous vous demandez certainement où je veux en venir ? Tout simplement à ceci. Si vous dites que le New Orleans est "vieux machin, vieux style, vieux jeu"... Bon, eh bien alors jouez franc jeu. Laissez-nous.* »

Arrêtons-nous déjà ici. Au passage, admirons la modestie du sergent. « *Personnellement je suis un amateur acharné et connaisseur de jazz* » ! Faisons respectueusement remarquer au sergent que s'il est anti-bop, il a tort de se dire connaisseur de jazz. Car les connaisseurs savent que ce mot de « bop » n'a aucun sens et n'a été utilisé qu'à des fins journalistiques. Il y a le jazz tout court ; et s'il est amateur acharné, le sergent devrait s'abstenir de l'enterrer comme ça, le jazz. Incidemment, qu'est-ce qu'un connaisseur ? Savez-vous, sergent, que la moyenne des gens qui « rédactent » *Jazz Hot* ont un minimum de quinze ans de familiarité avec cette musique ?

Soyez bop ou N.O., mais pas les deux à la fois, dit un peu plus loin le sergent. *On ne peut concevoir ces 2 extrêmes, à moins d'être complètement cinglé...*

Mais, sergent, permettez-moi de vous dire respectueusement que vous nous cassez les roubignoles. Et pourquoi n'aimerions-nous pas les deux à la fois ? J'adore écouter les vieux enregistrements de Jelly Roll, et j'adore Ellington dans la *Tattoed Bride*, et j'adore Gillespie et Parker. De quel droit voulez-vous me limiter, bougre d'emmerdeur ? Et j'adore Ravel aussi, si ça vous intéresse. Et Albinoni, l'*Adagio*, c'est aussi bon que la *Black and Tan*. Quant à *Wozzeck*, ça m'émeut autant que *Echoes of Harlem*, et tant pis pour vous si vous avez les feuilles un peu réduites.

Voulez-vous que je vous dise, mon sergent aimé. Vous nous accusez d'être méchants, hargneux pardessus le marché. Mais vous, sergent, vous êtes gentil, peut-être ? Vous faites semblant de ne pas comprendre. Nous, on ne s'en cache pas, quand on voit un ou plusieurs types reproduire ce qu'un ou plusieurs autres ont fait, bien mieux qu'eux, voici vingt ans, ça ne nous intéresse pas. Un écrivain qui écrirait de nos jours, comme Balzac, n'aurait non plus le moindre intérêt. C'est un faussaire. C'est pourquoi nous sommes à votre grand étonnement, les premiers à louer Louis quand il sort un bon disque. Louis a le droit de jouer dans ce style : c'est lui qui l'a fabriqué. Mais tous les jeunes soi-disant « Nouvelle-Orléans » qui vous enchantent sont de pitoyables attardés. Je vais vous dire quelque chose, sergent ; je connais personnellement des musiciens de chez Luter, de chez Reweliotty, qui *adorent* les Bud Powell, Parker, Dizzy, bref tous ceux que vous nommez bop et qui sont, surtout, des *musiciens* dignes de ce nom. Ces musiciens qui persévèrent dans le style N.O. que ses créateurs illustrèrent si bien ne le font que parce que ça se vend, grâce à de bonnes andouilles comme le sergent J.B.P. qui sont un peu demeurés et dont l'horizon musical est si limité qu'il ne dépasse pas celui du public de *Chemisier Rose et Pompier blanc*. (Entre parenthèses, une chanson populaire charmante.)

De bonnes pommes comme le sergent J.B.P. qui achètent leur peinture au Bazar de l'Hôtel-de-Ville, leurs musiciens originaux chez Plumeau et leur sens critique chez Mezzrow. Vous ne lisez pas Daniel-Rops ou Max du Veuzit, sergent ? Z'avez tort. Ça vous plairait. Quant à l'exemple que nous sommes pour les jeunes ! Mon sergent chéri, quel âge croyez-vous que nous ayons ? Soixante, soixante-dix ? Et la prochaine fois, signez votre lettre, on sera encore plus gentils avec vous.

Avril 1953

★ Claude Rousseau, de Roscoff, m'engueule copieusement et m'accuse de la sorte : « *vous prétendez "adorer" Jelly Roll Morton, mais vous vouez Mezzrow à l'exécration, en oubliant ses disques de 38-39 et les efforts qu'il fait pour empêcher la musique N.O. de s'effondrer. C'est le fait* – ajoute-t-il – *de ne pas constater dans votre revue une prise NETTE de position qui est si déplaisant. Je suis maintenant pour vous un N.O. retardataire et haïssable. Cependant, me croirez-vous si je vous dis que je suis sans cesse pendu à la radio dans l'espoir d'entendre Gillespie ou le Bird. Je crois au bop et au cool. J'ai la naïveté de croire aussi au N.O.* »

Cher Claude Rousseau, vous voulez une prise de position nette que je vous donne pour ma part à longueur de mois : J'aime ce qui est *authentique*, que ce soit jazz ou musique, peinture ou littérature – et je crois que mes camarades de *J.H.* ont dans l'ensemble la même position. Sur des points de détail, nous différons certes. Mais nous préférons *TOUJOURS* l'original à la copie, Jelly Roll à ses imitateurs, King Oliver à... choisissez. Une phrase de votre lettre est terrible. Et terriblement irréfléchie « *empêcher la musique N.O. de s'effondrer* ».

Mais pas plus que Mozart (que je n'aime pas, notez), Albinoni, Vivaldi, Ravel ou Berg ne s'effondreront jamais, pas plus que King Oliver, Jelly Roll, Fats ou Lester ne s'effondreront ! Les créateurs ne s'effondrent pas ; ils gardent toujours leur domaine. La musique N.O. ne risque rien : comme les œuvres des grands classiques furent jadis conservées sur le papier, les improvisations des grands jazzmen sont bien vivantes sur la cire. Ce qui n'empêche pas que l'on puisse haïr les sous-produits et les copies serviles. Si la netteté de cette prise de position ne vous suffit pas, c'est que le brouillage subsiste non pas au niveau de la page, mais à celui de vos prunelles, et de votre cerveau. Nous sommes malheureusement sans possibilité d'action sur ces deux dernières zones.

Ne nous en veuillez pas, de grâce. Et si nous « *n'osons pas encore par prudence nous en prendre à Bechet ou Armstrong* », c'est que vous avez mal lu... car je suis tout prêt à vous citer des disques de Bechet que je trouve *dégueulasses,* à côté de son *Shag* ou de son *Maple Leaf Rag* – car manquant de sincérité – ce qui s'excuse d'ailleurs au moyen d'un tas d'arguments – et à vous dire que bien des récents concerts d'Armstrong ne vaudront jamais pour moi les chorus de *Memories of You* ou *If I could be with you one hour tonight.* Rousseau, je vous fais la bise, vous êtes bien brave tout de même mais pas assez vieux.

Mai 1953

★ *Melody Maker* – Diable y en a une pile. Dans celui du 11 juillet, un enregistrement de la voix d'Earl Hines par Feather, retranscrit où l'on trouve ceci :

« *Louis et moi n'avons jamais eu de violent désaccord concernant le bop – peut-être parce que nous avons jamais réellement parlé. D'habitude quand je suis avec Pops je le laisse parler, à moins qu'il ne s'agisse d'autre chose que de musique. On dit juste un tas de blagues. Mais pour revenir au bop, je ne crois pas que Pops l'aime sous aucun de ses aspects. Peut-*

être qu'il ne le comprend pas. Peut-être qu'il ne pense qu'à ceux de ces musiciens qui n'ont pas réellement travaillé à ça et qui font un mauvais boulot. Je ne sais pas s'il a jamais entendu Dizzy quand Dizzy avait son merveilleux orchestre et faisait des choses formidables avec des sonorités formidables. Je ne sais s'il l'a entendu ou non, je ne sais s'il a entendu un seul des gars qui sont responsables réellement de cette musique moderne. C'est pourquoi je ne puis dire s'il sait réellement si cette musique est bonne ou mauvaise. »

★ Du même *M.M.* (?), Ernest Borneman :

« En tant que croyant invétéré à la vertu du thème, comme commencement et fin de toute musique, j'aimerais crier : assez de ces morceaux standard à succès qu'emploient des groupements comme "Jazz d'Aujourd'hui"... La liaison de cinquante ans entre les chansons commerciales et le Jazz improvisé doit prendre fin si le Jazz veut s'émanciper. » Et vive Ellington.

★ Comme si de rien n'était ; car pour les vacances qu'on a pu avoir, autant n'en point parler. Et tout d'abord, merci à d'aimables correspondants. M. Dejour et M. Langlois, l'un de Lyon, l'autre du Havre. Le premier passe un peu rapidement sur un problème qui valait que l'on s'y arrête : *« Je trouve pourtant,* dit-il, *que vous maltraitez un peu trop les musiciens N.O. Si un gars a foi en ce qu'il fait ou veut faire, sa musique est au moins valable, même en 1953. »* Oh ! Oh ! C'est horriblement dangereux une certitude de ce genre. Il vaut beaucoup mieux qu'il n'ait pas la foi, mais plein de talent ! Vous vous rendez compte, un chanteur totalement convaincu de la beauté de *Paillasse* et qui chanterait faux ? Toute la foi du monde n'a jamais remplacé l'art. Et que sa musique soit « valable », je veux bien, mais je préfèrerais qu'elle fût belle. Attention aux mots à la mode, cher ami. Il serait temps que l'on revînt un jour à des notions moins intellectuelles et plus objectives de ce qui est beau. Mais n'ouvrons pas ce débat dont personne n'est encore jamais sorti intact. Des goûts et des sons, etc... En ce qui concerne une méthode de trompette convenable. Je ne sais que vous dire. N'importe quelle grande méthode classique pour la technique, des conseils de musiciens pour le jazz et notre oreille pour le style et la sonorité ?...

Voici l'Empire, messieurs dames, et l'*Australian Jazz Quaterly*. Un numéro de cette intéressante publication les résume tous : rien de ce qui est postérieur à l'année de la mort d'Oliver n'a d'intérêt, sinon les prestations des N.O. revivalistes d'Australie.

Ce qui est parfaitement pensé.

★ *The Second Line* (juin 1953) est extrêmement sévère pour Armstrong dans un papier de tête intitulé : « *À quel prix, la gloire commerciale ?* » qualifie la chose de « minstrel clowning », « *la vue du génie se gâchant lui-même est déprimante pour les dieux et les mortels* ». Après quoi dans un autre article, *The Second Line* se félicite de la régularité de sa progression.

Septembre 1953

★ *Jazz Journal*, septembre 1953.

En couverture, Mame Kay Starr, heu, ma foi, j'aimerais mieux qu'elle tombe dans mon lit que le tonnerre (ce que je suis fin aujourd'hui) qui vient de passer en Angleterre. C'est une bonne chanteuse, Madame Starr.

Un papier sur Wardell Gray par Alun Morgan. La chronique des disques, y compris les succès populaires – et les rubriques habituelles ; Monsieur Lightly and Politely fouaille avec sa verve coutumière les inconséquences répandues par la presse. Voici un extrait de la colonne où il s'attaque à un Bill Colyer, lequel Bill Colyer s'attaquait à Charles Fox et Charles Wilson pour ce qu'ils avaient eux-mêmes attaqué Bunk Johnson et George Lewis. C'est ce que l'on peut appeler un parfait exemple de réaction en chaîne.

« *Il y a (pour nous) quelque chose de parfaitement inexplicable dans ce culte des valeurs de second ordre. Ses membres sont tous, ils le prétendent, familiers avec les grands enregistrements faits lorsque le jazz Nouvelle-Orléans était un art vivant, et les disques sont là à leur disposition pour témoigner du niveau qui pouvait être atteint ; pourtant, ils font plus que tolérer une musique, dans cet idiome, qui est incroyablement "amateur" et mal exécuté. Quand ils délirent à propos de George Lewis, cela signifie sûrement qu'ils ont mal apprécié Noone, Bechet et Simeon. Une louange extasiée de Bunk Johnson implique obligatoirement un manque de compréhension de Louis, de George Mitchell et de Ladnier. Ne pas condamner ces sections rythmiques ferraillantes et boiteuses, c'est faire une confusion entre le "beat" et le swing. Avoir le "beat", ce n'est pas du tout la même chose que de swinguer ; et nous soupçonnons fortement la musique de La Nouvelle-Orléans de n'avoir pas swingué du tout durant la période "archaïque"...*

« *Sans nul doute, le jazz des "marching bands" avait un "beat" (clomp, clomp) mais à en juger d'après les éditions les plus proches, leur maîtrise instrumentale ne pouvait leur permettre d'aller plus loin que ces performances tout ce qu'il y a de "pédestres" qu'ils exécutaient tout en piétinant dans les rues de la ville »...*

Ce à quoi je n'ai rien à ajouter.

★ D'Amérique, voici *The Second Line*. Un lecteur, ému de voir l'attaque sournoise (?) portée par ce petit magazine contre Armstrong, attaque que j'avais sournoisement (?) rapportée dans cette dernière revue de presse, m'a écrit fort courtoisement (et je lui ai répondu de même). Ce qu'il me disait ne vous regarde pas, sauf ceci : d'après les termes de cette attaque de *The Second Line*, il supposait qu'il s'agissait d'un magazine « bop ». Signalons donc publiquement que *The Second Line* est au contraire le soutien le plus N.O. du style N.O., publié à la N.O. par des gens de la N.O. et qui ne s'intéresse qu'à la musique

N.O. Comme je l'ai fait remarquer à mon correspondant, l'ennui avec le fanatisme, c'est qu'un fanatique trouve toujours plus fanatique que lui, ce qui est à vous décourager d'être fanatique, ou alors à vous encourager à être ignorant. (Et si la syntaxe française ne s'effondre pas en pitoyables débris après cette dernière phrase, c'est qu'elle a vraiment le truc solidement accroché.) Bref, *The Second Line* de juillet-août 1953 porte en couverture la photo de l'illustre trombone Bill Matthews.

★ Poste-scriptome. – 1. La poste (scriptome) vient de m'apporter deux bafouilles ; l'une d'un correspondant belge qui m'envoie une coupure de la *Libre Belgique* du 22 septembre. Coupure instructive. Van der Linder, merci. Voici un extrait :

« De musique proprement dite, il n'y en a point avec Hampton, sauf lorsqu'il expose au vibraphone ou au piano le thème de l'air qu'il va ressasser pendant de longues minutes et que son orchestre appuiera de temps à autre par une série de sons assurément peu mélodieux. La caractéristique générale de ces "airs" développés en improvisations peut être assez justement assimilée à un long bavardage. L'usage du vibraphone, en dépit de l'invraisemblable adresse de l'instrumentiste, ajoute à la monotonie. Et ces sortes de grognements qui accompagnent les phases "agressives" des chorus portent finalement le comble à l'énervement du spectateur. Orchestre de jazz ? Non. Cette bande de nègres confond manifestement jazz et pitreries. »

Ce qui prouve surabondamment qu'en Belgique aussi, il y a des connards parmi les critiques musicaux.

2. Une lettre d'un certain Marcassin de Casablanca. Il me paraît indispensable de la publier en entier, tant elle illustre de façon frappante la confusion qui règne dans certains esprits. Ce mélange de musique atonale et de musique concrète, de Miles Davis et d'Earl Bostic... c'est assez suffocant. Comme

Laniel disait « non » à la grève, Marcassin dit « non »
à l'évolution. Ancré solidement dans le temps derrière le bouclier d'une ignorance totale, il regarde
tourner le monde avec la sévérité de Zeus. Je le
regrette ; c'est un correspondant poli, il y en a pas
tant... mais Seigneur Jazz ! que de crimes on est prêt
à commettre en ton nom ! Une seule question à ce
correspondant : s'il se trouve qu'il ne comprenne pas
la théorie des groupes de Galois ou les travaux
arithmétiques de Cantor, en conclura-t-il que ces
deux mathématiciens étaient des abrutis ? Déclarer
au long d'une lettre qu'on ne comprend pas et se permettre de juger pourtant, comment appelle-t-on ça à
Casablanca ? Adieu, Marcassin – et sans rancune...
mais croyez-moi : si vous supprimez vraiment les
quintes, sixtes, septièmes et neuvièmes, vous êtes
mûr pour un de mes instruments favoris : le sifflet à
deux sous.

                                            Octobre 1953

★ Mon aimable correspondant Marcassin a récidivé
ce mois-ci en m'engueulant sévèrement pour bien me
prouver que j'avais eu tort de le trouver poli dans sa
première lettre. C'est extrêmement ennuyeux d'avoir
l'impression que ce bon Marcassin répond *avant*
d'avoir lu ce qu'on a écrit. Ou alors, chausse des bési-
cles déformantes pour lire. Ou encore, se fait lire ce
que l'on écrit par un traître à la solde de l'ennemi.
Quoi qu'il en soit, citons encore Marcassin (mais partiellement cette fois).

   « *Je voudrais une réponse sérieuse et si vous ne voulez pas vous dégrader dans votre cour (?) adressez-moi
une réponse personnelle, personne n'en saura rien :
tous ces vieux gâteux d'Armstrong et la bande sont-ils
morts, si oui alors je dis que vous êtes des assassins –
après votre réponse, je vous autorise à me dire adieu,
parce que j'en aurai fini avec votre canard de malheur
et je n'ai pas besoin de vos appréciations éclairées pour*

aimer le jazz, à quoi vous n'avez probablement rien compris. »

Cher Marcassin, voici ce que je puis vous dire – et cela concernera d'autres passages de votre lettre, également.

1° Ceci est une revue de presse et un courrier des lecteurs et non une tribune professorale. J'ai le droit d'y donner mon avis comme vous celui de m'écrire. Jamais il ne m'est arrivé encore d'étouffer une lettre à moins qu'elle n'en double une autre ou ne se réfère à des questions déjà traitées. Jamais je n'ai prétendu expliquer le jazz à qui que ce soit. Si vous saviez lire, vous pourriez vous reporter à diverses revues de presse du passé et certains articles où je répète (oh, combien de fois !) que selon moi, l'essentiel est d'*écouter* et d'*aimer* – et que « comprendre » ne signifie rien en ce domaine. Vous me dites que je serais bien en peine de vous « *expliquer* » la musique atonale ? Mais c'est justement que cela ne s'explique pas. Il y a des règles de la musique atonale (règles établies par un certain nombre de compositeurs *pour eux-mêmes* et qui ne limitent en rien la liberté *des autres*). Si vous voulez les connaître, lisez ce qu'il faut lire. Cela dit, les règles posées (que ce soit pour la musique atonale, la gigue, le contrepoint, etc.), on les suit, et on fait des œuvres. Les œuvres jouées, vous Marcassin les aimerez ou non. Personnellement, je me *contrefous* que vous les aimiez ou non. J'adore le *Wozzeck* de Berg. Berg est un compositeur qui ne fait ni atonalisme strict ni dodécaphonisme ni ci ni ça mais du Berg, musicien qui se sert des règles qu'il lui faut pour composer ce qui lui plaît. Mais la musique de Webern, je vous l'avoue, me déroute fort. Je ne peux pas écouter Mozart, presque tout m'assomme. Par contre, un bon brandebourgeois, c'est très bon. Le Stan Kenton que vous me flanquez à la figure (vraiment Marcassin, vous êtes gai ! ça fait quatre ans que je cogne sur Stan Kenton) me laisse aussi froid que vous. J'adore les trois quarts (les 9/10) des disques de Fats. Je n'aime pas ses disques d'orgue.

2º Après avoir prié que l'on vous explique, vous vous vantez de ne rien savoir. Or, figurez-vous, Marcassin que j'aime, que s'il est une chose que l'on peut faire, c'est justement *apprendre*. On peut *apprendre* qui était untel. On peut *étudier* sa vie, son milieu social, son environnement. On peut *rechercher* les influences subies par lui. On peut finalement tenter de *comprendre* pourquoi il a fait telle ou telle œuvre. Car on *ne comprend pas une œuvre*, Marcassin de mon cœur, *on comprend l'homme* qui l'a faite, et il faut d'abord, je le crois, aimer l'œuvre, ce qui vous donne le goût de connaître l'homme. Mais pour ça Marcassin, ça ne sert à rien de gueuler et de se vanter de son ignorance : c'est très porté en certains lieux, mais c'est sans effet ; il faut s'y mettre, bûcher et rechercher. Nous tous, ici, avons bûché, dépensé de notre pognon, notre temps (vous vous imaginiez *vraiment* qu'on me la paie, cette revue de presse ? sans blague ? D'ailleurs vous avez raison, faudrait que ça change, un jour) – et je ne parle pas de *nous*, *Jazote* ; mais Panassié (que j'engueule avec joie fort souvent car on n'est pas toujours d'accord, et c'est très sain parce que ça fait un peu remuer tout ça) – Panassié, il a boulonné comme un sauvage, sur le jazz, mon Marcassin joli... Je le sais, il sait que je le sais et on sait tous qu'on le sait – c'est comme qui dirait latent et tacite. Panassié, quand je l'engueule, je ne le prends pas pour un bonhomme qui n'a rien appris de sa vie, comme un joyeux Marcassin que je connais – il n'a pas voulu suivre une des branches du jazz, et ça le regarde – aussi quand il en parle on lui cogne dessus, mais uniquement parce qu'il ne la connaît pas – et il change souvent d'avis, mais justement parce qu'il s'est généralement remis à travailler un point qu'il avait négligé (pour une raison idiote ou pas, la question n'est pas là : on sait que le coup de la trompe d'autobus le dégoûta un temps de Young) et on lui reprochera le changement d'opinion, d'accord, parce qu'on regrettera qu'il n'ait pas pigé aussi vite que d'autres, et parce que ça sera fait un peu hypocritement et ci et ça et Mezz. Mais il travaille, vieux Marcassin en zinc... bien plus que vous ; même si personnellement on lui en veut de plein de choses, on ne peut songer un instant à nier qu'il en mette un coup.

3º Là où, Marcassin velu, vous êtes réellement plus Khon que la lune (je pèse mes mots) c'est dans votre apostrophe sur Armstrong que selon vous « *nous* » (mystérieuse maffia) traiterions de gâteux. *Armstrong et la bande sont-ils morts ?* C'est *ça*, la question à laquelle vous voulez qu'on réponde ? Eh bien je m'excuse, je vais vous parler littérature malgré votre mépris de la culture ; vous avez entendu parler du père Balzac ? C'est assez gros pour vous, Balzac ? Vous êtes loin, bien loin, mais même de loin, Balzac ça se voit non ? Vous préférez Shakespeare ? Bon. Prenons Shakespeare. Il est mort, vous savez, Shakespeare. Mais il a laissé des choses. Des œuvres. Des pièces, elles s'appellent (des sonnets aussi, mais je suis méchant avec vous, vous le savez sûrement !...). Il est *très très mort*. Tout ce qu'il y a de plus pourri. Liquéfié. Même, ON SAIT PAS SI C'ÉTAIT LUI. Ah ! là c'est beau ! Pire que mort, ça hein ! Eh bien, il y a ses pièces, voilà. Et ça, ça ne sera jamais mort. Et Armstrong il peut jouer la *Marseillaise* au tuba demain matin sous les fenêtres à Vincent, se déculotter devant l'Arc de Triomphe, épouser Jacques Fath ou la Bégum, scier la colonne Vendôme avec une fourchette bleue et manger des huîtres tout nu en courant le long des Tuileries, il aura quand même gravé trois cents faces (au moins) inoubliables. Et ça, *ça ne sera jamais mort*. Si vous saviez lire, Marcassin... Ah, si ! ! ! vous verriez peut-être que ce qu'on dit d'Armstrong, c'est qu'il n'a plus le même génie créateur, (ça s'use, un type qui travaille – vous, Marcassin, vous vivrez dix siècles) que jadis. Et maintenant, Marcassin, finissez-en vite avec notre canard de malheur, parce qu'en vérité, forcer un pauvre innocent comme moi à travailler aussi tard, c'est dégueulasse de votre part.

Novembre 1953

★ *Down Beat* du 18 novembre. – Pratiquement rien pour nous sinon le *Contrepoint* de l'ami Nat. À propos de récents enregistrements (*Prestige*) de John Lewis, Kenny Clarke, Teddy Charles, Hall Overton, etc... C'est le début d'une série d'études sur les formes actuelles et possibles du jazz. Citons Hall, comme Hentoff le fait lui-même :

« *Ce qui nous intéressait était d'exploiter les possibilités de l'improvisation de groupe en regard des difficultés d'un matériel musical nouveau et peu familier. Teddy et moi-même avions conscience depuis quelque temps de ce qu'une grande partie du bop est devenue une série de phrases éculées. (La faute à qui ?) Une fois qu'un style donné a dépassé son apogée, c'est un signe que les musiciens sont devenus trop familiers avec leur matériel. En cherchant délibérément le "non familier" nous essayons de stimuler l'imagination collective, de susciter une "approche" nouvelle chez chaque exécutant.* »

Et un peu plus loin :

« *Quant à savoir si ceci est du jazz, le problème gît dans les définitions. Une fois éliminées les caractéristiques externes du style, ce qui reste c'est l'improvisation et la conscience rythmique. De ce fait, à mon avis, le jazz n'a pas toujours forcément besoin d'être "swingué" sur un rythme invariable et des chorus de 32 mesures à harmonies classiques.* »

Ce qui est fort clairement dit.

Décembre 1953

★ Une petite parenthèse sur un sujet bizarre, celui des lettres anonymes. J'en reçois peu, à vrai dire, et celles de ce mois-ci ne me concernent pas ; elles furent expédiées à l'adresse de Reweliotty et d'un de ses amis. De la même main, si elles ne sont pas de la même plume, ces galantes missives accusent Reweliotty d'avoir à lui tout seul monté une cabale contre Attenoux, qui fut, dit-on, un peu emboîté à un concert avec Peanuts Holland. Ce n'est pas que j'attache quelque importance à ce genre de rêveries, mais supposer un seul instant qu'un seul homme puisse y faire quelque chose, et qu'un autre – qui n'était même pas au concert – y puisse contribuer voilà qui me paraissait assez fantastique pour figurer au palmarès de ce jour. J'imagine d'ailleurs que les lettres en question n'émanent pas de l'entourage d'Attenoux, qui est assez intelligent pour se rendre compte qu'en face d'un public de fanatiques N.O., Peanuts n'a aucune chance... C'est ça, les fanas !

Janvier 1954

★ *Record Changer* de décembre 1953 contient comme toujours une abondante matière concernant les musiciens de style Nouvelle-Orléans qui ne se décident pas à changer de style ou à avaler leur bulletin de naissance. Celui de ce mois-ci est un nommé Paul Wesley Evans dit « Doc » Evans, très fortement enragé contre tout ce qui n'est pas dixieland, semble-t-il. Dans le même numéro, six pages de reproduction des anciens registres de la compagnie Gennett. C'est ce qui s'appelle avoir de la place à perdre. C'est à peu près tout ce qu'il y a, d'ailleurs, dans ce *R.C.*

Mars 1954

★ *Down Beat*, 24 février 1954. Une longue interview de Count Basie par Nat contient ces paroles du Count que nous dédions à ceux qui adorent dire du mal des musiciens bop par le moyen d'interviews d'autres musiciens. Nous rappellerons aux autres que pour nous, les opinions des musiciens comptent uniquement lorsqu'elles sont rapportées par des journalistes sérieux. Voici le Count :

« *Parmi les changements subis par le jazz en général, je crois que tous les types comme Charlie et Dizzy ont énormément contribué à créer les marches du progrès suivi par la musique moderne. C'était . la meilleure chose qui puisse arriver au monde, car tout devait obligatoirement évoluer. Ces types avaient des cerveaux merveilleux. Ça doit être formidable d'être des pionniers comme eux, et c'est exactement ce qu'ils sont. Et ce qui est drôle, c'est que 15 personnes sur 20 ne pouvaient comprendre leur musique et ne l'aimaient pas. Maintenant, quand on ne l'entend pas, on se demande ce qui cloche. »*

À quoi Nat ajoute avec pertinence que ce qui est encore plus drôle, c'est que William Basie paraisse ne pas se rendre compte du rôle vital de pionnier qu'il a lui-même joué et joue encore.

Avril 1954

★ *Down Beat,* 7 avril 54.

Evoquant la façon dont Dizzy Gillespie fit crouler la baraque au récent festival de jazz américain moderne, Gleason (le même) souligne à quoi tient essentiellement la force de Dizzy.

« *De tous les grands musiciens que sa race a engendrés, Dizzy, aujourd'hui, est un des seuls qui aient conservé les liens qui l'y rattachent tout en allant de l'avant musicalement.*

« *Ces liens populaires, plus le fait qu'il y a bien peu de musiciens capables de combiner le talent instrumental à la danse, à l'humour, à ce qui est l'étincelante personnalité de Dizzy, ont fait de lui la plus grosse attraction du domaine du jazz, et un artiste, qui, au cours de la décennie à venir, peut atteindre l'envergure et les revenus d'un Louis Armstrong durant celle-ci.* »

Et si quelqu'un ne s'occupe pas promptement de l'y aider, conclut Gleason, nous autres, les fanas de Dizzy, nous nous en occuperons nous-mêmes.

Au sommaire du même numéro, un papier de Nat Hentoff sur Clifford Brown, le nouveau Dizzy.

« *Aucune trompette, depuis bien des années, n'a soulevé tant d'intérêt et d'enthousiasme parmi ses confrères que Clifford Brown... vingt-trois ans, né à Wilmington, Delaware...* »

Z'avez entendu parler de ce Monsieur, je crois ?

Au correspondant fort aimable qui me pose une question : « Comment peut-on swinguer en restant froid ? » et dont je n'ai pu déchiffrer la signature, je répondrai que les distinctions subtiles entre ceux qui chauffent « intérieurement » comme Lester Young, et les « coolmen » ne sont guère que des querelles de mots. Il est évident que certains musiciens « dégagent » plus de « swing » que d'autres ; tout comme pour les comédiens, il y a une question de présence extrêmement importante ; et tout comme pour les comédiens, la présence en question passe ou ne passe pas le micro. Il serait aussi impossible de démontrer que les boppers et les coolmen ont du swing que de démontrer qu'ils n'en ont pas ; le fameux swing en question correspond à une certaine tradition et il est certain que ceux qui tentent de rompre avec une tradition perdent apparemment l'élément le plus palpable de cette tradition – pour trouver, bien souvent, quelque chose de bien plus subtil !

Et Dominique Brushi m'écrit qu'il est de Montauban et que tous les Montalbanais ne sont pas hostiles au nouveau jazz, loin de là, nous n'en doutions pas ; c'est un procédé de polémique joviale que de mettre une ville dans le sac où l'on ne songe en fait qu'à fourrer une personne. Vous aimez le jazz comme il convient, objectivement.

Mai 1954

★ Rien dans la presse française – au reste il ne se passe rien sur le front du jazz – que la parution d'innombrables disques, l'annonce d'innombrables concerts, la venue d'innombrables musiciens ; tout cela est bien triste ! Où est le temps où le jazz restait le privilège d'une élite de génie. Hélas, ce temps n'est plus. Tant pis. C'est de cela que Paul Claudel est mort, entre autres.

Alors ce sera l'Angleterre.

★ *Jazz Journal* a découvert un jeune écrivain de langue anglaise, Hugues Panassié, dont le talent semble prometteur. Il traite un sujet peu connu, celui de « Sonny Boy » Williamson qu'il ne faut pas, nous dit-il, confondre avec « Sonny Boy » Williamson, ce dernier ayant enregistré pour Decca et n'étant pas un vrai chanteur de blues, ni avec « Sonny Boy » Williamson, qui a fait des enregistrements pour la marque « Trumpet ».

On voit que ce jeune homme a le goût et le souci de la précision. Gageons qu'il saura se créer rapidement un public attentif. Il aurait intérêt, cependant, à se montrer plus strict sur le choix de ses collaborateurs. Voilà que sur la page en face on qualifie Al Haig d'« excellent pianiste » !

Nous n'hésitons pas à le dire, *Jazz Journal* a bien changé !

★ Un seul reproche à faire à Lightly and Politely ; il semble s'aigrir un peu ces derniers temps ; le voilà qui, à tout bout de champ, part en guerre contre le bop ! Serait-il le dernier à y croire ? Péché véniel, certes ; mais selon l'aphorisme immortel du président Coty : le bop n'est que le reflet de votre mauvaise conscience dans la glace de votre incompréhension (pas mécontent de sa formule, qu'il était, le président, à l'époque).

★ Berta Wood, un peu plus loin, émet un aphorisme presque aussi remarquable : « *Sans le jazz traditionnel*, dit-elle, *Parker ne pouvait exister.* »

À mon avis, c'est à Adolphe Sax qu'il est redevable de son talent de saxophoniste. Et si la métallurgie n'avait pas été inventée un peu avant, eh bien, Sax, tintin !

★ Voici ce que Berta dit de Dizzy : « *Lui aussi est familier avec l'esprit des formes plus fortes du jazz, mais il préfère être un clown.* »

Tandis qu'Armstrong n'a jamais fait le clown sur

scène, ni pratiqué les formes faibles. (Berta ne le dit pas, mais tendancieusement, je complète pour elle.)

Tout ça, c'est très marrant. Heureusement qu'il y en a qui pensent profondément : sans eux, je ne pourrais jamais faire ma revue de presse... c'est comme pour Parker et le jazz traditionnel. Notez que sans mes parents, je ne serais pas là.

Mai 1955

★ *Down Beat*, 15 juin. Un *Contrepoint* de Hentoff consacré au problème de la critique, de ses responsabilités et de ses devoirs, à propos notamment d'une interview de Tommy Dorsey parue dans *Look* ; où le trombone bien connu accusait les boppers d'être des « communistes » de la musique.

« *Dorsey aurait pu attaquer le jazz moderne, puisque tel est son avis, d'un tas de façons, et rester digne de ses responsabilités d'homme (et d'homme connu) en restant juste et sans méchanceté. Au lieu de quoi il choisit d'utiliser un adjectif qui n'a pas le moindre rapport avec le sujet du débat qu'est la musique.*

« *Résultat, Dorsey, j'en suis convaincu, a perdu le respect non seulement des jazzmen modernes, mais de nombre de musiciens de tous styles. De la part d'un musicien, attaquer ses collègues de la sorte est quelque chose de révoltant.*

« *Mais celui qui partage sa responsabilité est George Leonard junior, qui fit l'article de* Look. *Cet article est volontairement axé sur la provocation, et il aidera sans nul doute à faire vendre quelques milliers d'exemplaires de plus. Mais en imprimant des déclarations de Dorsey et Rich qui salissent des centaines de musiciens sans donner une occasion de répondre à un homme représentatif du jazz moderne, Leonard a méprisé une responsabilité importante ; cette responsabilité basique selon laquelle un écrivain n'a pas le droit de « charger » un article si le sujet de l'attaque n'a pas d'arme pour se défendre... et qu'est-ce que le pauvre Colt 45 de* Down Beat *vis-à-vis de l'artillerie lourde de* Look... »

Comment ne pas approuver Nat lorsque l'on sait le mal que peut faire en U.S.A. l'accusation de communisme ? Mais quand on a l'âge de Dorsey, on ne pige plus très bien...

★ Dans le même numéro de *Down Beat*, le Blindfold Test de Charlie Mingus dénote une personnalité peu commune et ne mâche pas ses mots ; il accorde à Parker une distinction rarement atteinte en lui donnant 50 étoiles ! Et (involontairement ou non), en octroyant l'épithète de musique fasciste au *Strike up the band* de Peterson-De Franco, il fait vraiment de ce numéro de *Down Beat* un repaire de politiciens... Cependant, Mingus s'explique : « Fasciste est un mot que j'applique à certains musiciens de jazz ; ils n'aiment (ou plutôt, ils ne « diguent ») pas ça, mais ils en jouent quand même et se conduisent comme si ce qu'ils font était meilleur que ce que font tous les autres »...

Ailleurs, Mingus s'exclame : « *I did not know that Lee Konitz played as dead Paul Desmond* »... ce qui à mon avis résume excellemment le style de ces deux musiciens...

Septembre 1955

★ Merci aussi à P. Joly qui m'envoie un autre papier extrait de *Témoignage chrétien*, sous la signature d'Antoine Goléa. En voici également un extrait ; il s'agit des bagarres de l'Olympia.

« *Là-dessus, M. Bruno Coquatrix, directeur de l'établissement, refusa de porter plainte. Comme on le comprend ! Sa clientèle n'est-elle pas formée, pour 90 %, de "fans", et de "fans" qui paient habituellement leur place ? S'il les faisait mettre en prison, qui viendrait derechef peupler son music-hall ?* »

Éclairons M. Goléa sur ce point, en passant. Ça fait 2 millions de dégâts, mais les papiers des journaux représentent plus de 10 millions de publicité, et M. Coquatrix est évidemment assuré ; en outre, la clientèle de l'Olympia est beaucoup plus sage que cela en général. Mais c'est chicaner. La suite prouve, chose rare, que M. Goléa, critique classique, est également un homme qui sait faire la différence entre le vrai et le faux jazz... pour une fois que l'on peut citer en France un homme qui écrit en français et qui ne prend pas Armstrong pour un pianiste ! Au tableau d'honneur, cher Antoine !

« *Combien de fois ai-je entendu faire la distinction par de lamentables ignorants ! La musique moderne, c'est le jazz, le vrai et surtout le faux, la musique classique, est pour eux par principe emm... c'est toute la musique, depuis Monteverdi jusqu'aux compositeurs d'opérettes viennoises. Je dis viennoises, car dans les opérettes américaines, le faux jazz, l'ignoble jazz de boîte de nuit a pris, depuis longtemps le dessus.*

« *Je suis, certes, pour la liberté totale d'expression et d'opinion, des goûts et même des passions. Mais devant de tels excès, et devant un tel renversement de toutes les valeurs, je me prends à rêver d'un ministre de la Santé publique qui interdirait le faux jazz, qui ouvrirait des maisons de désintoxication pour la jeunesse, et signalerait à son collègue de l'Intérieur certains délits de complicité et de non-dénonciation de malfaiteurs.* »

Car il faut bien avouer que c'est les amateurs de dixieland qui sont vraiment, très emmerdants, et qu'ils en dégoûteraient les plus fanatiques.

Décembre 1955

★ Dans les *Cahiers Musicaux* des Jeunesses Musicales Belges – jolie publication bien imprimée – relevons un papier d'Hodeir, *Le Jazz et Nous*, et un papier de Léo Souris, *État actuel du Jazz*, auquel je me garderai de souscrire en son entier, surtout quand il émet sur Mary Lou Williams un jugement aussi vilain que celui d'un vrai Pape. Cher Souris, *personne*, à moins d'être idiot, ne s'imagine « qu'évolution signifie progrès » – et vous n'écrivez pas pour les idiots ? Ou alors, si vous voulez être compris, il faut écrire des idioties. Il est parfaitement différent de *constater* une évolution (et comment ne la point constater ?) et de la juger (pour la nier par exemple). Niez-la cent ans si vous voulez, elle est là. Vous aurez beau être contre. D'ailleurs, si tout le monde avait été contre l'évolution, on serait encore dans des cavernes à téter des grizzlys domestiques. *Refuser l'évolution est une position intellectuelle de cadavre.*

Chercher à l'évaluer et à l'apprécier, parfait ! mais ne pas la voir n'est pas la preuve qu'elle n'existe pas.

Janvier 1956

★ J'ai ce mois-ci un abondant courrier. Citons brièvement une lettre navrée du Brigadier-Chef *Denis Sommereux* et de son ami *Jean-Pierre Marras*, 2ᵉ batterie du 62ᵉ R.A. de Tunis, abominablement déçus par un concert Sammy Price à Tunis où Sammy paraît-il, « *mieux entouré, eût été à la hauteur de sa réputation* ». « *À la sortie,* conclut le brigadier Sommereux, *notre mine consternée et nos protestations nous firent remarquer des amateurs du "bon vieux style", et nous dûmes fuir sous les huées de la populace, pauvres martyrs du jazz moderne.* »

Triste destin ! Je compatis vigoureusement et vous remercie de votre lettre sympathique. Mais ne vous affolez pas trop, car 1°) s'il y a des gens qui aiment ça, c'est parfait, ça permet aux musiciens de casser la graine ; 2°) ça vous évitera de recommencer la même erreur ; 3°) ça ne s'adresse qu'à un public très particulier.

Avril 1956

★ Battant de loin tous ses concurrents, voici l'article le plus ridicule qui ait jamais paru dans un magazine de jazz. Il est dû à Berta Wood et il se trouve dans le numéro de *Jazz Journal* de juin 1956.

Cette bonne Berta (inévitablement, après la lecture de l'article, on a envie de l'appeler « ma bonne Berta » et de lui flanquer quelques claques solides sur son arrière-train de jument poulinière) a été entendre le Modern Jazz Quartet ; et elle n'a pas aimé ça du tout. Pour une raison bien simple (elle essaie d'en donner d'autres au long de son désopilant chef-d'œuvre, mais en vain). Cette raison, la voilà : le Modern Jazz Quartet ne joue pas assez fort.

« *Aux tubes électroniques des amplificateurs modernes revient tout le mérite des trois quarts du M.J.Q.* », écrit-elle sans rire en rentrant dans son soutien-gorge un sein comme un ballon de football. « *On devrait mentionner le nom des ingénieurs du son sur l'étiquette et les programmes de leurs concerts* »... « *Bob Scobey entra ; Les Konitz, de Good Time Jazz, lui portait son étui à trompette en peau de croco. Une note de la trompette de Scobey aurait tout fracassé. Je n'aurais quant à moi pu supporter le son d'aucune trompette de jazz dans cette morgue* »...

Au passage, on apprend ainsi que Berta Wood considère Scobey comme une trompette de jazz, mais le plus beau vient plus loin.

« *On a la forte impression que le moindre swing irriterait John Lewis !...* »

Etc... Il faudrait citer tout l'article.

On ne peut s'empêcher, après avoir lu Berta Wood, de se dire des tas de choses du genre « margueritas ante porcos » – ce qui, pour ceux qui ne savent pas l'égyptien, veut dire que donner du M.J.Q. à Berta, c'est donner des perles à un cochon.

Et on est, à coup sûr, renseigné, sinon sur le M.J.Q., du moins sur Berta. Voici ses deux règles artistiques.

Art. I. — Plus ça fait de bruit plus c'est beau.

Art. II. — Que ceux qui ont quelque chose à dire l'expriment dans le seul langage accessible à Berta Wood. Car en ce qui la concerne, le critique est plus important que le musicien et si le critique ne comprend pas, c'est le musicien qui a tort.

Bref, nous recommandons vivement à Berta Wood l'achat d'un marteau pneumatique. Ça swingue dur, ça ne loupe pas un temps et c'est sonore.

★ Une opinion intéressante de Wilbur de Paris formulée au cours d'une interview de George W. Kay dans le « Jazz Journal » de juillet 1956 :

« *Jouer des vieux thèmes ne prouve pas que l'on joue du jazz. Par exemple, nous jouons lentement "The Pearls" de Jelly Roll. Turk Murphy le joue plus vite. Jelly Roll était obligé, quand il l'enregistra, de limiter à 3' 15" ; aussi il dut accélérer le tempo... Turk a été forcé de se baser sur le disque. Moi, je connaissais Jelly... L'orchestre de Murphy est distrayant mais nous, nous jouons exactement comme les musiciens d'avant joueraient s'ils vivaient encore. Et il n'est pas raisonnable de penser qu'avec les progrès techniques réalisés sur les instruments, ils joueraient encore avec le vibrato bêlant qu'ils avaient alors* »...

Mais ne le répétez pas ! Papanana va accuser Wilbur de Paris d'être un progressiste !

Septembre 1956

★ Dans le *Jazz Monthly* d'octobre 1956, paraît le troisième et dernier article consacré par ce périodique à l'ouvrage de Hodeir.

La thèse de l'auteur de ce troisième papier est la suivante : *Hodeir estime que c'est le swing l'élément dominant du jazz, et moi pas.* Rappelons donc à Roger Pryor Dodge, au cas où il l'aurait oublié, que Ellington a écrit voici déjà bien longtemps une petite composition intitulée : *It don't mean a thing if it ain't got that Swing...*

Il y a autre chose à retirer de la lecture de l'article de Dodge que ces surprenantes remarques. On y constate de bout en bout la tendance consternante de certains critiques. De même qu'au tribunal, un juge français moyen juge un paquet de papiers (dépositions, rapports, etc.) sans avoir un regard pour l'homme que tout cela concerne, Dodge considère le jazz, la musique du XVIIe siècle, et tout cela, comme de bonnes abstractions commodes à partir desquelles on peut établir de brillantes constructions. Je n'en veux pour preuve que cette phrase :

« *Je considère le jazz N.O. comme une musique dont les possibilités ont à peine été exploitées. Malheureusement, durant son développement, il succomba sous les coups de la chanson populaire. Cette circonstance historique nous a privés du développement ultérieur de l'idiome N.O. lui-même...* »

C'est ce qui s'appelle vaticiner. Il n'y a pas à considérer le jazz N.O. comme ceci ou comme cela : il y a un certain nombre de disques qui constituent ce que l'on appelle le jazz N.O. C'est ça et pas autre chose. Et avec des si, on ramènerait Dodge sur terre. La question qui se pose est toujours la même qu'en mathématiques : le mathématicien va-t-il à la découverte d'un univers mathématique abstrait *déjà existant* ou cet univers *commence-t-il d'exister seulement* quand le mathématicien le découvre ? Pour nous, la réponse est simple : l'histoire, c'est les gens qui la font et non pas un « pattern » préétabli dont ils soulèvent les voiles un à un.

Il y a ceci et cela ; et si vous avez des idées originales, cela fera quelque chose de plus ; quelque chose qu'un autre aurait peut-être trouvé si, après tout, vous n'êtes pas tellement exceptionnel ; mais quelque chose d'irremplaçable si vous restez sans égal dans votre domaine, si réduit qu'il soit.

Ma parole, ces fichus critiques nous forceraient presque à essayer de penser !...

Novembre 1956

★ Pour quitter notre doulce France, qui se taille aujourd'hui le morceau de gruyère du lion dans cette revue de presse, je signale un fort intéressant article qui doit être paru dans la « Saturday Review » (je l'ai reçu découpé) et qui est dû à Gunther Schuller, compositeur, premier cor dans l'orchestre du Metropolitan, et amateur de jazz. Il traite de « *l'avenir de la forme dans le jazz* » et il est bourré de choses astucieuses. La place me manque pour le commenter comme il le mérite. J'en extrais ceci :

« *Le jazz d'aujourd'hui, avec l'enrichissement considérable de son langage, semble éprouver le besoin d'une réorganisation... Je suppose que la question sera posée : pourquoi de nouvelles formes, pourquoi des formes développées ? pourquoi ne pas continuer avec les mêmes conventions et les mêmes formes que nous associons à la tradition fondamentale du jazz. Visiblement, une forme d'art qui désire demeurer une expression valable de son époque doit grandir et se développer. À mesure que le jazz devient, de plus en plus, une musique que l'on écoute, il cherchera automatiquement des idées plus complexes, une gamme d'expression plus étendue. Et il est aussi évident que des harmonies plus complexes et des techniques plus poussées demandent des formes musicales plus complexes pour supporter le poids accru de cette superstructure ; en outre, le disque longue durée a émancipé le jazz en l'arrachant à sa limitation à trois minutes et la "formation", la "mise en forme" de matériel tonal sur une base plus étendue est automatiquement devenue un des soucis principaux de la jeune génération...* »

Et un peu plus loin :

« *L'expérience nous a montré que l'emprunt d'une forme baroque comme la fugue – forme non-jazz la plus employée à l'heure actuelle – donne très rarement des résultats heureux. Même lorsque cela réussit ce n'est certainement pas la solution à ce problème de la découverte de nouvelles formes, surtout, parce que le jazz est un art de musicien tandis que les formes classiques et baroques sont nettement du domaine de l'art du compositeur.* »

etc... C'est un papier extrêmement passionnant qui vaut d'être traduit en entier. Sur ce, j'ai plus de place et je vous fais la bise, mes rastrons velus.

Mars 1957

★ Mon correspondant fidèle de Dijon continue à m'envoyer régulièrement les chroniques de Lionel Raux, toujours profondes et objectives, parues dans le « Bien Public », et on constate à les lire une chose surprenante. Cela mériterait qu'on s'y attarde et qu'on en fasse un article bien dense et bien embêtant, mais voici en un mot ce que c'est.

Tous ceux qui enterrent le bop depuis dix ans, et le « progressisme », et le reste (c'est-à-dire tous ceux qui se laissent posséder par les journalistes au lieu d'écouter la musique) ne se sont pas aperçus que toutes les recherches harmoniques des novateurs, et les recherches de sonorités, ont *complètement imprégné* ce qu'ils continuent à prendre pour jazz « traditionnel ! »...

Ce n'est pas Dizzy Gillespie, qui a tourné casaque... son orchestre a *toujours* été dans la meilleure tradition jump... c'est vos oreilles, beaux messieurs, qui se sont ouvertes...

★ *Jazz Journal* de février 1958 continue avec une obstination toute britannique et digne de l'immortel Guiness-Nicholson du Pont de la Rivière Kwaï, à publier les papiers de Berta Wood sur le jazz traditionnel (qu'ils disent). Il s'agit du dixième « Dixieland Jubilee » qui, semblerait-il, s'est déroulé récemment, avec, apparemment, les mêmes fastes qu'une réunion d'anciens combattants. Courage suprême, il paraîtrait que Nappy Lamare est apparu sur scène muni, ô, horreur, d'une basse électrique ; et chose étonnante en diable, il en tirait des sons qui n'avaient rien de métallique ou de gémissant, comme ceux de ces instruments électroniques pourris de l'heure actuelle...

Berta, mon cher ange, votre pick-up qui reproduit si bien les vieux King Oliver gravés en Gennett, est aussi un appareil électronique maudit... vous vous rendez compte !... Renégate, va... ça n'existait pas en 1850, ça !

Mars 1958

CHAPITRE V

UN CERTAIN PANASSIÉ

En France, dans le jazz, la querelle des Anciens et des Modernes prit une dimension toute particulière du fait de l'existence d'un mage. Déçu qu'un André Hodeir ait découvert Parker et Gillespie avant lui, incliné depuis toujours à résister à toute évolution, dans l'impossibilité de revenir sans perdre la face sur des propos aussi violents qu'imprudents, enfermé dans un système de contradictions multipliées, M. Panassié réussit à donner à la discussion esthétique un tour un peu particulier. Instaurateur du Hot Club de France en compagnie de Charles Delaunay, s'étant débarrassé de celui-ci pour régner seul, ce prophète d'extrême droite singeant Léon Bloy trouva devant lui un Boris Vian inébranlable. Fondateur d'une secte religieuse (« Les Serviteurs de Marie-Médiatrice »), associé un moment aux rites de la Communauté de Fatima, grand détecteur de possédés du démon, M. Panassié est un personnage que, d'ordinaire, on connaît mal. Vian, qui l'appelait Gugusse Peine-à-Scier, ne le prit jamais au sérieux.

★ Il se trouve par un hasard étrange et bizarroïde, que cette première chronique coïncide avec l'apparition d'événements jazzistiques d'une assez grande importance, que je vais tenter de relater : au reste, il ne saurait y avoir de meilleure introduction.

Le jazz (précisons tout de suite qu'il ne s'agit pas de la musique dite de danse, plus ou moins sirupeuse, avec laquelle les maniaques ergotants de la radio française s'efforcent de nous dégoûter systématiquement de tout ce qui peut ressembler de loin ou de près à du vrai jazz), est défendu chez nous, depuis une douzaine d'années par le Hot-Club de France, le premier en date de tous les Hot-Clubs. Organisé d'abord dans une certaine pagaïe, le H.C.F. se développa peu à peu, sous l'impulsion de son Président, Hugues Panassié et de son secrétaire général, Charles Delaunay. Jusqu'en 1940, l'ensemble fonctionne à peu près. Vers 1940, fatigué de changer d'avis tous les ans Panassié se retire complètement en province et Charles Delaunay assume à lui seul la responsabilité de la défense du jazz pendant l'occupation. Vient la Libération : tout redémarre lentement (ô combien !). La revue *Jazz Hot* paraît de nouveau. Nous voici en 1947. Estimant que le moment est venu, après sept ans d'inertie, d'affirmer ses prérogatives royales, Hugues le Montalbanais, sort de sa retraite, endoctrine de vaillants présidents de Hot-Clubs régionaux, noyaute le Hot-Club de France en y introduisant ses créatures perfides, et, attaquant Charles Delaunay sous des prétextes pour le moins ridicules et fallacieux, portant le débat sur un terrain personnel, réussit à évincer Delaunay de son poste de secrétaire général, au cours de l'Assemblée générale du 2 octobre.

Je vous dirai un traître mot des prétextes : Delaunay fit éditer, voici quelques mois, un numéro spécial d'*América*, *Jazz 47*, entièrement consacré au jazz, et dans lequel figuraient : 1°) une fantaisie de votre serviteur, illustrée d'un montage photographique, genre surréaliste, de Jean-Louis Bédouin où, horreur ! la tête de Zutty Singleton, drummer, voisinait avec le corps presque nu de Rita Hayworth, et 2°) la reproduction d'un tableau de Félix Labisse, tableau fort connu et assez déshabillé. Sur quoi, Panassié crie au scandale et les doigts largement écartés, se voile la face en rougissant jusqu'aux bottes. En réalité, il y avait dans *Jazz* 47 un excellent article de Sartre qui avait – c'est bien normal – le pas sur celui de Panassié. Par ailleurs, certains intérêts commerciaux se mêlaient fort vilainement aux mobiles du Président.

Il était à craindre que la scission ainsi survenue ne conduisît (comme dirait Mme de La Fayette) à un écroulement total de l'œuvre accomplie jusqu'ici. Cependant, le Hot-Club de Paris, de beaucoup le plus important, accordait samedi dernier, à l'unanimité, sa confiance entière à Charles Delaunay. Il fut suivi dans ce mouvement par certains H.C. régionaux qui désapprouvaient les manœuvres retorses du Grand Hugues. La revue *Jazz Hot* continue, comme par le passé, à être dirigée par Delaunay. Les concerts de l'École Normale vont se poursuivre, et de fort nombreux projets sont, certains à l'étude, certains en pleine réalisation. Je vous en entretiendrai en temps utile, et vous convoquerai aux divertissements concomitants, si vous amenez de quoi boire.

Telle est, à l'heure actuelle, la situation. Une nouvelle époque de la lutte pour le jazz commence, et s'il est regrettable de voir de vieux amis s'estrapadouiller en public, il est bien certain que les deux partis vont redoubler d'activité, ce qui sera peut-être l'occasion d'entendre un peu plus de bon jazz et d'assister à de spectaculaires bagarres avec prises de judo à la Gillespie.

Octobre 1947

★ Nous avons encore de la matière dans notre beau pays : on a prétendu devant moi qu'il venait de paraître une revue, dite *Revue du Jazz*. Grâce à des indiscrétions, j'ai réussi à m'en procurer un numéro et je suis en mesure de réfuter les allégations mensongères de certains, selon lesquels il s'agirait de vieux numéros de *Jazz Hot* d'avant 1938 que l'on aurait débrochés et recouverts. C'est pas vrai : le directeur s'appelle Jacques Boulogne et le rédacteur en chef n'est autre que le critique anglais Hugues Panassié de *Jazz Journal* dont je vous ai déjà fait remarquer les articles. La *Revue du Jazz* a découvert que Louis Armstrong a du génie et qui plus est, qu'il n'a aucun concurrent sérieux (monsieur Charlie Parker, vous pouvez ranger votre biniou ; quant à vous, les Ellington, les Hawkins, vous n'êtes que racaille, allez vous rhabiller). À part ça, il y a un article du même H.P. intitulé « Trois grands trompettes », qui est traduit de celui de *Jazz Journal* de décembre intitulé « Un parallèle entre quatre grands trompettes ». Cela est dû à la plus grande contraction de la langue anglaise qui permettait de faire tenir quatre trompettes là où trois suffisent en France. Il est curieux que le traducteur ait dû (dans le but de faciliter la compréhension de l'*essence intime* du sujet à des lecteurs sans doute ignorants, puisqu'il faut aussi leur apprendre l'existence de Louis Armstrong) ait dû, disais-je, traduire également les noms : c'est ainsi que dans la version anglaise il s'agit de Buck Clayton, Harry Edison, Tommy Ladnier et Joe Smith, et dans la version française, de Jonah Jones, Sidney de Paris et Harry Edison (Joe Smith est resté sur le carreau : on aurait pu trouver un équivalent : Buck Clayton, par exemple, ou Tommy Ladnier). À part ces altérations de surface, la traduction est excellente et le fond de l'article rigoureusement le même dans les deux cas, ce qui est très utile pour ceux qui veulent apprendre l'anglais en continuant à s'occuper de jazz. Du même numéro de la *Revue du Jazz*, extrayons un article de Yannick Bruynoghe (on m'affirme que c'est le nom de guerre que prendrait Hugues P..., critique belge bilingue mais je crois pouvoir préciser que l'on confond avec mon vieil ami Poustochkine, qui s'est fait appeler Hugues un moment et qui écrit, lui, en hollandais) et une merveilleuse analyse d'une nouvelle venue dans le domaine de la critique, Marguerite Gautier, dite « La

Dame aux Camélias ». Écoutez : « *Le tout est modelé dans le registre médium et grave avec la sûreté de main du potier antique... pas la moindre ride, pas le plus léger accroc, pas le plus infime corps étranger dans le limpide débit de ce courant dirigé par les soins jaloux d'un génie attentif... Nulle mièvrerie, nul laisser-aller, pas une vibration, rien qui n'échappe* (il doit y avoir un n' de trop) *à cet artisan méticuleux qui travaille dans l'or fin.* » Il s'agit, vous l'avez deviné, d'une visite commentée de la Société de l'Industrie Horlogère du Doubs, dont le directeur est notre vieux camarade Don Byas, qui a abandonné le saxo pour le tour de bijoutier. Je ne pousse pas plus loin mon analyse de ce fascicule, que vous trouverez en vente à tous les concerts de Jazz Parade ; ces derniers réunissant sept à huit cents personnes chaque dimanche, permettent à la jeune et vaillante *Revue du Jazz,* à qui j'adresse mes meilleurs vœux de réussite, la vente des dix numéros qui assureront un équilibre que nous espérons définitif, parce que le jazz a besoin de défenseurs.

Le même Panassié, dans une récente chronique de la revue *Disques* a commis une petite erreur qui donne une idée de ses connaissances musicales : moi qui n'y connais rien, je l'ai vu tout de suite. Stigmatisant une fâcheuse tendance qu'ont les jeunes musiciens français à interpréter de façon funèbre certains thèmes, il dénonce *All the things you are* d'Hubert Fol comme une œuvre mineure (et en mineur). Malheureusement il se trouve que, sans avoir vingt-et-un ans, elle a largement le droit de voter. Ce lapsus est sans doute imputable à la grève des mineurs dont il semble contemporain. Après tout, ce n'est qu'un détournement sans importance. Précisons pour l'amour de la vérité que le morceau ci-dessus cité (de même que le blues de Schecroun également incriminé) appartient au mode majeur le plus pur. C'est, tout au moins, ce qui m'a été confirmé par de méchants et érudits pédants.

Janvier 1949

★ Je suis obligé de parler encore de Hugues Panassié – ne criez pas au parti pris, c'est tout de même un critique de jazz, un gars qui en tâte, et tout. Toutes les fois que Panassié dit du mal du bibope, il reste dans le vague. Et toutes les fois qu'il parle (brièvement) d'un musicien bibope, il en dit du bien (Miles Davis, Ch. Parker, etc...). C'est marrant, non ? Il condamne en général une musique qu'il approuve (un peu) en particulier (et dans le vague, bien sûr).

Mars 1949

★ D'un mensuel intitulé *Étudiants*, qui paraît être une seconde mouture de *Hebdo-Latin*, sauf qu'y a pas de rouge, extrayons un article de Papenassié, où, par extraordinaire, il traite son sujet sans cogner sur les confrères. Sans trop visiblement cogner, du moins. Par contre, Pape reprend la bonne tradition dans *Hebdo* déjà cité, n° 25 :

« *Ce qui est risible, c'est l'affirmation de tant de gens qu'évolution signifie progrès* », dit Pape.

Eh bien, ce que je trouve risible, c'est qu'on écrive des choses aussi sérieuses sans prendre soin de définir ce qu'on entend par progrès. Car si on attache une notion de valeur à ce mot, ou si l'on fait intervenir un jugement moral, il est évident qu'on opère, comme toujours, hypocritement. Mais ne nous étendons pas.

Pape assure plus loin :

« *Il est donc impossible que cette évolution soit soudaine et rompe brutalement avec le passé, comme cela a été le cas avec le be-bop.* »

Ce qui est manifestement faux ; et Pape sait très bien qu'on trouve rigoureusement tous les intermédiaires entre Oliver et Gillespie, pour ne citer que ces deux-là, ou même entre Buddy Bolden et Miles Davis.

Mais enfin, Pape, moi je l'aime.

Avril 1950

★ Passons à *Hebdo-Latin*, avril 1950. Chose étonnante, un article de Hugues, calme et pondéré, du coup lisible. Seule une blague à la fin, mais significative :

« *Disons encore que Bud Powell était un des jeunes pianistes les plus prometteurs mais que son évolution vers le style be-bop semble avoir compromis son avenir de pianiste de jazz. Le be-bop est d'ailleurs venu gâcher pareillement le style de nombre de pianistes dont on pouvait beaucoup espérer. La crise passée, pas mal de signes annoncent sa fin prochaine...* »

Décidément, Hugues tient à sa théorie : le be-bop considéré comme une maladie indépendante des musiciens ; qui s'est abattue sur eux un peu à tort et à travers. Mais enfin, Hugues, mon gros minet c'est parce qu'ils ont joué comme ça qu'on a appelé ça du bop, et c'est pas parce qu'il y avait quelque part, un germe de be-bop prêt à fondre sur eux. Ah ! Hugues, si tu voulais être plus raisonnable, comme on s'entendrait bien tous ensemble. Et puis notez encore : *La crise passée... sa fin prochaine.* Je vous parie un million que dans le prochain numéro de la *Revue du Jazz,* Hugues va dire que Ernie Royal est un très grand trompette et que ce qu'il fait n'est pas du bebop, car, comme dit Lucky Thompson (c'est pas la peine de citer ce bon Lucky pour un pareil truisme) on peut jouer moderne sans jouer bop. Et peu à peu, tous les boppers vont nous être présentés dans la *Revue du Jazz* ou *Hebdo-Latin* comme ayant abandonné le bop et de nouveau dignes d'attention et de considération. Mais enfin, mon nunugues, si tu te décidais à admettre qu'il n'y a pas de maladie bibope, qu'il n'y a que *des musiciens.* Ah ! que tu me fais de la peine.

Et pourtant, il y a même un bon article dans la *Revue du Jazz.* Je veux dire un qui est drôle pour de vrai, et signé Joseph Perdido, ce qui n'est pourtant pas clair. Intitulé journal d'un disquaire. Il y a aussi autre chose, dans la *Revue du Jazz* (je ne tiens pas compte de quelques imprécations contre des coupables de boppisme contre lesquels, Georges, Madeleine et Pierre se sont sournoisement ligués : au fait, même pour l'attaquer, c'est pas la peine de parler d'un disque de Kenton, on le sait que c'est pas du jazz... Yvonne Blanc non plus). Il y a autre chose : une phrase *pertinente* de Madeleine Gautier à propos du disque Circle « The Ragpickers ». Je lui donne l'accent qu'elle mérite :

« *Tous ces malheureux qui s'escriment à faire de la musique dixieland, c'est plutôt pénible.* »

Alors ça, Madeleine, je suis d'accord, et on est enfin amis, la main dans la main et le pied dans les malheureux.

★ Il y a encore mieux que ça, dans la *Revue du Jazz*. Décidément, hein... (je suis en train de trahir – je n'en suis pas à une trahison près, va dire mon nunugues, qui ne pige pas tout). Il y a une réponse d'André Doutart à un article de *Jazote*, vous vous souvenez dans le numéro spécial, un article où on avait fait des tas de citations contradictoires du Pape. Miracle : André Doutart, lui, est un polémiste courtois. Et répond courtoisement, il n'y a qu'une exagération dans sa réponse : il affirme qu'on pourrait, pour toutes les questions-réponses du catéchisme incriminé, trouver une justification. Pas pour toutes, André. Et enfin il dit pour nous vexer, que c'était « malhabilement tronqué ». On ne nous vexe pas comme ça, nous autres. C'était pas si malhabile. Enfin, d'accord avec Doutart pour le ton. Si on pouvait toujours s'expliquer comme ça, il n'y aurait pas besoin de faire tant de revues de jazz en France. Mais au fond, ce n'est pas un mal, ce schisme... ça grouille un peu...

Mai 1950

★ La *Revue du Jazz* paraît en avoir un vrai coup dans l'aile, mais M. Panassié, le père, passe à la *Casserole*, organe hilarant de Gabalda. Il y occupe la page du

Hot-Club de France. Comme par hasard, monsieur le Pana nous recolle un bout de Jazz Panorama (sa devise, c'est comme Veedol : chaque goutte compte). Et c'est sans doute du Pana passable (en comparaison du reste), mais qui ne justifie guère l'article d'André Doutart, imprimé juste à côté. Doutart est un charmant garçon qui a sur le jazz des opinions assez avouables et modérées. Mais quel démon lui piqua la gidouille et lui fit engendrer ce stupéfiant article ? À entendre Doutart parler de Panassié, on se demande ce qu'il pourrait dire de Descartes si celui-ci revenait sur terre (pour s'occuper du jazz). « *Trois parties composent ce nouveau chef-d'œuvre, logique comme un discours classique : Les Noirs et le jazz. Quelques faux prophètes du jazz. Le jazz et le bop* », nous dit Doutart. Mais enfin, mon Doudou, c'est proprement insensé cette histoire-là. Le Pape a ramassé quelques chroniques absolument décousues et déjà publiées ailleurs, sans autre lien que leur rapport plus ou moins vague avec le jazz, et a continué jusqu'à ce que ça fasse le nombre de pages et on appelle ça un chef-d'œuvre logique comme un discours classique ? Bigre, bigre... Il n'y a aucun fil conducteur, aucun lien. « *Un monument de construction* », dit encore Doutart. C'est de la démence, mon bon. C'est des tas de n'importe quoi mis bout à bout... à ce compte, on construit aisément... C'est simplement un prétexte à quelques attaques contre Delaunay, Hodeir, Lang, Feather, Miller, etc... Contre tous ceux, en principe, qui se permettent d'écrire sur le jazz en dehors du contrôle de Panassié, lequel s'est accordé à lui-même l'apanage de l'exclusivité et de l'infaillibilité depuis déjà quelques années.

Hélas, hélas, tant pis pour moi, mais je me range résolument au nombre de ces « *schizophrènes ankylosés qui osent critiquer de leurs flatulences un si beau livre* ». S'il est si beau, une flatulence ne saurait l'atteindre, d'ailleurs, et j'ai la conscience tranquille. Notez bien qu'il est dangereux de ma part de l'attaquer : *Vian est vexé,* va dire Panassié, ravi, *de n'avoir pas subi le traitement réservé aux victimes de choix.* Si j'avais été, comme mes bons amis Hodeir et Delaunay, cloué au pilori, Pana aurait dit : « *Ah ! Ah ! ça lui a fait de l'effet, hein ! Je l'ai eu.* » Hélas, il n'y a rien à faire contre Panassié, voyez-vous, et je m'y ronge les ongles de dépit. Son sens infaillible de la polémique a tout prévu et il ne nous laisse que le ridicule et le plagiat.

Et concluons en citant encore Doutart : « *Les jugements de Panassié ont toujours suivi cette belle ligne rectiligne qui lui a donné raison depuis vingt ans...* », pour lui rappeler : 1°) que la ligne droite n'est pas toujours le chemin le plus rationnel d'un point à un autre, et 2°) que celle de Panassié est d'une rectilinéarité assimilable à celle du sarrusophone ou du saxotromba.

Octobre 1950

★ Je ne sais pas si ce n'est qu'une impression personnelle, mais toutes ces histoires de jazz, en ce moment, c'est d'un triste !... Il n'y en a plus que pour la musique militaire, depuis le dixieland jusqu'à la Corée et ça ne paraît pas devoir s'améliorer. Enfin, bref, heureusement, Panassié est venu me dérider dans ces sombres cogitations, et cela grâce à son article de la *Casserole*, organe domestique s'il en fut, où, sous la rubrique « *Nos Conseils Pratiques* » il indique en deux demi-colonnes « *Comment éviter les maux de gorge.* » Indiscutablement c'est un article sérieux ; pas trace d'humour (sinon involontaire, mais de celui-là, ce bon Hugues est toujours prodigue).

Le plus drôle c'est qu'à un de ses derniers séjours à Paris, notre ex-Président, malgré sa science du gargarisme, fut, paraît-il, sérieusement frappé aux cavités laryngo-pharyngiennes. Allons, n'insistons pas, et passons sous silence la page qui suit : non content d'aller jusqu'à se décorer du nom de guérisseur, Panassié – qui reproche volontiers aux autres leur manque de décence et de goût, trouve le moyen de partir en guerre contre notre pauvre ami Jacques Cordier, dont nous annoncions la mort tragique dans le numéro précédent ; pour le coup, le Pana, malgré sa canne, mérite le pied dans les fesses, et sans formalités. Laissons choir ce triste sire qui travaille d'ailleurs à se détruire lui-même plus sûrement que personne ne pourra jamais le faire et obliquons (ça va lui faire plaisir), vers la *Vie catholique illustrée*. Cela pour signaler que la *Vie catholique illustrée* consacre dans son numéro 291 du 11 février : a) sa couverture ; b) deux pages intérieures à la musique de jazz.

De bonnes photos déjà vues ailleurs, un papier sans prétention. Merci Pie, ça valait d'être signalé.

Mars 1951

★ Ne nous dissimulons pas la gravité de la situation : tout va mal, Madeleine Gautier se met à parler argot. Ne nous appesantissons point sur ce pénible incident qui surgit tel un obélisque d'opprobre dans une carrière remplie jusqu'ici par la culture raisonnée des arts d'agrément et notamment de la poésie lyrique ; les faits sont là, ils parlent d'eux-mêmes, il suffit de consulter le bulletin n° 6 (3e série) du Hot-Club de France, de mars 1951. Au même sommaire, Panassié en long (c'est pas très long), en large (c'est déjà plus large) et en travers (ça ne passe pas). Puisque l'occasion se présente, évoquons (une fois de plus) la figure magistrale de ce grand pionnier de la médecine du larynx et posons-nous (une fois pour toutes) le problème : Pourquoi M. Panassié s'obstine-t-il à écrire *Zazott* quand chacun sait que ça s'écrit *Jazote* ? Serait-ce que son Z remplace le J par suite d'un subtil détour vers l'orthographe phonétique ordinairement pratiquée par les méthodes type Assimil ? Non, car à ce compte, on prononcerait *Jajote* et je doute que cela soit le but poursuivi. Il apparaît donc que ce *Zazott* doit viser à introduire dans l'esprit du malheureux

impétrant (j'adore ce mot, impétrant, ça ne correspond pas exactement à ce que je veux dire, mais c'est
un sémantème de choix), à introduire, disais-je, dans
l'esprit du lecteur une association subtile, par asso-
nance, au terme Zazou, visiblement utilisé dans un
dessein d'amoindrissement et de parodie. Que ce
terme zazou ne soit plus du langage courant, peu lui
chaut, à cet homme ; que ce terme zazou soit gracieux, flatteur même, et plutôt agréable ainsi qu'en
témoigne l'expression proverbiale « vivent les
zazous », aucune importance ; que ce terme, enfin,
ait un temps désigné les plus glorieux représentants
de cette jeunesse française résistante qui, dédaignant
la gloire facile des armes, poursuivait un subtil sabo-
tage en minant le moral de l'occupant par la pratique
constante du sport de la surprise-partie et l'astucieuse démarcation de titres tels que « Lady be
good » devenu « Les Bigoudis », voilà qui nous semble échapper à M. Panassié ; celui-ci s'est arrêté dans
le temps une fois pour toutes et projette de réaliser
l'adaptation du monde extérieur à ses concepts personnels par l'application de la méthode dite du lit de
Procuste : supprimer, ignorer ou anéantir tout ce qui
ne se conforme pas au dogme.

J'interromps là ce devoir de politesse qui exigeait
que je parlasse du maître au moins aussi longuement
que le maître de *Jazote* ; voilà qui est fait, passons à
un sujet plus gai.

Avril 1951

★ Les honneurs du jour (douteux honneurs) vont à
Constellation pour son article (signé Raymond Vanker) sur Panassié. Avec, en sous-titre : *sans lui, la
musique de jazz n'aurait pas de passé.* C'est un article
de six pages. Je n'ai pas le courage de le commenter,
le sous-titre suffit. Avouons cependant que *Jazz Hot*
malgré tout son fiel n'a jamais réussi à raconter
autant de c... sur Hugues. (Je m'excuse du terme
auprès d'André Labarthe et de Mme Lecoutre, qui

dirigent *Constellation* et sont tout à fait mignons, mais s'il y en avait un plus fort, je l'utiliserais volontiers.) Il y a tout : depuis les « *blues déchaînés* » jusqu'aux habitués de Harlem « *noyés dans les vapeurs de l'alcool et les songes du marihuana* »...

Retenons néanmoins qu'en Amérique, Panassié « *apparaît comme un demi-Dieu* » (pourquoi cette restriction) et qu'au fond, les efforts des Armstrong, Lunceford, etc... ne compteraient pour rien s'il n'y avait pas eu Panassié « *super-critique de jazz* », « *qui a fait des lois, définit l'esprit d'un nouveau domaine de l'art musical* ».

Je m'empresse de signaler à *Constellation* un détail qui a dû échapper à Raymond Vanker : c'est Panassié qui, en 1880, derrière la maison du grand-papa de Fat's, à Milneburg, décida que le blues aurait douze mesures, pas une de plus, pas une de moins.

Hein ! Et puis je propose un complément au titre : « *Sans lui, la musique de jazz n'aurait pas de passé, mais avec lui, elle n'aurait pas d'avenir.* » Somme toute, valait mieux le laisser à Montauban, hein...

Juin 1951

★ Merci à la *Casserole* qui, sur ma virulente réclamation du mois passé, me fit parvenir incontinent l'exemplaire voulu. Mais constatons avec regret que le grand Hugues se cantonne dans les articles sur le jazz alors qu'il réussissait si brillamment en médecine. Thème de ce mois : Le jazz et la danse (il ne l'a guère traité plus d'une douzaine de fois). En tout cas, voici une vérité élémentaire : « *Je ne conçois pas de musique sans danse, ne serait-ce que chez l'auditeur une sorte de danse intérieure.* »

C'est ce que nous nous disons tout en entendant la messe en *Si*, les divers requiems et les nombreuses marches funèbres du répertoire ; mais rassurons-nous ; ça ne doit pas être de la musique. Signalons en outre à M. Panassié qu'un nommé Palestrina, bien

avant Bach et Haendel (avant lesquels, nous assure-
t-il, on n'avait fait que de la musique de danse), écrivit la *Messe du Pape Marcel*, sans doute admirable
prétexte, selon le pape Hugues, à un jitterburg
effréné.

Juillet-Août 1951

★ La *Casserole*, mon journal favori, vient de s'adjoin-
dre un collaborateur de choix en la personne de Yannick Bruynoghe (c'est la traduction de « Panne-à-
scier » en flamand). Bruynoghe donc, critique *Inside
Be-Bop*, de Feather. Comme « Feather » n'est pas la
traduction en langue américaine de « Panne-à-
scier », on se doute que Bruynoghe dit du mal de
Inside Be-Bop. Il nous paraît opportun de signaler ici
à Yanoghe que *Inside Be-Bop* est paru voici déjà fort
longtemps (tout est relatif), ce qui lui expliquera sans
doute le caractère archiconnu de certains des renseignements que contient ce petit volume.

Par contre dans *Quartier Latin* monsieur Hugues lui-
même, enfin, se décide à reconnaître la valeur des
conceptions de *Jazote* puisqu'il abonde dans le sens
d'une certaine double page du numéro 55 de mai 1951,
« Jazote *précise sa position* ». Au fond, nous savons
bien que monsieur Hugues nous aime et qu'il est
content de voir que nous marchons droit. Une grosse
bise pour monsieur Hugues. C'est un grand chou-rave.

Octobre 1951

★ Une nouvelle terrible ! Panassié change de nom,
encore une fois ; il s'appelle maintenant P. Anache
(c'est vraiment trop transparent). Et il dessine des
affreuses cochonneries orange et noir sur la couverture d'un magazine spécial, *Arpège* (un de ces jours
on va apprendre que Lanvin, c'est encore notre grand
Hugues). Ce magazine m'a fichu un choc mortel, car
j'y suis habilement raillé par mon excellent collègue

Andréota Paul, qui me présente sous les traits d'un astucieux critique « *auteur du courageux pamphlet antimezzrovien* J'irai cracher sur vos anches ». Hein ! Ça, c'est ce que j'appelle une allusion discrète ! Paul Andréotact, en quelque sorte ! Mais hélas la réalité est tout autre, mon popaul, je suis un pauvre c... et incapable de répondre de l'Andréotac au tac. Allez donc faire de la publicité à vos amis ! À part ce papier que je tiens pour la pièce maîtresse d'*Arpège*, il y a une riche matière et c'est avec joie que nous saluons ce nouveau confrère, imprimé sur un luxueux papier couché (mais couché tout seul, car ce sont des gens corrects), qui comporte des textes solides, en particulier celui de Paul Ollé (non il ne bégaie pas, tout au moins ça ne se voit pas sur le couché en question) et des flèches du Parthe en telle quantité à l'adresse des collaborateurs de *Jazote* que nous avons trouvé en les découvrant la confirmation de la classe de notre immortelle revue car on ne s'élève avec tant de génie que contre le génie lui-même, et c'est un bon journal, et on l'applaudit bien fort, longue vie à *Arpège*, à ses pompiers, à ses hors-d'œuvre, merci, encore merci, ne changez rien, mais de grâce, ne vous bornez pas à publier deux blues traduits par Madeleine Gautier, c'est vraiment insuffisant, bon sang de Dieu que cette phrase est longue, mais c'était exprès, et maintenant elle est finie.

Mais en repensant à Madeleine Gautier, il m'en vient encore une, encore plus mauvaise, que je dédie à Ota : *N'Arpège pas par omission.* [1]

Puis toujours dans la presse française, voici le *Bulletin du H.C.F.*

Je ne sais ce que vous en pensez, mais je trouve admirable qu'un courageux Montalbanais, en plein vingtième siècle, ose s'élever avec cette vigueur contre les factieux de toute sorte et mettre son immense talent au service de la plus sacrée des causes, celle de la démolition de Benny Goodman, musi-

---

1. Pitié ! (Note de la Rédaction).

cien dont on n'a, il est vrai, pas l'habitude de lire l'éloge (si je puis me permettre un commentaire personnel, je dirai : heureusement).

★ Le coup le plus mortel que Panassié ait jamais porté tient cependant en une ligne habilement égarée en haut de la troisième page de couverture :
Savez-vous que Raphaël Géminiani, classé deuxième dans le Tour de France cycliste 1951 est membre du H.C.F. ?
On savait bien que sans ça, il aurait été classé premier, mais le dire comme ça !

★ Et cette anecdote :
Un amateur de jazz voulait s'inscrire au Hot-Club de France. Il fit part de son intention à un zazotteux : « Mais c'est absurde, lui répondit celui-ci, il ne reste plus qu'un seul membre au H.C.F., c'est Hugues Panassié ! »
Anecdote tendancieuse. Tous les zazotteux savent qu'il y a encore *deux* membres au H.C.F. : Hugues Panassié *et* Madeleine Gautier. Nous sommes un peu abrutis, d'accord, mais pas à ce point là, dis Hugues !
Mais je crois que je viens de rendre un hommage suffisant à notre toujours vert président. Hélas, d'autres textes, bien moins folâtres, m'appellent, et je dois m'y plonger incontinent.
Car j'ai eu la malheureuse idée de lire le dernier numéro de *Jazote*. Mais, mes niguedouilles mordorées, c'est positivement consternant !
La critique des disques est minable ! (les disques aussi, d'ailleurs).
Les articles de fond ne remontent pas à la surface (ça c'est une plaisanterie que fit un sous-marinier breton en 1916 sur le Dogger Bank après la bataille du Jutland).
Les photos, oui, à la rigueur.
La publicité, d'accord.
Mais le reste !
Et cette revue de presse !

À la suite de quoi je prie M. de Montauban de prendre connaissance des lignes suivantes :

Lettre ouverte au Président :
Président,
Considérant que Delaunay se fout du monde au même titre que vous ;
Considérant qu'André Hodeir néglige ses fonctions, que Pochonet la ramène, que Delaroche prend Buckner pour Vinson, que Ténot reste égal à lui-même, que Vian est un sale pornographe et que Aubert n'a même pas envie d'essayer de jouer de la guitare comme Charlie Kunz imitant Mezzrow au piano ;
L'équipe rédactionnelle et administrative de Jazote *vous propose une association totale et sans arrière-pensée pour la culture des carottes sur les rives du Tarn.*
Vous fournirez les rives et on fournira les carottes…
....
....

Mais je m'aperçois que je dépasse singulièrement le cadre de cette revue de presse, emporté par le fâcheux côté d'une nature perverse qui se fait jour aussi naturellement que l'habit ne fait pas le moine ou que l'occasion fait le larron. Aussi je m'arrête pour me ruer sur le *Melody Maker*.

Novembre 1951

★ On ne peut plus entendre un arrangement ni un enregistrement américain qui ne portent les traces profondes du travail fait par Dizzy, Zoizeau et leurs petits camarades.

Et pour revenir au *Melody Maker*, je tiens à corriger ici une affirmation mensongère que j'énonçai voici quelques mois.

Je disais que Bruynoghe, c'était un pseudonyme de Panassié.

Or, il y a la photo de Bruynoghe dans le *Melody Maker* du 17 novembre 1951.

Eh bien ! je retire toutes mes insinuations. Jamais Panassié n'a eu cette oreille-là. Ces oreilles-là, je précise. Au moins dix centimètres du museau à la queue. Non, excuse, du sommet au lobe.

C'est chouette, la photographie. Ça me rappelle Daguerre ; j'en ai trouvé une bien bonne que je dédie à Derrien :

Rappelle-toi toujours que ce n'est pas parce que Daguerre travaillait avec son Niepce qu'on doit le prendre pour une tante...

Décembre 1951

★ Revenons en France avec le *Bulletin du H.C.F.* que Baudelet m'apporte tout juste. Ah ! mais, je suis très fâché ! Voilà que cette grande brute d'Hugues me met en cause en dernière page ; voilà qu'il cite une de mes reparties spirituelles d'autrefois pour l'opposer à une de maintenant ! Il paraît qu'en avril 1948, j'ai dit que *Mezz joue mieux qu'avant guerre* et *qu'on peut s'améliorer à tout âge* et que maintenant j'affirme qu'il joue *comme un cochon et que c'est une insulte à l'oreille, etc...*

C'est vrai. Je ne le renie point. Mais dites-moi, mon Gugusse, quoi de contradictoire ? C'est là une opinion d'une constance inflexible, exprimée *a)* dans le premier cas avec gentillesse ; *b)* dans le deuxième avec franchise. Si l'on s'en tient au texte, on a ceci :

1) Mezz joue mieux qu'avant guerre ;

2) Mezz joue comme un cochon.

La logique la plus absolue nous enseigne qu'il n'y a qu'une conclusion possible et c'est :

3) *Avant guerre, Mezz jouait plus mal qu'un cochon.*

Allons, Hugues, vous n'êtes pas sérieux. Vous n'avez pas appris la logique, depuis le temps ? Vous imaginiez-vous que vous alliez me coincer comme ça, mon très cher ?

Et Malson, cité en bas de la page, en quoi se contredit-il ? En quoi *la gentillesse et la bonne humeur* qu'il reconnaît à Mezz peuvent-elles être assimilables au *swing* que Malson estime lui manquer ?

Quant à Delaunay et Hodeir, mon bon Pana, voyons, vous les avez tellement influencés qu'il ne faut pas s'attendre à les voir écrire des choses très cohérentes pendant de nombreuses années, non plus que ceux qui vous suivent encore... Une grosse bise quand même, allez, tu es meugnon (ce Vian est d'une vulgarité !).

★ Finissons-en avec ce *Bulletin* (moi, ça m'amuse, mais j'ai peur de lasser mes lecteurs chéris). Mon grand Hugues s'en tire bien mal ; je voudrais bien voir une ligne par laquelle il réfute un seul des arguments de l'article de *Jazz Hot*, article « *plein d'un humour involontaire* », assure Panassié pour nous vexer. Mais non, mon gros, c'était de l'humour tout ce qu'il y a de volontaire. De l'humour presque laborieux. Savoir « *s'il nous est impossible de nous maintenir sur le plan musical ?* » c'est justement celui sur lequel ce bon Président n'entame pas la discussion d'un seul de nos arguments...

★ Quant au papier leader de Mezz lui-même... eh bien il est franchement délicieux. C'est la réponse du berger à la bergère ; rarement justifia-t-on mieux le label « *société d'admiration mutuelle* » que nous épinglâmes sur le tandem Mezz-Pana. Passe-moi la casse et je te refilerai le séné.

Il faut être un homme, et un homme solide, pour avoir le courage de ses convictions. C'est ce qui leur manque, aux autres...

Et c'est ce qu'a Panassié, précise Mezz. C'est d'autant plus méritoire, omet-il cependant d'ajouter, que ces convictions changent parfois (voir certain Lester Young). Quelle lourde tâche pour Hugues, que d'avoir le courage de convictions perpétuellement variables. On comprend l'admiration de Mezz.

★ Mes bizouillets, faut pas s'en faire, d'ailleurs, puisqu'en fin d'article ce bon Milton nous pardonne d'avance à tous *parce que nous ne savons pas ce que nous faisons*...

Cela sonne curieusement.

On pourrait croire que Mezz se bornait à se considérer comme un clarinettiste, voire un écrivain.

Hélas ! c'est bien plus grave.

Il se prend pour Dieu !...

Ça devait arriver. Tout ça, c'est notre faute. On a trop parlé de lui. Aussi, je m'arrête. Au revoir, mes cocos verts.

                                        Février 1952

★ *Prose française* : numéro spécial du *Point* à Souillac (Lot), consacré au jazz. Couverture joyeusement inspirée par les œuvres connues de notre cher directeur bien-aimé, j'ai nommé Delaunay Charles. Saluez, Delaunay Charles. Numéro conçu par Monsieur Hugues : c'est dire que l'on y lira ce que l'on a déjà lu cent fois ailleurs.

On regrette (car on l'aime bien, au fond) que Monsieur Hugues vise à occuper dans la littérature concernant le jazz la place qu'occupe Paul Claudel dans la littérature (*sic*) tout court. La merveille, c'est que Monsieur Hugues débute ainsi :

« *Il est peu d'exemples d'un art sur lequel on ait écrit autant de sottises que le jazz.* »

Le cahier s'efforce à le démontrer. Heureusement, chacun reste prudent, sauf Madeleine Gautier qui se déchaîne.

Excellentes photos, texte de choix, font de ce numéro une parfaite réussite. Encore bravo, ne changez rien. Un reproche à Andreota qui met Madeleine en boîte de la façon la plus impolie qui soit.

Que diable ! On ne condamne pas la longue pipe de métal quand on voisine avec le tour de potier !

(Cette astuce intraduisible en français classique ne sera pas perdue pour les initiés.)

Mais quand on achève la lecture de ce numéro, on se pose invinciblement une question : Pourquoi m'avoir donné rendez-vous sous la pluie ?

À quoi je répondrai : pourquoi pas.

Mars 1952

★ Je ne vous parlerai pas, ce mois-ci, des œuvres complètes de Papanassié, parce que, je vais enfin me décider à l'avouer, ce qu'il écrit ne m'amuse pas du tout. Voilà. Je suis franc, hein ? C'est ça, c'est tout *Jazote*. De l'audace, encore de l'audace. Sachez cependant qu'il vient de faire paraître, chez un Laffont ou un Julliard quelconque, un nopuscule (cule est bien le mot) intitulé « *Quand Mezzrow enregistre* » (sous-entendu : « *Les canards prennent leur vol majestueux* »). C'est la reproduction, je crois, d'un certain autre nopuscule intitulé « Histoire des Disques Swing » paru jadis à Genève, chez Grasset. La couverture a changé ; on y voit la reproduction de la si ravissante affiche où Mezzrow s'est fait peindre en noir par le grand Chardin lui-même (c'est une pierre dans le Chardin de Mara).

Et maintenant que j'ai rempli mon devoir vis-à-vis du Père (j'ajoute que le texte est aussi marrant qu'il y a dix ans, c'est-à-dire peu), je vais céder la parole à mon bon ami Doutart. En effet, la *Casserole* part en guerre.

« *Le H.C.F.*, y lit-on, *a décidé d'attaquer les ennemis du jazz et d'en finir une bonne fois, car,*

« *1o les zazotteux n'y connaissent rigoureusement rien ;*

« *2o la plupart d'entre eux manquent de sincérité.*

« *Le H.C.F. demande que tous les vrais amateurs de jazz s'unissent pour le défendre et pulvériser l'ennemi. Le combat ne cessera que le but atteint...* »

Hein, les gars ! On va tous passer à la *Casserole*.

Voyez-vous, nous avons réellement des points de vue tout à fait opposés. Eux écoutent avec leur sincérité, et nous avec nos oreilles. Évidemment, pour eux (qui le croient sincèrement bon puisque lui-même assure sincèrement qu'il pense l'être), Mezzrow est un as. Pour nous, qui mentons et qui préférons les notes aux sentiments, Dizzy Gillespie est un grand trompette et Mezzrow... ma foi, un sincère, sans plus.

Bientôt, quand nous aurons perdu la guerre (et ça va barder sec, mes enfants !), on remaniera le petit Larousse. On y lira :

Sincère : adjectif commun, masculin ou féminin ; caractère de celui qui a de la sincérité. Désigne aussi le musicien de jazz.

Et tout sera dit.

« Doutart, je te l'avoue, en lisant cet article,
J'avais envie de me sauver sur mon tricycle. »

La nouvelle Flamme continue de péter le feu sous l'égide de Verkaart. Il aime pas qu'on dise à la radio qu'Alain Romans, c'est du jazz. Et pourtant, il est sincère, Alain Romans.

Moi, j'y pige plus rien (*Note de Panassié :* Mon pauvre Vian, tu n'y as jamais rien pigé.)

Au fait, il y a longtemps que je n'ai écrit une lettre ouverte à Pana. En voilà une, mais faut pas être regardant :

    Mon Président,

Je t'aime, *Zazote*, c'est tous des connards. Si on faisait équipe tous les deux, bientôt, le jazz aurait vécu et enfin on pourrait s'occuper de rugby. Mais ne t'en fais pas, on y arrivera quand même séparément.

Et on appelle ça une revue de presse !

Une poubelle, oui ! (D'ailleurs, *qui ?* appelle ça une revue de presse ?)

L'Italie, zut. *Estrad*, zut. Je ne me sens pas doué pour les langues, aujourd'hui. Je suis en train d'apprendre le portugais et ça m'embrouille.

J'ai là un programme de concert japonais qui me

trouble salement. Mélange atroce et ravissamment japonais de musique hawaïenne, d'accordéonage et de typiquement dixieland music. Nombre d'artistes de choix sans doute. Y en a un qui s'appelle Fumio Matsumoto. Je suis sûr que c'est Guy Longnon traduit en japonais ; d'ailleurs, il joue aussi de la trompette. Et puis y a un Takashi Mizuno qui joue de la claribale, ça, c'est Luter. On ne me la fait pas, hein !

Y a une revue belge, *Swing Time*, qu'est ronéotée et qui dit que le jazz « *nous ramène à la fraternité des chrétiens du premier âge, qu'aucune persécution n'a jamais pu entamer* » (alors, pourquoi spécifier que c'est celle du premier âge ? Tu vois, c'est pas logique, ton truc, ça me dégoûte de lire le reste).

À part ça, on peut y lire Bruynoghe, dans un éloge encore inédit de Panassié (hein ! quel maître, ce Panassié ! tout le monde en cause !) Y a aussi un éloge de Léo Souris.

Avril 1952

★ Le mois dernier, j'y ai coupé, vous aussi, félicitons-nous-en-mutuellement, ça nous a épargné à tous un gros effort cérébral. Au sommaire de notre revue de presse de ce jour, voici de palpitants zopuscules, dont le premier sera notre lecture favorite bien qu'intermittente, le *Bulletin du H.C.F.* (il s'agit, paraît-il, d'un club de jazz dénommé le Hot-Club de France, et dont le président serait un certain Panassié). Nous sommes heureux de voir paraître une signature nouvelle sur la scène du jazz. Ce jeune critique, un Montalbanais, nous semble un fervent défenseur de l'école blanche, dite Style Chicago, qu'il défendait déjà, raconte-t-on, au berceau ; mais il y a tant de mauvaises langues : voyez plutôt ces lignes : « *Il est affligeant de voir Bechet enregistrer des disques de moins en moins bons... Bechet cède de plus en plus à son fâcheux penchant de s'étaler au premier plan et de jouer pour lui-même, au lieu de se fondre dans le reste de l'orchestre ; ce n'est pas ainsi qu'on fait du jazz.*

Ajoutons que la sonorité de ce saxo soprano finit par lasser terriblement ; vous ne pouvez jamais vous rassasier de la merveilleuse sonorité d'un Louis Armstrong à la trompette mais il n'en est pas de même de Bechet au soprano. Je vous conseille de faire une expérience concluante : après avoir entendu toutes ces exécutions de Bechet, écoutez immédiatement après celles enregistrées par Mezz pour Vogue avec le même orchestre de Luter. C'est le jour et la nuit. Il y a autant de vie, de swing, d'ambiance jazz dans ces enregistrements de Mezz-Luter qu'il y en a peu dans ces nouveaux Bechet. Pour ne rien dire de l'inspiration de Mezz, si supérieure à celle de Bechet... etc... »

Heureusement que l'homme précise « *pour ne rien dire...* ». Et que penser de cette merveilleuse phrase : « *Ce n'est pas ainsi qu'on fait du jazz* » ? C'est donc en se fondant dans l'orchestre qu'on fait du jazz ? A ce compte, Louis n'en aurait guère fait non plus ces temps-ci, mon gros chéri Nugues. Je m'excuse auprès de mes lecteurs et de mes admirateurs enragés et multiples d'avoir cité si longuement le nouveau et jeune critique qui semble promis à un bel avenir (comme nous tous d'ailleurs : six planches de sapin), mais je ne veux point me voir accuser de troncature de citations, péché abominable et indécent. Quant au degré d'aberration auquel arrive le *Bulletin du H.C.F.* dès la page 17, on s'en rendra compte en y lisant le compte rendu du concert J.A.T.P. Alors qu'Ella méritait au moins dix pages de ce *Bulletin*, on l'exécute en une ligne ! Et on osa jadis parler de Velma Middleton ! Ah, les vilains salingues ! Personnellement, et afin de rétablir l'équilibre dans les consciences torturées de ceux qui me font l'honneur de me prendre pour directeur (de conscience), et chacun sait qu'ils sont légion, je précise que les trois grands moments de mon existence furent les concerts d'Ellington en 1938, les concerts de Dizzy en 1948 (c'est bien 48 ?) et Ella en 1952. Dieu sait si Flip Phillips m'emmerde (soyons nets), mais j'accepterais de l'écouter une heure pour entendre Ella dix minutes (j'ai une drôle de résistance). Et les dénommés Ray Brown et Ashby ont fait là des choses également difficiles à oublier.

★ Et tiens, au fait, revenons en France, car j'ai oublié la *Casserole* ; il y a encore un article de ce Panassié, et il est bien méchant, ce grand-là, et il ment comme un âne, et il a envie de se faire contrer, eh bien mon gros mignon, voilà, tiens je te cite encore ; un exemple entre autres : « *Avez-vous jamais entendu parler de Juifs lynchés aux U.S.A. ? Avez-vous jamais entendu parler de Juifs persécutés aux U.S.A. comme les Noirs ?* »

Oui, mon chou chéri, on en a entendu parler ; tiens, prends donc *New York Confidential*, de Jack Lait et Lee Mortimer, *Crown publishers*, New York, et lis le chapitre *Black Ghetto* dont j'extrais ces lignes, sans les traduire, page 120 :

« *Ironically enough, while all this over emphasis on tolerance, equality and the brotherhood of man has taken on the magnitude of big business, the negroes are decidedly anti-semitic, and jew-baiting is a constant maneuver in organized and disorganized form. Certain negrogangs, mostly composed of zoot-suited teen-agers, make a regular practice of it and call it jew-hunting.* »

Voilà, mon pana. Il faut une belle dose d'ignorance, comme vous dites, pour croire qu'il n'y a pas de préjugé antisémite aux U.S.A., puisqu'il existe même chez les Noirs ; après tout, le témoignage de ces deux journalistes professionnels vaut bien le vôtre, mon cher ange ? Et puis quand vous voudrez discuter les textes géniaux de la revue *Jazote*, vous prendrez désormais la peine de la discuter *en entier* et non sur quelques points annexes. Et vous tâcherez d'être marrant, au lieu de pontifier, hein ? regardez donc comme on est gais, nous ! (*Ricanements à la cantonade.*)

Juin 1952

★ Je ne vois rien, je ne vois rien. Remuer la presse quand la presse défaille, quelle harassante corvée. Le bulletin du père Pana paraît maintenant sous une ravissante couverture photographique. Bravo, Grosjean. (Grosjean, c'est le gérant, et par un de ces hasards funestes que le sort réserve généralement aux êtres d'élite, il se trouve que c'est un pote.) Bravo, Hugues, continue, on n'a pas si souvent l'occasion de t'encourager, t'es dans la bonne voie, mouille-toi un peu, mais évite d'aller chez les dirigeants de certaines marques phonographiques dire du mal du petit Vian, ça se sait toujours, et ce mec-là est très protégé parce qu'il s'en fout (ça se sait aussi) qu'on lui casse du sucre : le tout est la solidité dans le dos. (Que l'on ne voie là aucune allusion à aucunes mœurs anormales que je pourrais avoir si Dieu m'avait ainsi fait.)

Mes chers anges, j'écris tout cela aux sons mélodieux du *Petrouchka* de monsieur Stravinsky qu'est une bien jolie musique. Ah, de quelles joies ne nous privons-nous pas, les amateurs de jazz pur – d'autant que le jazz pur n'existe pas, ainsi que l'a prouvé le Révérend Père Riquet dans son sermon du Carême.

Cette conversation à cannes rompues n'a d'autres propos que de suppléer à la carence des imprimés, mais vous n'y perdez rien, certes, car vous profiterez ainsi des réflexions profondes que m'inspire le vide, et qui vous feront de l'usage pour peu que vous sachiez de quelle façon les employer. Prenez-les entre le pouce et l'index et pelez-les au moins à vingt centimètres de distance, car il s'en échappe, en atmosphère normale et sous nos latitudes, un jus amer et corrosif dont les fumées attaquent avec violence la zone supra-nasale où se trouve le siège de l'olfactif. Une fois pelées, précipitez-les dans un litre de bouillon de mâche assaisonné à point. Laissez mijoter à petites bulles le temps de faire à pied en courant le tour de la place de la Concorde. Cela fait, il est trop tard pour espérer enrayer les progrès du mal : à genoux, et priez que cela s'arrange. Elles ont pris, au contact du bouillon de mâche, une teinte violette qui coïncide, second exemple curieux entre ceux que nous propose le règne animal, avec la présence de vanadium dans leurs tissus. Je crois que vous ne pourrez rien en faire.

Mai 1953

★ On m'accordera que je suis bien gentil avec Pana-papassié depuis longtemps, et que j'évite de casser les pieds à mes lecteurs mignons avec les âneries de ce pédant montalbanais numéro zéro. C'est qu'il suffit de laisser faire ce zèbre (les âneries d'un zèbre, ça c'est sophistiqué) pour qu'il se pende lui-même à la longe qu'on lui donne, et on peut dire que son éditorial de janvier 54 est, à ce jour, son chef-d'œuvre.

Il faudrait citer en entier ; ce tissu d'infantilisme et de contre-vérités est si désopilant qu'il le mérite. C'est pourtant aussi à un autre titre que celui de pièce humoristique que nous le mentionnons aujourd'hui. C'est en effet, un tel aveu de la part de son auteur que c'en devient pitoyable. L'aveu d'une erreur dans laquelle Panassié s'est obstiné depuis l'époque où il a décidé qu'en dehors du do majeur sol septième, il n'y aurait pas de salut. Au reste, le numéro entier du *Bulletin du H.C.F.* est du même tonneau. On n'aurait que l'embarras du choix. Ecoutez plutôt ces deux lignes extraites non de l'Editorial mais du papier qui le suit sur Elmer Snowden « *Et Elmer Snowden joue sans jamais sophistiquer les merveilleux accords de base qui ont fait pendant longtemps la saveur du jazz et que les musiciens plus jeunes ont souvent oubliés, si tant est qu'ils les aient jamais sus...* »

Ah, là, là... et dire que les musiciens se laisseront insulter sans rien dire par ce bougre d'œuf... et que les autres – les rares fidèles du maître – oseront le regarder sans rire.

Mais comme ça porte peu, nous rions. Et nous revenons à l'Editorial, proprement dit.

En substance, la thèse de Panassié est la suivante :

1) Le jazz se meurt.

2) C'est *Jazz Hot* qui en est la cause.

3) Ce sont les Blancs qui ont créé le bop.

4) Ce sont les racistes de *Jazz Hot* qui font venir en France Red Norvo.

5) Bechet est sûrement un musicien Blanc.

6) Seul Panassié n'est pas raciste, et seul il a fait venir en France de grands musiciens noirs comme Mezz.

7) Tout *Jazz Hot* est à genoux devant Kenton.

8) Les musiciens de talent n'ont plus le droit de s'exprimer en Amérique.

9) Etc... etc...

Ce à quoi nous répondrons :

1) Le jazz ne s'est jamais si mal porté. On ne publie guère que 50 fois plus de disques qu'avant-guerre.

2) Il est évident que *Jazz Hot* porte une lourde responsabilité dans la venue en France de musiciens Blancs comme Louis Armstrong, Dickie Wells, Mahalia Jackson, Bechet, Dizzy Gillespie, Lionel Hampton, Albert Nicholas, Lester Young, Oscar Peterson, Ray Brown, Parker, Davis, Sara Vaughan, Ella, etc...

3) C'est Mezz et Bix qui ont créé le bop en 1903 alors que les Blancs qui ont nom Thélonious Monk, Charlie Christian, Parker, Kenny Clarke, Benny Green, Lester Young, Miles Davis, etc... dormaient sur leurs deux oreilles au son d'*Avalon*, exécuté sur un banjo à une corde (cela pour limiter les accords).

4) Panassié a-t-il employé les bénéfices résultant de la détaxation des concerts H.C.F. à faire venir en France de grands génies du jazz comme Sauter et Finegan ?

5) Benny Carter, Roy, Oscar, l'orchestre Count Basie, le trio King Cole, qui vont venir en France sur l'initiative de *Jazz Hot,* sont, on le sait, eux aussi des musiciens blancs pourris.

6) Au concert de Kenton, c'était Mezz qui jouait, habillé en Frank Rosolino.

7) Au fait, Pana, qu'as-tu fait de ce pauvre Hot Club de France ?

8) Panassié et Leonard Feather ne sont qu'une seule et même personne, et personne n'a jamais entendu parler d'Illinois Jacquet.

9) Etc... etc...

P.-S. – Je m'excuse car le commentaire peut paraître un peu austère, mais nous avons été forcés de suivre la ligne inflexible et cohérente du raisonnement de notre Pana. À l'intention de ceux qui pourraient un instant supposer que nous exagérons. Voici quelques extraits, sans coupures partielles du texte même de Panassié. On y verra notamment qu'il accuse les Blancs d'avoir créé le bop, privant ainsi les Noirs d'un des seuls avantages qui leur restaient encore.

Nota 1 – On nous excusera de ne pas avoir songé une seconde à essayer de réfuter sérieusement le papier d'Hugues. Que l'on comprenne bien avant tout, répétons-le, qu'il écrit strictement pour la rigolade, c'est comme ça que nous l'avons pris.

Nota 2 – Signalons encore que Shakespeare et Victor Hugo, poètes de dernier ordre comme on sait, furent les écrivains au vocabulaire le plus étendu de l'histoire littéraire. Curieuse coïncidence.

Nota 3 – Et posons une dernière question à notre Nunugues. Les accords d'Elmer Snowden, est-ce que ce n'est pas un peu progressiste ? Do mi sol do... ça sonne blanc, ce truc-là. Du temps de Pythagore, je crois que c'était déjà employé. Limitons-nous doré-navant à l'accord de base Do Do Do Do (sur 4 octaves) Dodo, Dodo petit pigeon.

Nota 4 – Dans la revue des disques, une dernière perle, à propos du chorus de Tommy Ladnier de « Wabash blues » « *c'est un des plus beaux exemples en disque du swing purement Nouvelle-Orléans sur des phrases non rectilignes* ».

On n'a pas oublié en effet qu'en courbe Ladnier jouait de façon fort différente à cause de la force centrifuge.

Février 1954

★ Quant à l'inénarrable poulet du bon minet qui signe Pradal et qui habite Montauban (?), j'avoue que je m'en tape encore sur les cuisses. Ce chéri envoie une lettre ouverte et dactylographiée à *Jazz Hot*, à mon adresse, et tenez-vous bien, me menace si je ne la publie pas... mais laissons-lui la parole. Donnons-lui partiellement le plaisir qu'il réclame si gentiment...

« *J'arrête ici ma lettre ouverte dont je vais adresser nombreux exemplaires* (admirez le style archaïsant, au passage) *aux : directeurs, secrétaires, administrateurs et comité de rédaction de* Revue Internationale de la Musique, Jazz Hot, *et, en cas de non-insertion, à tous les clubs Jazz Hot de France et de Belgique.*

« *Dans l'attente de ME* (sic) *lire dans votre prochain numéro.*

                              SALUTATIONS. »

Mais non, cher Pradal, c'est simplement merveilleux. Vous allez me faire une publicité du tonnerre ! Je vous prépare une liste d'adresses supplémentaire !

Et admirez les hasards, Monsieur Pradal, ailleurs, s'« *empresse de affirmer* (sic) *que je ne connais pas Monsieur Hugues Panassié, aussi ma critique n'est tachée* (sic) *d'aucun parti pris* ».

Pradal ment comme un arracheur de dents. La preuve qu'il connaît Papasse, c'est qu'il utilise exactement le procédé qu'utilise Papane depuis des siècles : Popone, il n'y a pas si longtemps, écrivit encore à *Melody Maker* pour attirer des ennuis à son correspondant de Paris, ô mon doux Pradal. On le connaît, votre modèle, gros finaud ! Et tous ses petits amis font la même chose...

Ailleurs, Pradal m'apprend également un phénomène fantastique. C'est que le rideau de fer passe par Ville-d'Avray (Seine-et-Oise) où je suis né le 10 mars... oublions l'année... de père provençal (ça vient de Viana, figurez-vous) et de mère parisienne (il me vexe, Pradal, je croyais ma biographie sur toutes les lèvres).

« *Votre Vive la France est un peu trop péjoratif pour*

mon esprit de Français. Vous semblez oublier que ce pays vous a accueilli et vous devriez vous estimer heureux qu'il vous accepte encore malgré votre infâme bouquin. »

Pradal place ainsi le débat sur son vrai terrain, le terrain littéraire. Je m'excuse encore auprès de ceux que je crains d'ennuyer ; je ne désire nullement que se braque sur moi le phare de l'actualité, mais la stupidité est monotone, et l'un de mes livres revient de temps à autre dans les lettres de ceux qui en ont le moins, aussi je liquide une fois pour toutes et je renverrai par la suite au numéro actuel.

« D'autre part, si Monsieur le Président du H.C.F. est un pédant montalbanais, Monsieur Boris Vian est certes un refoulé sexuel car il faut être ainsi pour avoir pu écrire un bouquin infect comme (op. cit.). *Seules les personnes de votre parenté ont pu trouver quelque plaisir à le lire. »*

Pénible Pradal, je ne m'intéresse pas assez aux hommes pour écrire un ouvrage sur le rugby, comme votre critique favori. D'autre part, suivez bien mon raisonnement.

a) si je suis un refoulé sexuel, j'ai dû me défouler en écrivant ce livre, non ?

b) si vous en parlez, c'est que vous l'avez lu ; car si vous en parlez sans l'avoir lu, je ne vois pas ce qui vous autorise ; et si vous l'avez lu, ou bien vous l'avez lu en y prenant plaisir, et vous êtes « *de ma parenté* », ou bien vous l'avez lu sans y prendre plaisir et vous êtes un masochiste et un refoulé. Donc, encore « *de ma parenté* ».

Pardonnez-moi, cher cousin, mais je vais devoir prendre congé de vous, sans publier VOTRE lettre. Le chantage n'a aucun effet sur VOTRE serviteur. Mais je reste à VOTRE disposition pour VOUS botter VOTRE vilain derrière lorsque VOUS monterez dans MA ville avec un beau sourire montalbanais.

VOTRE Boris.

Avril 1954

★ Le *Bulletin du Hot-Club de France* (avril 1954) comporte plusieurs révélations surprenantes.

1º On y découvre des renseignements curieux sur les goûts de M. Hugues Panassié, qui avoue sa passion pour la musique militaire à trois temps (ou très exactement, à 6/8, ce qui, évidemment, n'est pas la même chose vu que c'est un multiple de deux). Il s'agit de « My Buddy » – « *thème que j'aime beaucoup* », précise notre commentateur.

(Moi aussi, d'ailleurs ; mais tel qu'il est écrit il est encore bien plus beau que par Basie, surtout quand on y ajoute des paroles en argot.)

Signalons à notre aimable correspondant que « The Man on the Flying Trapeze », « Bedelia », « My little Persian Rose », et « I'm forever Blowing Bubbles » présentent également un vif intérêt.

★ Évidemment, certains esprits pacifistes vont encore me reprocher mes attaques sournoises contre Notre Père, mais voyez ce que ce grand sournois laisse entendre ! À propos d'une sélection de matrices faites pour un microsillon du « Club Français du Disque ».

Je suppose que ce sont MM. Ténot et Vian (qui ont accablé de leur prose « Liens », la revue du « Club Français du Disque ») les responsables de ce gâchis.

Hein ! c'est gentil, ça ! Sitôt qu'il y a un gâchis, c'est à votre petit camarade qu'on pense !

Hugues, sois sérieux. 1º) Tu sais parfaitement que « Liens » *demande* des articles aux gens (accablants ou non ; mieux vaut accabler les lecteurs de « Liens » que de les faire crever en lisant le *Bulletin du H.C.F.*, y a une nuance). 2º) Tu sais parfaitement que si Vian avait fait ça, il le dirait. 3º) Tu sais parfaitement que le choix des matrices est limité singulièrement pour un disque de ce genre. 4º) Quant au principe présidant à l'établissement d'un tel disque, chacun est d'accord, il n'est pas fameux ; mais on ne peut demander au C.F.D. de publier 50 microsillons d'un coup, dont chacun réservé à un seul musicien. C'est un procédé commercial parfaitement valable que celui de l'échantillon. Je t'embrasse (pour bien leur prouver à tous qu'on s'entend comme larrons en foire).

Juin 1954

★ 22 mai 1954. *Melody Maker.*
Panassié revient sur l'eau. Il avait eu, faut avouer, quelques mots malheureux. Je ne cite pas tout, mais enfin, il se fait engueuler proprement par Duke Ellington, Oscar Pettiford, Stan Kenton, pour ne citer que des musiciens, et je ne parle pas des critiques. À ceux qui me reprochent (c'est ses cousins) de le faire trop souffrir, je ne puis conseiller que de lire le *Melody Maker :* quatre colonnes d'engueulade, c'est plus que je n'en ai jamais fait. Je trouve ça injuste et révoltant.

8 mai 1954. *Melody Maker* qui, de temps à autre, ne dédaigne pas le titre à sensation, présente :
Panassié (le premier critique de jazz de tous) *attaque les Tueurs Froids.*
C'est vache pour Robert Goffin, qui précéda Panassié de quelques années dans la carrière, et notre bon Ansermet que traditionnellement on considère comme le premier. Mais continuons.
Les affirmations les plus saugrenues comme à l'ordinaire, défilent. La plus belle, c'est celle-là. Je crois l'avoir déjà ramassée quelque part. Je la retraduis, le maître ne m'en voudra pas si je trahis son style :
Aussi, je lance un appel à tous les amateurs de jazz du monde : si vous voulez sauver notre musique, aidez-moi.
Car, de toute évidence, le jazz et Panassié sont une seule et même chose. En outre, le Rédempteur et Panassié aussi. De là, à conclure que le jazz et Papa et Dieu sont les trois éléments de la Sainte Trinité, il n'y a qu'un pas (d'acier) que je franchis allégrement.

Ironie suprême, l'article est illustré d'une photo de... Chet Baker !...

Juillet-Août 1954

★ Jamais vu autant de *Down Beat* depuis des années ; et un des numéros, celui du 30 juin, fait ses 140 pages bien tassées. J'hésite à remettre ma démission ; c'est tentant ; mais j'ai des amis à qui ça ferait tellement de chagrin que par bonté d'âme, je vais encore une fois, sonder pour le bien public les mystères du jazz tel qu'on l'imprime. Question de le jouer, chacun sait qu'on n'en joue plus depuis que Sam Schnickelwurst est mort dans l'explosion d'une usine de ballons rouges en 1904.

À tout seigneur tout honneur, laissons la parole à la presse française et plus précisément à notre bon ami André Doutart.

Voici le passage final de l'article où André Doutart présente le « Dictionnaire du Jazz » de Hugues Panassié, œuvre importante puisqu'elle vous dispensera, comme vous allez le voir, de lire les quinze autres ouvrages du maître.

« *C'est un livre de base, d'une gigantesque envergure, qui renferme TOUT, dont chaque page est admirable, et qui n'a peut-être pas d'équivalent dans aucune autre activité humaine.* »

Et hop ! tout le reste au bûcher ! Diderot, d'Alembert et Cie visaient certes beaucoup moins haut ! Quant aux misérables auteurs de la Bible, ils ont écrit une simple paraphrase de *Nous-Deux*.

Septembre 1954

★ Le *Bulletin du H.C.F.* (août-sept. 1954) contient une traduction plus pertinente que jamais de Madeleine Gautier, l'impératrice du blues français. Deux exemples de la richesse du vocabulaire :

Texte anglais : You can knock me down, treat me rough, even kick me.

Texte Gautier : Flanque-moi des peignées, des tanées, des rossées.

Texte anglais : If you'll only come back to me.

Texte Gautier : Je ferai n'importe quoi, mais je t'en prie, reviens.

Telle hardiesse dans l'adaptation (car ce n'est pas une traduction) était déjà le fait de Baudelaire, illustre référence s'il en fut ; cependant Baudelaire avait donné d'autres preuves de son indiscipline, l'on pouvait s'y attendre. Pareille infidélité à la lettre et à l'état du blues nous chagrinent de la part de Madame Gautier. Encore un exemple :

Texte anglais : Now, when your hair drags the ground – bucks are flyin' around.

Texte Gautier : Quand tes cheveux pousseront à en traîner par terre, quand les dollars voleront comme des papillons.

Remarques (par exemple) : Où est « pousseront à en traîner » dans l'original ? Cela dit plus simplement « quand tes cheveux traîneront par terre » (si on veut conserver « traîner » et « par terre »). Bucks est un mot d'argot ; pas « dollars ». Alors il fallait un mot d'argot français. L'osier, l'artiche, les feuilles d'un mètre, la douille, le trèfle (un peu vieux), le grisbi (un peu à la mode), le flouze, le pèze, l'aubert, le pognon, la vaisselle de poche... *cf.* les bons auteurs. Quant aux papillons, c'est une addition poétique de mame Gautier. On aurait pu mettre aussi bien les ptérodactyles, puisque ce n'est pas dans le texte.

Non, madame, ce n'est pas du travail sérieux que de trahir ainsi la race noire.

★ Au hasard du *Bulletin* nous collectionnons les vérités premières. « *Squeeze me* est un des plus beaux thèmes de la musique de jazz. » « Un riff très simple est exposé puis (selon les solistes) répété avec ou sans variantes ; ou encore avec de sobres développements. C'est cela, le blues, et non des variations subtiles. Il s'agit avant tout 1°) de jouer des phrases très simples ; 2°) de leur donner cet accent "low down" qui correspond à l'accent des chanteurs de blues authentiques. Et il faut croire que c'est rudement difficile, puisque en dehors de Mezz (et à un moindre degré, de 3 ou 4 autres musiciens) aucun Blanc n'y est parvenu », etc...

À la limite, on comprend pourquoi Mezz, capable de jouer une note à la fois (en s'y reprenant de temps en temps quand ça canarde) par chorus est évidemment le plus grand ; quoi de plus simple qu'un chorus d'*une* note

Hum... Eh bien, au fond, ce serait encore plus simple et plus sincère de ne pas jouer de chorus du tout. C'est pourquoi, malgré les assertions de Panassié, je continuerai à considérer Aaron Blankenberghe, qui ne joue (mais avec quelle simplicité) sur aucun disque connu, comme le plus grand joueur de blues de tous les temps.

★ Il faut lire les commentaires de Hugues au livre d'Hodeir. C'est un complément indispensable : vous y apprendrez notamment que tout est blanc (comme Kenton) ou noir (comme Mezzrow) et qu'il faut résolument exclure la nuance. Rien que du bleu, du vrai bleu. C'est fort bon.

★ Pana vend sa collection de disques ; il veut acheter les anciens Parker et les premiers Gillespie, ceux avec Joe Marsala et autres. Et il les vend aux enchères, le sauvage ! Coquin va ! Grande ficelle ! On a vu ! T'as pas honte ?

★ *Bulletin du H.C.F.* du mois d'octobre. Toujours une lecture tonifiante. Hugues continue d'élever les murs d'une cité imaginaire en laquelle il est le seul à croire et qui s'appellerait l'Amérique. Il semble s'imaginer que c'est aux États-Unis seulement que les éditeurs de musique paient les chanteurs et les producteurs de disques pour enregistrer leurs morceaux. Cela se pratique partout, et tout le monde le sait. Et je ne voudrais pas marcher sur les traces d'Hodeir, mais cette affirmation cent fois répétée... la voici d'ailleurs :

« *Ajoutez à cela que la musique "progressiste" profite d'une autre particularité : la propagation, depuis des années, dans la musique "commerciale" américaine (et, à sa suite, européenne) d'une harmonisation "moderniste" sans la moindre variété ni richesse mais qui donne aux morceaux sentimentaux un accent gluant et lugubre, accent sur lequel il est de bon ton, par snobisme, d'afficher une prédilection, etc... etc... »*

De deux choses l'une : ou l'harmonisation « commerciale » actuelle est plus simple que l'« ancienne » (mythique d'ailleurs) à laquelle se réfère notre vénéré président. En ce cas, si l'on se rapporte à ses paroles, on doit le préférer, comme on doit en tout préférer la simplicité. Ou elle est plus compliquée, et alors n'est-il pas singulier de lui voir décerner l'épithète double « sans variété ni richesse ».

Et signalons enfin que les pionniers de l'évolution des arrangements « commerciaux » se sont nommés Henderson, Ellington, Mundy, Carter, etc... et qu'ils sont généralement considérés comme des musiciens noirs de talent. En outre on aura intérêt pour éclairer sa lanterne sur le genre sentimental et cafardeux à la mode, à se rapporter – dans le domaine strictement commercial – à des choses telles que *Walkin' my baby back Home* (K. Cole et Billy May), aux chansons de Doris Day (*Mr Tap Toe, Lullaby of Broadway, Fine and Dandy*), etc... toutes des plus lugubres (comme *Allez, Viens,* de Bécaud, en France, ou les chansons tristes de Brassens où l'on voit massacrer des pandores).

Il semble en outre singulier, pour un spécialiste, d'ignorer des magazines comme *Tan* ou *Jet*, lus par des centaines de milliers de Noirs ; ils permettent d'assurer que si les distinctions raciales subsistent en U.S.A. de façon odieuse, le Noir d'Amérique est maintenant beaucoup plus Américain que Noir au sens bucolique où l'entend notre distingué président.

Mais ne détruisons pas la cité de rêve de ce bon Hugues qui se prend pour un vrai petit Kenton.

Novembre 1954

★ En français (si l'on peut dire), rien d'autre ce mois que le *Bulletin du H.C.F.* Il ne s'y passe pas grand-chose, sinon le ronron habituel. L'oraison funèbre de Parker est assez gratinée ; elle vaut qu'on la cite partiellement.

« *Musicien extrêmement doué, Charlie Parker avait fait des débuts de jazzman prometteurs lorsqu'il jouait dans l'orchestre de Jay Mc Shann au début des années 40. Il fut ensuite le principal créateur du "bebop". Même après qu'il se fut lancé dans le bebop, on retrouva souvent du jazz dans son jeu. Mais ses disciples, eux, consommèrent la rupture avec le jazz authentique.* »

C'est bon, hein ?

★ En outre, très méchamment, Hugues insinue que j'ai pas d'oreille. (S'il avait ma paire de feuilles dans son assiette, je gage que ça lui couperait l'appétit.) Il paraît que « *tous les experts s'accordent à reconnaître la qualité de reproduction supérieure des 78 tours* » et que je suis un Khon de penser que le 45 est meilleur. Au risque de scandaliser le grand Hugues, je maintiens ma position. Malheureusement pour lui la technologie est là pour m'appuyer et il aura du mal à persuader un appareil de contrôle du type fréquencemètre que c'est lui, l'appareil, qui a tort. Ah, si l'on pressait (comme cela se fait parfois) le 78 sur vinyle, je ne dis pas que l'étalement de la vibration sur une longueur supérieure ne permettrait pas une plus grande finesse de reproduction, mais d'une part, le 78 souffre du bruit d'aiguille (inhérent *et* à la matière *et* à sa vitesse de rotation), d'autre part le resserrement vers le centre produit dans le cas du 78 entre le pourtour et le centre une différence de qualité acoustique plus accentuée que dans le cas des microsillons (sur lesquels une plage de 3 minutes occupe une zone circulaire réduite) – etc... Hugues chéri, pardonne-moi, mais je persiste dans mon erreur. Dans l'état actuel des choses, si tes microsillons souffrent de pleurage, change ta platine, c'est le moteur qui tourne pas rond. Cela dit, je trouve que ce *Bulletin du H.C.F.* est bien doux. Alors quoi, c'est mort, la guerre du jazz ?

Juillet-Août 1955

★ En langue française, le brigadier René Bonargent m'a envoyé un joli papier déjà vieux extrait de la *Dépêche du Midi* où il y a un très drôle lecteur qui sévit par le truchement d'une lettre. Ce lecteur se nomme Christian Pefourque, élève de la classe préparatoire à l'Institut national agronomique, lycée de Toulouse et je tenais à le remercier de m'avoir fait passer un bon moment. Cher Bonargent, ne vous inquiétez pas de ce genre de manifestations, ça passe comme les boutons sur le nez.

Ce message personnel administré, voyons la presse.

★ En langue française toujours, le seul *Bulletin du H.C.F.* dans ma pile.

Rien à signaler, sinon que notre grand Hugues continue à protester contre le « pleurage » de ses microsillons.

Renvoyons-le à Raymond Lyon, auteur d'un bon petit *Guide de l'Amateur de Microsillons*. « *La cause du pleurage est presque toujours un affaissement de la matrice placée dans le couvercle de la presse. Le pleurage se manifeste sur une seule face. Les fabricants s'en aperçoivent... etc... mais il peut arriver que certains disques "pleurant" soient mis dans le commerce. Ils sont toujours changés à la demande.* »

Hugues, t'es sauvé !

Mais est-ce bien « pleurage » qu'il veut dire ? On a des façons de s'exprimer à soi, au *Bulletin du H.C.F.* (et à *Jazote*, donc !).

★ En outre, Hugues a découvert que la revue *Jazz Magazine* est sournoisement affiliée à *Jazz Hot*.

Hé hé !... qui l'eût cru ?

Septembre 1955

★ Tant mieux pour vous si vous avez eu des vacances : en tout cas, c'est pas la peine de venir m'en parler, ça ne me fera *aucun plaisir* (souligné trois fois). Et pour vous apprendre à faire les malins, je vais vous donner lecture *intégrale* du dernier *Bulletin* du Hot-Club de France et de Montauban. Ah ! vous verdissez, affreux personnages ! Tout compte fait, j'abandonne ce sinistre projet. Je cite cependant un extrait de la page 33, incitant les excités à perdre leur cécité pour lire du Maizereau (il est presque Français, maintenant) du meilleur fût. C'est un extrait d'extrait puisqu'il reproduit lui-même un passage de notre bon confrère *Jazz Magazine* qui fit faire un blindfold test au grand clarinettiste pommelé :

« *Hé oui, Parker était un as du blues. D'ailleurs les quatre premières mesures de ce disque sont jouées parfaitement dans l'esprit du blues. C'est très bon. Puis aux environs de la sixième mesure, il commence ses études d'accords du conservatoire. Et ça, vous voyez il peut le faire parce qu'il connaît la musique. Mais le jazz et surtout le blues doivent pouvoir être joués par des musiciens qui ne connaissent pas la musique »...* etc...

Il apparaît à la lueur de la grande chandelle verte de Maizereau que l'on peut trouver en musique un certain nombre d'accords très spéciaux, les « accords de conservatoire ». Pour ceux qui ne savent pas ce dont il s'agit, je précise qu'un « accord de conservatoire » se prépare en faisant digérer dans un extracteur du Kumagawa onze parties de limaille de plomb, quatre parties de cointreau, une partie de sulfure de barygoule et sept parties carrées de pistoufline oxydée de chez Rhône-Poulenc. On soumet trois semaines à un bombardement de particules alpha et on déglace de suite. Les « accords du conservatoire » ainsi préparés ont un goût analogue à celui de la « bêtise de Maizereau », elle-même voisine de celle de Cambrai.

★ Chose combien étrange, après ces paroles définitives de Maizereau, musicien noir français de race américaine, voici ce qu'écrit un certain Duc Ailingtonne, musicien blanc américain de nationalité noire, dans le programme du festival de jazz de Newport.

« *Ainsi, comme je le disais, le jazz est, aujourd'hui comme par le passé, une question de création pensée et non pas seulement un phénomène instinctif naturel ; et bien qu'il soit impossible, à moi comme à un autre, de brosser un tableau précis de ce qui se produira dans l'avenir, je suis certain que cela se développera pour donner quelque chose de très grand et de très beau. Ce sera une combinaison de l'apport de tous ces gens qui sont supposés avoir reçu un don naturel et du travail de tous ceux qui sortent des conservatoires et introduiront leurs améliorations.* »

Quoi ! Apporteraient-ils leurs accords avec eux ! Non, Ailingtonne, vous n'êtes pas sérieux : d'ailleurs, Maizereau a parlé, fermez donc votre organe d'impuissant !

Octobre 1955

★ Le ravissement dans lequel nous plongent certains, trop rares, articles du Père Hughes Panne d'Acier, n'est pas du tout d'ordre ironique. On voudra bien nous accorder que nous sommes trop imbu de doctrine 'pataphysique pour éprouver, fût-ce un instant, ce sentident mesquin. Non, c'est l'admiration, au sens fort du terme, qui s'épand en notre âme (faute d'un autre mot) à la lecture de ces monuments de 'pataphysique involontaire qui sont, notamment, les articles de doctrine du Père. Un des principes les plus connus de cette science (qui est *la* science) étant celui de l'identité des contraires, on comprendra vite pourquoi.

Mais le *Bulletin du Hot-Club de France* d'octobre 1955 nous comble. Oyez plutôt l'exorde :

« *De nos jours, quand une personne lâche les mots : "il faut évoluer" ou "l'évolution est fatale", ou toute autre formule approchante, vous pouvez être à peu près sûr qu'elle est en train de proférer une sentencieuse sottise. Chaque époque a ses superstitions. Les plus répandues, depuis près d'un siècle, sont celle de l'évolution et du progrès, qui ne diffèrent pas sensiblement.* »

Nous plaçant du point de vue de la logique ordinaire, l'exorde nous suffirait à caractériser le reste de l'article. Telle énormité ne peut entraîner que d'autres énormités plus énormes encore ! D'un côté, l'*évolution*, qui est un *fait*, un fait que chacun peut constater, monsieur Panassié lui-même, sur un exemple simple quelconque ; d'un autre côté le *progrès* qui implique un *jugement moral !*

Commencer par confondre ces deux termes d'ordre essentiellement différent, c'est agiter la bouteille à l'encre avec une mécanique *ad hoc.*

Prenez le cas de Louis Armstrong. Le style de Louis a-t-il évolué ? Certes, depuis le temps qu'il jouait dans la maison de redressement où il apprit la trompette. Monsieur Panassié lui-même nous apprendra qu'il y a plusieurs périodes dans la vie de Louis, qui permettent de distinguer des différences dans sa conception de l'instrument.

Est-ce une évolution ? Ou M. Panassié ne va-t-il pas nous dire qu'il ne s'agit que d'une « évolution statique » (tiens ! il aurait pu l'inventer, celle-là – je la lui ai piquée à temps). Ou qu'en d'autres termes, dès sa naissance, Louis jouait comme ça et que sa technique seule a évolué ? (mais quand ce ne serait que sa technique son jeu en résulte, non ?).

Halte-là ! Monsieur Panassié a prévu (!) partiellement cette botte. À propos de Tricky Sam, voici ce qu'il dit :

« *La vérité, me fera remarquer quelqu'un,* (qui est-ce ?) *c'est que le tempérament musical de Tricky Sam était tel qu'il ne lui était pas possible d'évoluer. C'est tout à fait exact. Et cela démontre précisément l'absurdité du cliché "il faut évoluer". On est obligé de reconnaître son inanité ou de condamner un des plus grands trombones que le jazz ait connus parce qu'en 20 ans de vie musicale, il n'a jamais joué autre chose que ce qu'il jouait le premier jour.* »

Et Hugues ajoute : « *C'est cet impératif* (il faut) *dont vous faites précéder le mot évoluer qui gâte tout. Qu'un artiste change, il n'y a pas à cela le moindre mal, tant que son évolution est inconsciente, c'est-à-dire naturelle. Au contraire, dès qu'elle est* voulue, *c'est-à-dire dès que l'artiste cherche la nouveauté pour elle-même au lieu de la découvrir sur son chemin, sans même s'en apercevoir, au fur et à mesure qu'il se développe lui-même, le danger commence. Le propre du créateur n'est pas de vouloir mais de* pouvoir. *Ce n'est pas ce qu'il a voulu faire, c'est ce qu'il a fait qui compte.* »

Outre que dans cette dernière ligne, Monsieur Panassié nous semble condamner un peu allégrement Monsieur Mézereau qui a toujours *voulu* jouer de la clarinette mais qui n'a jamais *pu*, on admirera à quel point, en peu de lignes, le problème a *évolué* (involontairement) de l'évolution à la création.

Il convient de le redire ici : la pataphysique attend M. Panassié à bras ouverts. Il serait oiseux de lui expliquer ici la différence qui existe en logique entre le mode objectif, le mode sémantique (au sens européen du terme) et le mode formel ou syntactique. Il appert qu'il a visiblement dépassé le stade de la logique.

Nous lui suggérons de confondre maintenant « le progrès » et « les progrès », « l'évolution » et « la révolution », et de multiplier le tout par un même nombre, ce qui ne changera pas grand-chose en l'espèce, même si ce nombre est choisi parmi les infinis ou les voisins de zéro. Et nous conclurons que :

Louis Armstrong, Duke Ellington et Charlie Parker parce qu'ils ont évolué en restant immuables et sans le faire exprès, tout naturellement en faisant des progrès malgré eux, ce qui est un progrès sur ceux qui évoluent volontairement, même s'ils voulaient à l'origine évoluer à rebours, c'est-à-dire revenir aux sources sans lesquelles le blues, musique morte puisqu'elle est morte mais vivante puisqu'on la joue, ne serait que pisse d'âne et raclure de légumes avariés.

Ce que nous sommes prêts à signer Panassié, si toutefois nous avons bien compris la pensée du père...

★ Après un pareil effort intellectuel, on comprendra que nous nous jetions avec soulagement sur la première femme venue. Mais elle ne vient pas, c'est le facteur, et voici une lettre d'un lecteur canadien, Robert Castets, qui a l'amabilité de m'envoyer un extrait de la presse d'un concert J.A.T.P. de Montréal, où l'on apprend, ce qui n'est pas pour nous surprendre, qu'Ella et Lester Young furent les triomphateurs de la soirée (onze mille personnes...). Bien le bonjour, Castets, et merci !

Novembre 1955

★ On retirera de l'interview d'Armstrong par Jacques André dans *Combat* cette surprenante révélation.

— *Si vous aviez l'occasion de former un orchestre, de quels musiciens se composerait-il ?*

— *Je n'ai jamais vraiment choisi mes musiciens et j'avoue ne jamais avoir pensé à cette question. Mon agent se charge de recruter mes musiciens.*

Sur quoi Jacques André de conclure : « *On s'en serait quelque peu douté en écoutant Barrett Deems et Edmond Hall, car Louis Armstrong est un homme de goût.* »

Et Jacques André s'y connaît, le croquignou. Car voici ce qu'écrit le Père des Peuples dans sa bulle de décembre 1955 :

« *Si Barrett Deems n'est pas un drummer de la classe de Cozy Cole (ENCORE QU'IL CONNAISSE BIEN SON MÉTIER...).* »

Et, un peu plus loin « *Edmond Hall ne s'exprime pas dans le style de clarinette que j'affectionne et je ne pense pas qu'il convienne aussi bien à l'orchestre que Barney Bigard dans les improvisations collectives* »...

Jacques André n'a donc pas tort ; cependant cette phrase sur Barrett Deems me tarabuste. Suffit-il donc de connaître son métier pour jouer avec Louis ? Alors Maizerot est un crétin, puisqu'il a dit le contraire y a pas si longtemps ?

Panassié, je te parle sérieusement. Si tu continues à jeter le trouble dans ma cervelle grosse comme une noisette, je te jure que je vais m'inscrire au Cercle des Amateurs de Billard de la Place Clichy et ne plus écouter que Machault et de la Halle. Panassié, je t'en conjure, ne piétine pas comme ça mon Maizerot. Moi j'y crois, à ce type-là. Je suis sûr qu'à la longue, il finira par très bien jouer de l'accordéon.

★ À lire le commentaire de Pana sur les disques CID, *Louis Armstrong at the Crescendo*, on peut être sûr qu'il est pour quelque chose dans leur sortie en France. Ça fait neuf pages. Et comme le dit le père : « *croyez bien que je ne vous ai* rien *dit* » !

Ce qui est absolument exact, d'ailleurs !

★ Relevons encore dans ce merveilleux petit bulletin jaune et bleu (c'est dire sa neutralité, c'est les couleurs du drapeau suédois) cette perle d'un suave orient :

Exclusion. Le Hot Club de Strasbourg est exclu du H.C.F. Motif : organisation d'un concert Chet Baker.

Et allez donc ! des vrais petits adjudants, ces gens du heuceufeu.

Et avec le motif, m'comprenez. Mais Pana, pauvre khruche, t'as donc pas compris que le Hot Club de Strasbourg avait tout préparé pour zigouiller Chet Baker sur scène ? Tout était prévu. Au milieu du concert, discrètement, une ouvreuse complètement nue arrive avec un grand panier d'orchidées à trois francs en criant « Demandez nos délicieuses saucisses chaudes ! » (il y a un jeu de mots terrible, mais j'ai pas encore compris lequel). Bon. Chet Baker s'arrête, interloqué, et il avale son embouchure (on l'a graissée subrepticement avant le concert). Bon. C'est rien, on n'a rien vu, l'attention est distraite par l'ouvreuse. Un joueur de vielle prend la place de Baker et commence de jouer *Ah, les petits pois* pendant qu'un médecin marron (la revanche des Noirs) opère d'urgence Baker à la manière de Fernand Raynaud. Bon. À ce moment-là, tollé général, l'ouvreuse sort. Break de batterie (on n'entend rien, mais on sous-entend un truc à vous couper le souffle). Baker est recousu, recommence à jouer et s'effondre, abattu d'un coup de hache par le joueur de vielle qui éclate d'un rire démoniaque. (C'est Paul Léautaud.)

Avoue que c'était bien combiné. Ah, Pana, tu me fais de la peine ! Que tu me fais de la peine !

Janvier 1956

★ Panassié s'est enfin défini lui-même dans un de ses articles inoubliables du *Bulletin du H.C.F.* Sonnez, trompettes ! Il est enfin d'accord avec nous ! Voici la chose :

« *Sans compter que nous autres, nous ne condamnons pas le bop, contrairement à ce qu'ils prétendent. Nous constatons que ce n'est pas du jazz et nous le disons. Or en faisant cela, il paraît que nous sommes "sectaires". C'est aussi stupide que si l'on accusait de "sectarisme" un maître d'école expliquant à ses élèves en quoi la prose n'est pas poésie.* »

Oyez, fidèles ! Papa n'est pas le Pape, c'est le *Pédant* (voilà pourquoi il surnomme toujours Hodeir « *Pédant zazotteux numéro un* », titre un peu long mais qui, on le voit aujourd'hui, est plutôt l'hommage d'un maître à son égal). Et l'on voit en filigrane s'amorcer une petite promesse de changement d'attitude qui ne sera peut-être pas aussi spectaculaire que le Grand Retournement des Trompes d'Autobus Lestériennes, mais qui pourrait bien surgir un jour. Mais entendez la suite :

« *que le bop ne soit pas du jazz, nous l'avons prouvé par des études techniques* (sic) *que les apôtres du bop n'ont jamais essayé de réfuter – et pour cause !... »*

Ces études techniques ont dû échapper à votre vigilance, partiellement au moins...

Mais au fait, peut-on vous poser une question, mon gros Nunugues ?

Qui entretient ce mythe du bop ?

Qui le mythe du bop aide-t-il à vivre en lui donnant une matière fructueuse alors que tout le monde aujourd'hui se moque éperdument d'un mot journalistique ayant servi à désigner une chose parfaitement réelle et que Nunugues lui-même ne peut effacer ?

Qui ? Mais le bop ! et il n'est pas reconnaissant ! Oh, Papa ! C'est quand même gamin, ces trucs-là !...

(Au fait, à propos de sectarisme, *qui* a exclu le H.C. de Strasbourg du H.C.F. parce qu'il avait organisé un concert Chet Baker ? Peut-être que Chet est un bopper, aussi ?)

Et puis si vous avez remarqué, personnellement bien que non apôtre du bop, mais de certains musiciens, j'ai *toujours* réfuté les études techniques de Panassié avec le plus grand soin. C'est ma raison de vivre : répondre à Panassié. Les autres, il y a longtemps que ça ne les fait plus rire. Mais moi, je ne vieillis pas...

Arrêtons le quart d'heure de fantaisie pure pour revenir aux affaires sérieuses. Voici Jeanine Parot qui nous assène une définition à la Pana : « *Le concert donné il y a un an, je crois, par Lester Young, Buddy De Franco, Oscar Peterson et quelques autres dans le cadre des concerts J.A.T.P. était un exemple de "cool"... »*

Allez vous réchauffer, mes minets !

Avril 1956

★ Presse française : rien de spécial à signaler sinon un papier assez marrant d'Olivier Keller et Jacques Cosson, dans le *Bulletin du H.C.F.* Il s'agit d'un reportage sur les boîtes de New York et ça conclut ainsi : *Tout ne va donc pas si mal, surtout qu'en terminant, nous tenons à vous faire remarquer que dans toutes nos périgrinations* (sic) *nous n'avons pas entendu une seule note bop. Il est vrai que nous n'avons pas mis les pieds au Birdland, où la pauvre Dinah Washington devait avoir bien du fil à retordre avec les musiciens « progressistes » qui l'accompagnent ni au Basin Street, où J.J. Johnson se produisait avec Kai Winding...*

1° Pas mal, hein ! D'abord, ce texte canonique nous apprend l'existence de la note bop (qu'il ne faut pas confondre avec la note blue ; la note est la racine cubique de l'intégrale des équations du champ de gourdes tel qu'il est cultivé par le H.C.F. dans ses terres de Montauban).

2° J.J. Johnson et Kai Winding jouent de la musique bop ou sont des musiciens progressistes, au choix. Ce qui ne manquera pas de surprendre leurs amis.

3° Dinah Washington a tout juste assez d'oreille pour se dépêtrer d'un do majeur sol septième, et encore !...

C'est elle qui va être surprise.

Rien d'autre dans le *Bulletin du H.C.F.* sinon une page de publicité pour Ducretet qui annonce *Zoot Sims* avec Jon Eardley. Ce Jon Eardley ne joue-t-il pas comme Chet Baker ? et cet Henri Renaud n'est-il pas un abominable progressiste ? La galette n'a pas d'odeur : on dira du mal de Chet Baker, mais on sera bien aise de palper la page de publicité.

En vérité, je vous le dis, il y a quelque chose de

pourri dans le royaume de Panassié. Un bulletin aussi lu que le *Bulletin du H.C.F.* ne devrait pas avoir besoin de publicité pour vivre ; ce sont les revues ridicules comme *Jazz Hot* à qui c'est nécessaire.

Juillet-Août 1956

★ Les légendes commencent à toute heure : relevé dans la critique du microsillon *Urbie Green*, in le *Bulletin du H.C.F.* « *Les solos sont plus ou moins "progressistes" sauf ceux de Ruby Braff, mais ce dernier étouffé par l'atmosphère lugubre, ne joue pas aussi bien que de coutume.* »

Ruby Braff est en passe de devenir un vrai génie de la trompinette, qu'on se le dise !

★ Un peu plus loin : « *Au point de vue purement TROMPETTE, je pense que Louis Armstrong excepté, nul musicien n'a mieux maîtrisé l'instrument que Charlie Shavers.* » Heureusement que Charlie est enfin découvert... ça ne fait guère que quelques lustres qu'il joue...

★ Et comme je vous le disais plus haut, dès le numéro suivant (sept. 56) Ruby Braff est sacré génie ; et on publie une lettre de lui. Voici un exemple de son discernement critique (sans offenser Ruby) :

« *Pee Wee* (*Russell*), *ils l'ont remarqué parce qu'il est amusant, mais c'est le seul clarinettiste qui ait donné à l'instrument une voix dans la musique de jazz.* »

Eh bien... et Mezz, alors ! Ça c'est du culot !

(Moi, à la place de Ruby, j'aurais tout de même pas oublié Omer Simeon et Barney Bigard. Mais je suis un pauvre khonnard).

Octobre1956

★ On ne sait où trouver des palmes assez grosses pour éventer le chef brûlant de notre Pape qui pense de plus en plus et dont le papier de tête du *Bulletin du H.C.F.* de novembre, intitulé « un préjugé sur l'art », est colossal. En réponse à un article de Lucien Malson (baptisé astucieusement Sonnemal, ce qui est du meilleur XVIII e), notre Hugues chéri a réussi à battre de plusieurs longueurs le record de la khonnerie élaborée qu'il tenait depuis toujours sans concurrents sérieux. À présent, il va tellement loin qu'il distance d'au moins sept mille coudées sacrées le plus proche de ses glorieux suiveurs.

Selon Gugusse, en gros, si un saxo ténor est capable de jouer suffisamment bien pour que l'auditeur le prenne pour Ben Webster, il est aussi grand que Ben Webster.

Je ne m'appesantis pas sur cette merveilleuse découverte. Voici la fin du papier.

« *Le zazotteux* (c'est Malson) *oppose novateur et disciple. Cela n'a pas de sens. Tout novateur a commencé par être disciple. Tout novateur digne de ce nom. Car nouveau n'a jamais été synonyme de beau.*

« *De toute façon, répétons-le, les grands artistes innovent très peu, dans le sens absolu du mot. Ou plutôt chacun a une manière nouvelle d'utiliser des phrases qui ne sont pas nouvelles. Les phrases jamais entendues sont rares en musique (comme en littérature). C'est la manière de jouer ces phrases, de les enchaîner entre elles, qui les fait paraître nouvelles, qui les re-nouvelle, qui leur redonne fraîcheur signification, relief, vie. C'est là que réside la création...*

« *Ceux qui ne comprennent pas cela ne comprendront jamais rien au jazz.* »

C'est-y pas merveilleux ? On ne sait par où commencer. On en déduit certaines vérités de base.

1o) Tous les écrivains sont des disciples de Larousse (Larousse le Petit, qui franchit la Bérésina en 1857 à cheval sur un tube d'aspirine.)

2o) Tout novateur ayant été un disciple, le jazz existe depuis Adam.

3o) La mathématique est fausse. En effet, bien que le nombre de combinaisons de notes et de silences encore possibles soit quelques millions de fois supérieur à celui des phrases existantes, ça ne compte pas et il ne peut y avoir de phrases nouvelles en musique ! (naturellement, le timbre, l'instrument, la sonorité, le swing, ne comptent pas... y a plus que la phrase).

4°) Einstein est un abruti : n'écrit-il pas (page 18 de *Comment je vois le monde*) :

« *Il n'y a que l'individu isolé qui puisse penser et par conséquent créer de nouvelles valeurs pour la société...* »

Mais n'insistons pas, et saluons le chorus de Gillespie dans *Algo Bueno* : il le tient, par la filière habituelle, du neveu de Pépin le Bref qui l'avait retrouvé sur une fresque étrusque importée 8 000 ans avant l'ère chrétienne par l'empereur du Mexique à la demande de sa grand-mère qui se souvenait l'avoir entendu etc...

Décembre 1956

★ *Paul Bourrienne* me reproche de continuer ma « déstalinisation » pendant trop longtemps (il s'agit en fait de la Dépanassification). Mais si je ne parle plus d'Hugues, qui va en parler ? Et où trouverais-je des choses drôles sinon dans le *Bulletin* ? En tout cas, en ce qui me concerne, Stan Kenton est *toujours* à mettre au feu, cher Bourrienne. (Enfin, ses disques, pas lui...)

Février 1957

★ Comme d'habitude, commençons (d'ailleurs c'est faux je n'ai pas d'habitudes, sinon de mauvaises ; mais ma vie privée ne vous regarde pas) par le *Bulletin* du Père, le bulletin du Ote-Club de France, ainsi nommé parce que tous ses membres sont radiés les uns après les autres par Hugues Panassié.

Il y a deux choses passionnantes pour nous dans ce recueil :

1°) *Le jazz, musique non-conformiste,* un article de Hugues Panassié. Cet homme semble avoir découvert Satie récemment. Gageons qu'aux alentours de 1980, il s'apercevra de l'existence de gens comme Webern.

Bref, Hugues stigmatise en quelques lignes vigoureuses, les conformistes, tel Victor Hugo qui a écrit des trucs genre tour de potier, en mieux.

« *Le Hot-Club de France est une des rares associations existantes qui se refusent à accorder le moindre pouce de terrain à l'esprit conformiste. Nous avons rejeté tous ceux qui voulaient sacrifier au veau d'or conformiste – et nous continuerons à les rejeter* »...

Ainsi s'exclame Hugues, vengeur ; et d'exclure joyeusement, page 35 du même numéro, *messieurs Pasteau et Maugé, tous deux de Bordeaux.*

Qui ont sans doute commis le péché de ne pas se conformer au non-conformisme bien personnel de Hugues.

Cher Père de nous tous, peut-on vous dire un mot sur le conformisme ?

Il y a des gens (fort malins) qui ont inventé une expression : « Conformisme du non-conformisme ».

Gardez-vous de croire que je veux vous l'appliquer, mon Père ; ces gens sont une autre forme d'hypocrites. Ils ont tort, et le non-conformisme a raison ; car si l'on considère *un* conformisme, il y a en regard une infinité d'anti-conformismes.

Et votre tort n'est que d'en garder *un* seul – qui devient alors un conformisme nouveau, effectivement.

Votre tort, mon Père, qui nous consterne tous, et particulièrement mon ami Demètre Ioakimidis et moi-même, férus que nous sommes des logiques non-aristotéliciennes, lesquelles nous apprennent notamment (comme si nous ne le savions pas, je suis trop modeste) que le noir a une infinité d'autres contraires que le blanc.

Mais ne nous égarons pas. Tout cela est pour votre bien, et pour ne pas vous laisser mourir dans l'erreur.

★ **Deuxièmement.**

Cinq questions aux thuriféraires du be-bop et du cool.

Ne croyez pas, mon Père, que je veuille répondre à ces cinq questions pour ce que je me considère comme un de ces thuriféraires. Vous et moi n'ignorons pas que thuriférer n'est pas jouer, et qu'il importe surtout de laisser jouer les musiciens, même ceux que nous désirerions voir se taire. Il faut que ces jeunes gens modernes gagnent bien leur vie pour pouvoir acheter les disques de nos grands anciens.

Mais voici ces cinq questions (avouez, Hugues, que je vous fais de la réclame ! Que voulez-vous, vous êtes ma faiblesse).

1. — *Pendant des années, vous avez affirmé que le jazz était essentiellement une musique de danse. Si le be-bop est du jazz, comment expliquez-vous qu'aucun orchestre be-bop ne soit engagé dans les dancings noirs (Savoy, etc.) ; mieux, que les orchestres be-bop ne jouent que dans des établissements où il n'y a pas de piste de danse ?*

2. — *Pendant des années vous avez affirmé qu'une des caractéristiques fondamentales du jazz était la technique instrumentale expressive modelée sur la technique vocale noire, celle des chanteurs de blues et de spirituals, avec de nombreuses notes tenues, infléchies, fortement vibrées. Si le bop et le cool sont du jazz, comment expliquez-vous le remplacement de cette technique instrumentale typiquement noire par la technique blanche des conservatoires ?*

3. — *Pendant des années, vous avez loué des musiciens de jazz en disant qu'"ils chauffaient" ou "qu'ils faisaient chauffer" un orchestre. Si le cool est du jazz, comment expliquez-vous qu'il soit interdit aux musiciens cool de "chauffer" ?*

4. — *Croyez-vous savoir mieux qu'un jazzman ce qui est du jazz et ce qui n'en est pas ? Si non, comment osez-vous prétendre que le bop est du jazz, alors que tous les jazzmen ont dit le contraire ?*

5. — *Croyez-vous savoir mieux qu'un bopper si le*

bop est du jazz ou non ? Si non, comment osez-vous
prétendre que le bop est du jazz alors que Charlie Par-
ker a formellement déclaré le contraire ?
  Nous attendons les réponses à ces questions.

Voici mes réponses personnelles à ces cinq questions. Considérez-moi, s'il vous plaît, comme un thuriféraire des musiciens en général, Noirs ou Blancs, classiques ou « jazz » – je préfère thuriférer, disais-je, des gens plutôt que des mots. Et j'aime assez les gens pour leur laisser le droit d'avoir leurs idées personnelles sur ce qu'ils ont envie de jouer.

1. — C'est *vous* qui répétez ça depuis des années, mais nullement les thuriféraires bop et cool à qui vous vous adressez. Donc, question idiote.

2. — Même réponse. C'est *vous* qui avez dit ça. Certains ont pu le répéter ; la faute à qui ?

3. — Il y a une probabilité (peu élevée, mais certaine) pour qu'une casserole d'eau posée sur un réchaud à gaz allumé se congèle. Cela est un fait scientifique. Pourquoi le cool ne chaufferait-il pas ? Au fait, qu'est-ce que le cool ?

4. — Et vous ? Et pourquoi utiliser ce vieux mot « bop » ? Lester Young, à ce moment, a fait du bop avant Gillespie ; et si Gillespie est un bopper, Parker n'en est pas un, car leurs styles sont totalement différents ; et si Parker en est un, c'est le seul, car il a un style unique ; donc Dizzy n'est pas un bopper ; etc.

5. — Voir réponse à la question 4. Ou Charlie Parker était un bopper, et il n'y a qu'*un* bopper, c'est lui puisqu'il est unique. Ou il n'en est pas un, et alors comment peut-il parler du bop ? Donc son avis ne signifie rien.

Cher Hugues, voici cinq réponses. Honnêtes et cristallines. Ne dites pas que personne ne vous répond jamais – peut-être que la rédaction du *Figaro* ne vous répond pas, mais nous ne sommes pas comme ça, ici.

Et vous verrez qu'Hugues négligera ma réponse pourtant si satisfaisante. La raison en est simple : il a peur de moi parce qu'il sait qu'en France, je suis le seul à être de plus mauvaise foi que lui quand l'envie m'en prend. Il sait aussi que sans moi, on l'aurait oublié depuis des lunes à *Jazz Hot*, alors on s'aime bien quand même.

Et il cherche, non pas frénétiquement, mais avec une certaine persistance, du gruyère authentique. En disques ronds avec des trous. Je signale.

Mars 1957

★ De *D.B.*, une information (20 fév. 1957), Dizzy, on le sait, a été empêché de jouer au Civic Auditorium de San Francisco. La raison ? En gros, « Musique de sauvages », le vieil argument !

Mais comme Dizzy ne fait pas partie des bons nègres, des élus du Père, ne vous attendez pas à voir Pana protester. Il est probable qu'une certaine « ségrégation dirigée » ne déplairait pas à divers critiques à l'esprit large.

★ À propos, au fait, on se demande où les lecteurs de *Jazz Hot* ont les yeux. Quelle idée de protester contre la nomination de Hugues à la R.T.F. comme conseiller, alors que le préposé à la direction n'est autre qu'un certain Delaunay. Ça n'a frappé personne, non ? Ouvrez vos œils, jazz fans !

Avril 1957

★ *Jazz Journal* a changé sa couverture et se met dès avril 1957, à ressembler comme un frère à *Jazote*, dirait-on. À cela près que le premier article y est de Yannick Bruynoghe. Au même sommaire, Panassié. Et on dit que l'Angleterre exporte ! Naturellement, Pana égrène quelques souvenirs, et comme par hasard ceux du jour où Basie enregistra... *Panassié Stomp*. On n'est jamais si bien servi...

★ Pour répondre à un article de notre cher Pape paru dans le *Bulletin du H.C.F.* d'avril, je vais exposer ici quelques faits connus. Voici le point. Dans cet article (pages 5, 6 et 7 du *Bulletin*), le sire de Montauban s'étonne : « *Nous le savons bien au H.C.F. ; chaque fois que sont venus des jazzmen noirs à Paris, nous avons été les seuls à les fréquenter, n'apercevant jamais l'ombre d'un zazotteux autour d'eux.* » Ainsi, conclut notre bon apôtre, aucun zazotteux n'est capable de dire un mot sur le jazz, puisqu'aucun ne se renseigne aux sources.

Hum ! Cela mérite quelques commentaires. Il est exact que lorsqu'un musicien du genre Hampton, Armstrong ou autre représentant de la vieille garde classique arrive à Paris, on évite de l'approcher. Car le Pape, son Egérie et sa Clique de longues oreilles font un tel battage autour d'eux qu'on est dégoûté d'avance de voir cet ignoble lèchecultage, même lorsqu'on serait obligés, pour des raisons techniques ou professionnelles, de parler aux musiciens en question. Puisque notre Montalbanais le plus précieux aime les faits précis, en voilà quelques-uns. Il se trouve que d'abord, je travaille chez Philips, qui exploite en France le catalogue américain Columbia. Ce n'est pas un secret ni un mystère. Lors de la dernière venue de Louis à l'Olympia, comme nous avons, chez Philips, pas mal d'enregistrements de Satch, nous eussions aimé prendre Trummy Young pour une séance. Je me suis donc rendu à l'Olympia avec mon coéquipier Denis Bourgeois. Et là, je n'avais pas plus tôt commencé à bavarder avec Young que j'ai aperçu, entre ma bouche et son oreille, entre sa bouche et mon oreille, deux, trois ou même quatre autres oreilles appartenant à quelques indiscrets dégingandés portant l'insigne du H.C.F. ; au loin, dans la coulisse, le Pape et Madeleine montaient une garde jalouse autour de Louis. Cela suffit à vous dégoûter de n'importe quel projet ; il y avait là Kurt Mohr, qui travaillait alors chez Vogue, maison concurrente de Philips ; je vous avoue que ça ne m'a nullement gêné de parler à Kurt de ce que nous voulions faire, mais le ridicule espionnage de ces miteux analphabètes me soulevait le cœur. Cela expliquera peut-être à Panassié pourquoi lorsqu'on sait qu'il est là, on évite d'y aller ; et comme lui n'a jamais foutu les pieds dans la loge de Charlie Parker (musicien qu'il découvrira comme il a découvert Lester, avec vingt ans de retard), il serait bien en peine de savoir qu'autour de Dizzy, John Lewis, Parker, Garner, McGhee, Miles et vingt autres, le zazotteux a toujours foisonné. De la bouche de Kenny Clarke, musicien noir, nous avons ainsi pu recevoir quelques jugements non sans saveur sur un certain Dieu Blanc de Harlem.

Cela dit, je voudrais bien que notre Hugues me verse un pourcentage sur ses droits d'auteur ; sans moi, qui parlerait de lui ? Mais c'est que je suis un de ces zazotteux sincères et honnêtes qui prennent la peine, le carnet à la main, de recueillir les propos des grands... Assez pour ce mois-ci, j'ai fait mon devoir...

Juin 1957

★ J'apprécie spécialement la page 1 du *Jazz Bulletin* n° 15 de juin du H.C. Marseille. Sous un dessin représentant Illinois, voici la légende :

Dans ce numéro, aucun article ne parle de Illinois Jacquet.

Moi qui suis jeune de caractère, ça me fait rire. Vivent les gens gais.

Ce disant, je vais à l'encontre du lecteur Mick Bouchard qui, en page deux dudit bulletin, écrit à Bompar. Je veux préciser :

a) Que personnellement, je trouve *heureux* que Bompar et son équipe, outre qu'ils disent les choses, donnent à leur journal un ton, qui est bien près d'être un style. Ce sera un style quand chacun d'eux aura le sien ; mais le journaliste, outre qu'il informe, a aussi le droit de choisir son style, sans se contenter d'être une sorte de machine à digérer l'information (à mort le digest et le rewriting ; et là, mes enfants, je sais de quoi je parle...).

b) Qu'en ce qui concerne Pana, je ne continue,

depuis si longtemps, à l'asticoter que parce qu'il continue, depuis si longtemps, à user de procédés dégueulasses dans le monde du jazz, essayant de faire mettre
à la porte des rédactions les jeunes qui réussissent à
obtenir une rubrique, etc. Cela revient à dire que chez
lui, le critique de jazz, tout limité qu'il est, ne me gêne
nullement, mais que l'homme se conduit mal à mon
avis. Quand on cessera d'apprendre tous les trois
mois que ce bon apôtre, par le jeu de la correspondance, s'est livré à son sport favori, le débinage, on
cessera de dire du mal de lui. Je ne joue pas les saint
Georges, et il n'a rien du dragon ; il se trouve que, par
la grâce du Père Ubu, mon innocence, malgré mon
grand âge, est encore suffisante pour me permettre de
dire noir sur blanc ce que je pense, et sans prendre
de gants... et j'ai horreur des gens qui font des petites
saloperies par-derrière.

Que Bompar me permette ainsi d'apporter mon
grain de sel à la Caspienne de cette polémique revigorante, qui n'est pas la mienne, mais qui est marseillaise, et par là même, bien française, messieurs,
garde à vous, la république nous appelle...

Juillet-Août 1957

★ Comme tous les ans, mais jamais à la même époque, voilà que j'ai pas du tout envie d'écrire une revue
de presse ; j'ai pas du tout envie d'écrire autre chose
non plus, ce qui fait que je vais finir par une revue
de presse, mais avouez que c'est là une abominable
situation. À quand un *Jazz-Hot* mensuel sur microsillon ?

Mais on va me dire que ça sera trop cher ; il est
vrai qu'à ce moment-là on pourra n'y mettre que de
la musique. Quel jour béni, on verra les Chérubins
enfiler des culottes de velours noir à boutons mauves
et descendre place de la Concorde en soufflant dans
des cornemuses. Mais voilà qu'une fois de plus, nous
nous égarons.

Cependant, je lis, je lis, et je ne vois rien dans ce que je lis qui me paraisse digne de vos œils vénéneux, mes lecteurs adorés. Je vous avoue que dans le creux de mon intime, je professe l'opinion dont à laquelle j'extrais le résumé suivant, à savoir comme qui dirait que tous ces gens qui écrivent sur le jazz-band et ses dérivés sont des malheureux.

Des malheureux, parce que d'un côté, ils sont très peu ou pas du tout payés pour écrire ce qu'ils écrivent. S'ils devaient vivre avec ce que ça leur rapporte, ils seraient déjà morts, ce qui résoudrait avantageusement le problème, mais ils ne sont pas morts ; donc ils vivent d'autre chose, et c'est comme ça que ça continue. En outre, ils n'ont rien à faire, sûrement. Donc ce sont des rentiers. Ou des maniaques. Ou des rentiers maniaques.

Ou des pas rentiers assez maniaques pour accepter tout à condition d'écrire.

Des gens pas propres, quoi.

★ Alors revue de presse.

Honneur à Hugues. Dans son *Bulletin du H.C.F.* de janvier 1958, Hugues se fait l'écho d'un article de Sinclair Traill, paru dans le *Melody Maker*, dont il donne ainsi le résumé.

« *Une compagnie de disques de Londres avait décidé d'enregistrer des solos de piano d'Earl Hines avant que celui-ci ne regagne les États-Unis. Le Syndicat des musiciens anglais ayant refusé son autorisation, on envoya Earl Hines faire ses disques dans un studio de Paris. Earl Hines avait demandé à être accompagné par Kansas Fields et Pierre Michelot. Lorsqu'il arriva au studio d'enregistrement, il se trouva en présence d'un batteur nommé Gus Wallez, du bassiste Guy Pedersen, et on lui dit que Kansas Fields et Michelot étaient indisponibles ayant du travail ce jour-là. L'enregistrement eut donc lieu avec les deux musiciens ci-dessus et il y eut des moments laborieux, le bassiste ne connaissant pas les harmonies des morceaux qu'Earl Hines voulait enregistrer.*

« *La séance terminée, Earl Hines circula pendant quelques heures dans Paris et se trouva nez à nez avec Kansas Fields qui lui dit qu'il n'avait pas eu le moindre travail ce jour-là et que personne ne lui avait demandé de faire cette séance d'enregistrement...*

« *...N'est-il pas honteux qu'on ne laisse pas un jazzman enregistrer avec les musiciens de son choix, principalement lorsqu'il choisit justement le meilleur batteur disponible sur la place de Paris ?...* »

Cette histoire me fait beaucoup rire. Parce que la compagnie, c'est Philips et que c'est moi qui me suis occupé de la séance, alors je la connais plutôt mieux que mon vieux copain Sinclair, l'histoire.

Le vendredi en question, à 13 h 15, coup de téléphone de Hollande : « Hines arrive de Londres à 4 heures, il veut Michelot, enregistrez-le ce soir. »

C'est tellement simple, n'est-ce pas... surtout quand Michelot joue à Charleroi avec Bolling, ou dans un coin comme ça... Bref – et je vous jure qu'il y avait autre chose à faire ce vendredi-là – on téléphone tout l'après-midi en quête de batteurs et de bassistes, finalement Gus Wallez (c'est un excellent batteur, celui de l'orchestre de Michel Legrand) accepte malgré une grippe carabinée de venir à 21 heures, et Pedersen se trouve par miracle chez lui. Quant à Kansas Fields, je serais ravi d'avoir son numéro de téléphone...

Je vais chercher Hines à Orly à quatre heures. Il est accompagné de Sinclair, qui a déjà un bon petit coup de cognac derrière le gilet. Hines s'endort dans le taxi. On arrive à son hôtel. Il monte dans sa chambre et continue à dormir. Entre-temps, on fait réaccorder le piano de concert et on s'occupe du côté technique.

À neuf heures, on commence cette séance « laborieuse », si laborieuse qu'en quatre heures on a gravé seize plages, sans compter les ratés !

C'était vraiment laborieux. Si seulement on en faisait autant chaque fois !...

Et les « dirigeants » avaient tellement mis leur veto

à Kansas Fields que je vous garantis que son nom n'a même pas été évoqué par eux... En outre, la séance terminée, il était une heure trois quarts du matin ; si Hines a circulé quelques heures, il a dû rencontrer Kansas à une heure à laquelle j'aurais personnellement été incapable de le voir... avant ou après, because on se lève tôt, que voulez-vous.

Mais ce qui me suffoque le plus, c'est que mon vieux Sinclair ait été capable d'écrire après ce qu'il avait bu comme cognac...

Tous ces détails pour confirmer le début de cette revue de presse. C'est vraiment idiot les gens qui écrivent sur le jazz sans savoir comment les séances ont lieu (ou en faisant semblant de ne pas savoir).

Est-ce que vous vous imaginez qu'on prépare bien une séance d'enregistrement en deux heures ?

Cozy Cole, pour ne citer que lui, était parfaitement libre de venir avec Hines. Mais Cozy Cole coûtait 300 ou 400 dollars de plus, et le voyage.

J'aurais été ravi d'avoir Kansas. Mais est-ce que vous pensez aussi qu'on peut trouver qui on veut en un après-midi ? (dont quatre heures sont déjà perdues en allées et venues).

Et croyez-vous, en définitive, que ce soit très malin de juger la séance, *qui est excellente*, sans l'avoir entendue ?

Ou encore, Hines a-t-il eu raison d'accepter de graver un LP entre deux avions ?

Toutes ces questions sont aussi ineptes les unes que les autres ; le seul fait est là : chacun a fait de son mieux à cette séance, sans compter les techniciens qui se sont envoyé une journée de 17 heures... Hines est un grand pianiste, c'est la seule chose qui compte. Quant à Pedersen et à Wallez qui l'ont fort bien accompagné, je les remercie publiquement d'avoir accepté de travailler au dernier moment avec tant de bonne grâce.

Et vive le jazz, hein, c'est si gai...

Ce qui précède (indépendamment de l'avantage indéniable que votre instruction générale en retirera) n'est pas fait pour encourager qui que ce soit à pour-suivre l'exégèse des œuvres enregistrées.

Ni l'exégèse des exégèses.

Ça ferait plutôt rire... Et j'ai envie de rire, pour me reposer.

Et l'opinion des musiciens, on l'a trop citée, et on a trop fait fond sur elle. À la disposition de qui vou-dra une bande magnéto où Erroll Garner déclare – et personne ne l'a forcé, je vous jure – que ce qu'il aime jouer, c'est pas les morceaux qui swinguent, c'est les ballades bien douces...

Février 1958

★ Le *Bulletin du H.C.F.* publie une intéressante com-munication du Général Mac Arthur (mars 1958) en page 6, et prétend avec une immonde mauvaise foi que j'use d'un procédé dilatoire lorsque j'affirme que mon vieux pote Sinclair Traill en avait un bon coup dans le nez durant un enregistrement d'Earl Hines dont il a été question. Puis (pour me faire perdre une place durement acquise au prix de vingt années d'ef-fort), ce dégoûtant d'Hugues ajoute (oh, le fielleux polisson) :

« *Eh bien, franchement, le moins qu'on pouvait espérer de la personne qui dirige le département jazz chez Philips, ce serait d'avoir le numéro de téléphone d'un des rares grands jazzmen noirs se trouvant en per-manence à Paris.* »

Suit le numéro de K. Fields (merci M. Panassié). Mais, j'éclaire, bénévolement, mon aimable corres-pondant. Le département jazz de chez Philips n'enre-gistre pratiquement pas et passe son temps à essayer de regrouper des plages d'Ellington, de Basie, etc., éparpillées au hasard de consternants montages, et provenant de divers catalogues Columbia, Okeh, Vocalion, etc.

Quant à Sinclair... Eh bien, Hugues, faudra demander aux techniciens ce qu'ils en pensent...

Mais peut-être sont-ils à ma solde ? (Hélas... j'ai pas les moyens.)

Avril 1958

★ La plus fantastique de toutes, je m'excuse, je ne l'ai pas cherchée mais elle est assez grandiose pour qu'on tire son chapeau, c'est l'annonce qui paraît dans le *Bulletin du Hot-Club de France*, page 35, et que voici :

AMATEURS DE JAZZ,
FAITES VOTRE TESTAMENT

« Il est encore rare (malheureusement) que le goût pour le jazz d'un amateur soit partagé par les autres membres de sa famille. Et s'il arrive au possesseur d'une belle collection de disques de jazz de mourir, ses disques sont dispersés au petit bonheur, etc.

....

« Amateurs de jazz qui possédez une collection, ne soyez pas égoïstes pensez à ceux qui continueraient à aimer le jazz après vous et grâce à vous : rédigez votre testament... »

Ça égaie une revue, ça non ? Moi, ça me fait passer un bon dimanche... brrr !...

Mars 1958

CHAPITRE VI

PLUTÔT POUR

Vian avait ses ennemis habituels et, nous l'avons vu, une tête de Turc familière. Mais il signalait et citait également d'abondance ceux des articles qui lui paraissaient dignes d'être lus. Jazz Hot rassemblait à l'époque à peu près tout ce qui pouvait s'écrire de convenable en notre langue. On ne s'étonnera donc pas si l'essentiel des jugements favorables s'exprimaient à propos d'auteurs étrangers, de Bernard Wolfe, d'Ernest Borneman, de Nat Hentoff. De temps en temps, ce qui se publiait de bon en France, hors de la revue spécialisée recevait les compliments mérités : entre autres les articles de Pierre Drouin dans le Monde, de Jacques Hess dans Musica, d'André Hodeir en divers lieux. Vian, qui eut un temps l'espoir de réduire tous les problèmes politiques à des problèmes techniques, Vian qui appela un moment de ses vœux une critique « objective » trouvait tout naturellement dans la démarche analytique d'Hodeir, d'une parfaite rigueur, une sorte d'idéal. On sentait aussi chez lui beaucoup d'affection et d'intérêt pour les jeunes écrivains habitant la province, les responsables du « Jazz Note » de Lyon ou du « Jazz Bulletin » marseillais de Roger Luccioni et Pierre Bompar, car il adorait les francs-tireurs.

★ J'ai oublié *The Second Line* de janvier (un peu tard, mais mieux vaut tard que ceinture dorée). Il y a pourtant un article fort intéressant du Père A. M. Jones sur l'utilisation rythmique des tambours par les Africains, chez qui cet homme digne a vécu vingt ans.

Finirons-nous enfin par savoir quelque chose de précis sur les origines africaines du jazz ? Le Père remarque en tout cas, étudiant le cas des notes « blue » (altérations du 3e et 7e degré de la gamme), que de tribu à tribu le « degré de bémolisation » varie et qu'en fait les Noirs n'ont absolument pas notre conception de la gamme. Ce que nous croirons volontiers. Le Père ajoute que la notion de différence entre mesure à 3/4 et mesure à 4/4 échappe aussi aux Noirs : l'Africain pense en termes de motifs rythmiques. Et les musiciens noirs américains n'auraient, en partie, fait que « mélodiser » ces motifs. Bref, l'African Music Society étudie tout cela de près et nous connaîtrons bientôt des tas de choses.

Juillet-Août 1946

★ Je n'ai pas l'intention de recommencer cette fois l'analyse des articles, échos et choseries parues à propos de la Semaine du Jazz, à Marigny, mais je mentionnerai cependant Pierre Drouin, et pas pour le maltraiter du tout. Le *Monde* a été le seul journal à publier quotidiennement des comptes rendus intelligents de cette manifestation. La croix de guerre au soldat Drouin, et voyons maintenant la presse étrangère.

Juin-Juillet 1948

★ Franchissons hardiment l'Océan-z-Atlantique et tombons en Angleterre.

Rien de rien dans le *Melody Maker*, *Jazz Journal* contient ses rubriques habituelles. *Jazz Music*, le bimestriel de Max Jones, fait presque un numéro 1 consacré à la Nouvelle-Orléans (Lewis George est le soliste du numéro). Il y a un très très chouette article de Gray Clarke et John Davis, les discographes de *Jazz Journal*. (Je dis chouette parce que c'est un chouette article, bien que ce mot vulgaire me révolte à l'intérieur.)

Entre autres, ils disent : « *Et rappelez-vous toujours que vous avez toujours le droit de dire : Voici ce que j'aime, moi ; et je vous emm...* »

Ce qui s'appelle parler.

Au fait, dans *Jazz Music*, il y a aussi un article de notre ami Œil-de-Launay... ce qui s'explique lorsque l'on voit en première page le nom de Hugues-le-Père figurer au conseil de rédaction ; ces deux gars-là s'entendront toujours comme larrons en foire.

Avril 1949

★ Si vous saviez, mes bousingots dédorés, ce que c'est embêtant de faire une revue de presse pendant que les copains sont à Deligny. Enfin, heureusement que ma Françoise ne m'oublie pas, sauf que j'attends toujours la photo et un rancart ferme.

Cela pour vous parler de *Lyon-Spectacles-Magazine*, bimensuel où paraissent, sous la signature de Robert Butheau et Jean Clère, des articles pleins de lyrisme.

Lyon est un des bastions du jazz français, et l'endroit où j'ai laissé mon cœur, en outre, alors jugez un peu. Et le sauciflard, donc.

À Paris, la « Gazette du Jazz », de Michel Dorigné est parue. Relevons-y les noms de l'artiste lui-même, de Michel de Villers, de Pomdron, Willemot, Lise Beth, etc... et reportez-vous à la « Gazette du Jazz » pour plus de détails. C'est un journal sympathique, non exempt de défauts (et *Jazote*, donc).

Juillet-Août 1949

★ *Jazz Music*, la revue de Max Jones, revue fort sérieuse. Un papier sur le Festival de Paris. Passé défunt, roses effeuillées, que c'est loin tout ça ! Une étude sur l'orchestre du Dutch Swing College par Karl Hiby. Il y a une chose que je lis et qui me trouble un peu : « L'orchestre... a pour but uniquement le jazz "classique" »... C'est possible... mais à Knokke, il jouait des sambas avec entrain. Cela n'est pas une vacherie dirigée contre cette formation qui a fait de gros progrès (je me méfie, mon camarade Poustochkine va me tomber sur le râble). Mais le fait même qu'ils aient eu sous la main des petits gratouillets et des ticoticotos à jouer la samba au moment où on leur a demandé me trouble, me trouble. Il y a des choses qu'on doit refuser. Non que je réprouve la samba : j'adore ça, mais faut savoir. Comme Machito, par exemple. Dans le reste du numéro, on a des souvenirs sur Saint-Louis, une étude de Saint-Denis Preston sur la salacité dans le blues (sujet qui va droitocœur du spécialiste que je suis) et dont la conclusion me plaît énormément : après avoir trouvé naturel que le Noir, invariablement pauvre, chante l'amour physique, seul délice accessible au pauvre, Saint-Denis conclut :

« Allons, soyez francs de votre âge, et répondez-moi... Qu'est-ce qu'il peut y avoir de plus agréable ? »

C'est juste, grand saint. Vous êtes excusable de ne pas connaître tous les délices... mais avez-vous songé à écouter Jacques Hélian ?...

Septembre 1949

★ Revue de Presse. Presse est le mot. On n'a pas plus tôt fini d'en écrire une qu'il faut songer à la suivante. Heureusement, dans le même temps qu'il vous abrutit de demandes successives et répétées le grand chef Souplet vous donne tout de suite, pour la revue en question, deux exemplaires du magazine islandais, un du japonais plus *Actualités Musicales*, un malheureux *Down Beat* et deux *Melody Maker*. Alors pour varier les plaisirs, je vais chroniquer le dernier *Jazote*... C'est une bonne idée, hein ?

Dans *Jazote*, il y a un éditorial du rédacteur en chef Hodeir (surnommé Hodeir-nier-les-bons depuis qu'il s'attaque à Jimmy Noone), éditorial qui, avec l'article sur Thelonious Monk, traduit dans un style inimitable par Vernon Sullivan, est le seul à connaître les faveurs de Françoise. Pour le reste, cette douce chérie déteste Omer Simeon, Benny Goodman et les autres et proteste contre le fait d'écrire Cozy Cole avec un S au lieu du Z. Dans la revue de presse, bourrée de coquilles, rien à signaler qu'une incompétence si manifeste qu'elle frise l'originalité. Puis viennent les pages belges, écrites en belge pour les Belges où mon vieux camarade Jean de Trazégnies, avec son objectivité coutumière, venge ses compatriotes des outrages subis à Pleyel en envoyant des fleurs à mes collègues Fofo et consorts – et à moi-même, qui n'ai, je dois le dire, pas beaucoup bien joué à Knokke.

Heureusement, pour confondre le vilain Jean, dans « Actualités Musicales », il y a, imprimé noir sur blanc, une comparaison flatteuse de mon style avec celui de l'« Armstrong des grandes années ». Hein ! c'est Françoise qui va être fière !... Ça lui apprendra, à ce méchant Jean. En réalité, il n'écoutait pas et il regardait Yetty Lee, qui, je dois le dire, se laisse voir sans déplaisir...

Sautons sur l'unique *Down Beat* offert en pâture à notre plume, avide de parcourir les espaces vides de l'albe feuille devant nous étalée (comme je cause bien, pas). Alors voilà. Dans la numéro du 9 septembre, il y a deux pleines pages sur Charlie Parker qui sont très intéressantes, mais difficiles à résumer. On y apprend enfin l'origine des trouvailles de Charlie Parker dont le premier amour fut, paraît-il, l'orchestre de Rudy Vallee. Amateurs de Charlie Kunz, ne désespérez pas, tout est donc possible, après tout.

Octobre 1949

★ C'est déjà le sixième numéro de la *Gazette du Jazz*, et c'est une performance. Vas-y, Dorigné, continue comme ça ; qu'on en dise du bien, qu'on en dise du mal, du moment qu'on en parle, le jazz n'est pas mort, à l'abordage, mon frère (ça, c'est le slogan de Pallier, ça m'a marqué pour la vie). En cette gazette *Chronique de Michel de Villers* : opinions toujours personnelles et sujettes à caution, ce qui, de mon point de vue, fait leur intérêt, parce qu'au moins, on peut discuter.

Une grosse surprise. N° 389 de *Science et Vie*, février 1950 : « Le Jazz et les éléments de sa structure », par un certain Maurice Le Roux. Voilà, ma foi, une étude sérieuse et qui mériterait de se trouver reproduite par n'importe quelle revue de jazz. Un homme qui parle sans passion, avec compétence, et qui semble assez exempt de préjugés pour pouvoir écouter le vieux style et les orchestres modernes d'une oreille aussi impartiale. Votons à Maurice Le Roux une adresse de félicitations. Et retenons cette phrase : « *De ce fait, leur virtuosité instrumentale aidant, peut-être trouverait-on en eux (les Noirs) les interprètes idéaux des œuvres de J.-S. Bach.* » Ce qui est au moins une expérience intéressante. Par ailleurs, *Science et Vie* est un fort bon magazine où l'on parle des scooters, mais cela n'est plus du jazz.

Enfin, l'Allemagne. Mes chers amis, réjouissons-nous, nous avons perdu une bataille, mais l'Allemagne a gagné la guerre. C'est certainement la plus belle revue de jazz du continent. Ça s'appelle *Jazz*, ça coûte 1 mark, c'est entièrement tiré sur papier couché, plein de photos, couverture en deux couleurs, articles, dessins, mise en pages soignée, variétés, études artistiques, photos originales (la plus originale, certes, est celle où l'on voit Michel de Ré et Eddy Einstein, son épouse, baptiser Jean-Paul Sartre et Simone de Beauvoir, mais n'importe), photos détourées, enfin présentation absolument suffocante. On regrette une seule chose : ne pas être né de l'autre côté du Rhin. Que voulez-vous, ça nous apprendra. 32 pages dont deux de publicité. C'est peut-être le seul point crucial : est-ce que ça peut tenir comme ça ? L'avenir, messieurs, l'avenir nous le dira.

Février 1950

★ La revue allemande *Jazz Podium* nº 6 est une grande revue fort copieuse éditée à Vienne en langue allemande et à laquelle collaborent notamment Joachim Ernst Berendt et Zimmerle.

Un gros article sur la marihuana, rappelant quelques faits et donnant des noms. Naturellement, comme toujours, le mal n'est pas attaqué à la racine, aussi je vais me permettre d'apporter au problème la solution que mon génie latent m'a permis de concevoir aussitôt.

Tant que les filles (et les dames), en Amérique et ailleurs, feront autant de chichis pour se laisser trousser, les pauvres hommes qui n'ont pas le temps de leur faire la cour avec la lune et les poètes et qui ont la faiblesse de les croire raisonnables, chercheront un dérivatif dans les stupéfiants ou la pédérastie.

La France, dans les milieux musicaux, n'est pas encore trop contaminée, mais attention, ça vient.

La solution : naturellement, il faut les rouvrir. D'ailleurs ce furent les berceaux du jazz.

Bref, *Jazz Podium* est une excellente revue.

Juillet-Août 1950

★ Un petit retour en France pour signaler un excellent article de Bernard Wolfe dans *Les Temps Modernes*, « Extase en noir ». Bernard Wolfe est le collaborateur de Mezzrow dans Le Vrai Bleu.

Octobre 1950

★ La curieuse perspicacité dont fait preuve *Franc-Tireur* du 20 octobre, nous incite à lui adresser des félicitations, bien que par ailleurs, ce journal accorde à la politique beaucoup plus d'importance qu'à la musique de jazz, erreur, hélas, trop commune. *Franc-Tireur* commente les récentes décisions prises par le Hot Club de France (vous savez bien, ce Hot Club, composé de cinq personnes en une) et conclut ainsi :

« La touchante conclusion qui préside à ces excommunications fera peut-être sourire certains mélomanes ; mais tous seront d'accord pour louer les hot-clubmen d'avoir pris une troisième décision ; celle d'exclure tout membre qui aurait le préjugé de race. Quand on aura exclu aussi ceux qui ont le préjugé de goût personnel, tout sera parfait dans les meilleurs des orchestres. »

Hé là donc ! c'est-y pas sournois, ça, mon Huron. Comment osez-vous ! mais c'est le plus dangereux, le préjugé du goût personnel ! c'était sous-entendu !

Paris-Presse du 25 octobre commente également cette réunion du H.C.F. Dame, maintenant que le H.C.F. manque d'organe, faut bien se rabattre sur les trous à boucher des pages de fantaisies de la presse parisienne. Pourtant Hugues sait bien qu'à *Jazote* on est prêt à publier tous ses articles, et sans commentaire, encore. Enfin, c'est un ingrat, ce type-là. Il n'y a rigoureusement plus que moi qui parle de lui, et il n'en tient aucun compte. Je devrais au moins être secrétaire général honoraire du H.C.F. Mais rien, pas une fleur, pas un ruban, pas une médaille. Les rosses.

Dans *France-Soir* du 13 octobre, une pleine page sur le jazz. Plein de choses journalistiques, mais une bonne vérité en passant « le jazz est une musique de Noirs écrite par des Noirs pour des Noirs ». « Jouée » vaudrait peut-être mieux qu'« écrite ». Au fait, il faut les deux. Il faudrait aussi ajouter que les Blancs ont le droit de s'y essayer, tant pour la pratique que pour l'audition. À côté de cela quelques trucs du genre : les orchestres jazz n'ont pas de chefs qui font sauter trop haut parce que dans ces temps de misères les plafonds sont bas.

Novembre 1950

★ À tous les lecteurs de *Jazote* (onze mille environ, sans compter les clarinettistes dixieland) qui ont écrit à la direction de ce magazine pour se réjouir d'être enfin débarrassés de ma revue de presse, salut. J'étais pas mort, et c'est bien fait pour eux. Quant aux autres, mes quatre fidèles supporters, je leur fais la bise affectueusement, parce qu'il y a longtemps qu'on ne s'est vus, hein, et que ça justifie tous les épanchements.

Sur quoi je vous ferais bien volontiers une revue de presse, mais la presse en question me fut fournie par Delaunay encore plus parcimonieusement que de coutume ; ayant décliné l'offre gracieuse des magazines islandais, zoulous, estrangéliciens et autres variétés de sanscrit, j'ai dû me rabattre sur un malheureux numéro du bulletin du Hot Club de Barcelone ; d'ordinaire, je le passe sous silence, mais les notables progrès que je viens de réaliser dans la langue castillane m'ont permis de l'analyser de fort près.

L'éditorial se félicitant d'abord du travail considérable réalisé par le Hot Club de Barcelone en 1950, et notamment de « su instalación en un local realmente ad cuado » ce qui ne pourra, je l'espère, laisser personne indifférent, passe en revue les activités musicales écoulées. Il se termine hélas par un appel au peuple et réclame une augmentation des cotisations, un *aumento de cuotas,* en d'autres termes, que nos *asociados* sauront *comprender y acceptar para que el Hot Club pueda subsistir.*

Nos meilleurs vœux au H.C. Barcelone, puisse-t-il recevoir mainte peseta. Cela dit, envions les membres de ce H.C., qui n'ont à lire par mois, que quatre petites pages ronéotypées, contre quarante-quatre interminables tartines de *Jazote.* Notons également que les cotisations s'élèvent à 30 pesetas par mois pour les caballeros et 12 pour les señoritas, ce qui trahit ou une remarquable galanterie des premiers ou une inquiétante rareté desdites señoritas.

Et voyons la suite.

En Belgique, paraît maintenant une dénommée

« Revue des Disques », dirigée par C. Dailly et qui se propose de publier un catalogue général et une critique des disques parus ou à paraître dans le mois. Cela semble fort intéressant pour le collectionneur ou l'échangiste, d'autant que la rubrique jazz est tenue par notre excellent ami Carlos de Radzitzky (chaque fois que j'écris son nom, j'ai des sueurs froides parce que j'ai peur d'oublier un z et ce malheureux ami a déjà été tellement estropié que j'aurais honte de le mutiler un coup encore). La présentation de la « Revue des Disques » est excellente et fort claire et la publicité, lorsqu'il s'en trouve, est localisée sur la page de gauche, ce qui est très commode. Le numéro du 15 décembre nous apprend notamment la réédition par Parlophone (DP 239) du sensationnel *Tootin through the roof* de Notre Père Ellington. Ah ! être Belge avec des grosses rentes !

À bientôt, lectrices chéries, lecteurs adorés.

Février 1951

★ *Record Changer*, de plus en plus, accorde tant de place à la musique dixieland blanche (ou ce qu'il est convenu de désigner ainsi) que ça finit par vous briser les nougats et qu'on est heureux de retomber sur un bon *Down Beat* : à tout prendre, ça finit par être le seul lisible...

Ou mieux, deux bons *Down Beat*, ceux, respectivement, du 23 mars et du 6 avril.

Down Beat recueille, depuis le numéro du 23 mars, le « *Blindfold Test* » de Leonard Feather, qui est sans doute (et sans difficulté) la meilleure invention de ce bon Leonard. Ça consiste à faire entendre à des musiciens des disques peu connus ou très récents, sans leur dire de qui est-ce pour « tester » leur oreille. C'est assez drôle ! Qui, en France, s'y soumettrait volontiers ? (épineux problème des Noirs et des Blancs, etc... il y a de très jolies choses à faire dans cet ordre d'idées.)

Numéro du 6 avril :

Premier article : *Paris n'est plus ce qu'il était au point de vue Jazz*...

Hé ! voilà ma foi un article où l'on rencontre quelques pertinentes vacheries concernant la mentalité de l'amateur moyen... (oh ! combien) et le niveau des orchestres de jazz actuels de la capitale... Qu'est-ce que vous voulez, on a beau être des génies, nous autres, en France, il y a *aussi* le travail...

Une rousse musicienne, Norma Carson, jouerait, paraît-il, comme feu Fats Navarro !

Voilà qui sonne fort agréablement. Faut la présenter à Kathleen Stobart. J'ai toujours eu un faible pour les orchestres féminins – (pour les regarder, je précise...).

Et sur cet ignoble rappel d'une sexualité jamais assouvie (*sic*) je vous tire ma révérence.

Mai 1951

★ Ernest Borneman dans *M.M.* fait un copieux compte rendu de l'autobiographie de Ethel Waters, « His Eye is on the Sparrow », qui vient de sortir aux U.S.A. Ma foi, les citations de Borneman nous mettent drôlement en appétit. Révélations sur Fletcher « Smack » Henderson, sur Bessie Smith, fort humoristiques et savoureuses.

Encore un livre qu'il faut traduire en français. Gageons qu'on va se l'arracher parmi les traducteurs... (moi, je ne me mets pas sur les rangs, je traduis les mémoires du général Bradley, c'est encore bien plus swing).

Juillet-Août 1951

★ Merci à Jeff Sommer pour la lettre qui nous signale la parution en Allemagne d'une nouvelle revue, *Jazz Tempo*, « *faite avec toute la grundlichkeit chère aux Allemands* », nous dit-il. Effectivement voici *Jazz Tempo*, une revue de petit format agréablement présentée malgré le côté un peu endeuillé de sa marge noire.

★ Comme tous les ans à la même époque, les vacances sont finies et, à moins qu'on ne se décide à faire quelque chose contre ça, on est sûr que ça va recommencer en 52 ; mais le gouvernement qui s'occupe d'école, paraît-il, au lieu de se borner à y aller lui-même, veut y faire aller les autres ; tout va mal ; donc, une revue de presse de plus n'aggravera guère les choses ; allons-y sans inquiétude.

Passons sous silence les publications de langue française : nous n'avons sous la main que *Le bonhomme Froissart* (eh ! oui, ça existe) qui se borne à reproduire un article de Raymond Vanker paru dans « Constellation » et dont nous avons dit le bien que nous pensions en ce lieu même. Nous aurions pu vous entretenir du mariage de Sidney Bechet, mais c'est déjà une vieille affaire, qui remonte à 1928 exactement, paraît-il, et nous aimerions avoir l'air à la page.

Ecumons donc la presse étrangère.

a) *Outre-Manche*.

Retenons tout d'abord un vieux vieux *Jazz Journal* de juin 1951 sur la couverture duquel s'étale le ravissant Lonnie Johnson, avec une bande jaune en haut, une bande jaune en bas (moins large) et de l'imprimé par surcroît. Eh oui, c'est comme ça.

Article de tête sur Roy Carew, vieux de la vieille de La Nouvelle-Orléans, où il vécut de 1904 à 1919, et compositeur de « rags » ; autre moitié de l'article : Tony Jackson, également ragricant (ce qui est une contraction de « fabricant de rags »).

Puis vient une page de conseils sur la façon de bigorner soi-même un pickeupe à 33 tours 1/3 (n'oubliez pas le tiers). Initiative fort louable.

Une page ensuite sur les nouvelles d'Amérique. Et un article de Steve Race qui expliquera enfin à certains pourquoi un si bémol s'appelle un do sur la trompinette ou le corniflupet. (Alors que c'est un si bémol, bien que certains persistent à l'identifier au do par de répugnantes distorsions.)

Et maintenant, vous savez tout ; mais j'ai encore là une bonne douzaine de *Melody Maker*. Dame, ils ne sont pas tous d'actualité et ceux de juillet sont violemment consacrés au Festival ; celui du 21 en particulier, titre sur cinq colonnes : ROYALTY HONOURS JAZZ, ce qui se comprend de soi-même, je pense. Y a la photo d'Elisabeth de profil et de profil (mais c'est pas le même ; eh ben ! vous savez, elle est pas fière, elle a même causé à Sid Phillips. Et Graeme Bell a fait jouer l'hymne national à quatre orchestres réunis, quand Elle (izabeth) est entrée dans son box (ça veut dire loge en anglais, mais je tâche de la discréditer parce que je suis un peu anar). Brillant compte rendu par Max Jones et Leonard Feather de cet événement qui, somme toute, a bien des points communs avec la prise de la Bastille. Mais les Anglais font tout plus décemment.

Dans le *M.M.* du 28 juillet, il y a un article terrible d'un élève de Ledru, sûrement, sur le « contrôle du souffle » dans le saxo ténor, avec des *dessins du diaphragme !* Ah ça, alors, c'est encore mieux que la colonne d'air ! Mais je me demande toujours pourquoi ces longues digressions sur le souffle : après tout, les pianistes aussi ont un diaphragme, mais ils ne nous en parlent pas tout le temps. Et puis on peut toujours demander à un autre de souffler, l'essentiel c'est de garder les doigts sur l'instrument. Bref, Sidney Bechet se marie dans le numéro du 11 août, mais on l'a déjà dit, Cab Calloway vient de se remettre à la musique (vient, enfin, le 11 août) et Beiderbecke était dans une catégorie à part, voilà ce que je me tue à vous dire depuis qu'il est mort (maintenant, il n'est plus dans une catégorie à part, le pauvre vieux). Et le *Melody Maker* est un excellent journal, mais douze numéros d'un coup, c'est tuant.

Combien, ô combien je préfère tenir en main un numéro d'*Intérim*, revue curieuse du personnel de l'O.E.C.E. Curieuse par la qualité du papier, remarquable – mais c'est pas eux qui paient – et le sommaire. L'éditorial précise que la chose s'adresse au « groupe des revenus supérieurs » qui sont « tous cultivés »... Souhaitons que leur « culture » en matière de jazz ne se limite pas à la lecture de cet article qu'*Intérim* contient. Un article qui s'adresse aux profanes ne devrait pas être écrit par un profane, moins que tout autre ; néanmoins, l'auteur a fait preuve de bonne volonté et nous lui accorderons l'indulgence du jury (après tout en matière de jazz, on a tous écrit beaucoup plus de c... que lui depuis que *Jazote* paraît...).

b) *Outre-Atlantique.*

Et hop, vous vous attendez à atterrir à Nouillorque, mais c'est en Argentine, ah, ah, avec *Jazz Magazine*, ah, ah, que nous abordons maintenant. Notre connaissance fort ponctuelle de l'espagnol nous permet de vous signaler nonobstant qu'on parle d'Oscar Aleman... Mais qui de vous, jeunes couches, s'en souvient ? Il aurait une formation de trois violons, une clarinette, contrebasse, piano, guitare et batterie, sans compter lui-même. Et il joue toujours *Daphné* !... ay, que nous sommes vieux !...

c) *Outre-Panama.*

Cela désigne l'U.S.A. puisque nous revenons d'Argentine. *The Record Changer* de juillet-août est un gros numéro louable de 90 pages, qui contient une histoire illustrée du jazz.

Ça ne se résume pas, mais ça devrait être dans la bibliothèque de tout amateur. C'est plein de très très chouettes photos, il y a *même* celle de Buddy Bolden qui date d'avant 1895. Et il y en a des tas d'autres, toutes fort peu connues, dont bon nombre absolument sensationnelles. Tâchez de vous procurer ce fascicule. Pendant qu'on est dans les « spéciaux », *Metronome* vient de publier son second « Yearbook », *Jazz 1951* (ça me rappelle quelque chose) qui est certes fort bien mis en pages et très aéré, mais moins riche et moins feuillu que le *Record Changer*. Cependant, il contient de bonnes photos aussi, dont une très belle de Jimmy Blanton. Mais il parle beaucoup trop de Buddy De Franco et il coûte un dollar (le *R.C.* coûte la moitié, hé hé, ces sordides questions ont leur importance).

Numéro ordinaire d'août de *Metronome*. Couverture, moitié moitié, Louis et le Duke, ça fait une belle paire. Enthousiaste article sur le nouvel orchestre d'Ellington, dont vraiment tout le monde paraît ravi, long papier de Mercer Ellington sur son père auquel il paraît vouer une admiration que nous comprenons assez bien. (C'est quand même une drôle de veine d'être le fils d'Ellington, non ?) ; bref, un numéro de *Metronome* où on parle pas mal de jazz... L'éditeur George Simon y va de son mot sur la drogue, qui décidément fait couler de l'encre aux U.S.A. Mais je vais m'égarer sur de dangereuses et partisanes constatations, il vaut mieux ouvrir vite un ou deux *Down Beat*. Et ça y est : dans celui du 27 juillet, encore la drogue ; on accuse les musiciens, on les martyrise, c'est une cabale, je vous dis ; d'ailleurs vous connaissez mon point de vue, mes petits cocos verts : je suis pour la liberté intégrale, ce qui ne veut pas dire qu'on doive entendre du Stan Kenton toute la journée à la radio. Ce numéro du 27 est consacré presque tout entier à Glenn Miller. C'est quand même curieux. Cet homme a eu une idée dans sa vie, paraît-il : écrire une partie de clarinette tout en haut des saxes ; eh bien, vous me croirez si vous voulez, ça a suffi pour le rendre célèbre. Le tout, c'est pas d'avoir beaucoup d'idées, c'est de s'y accrocher dur. Plaisanterie à part, son orchestre sonnait bien et quand nous l'entendîmes à la Libération (sans son chef, disparu en avion) ça faisait plaisir.

Dans le *D.B.* du 10 août, l'article de la série des « Bouquets » est consacré à Kid Ory. Encore plein de vieilles photos.

Ah ! si on faisait une histoire photographique du jazz en 1 000 pages, avec vingt lignes de légende (en tout) et cent albums d'illustration musicale.

Septembre 1951

★ Je ne commenterai pas *Musica Jazz,* puisque je ne veux pas acculer Arrigo au suicide et qu'il est définitivement incontestable que je ne comprends pas l'humour italien (et vice versa).

Par contre, comme je commence à piger l'espagnol, fort belle langue, je vais commenter le bulletin du Hot Club de Montevideo. Sympathique bulletin ronéotypé qui s'étend avec enthousiasme en cinq pages serrées sur la venue à Montevideo (il s'agit d'avril 1951) de l'orchestre de Cab Calloway. Le fait est que la composition de l'orchestre : Hilton Jefferson, Ike Quebec, Gene Mikell, Sam Taylor, Eddie Barefield, « Doc » Cheatham, « Shad » Collins, Jonah Jones, Paul Webster, Eddie Burke, Butch Burril, Milton Hinton, « Panama » Francis et Dave Rivera semblait violemment alléchante.

Un fort bon bulletin.

Trois numéros de *Jazz Magazine,* d'Argentine, qui lui aussi s'attarde dans le numéro d'avril, sur Cab. En mai, la vedette est à Django, sur quatre pages. En juin à Mildred Bailey.

Bien présenté, bien imprimé, ce petit magazine paraît avoir un fort bel avenir. Nous le lui souhaitons.

Octobre 1951

★ *Jazz Journal* publie une longue étude sur Andy Razaf, l'excellent parolier de nombre de chansons de Fat's Waller. Article à lire. Une amusante anecdote y est rapportée : comme Waller et lui se rendaient au théâtre où se poursuivaient les répétitions de leur opérette, avec les paroles toutes fraîches de Ain't Misbehavin, un pigeon volant au-dessus de leurs têtes... visa juste sur la feuille qu'il éclaboussa copieusement.

« C'est du bonheur ! C'est *du bonheur !* », s'écrie Fat's.

Et il ajoute un instant après :

« Mais c'est quand même une veine que les éléphants ne volent pas ! »

Le reste du numéro est de la qualité habituelle.

Presse américaine.
Record Changer, septembre et octobre.
Peu de choses dans le premier de ces deux numéros, bien vide.
Dans le second :
Vers une définition du jazz, par Marshall Stearns, professeur de littérature anglaise au Hunter College de New York, critique de jazz réputé.
Voici le résultat final :
Le jazz est une musique américaine basée sur l'improvisation, utilisant l'instrumentation européenne et combinant les éléments d'harmonie européenne, de mélodie eurafricaine et de rythme africain.
Cela vous plaît-il, mes pistouflets ?
Suit un fort bel article. À peu près le seul du numéro.
Et voilà pour cette fois. À la revoyure.
Une bise à mes lectrices chéries.

Novembre 1951

★ Dans le numéro de janvier de *Jazz Journal*, une double page sur l'ami Jimmy Archey que les amateurs français connaissent bien.
Il y a aussi, page 9, un très charmant dessin ; c'est un jeune musicien armé d'un banjo et qui gratte un Washboard avec ses pieds tout en gueulant à l'adresse de son perroquet : « *Non, non et non ! C'est après le TROISIÈME chorus qu'il faut crier "Oh, Play that thing !"* »
Moi, j'adore les histoires de perroquets, aussi celle-là m'a bien plu, surtout que ce bestiau a une bobine très plaisante. Pour le reste, les habituelles et bonnes chroniques.

Février 1952

★ *Down Beat*, 7 mars. Encore Nat Hentoff. Et cette fois sur le problème de la discrimination raciale. Eh bien, vraiment, c'est un gars. Il faudrait citer tout l'article.

« Comparé à Lennie Tristano, dit-il, Stan Kenton est à peu près aussi "progressiste" que Turk Murphy (un dixielander). Et Murphy, au moins, n'a pas de prétention. »

J'aime pas Tristano, mais c'est vrai, Nat Hentoff a le droit d'aimer Tristano, pas ?

Et puis, Hentoff dit que Harris Bill, c'est zéro à côté de Vic Dickenson ou Tyree Glenn, et il ajoute d'autres choses encore, et termine par ces paroles qui le confirment comme un dangereux ennemi du jazz (H.C.F. *dixit*) :

« Savez-vous que la *Rage de Vivre*, de Mezzrow, est un best-seller en France ? Maintenant qu'il a écrit son charmant roman, croyez-vous que Mezzrow écrira un jour son autobiographie ? »

Oh ! mais, Nat ! Alors ! La Parole ! T'y crois pas, toi !...

(Maintenant, vous comprenez pourquoi j'aime bien Nat Hentoff ? C'est un type qui écoute avec « ses » oreilles et qui lit avec « ses » yeux.)

★ Pour une fois, cette noix de Charles (c'est Delaunay, mon directeur vénéré) m'a inondé de *Down Beat*. Je vais prendre la mouche et refuser d'en souffler mot, mais j'ai pas de dignité, et en plus, je suis zazou. Alors, en voilà des fragments mal digérés. (Je parle pas du *Record Changer*, vraiment, au fond, il n'y a *rigoureusement* que la couverture de bien.)

Apparaît subitement, dans *Down Beat*, la signature d'un nommé Nat Hentoff. Ça a vraiment d'air d'une belle grande vaque. Voilà qu'il dit (n° 8 du 8 février) :

« *Et il est également vrai qu'un solo de Lee Konitz ou de George Lewis vous en apprendra plus sur le jazz que tous les longs développements de monsieur Panassié...* »

Hein ! Encore un à qui il va falloir faire la guerre, ami Doutart. Vivement, constituez donc une flotte de débarquement.

Avril 1952

★ Cette revue de presse coïncidant avec le Salon de l'Auto (ou à peu près), j'en profite pour vous dire tout de suite qu'il faut pas acheter de Comète, c'est un veau et que la quatre chevaux Renault, à mon avis, ça tient du crime contre la matière et contre l'esprit, et que je comprends pas les pauvres cruches qui roulent avec ça alors que c'est si simple d'aller à pied. Bon. Cela dit, le *Melody Maker* du 6 septembre comporte encore un papier de Ernest Borneman plein de détails ultra-fascinants sur les tambours et instruments du Brésil : les *atabaques* ou *tambaques*, tambours de bois d'environ 50 cm de diamètre, et de 30 cm à 2 m de haut : le plus grand est le *ilû* (le mot également utilisé à Cuba pour désigner les tambours de la secte lucumi) ou *rum*, le moyen est le *rumpi*, le petit le *lé*. Il y a aussi les trois *batas*, tambours en gobelet avec peaux de chèvre. Le plus grand des trois, presque disparu, était le *bata coto* ou tambour de guerre, mot qui survit dans la « batucada », cette danse popularisée par Katherine Dunham.

Mais il y a encore le *pandeiro*, le *cuica*, le *reco-reco*, et toute la famille des gratouillettes ou bruissouillettes, telles que l'*agé* (connu aussi sous le nom de *cabaça*, *anzà* ou *canzà* au Brésil, de *guiro*, *atchéré*, *awé-koesola* ou *bakoso* à Cuba).

Il y a l'*afoché*, le *caixambre*, le *caxixi* et le *berimbau*, le *chocalho*, le *chechere*, le *xaquexaque*, l'*agôgô*...

Non, ce n'est pas une blague. Il y a tous ces bidules-là, au Brésil. Notre père Gillespie est un peu arriéré, qui se contente du vulgaire bongo. Et je ne parle ni du *malimba* ni de l'*afofié*.

Vraiment, quand il parle en anthropologue, Borneman est très intéressant.

★ *Bulletin du Hot Club de Montevideo.* J'y lis avec plaisir que le tenancier de la rubrique Revue de Presse signe « Boris Good Enough » ce qui, correctement prononcé, doit évoquer Godounov ; mais là n'est pas le point ; le point est que je salue ce lointain confrère qui est frère tout court par ce beau prénom que je porte avec tant de distinction. (Mais oui.) Ce bulletin, publié en ronéotypie, date d'ailleurs de mai 1952. Sur celui de juillet, un article intitulé « *Panorama des trompettistes modernes* » comporte un de ces graphiques à faire crever d'envie le père Delaunay, un graphique du type arbre généalogique avec renvois, flèches, barres, et *tutti quanti*. Parfait.

M.M. du 13 septembre – et encore Borneman, qui décrit le cortège du carnaval brésilien de 1899, bien voisin, semble-t-il, de ces cortèges de La Nouvelle-Orléans tant célébrés. On dirait que parallèlement au jazz d'Amérique se développait au Brésil une musique tout aussi noire d'origine que je n'en serais pas surpris.

Ces études bornemaniques sont fort intéressantes et fort instructives ; ajoutons qu'il cite une fort substantielle bibliographie.

Octobre 1952

★ Y a rien du tout pour nous dans *Music Views*, la jolie petite revue publicitaire de Capitol, mais il y a quelques excellents gags, des mots d'artistes de première bourre, comme celui que l'on prête à Rose Marie concernant New York :

— Dans quel autre endroit au monde peut-on entendre les oiseaux tousser à son réveil ?

Et Sheila Bond, qui dit à Jim Henaghan qu'elle a vu un film « tellement mauvais que les gens faisaient queue pour sortir... » Quant à Herb Chriner, évoquant le nouveau sous-marin atomique en construction aux U.S.A., il raconte le plus sérieusement du monde : « Il émergera une fois tous les deux ans seulement, pour que les marins puissent se rengager !... »

Je trouve que c'est des mots d'auteur excellents. Si vous n'êtes pas de mon avis, envoyez-moi des colis de plastic. A part ça, y a encore une photo de Mara Corday dans *Music Views*. Rappelez-vous, je vous ai signalé Marilyn Monroe avant tout le monde ; eh bien ça y est, c'est une vedette. Avis à mes lectrices chéries, comme d'habitude, j'attends des photos très révélatrices (y a longtemps que ça ne m'avait pris).

Novembre 1952

★ Revue de presse contrepète presque avec Rêver de Prusse, et cette constatation d'un bleu déprimant et cyanuré n'est pas faite pour me rendre mon humeur joyeuse de jadis. Quand même, dire qu'il m'aura fallu tant d'années pour m'en apercevoir...

Et à propos de bleu, si je vous parlais d'un autre – mais qui doit être indigo, d'après son origine... C'est *Blue Rhythm*, une nouvelle revue de jazz, émanée directement de Bombay avec un petit parfum de Gange et de Taj Mahal (j'ai idée que si je me goukha un peu dans la géographie, personne n'y verra que du feu [*sikh*]). Bref, l'editor se nomme Niranjan M. Jhaveri, les associates Jehangir B. Dalal et Coover Gazdar, ce qui fait bien couleur locale, et plaisanterie à part, c'est un fort présentable cahier. Adresser la correspondance à P.O. Bag 6501, Cumballa Hill P.O., Bombay 26. Ça coûte une roupie l'exemplaire. Vous y trouverez notamment (n° 2) « Mes premières impressions de Jazz », par le docteur Navinkumar Dalal. Le tout en anglais – dommage, j'avais là une belle occasion de me mettre à l'hindoustani. Qui plus est, ce magazine hindou comporte aussi une étude sur le jazz au Japon. Et si après ça vous avez mal au crâne, prenez une bonne jouvence de l'abbé Grorat.

Janvier 1953

★ *Record Changer*. Un papier de Alan D. Dare sur le Jazz et la sentimentalité. Bon papier. Citons un passage : l'auteur de l'article, tenant en main un jour un album de disques de jazz, lut dans le commentaire une phrase qui le mit sur la voie ; l'auteur du commentaire remarquait :

L'exécution nettoie soigneusement le morceau de toute trace de sentiment !

J'avais compris ! Le jazz n'est pas une musique sentimentale. Ce n'est pas à dire que le jazz est vide d'émotion, mais uniquement de sentimentalisme. Les émotions de base, brutes, sans les chiffons du sentiment, sont les émotions du jazz.

J'ai souvent remarqué que lorsque Louis Armstrong, par exemple, joue ou chante un morceau comme « A kiss to build a dream on », cela sonne très différemment de l'exécution par un orchestre ou un chanteur populaire moyen... Quand Louis joue : l'intonation et le timbre de son jeu rendent évident le fait que le « rêve » qu'il « bâtit » de la sorte n'est pas un rêve d'amour sentimental ou romantique, ni un rêve de pantoufle et de fauteuil au coin du feu avec Bobonne à ses pieds la tête sur ses genoux...

Voilà une partie de ce que dit M. Dare. J'ajouterai un commentaire. L'intérêt que le public français prend parfois aux chansons américaines vient souvent de ce qu'il ne comprend pas les paroles.

Février 1953

★ *L'Illustré*, revue hebdomadaire, genre *Point de Vue*, suisse, publie un machin de William E. Richardson, les Rois du Jazz, adapté par Frank Jotterand, un journaliste fort sympathique.

Le texte de William Richardson est évidemment un peu axé sur le « pittoresque » ; il s'accompagne de bonnes photos, mais c'est un peu simplifié, tout ça. Et quelques erreurs (définition du style « straight », etc...). Cependant un doute s'élève en moi. Qui est donc William E. Richardson ? « *Les spécialistes que j'ai consultés aux H.C. de Paris* »... dit-il notamment quelque part... Plausible ? Et si William Richardson était *Panassié* ? J'ai un argument massue : en effet, Richardson ne dit pas beaucoup de bien de Mezzrow. *Cela ne s'explique-t-il pas ? Panassié était bien obligé de changer de nom pour oser dire du mal de Mezz !*

Enfin... ouf... un magazine de jazz de langue française, *Jazz Note*, édité à Lyon. Comité de Rédaction : trois Henri (Devay, Durand, Gautier) et un Pierre (Roger). Au sommaire un reportage de Jean Martin intitulé Ah Ah Ah, les Haricots Rouges... dont le ton, ma foi, est assez marrant. Bonne idée, cette revue, les gars. Ça sert, les revues, ça sert. Continuez, et mes meilleurs vœux, collègues !

Mars 1953

★ J'ai là une pile de coupures de presse flamandes qui doivent concerner J.A.T.P. Je me suis mis aussitôt à l'étude du flamand. C'est long. À part ça, c'est dans le *Soldatenpost* de Belgique, le journal de l'armée, qu'il y a comme ça une rubrique régulière de jazz ; c'est pas mal, non ? Vive l'armée belge.

Mai 1953

★ Christian W. Livorness signale qu'il existe dans un livre de James Jones « *From Here to Eternity* » des pages entières consacrées à Django. De fait, j'ai eu le livre en question entre les mains voici trois ans environ, et c'est je crois, Kenny Clarke qui me l'avait signalé. Un livre énorme, qui obtint un gros succès aux U.S.A., qui fut d'ailleurs le livre « lancé » le plus fort de l'histoire de la librairie américaine ; on consacra je crois à l'époque 22 000 dollars à sa publicité (si je me souviens bien). Le fait est que l'on ne peut rien trouver à redire à l'exactitude des commentaires faits sur Django par l'auteur.

★ Les austères *Temps modernes* se placent ce mois-ci à l'avant-garde de la presse française en publiant deux articles des plus soignés sur le jazz, dus à nos collaborateurs Lucien Malson et André Hodeir. Le premier fait le point des rapports du jazz moderne et du jazz ancien dans une étude fort intéressante de l'état du jazz actuel. Le second traite avec la pénétration et le soin du détail que connaissent bien les lecteurs de *Jazz Hot*, de l'influence du jazz sur la musique européenne.

Hodeir fait justice des légendes qui entourent les contacts qu'eurent avec le jazz des musiciens comme Ravel, Milhaud ou Stravinsky. Il s'avère que ceux-ci ont été fort imparfaits, et que tout comme de bons bourgeois ordinaires, ces messieurs, ma foi, n'avaient pas pigé grand-chose.

Mars 1954

★ *L'éducateur*, une revue mensuelle intéressante, publie dans ses suppléments aux numéros 8 et 10, deux papiers de J. Bens sur le Jazz. Deux papiers sympathiques et sans prétention comme sans partialité – donc parfaitement à leur place dans une revue de ce genre.

Avril 1954

★ Dans le *Jazz-Bulletin* n° 7 (juillet 1954) du H.C. Bâle, avec malice, Hans Philippi s'amuse à mettre en parallèle divers extraits de journaux anglais (*M.M.*) ou allemands (*Podium*), chacun affirmant que ses nationaux écrasent irrémédiablement tous les autres. C'est effectivement très drôle.

Septembre 1954

★ Congratulons d'abord un sympathique confrère, au domaine moins spécialisé que le nôtre mais qui n'en fait pas moins une bonne propagande pour le jazz grâce à la qualité de ses correspondants – l'« Actualité Musicale », la revue belge animée par Roland Durselen, fondée par Pol Clark et Jean Brinon. Profitons de la présente pour dire à l'« Actualité » combien nous regrettons que les aventures du Gladiateur

Barbu aient disparu de ses colonnes, et combien nous apprécierions, en complément aux études approfondies de notre spécialiste Jacques Hess, un travail de fond sur le vocabulaire si spécial des « cats » belges.

★ Le bulletin du Hot Club du Japon est de plus en plus beau mais reste aussi mystérieux. Y a une lettre de Delaunay traduite en japonais. Là, c'est fascinant. Quel coup de pinceau, mes cousins !

Novembre 1954

★ Je salue avec vigueur et émotion la présence d'un nouveau magazine de jazz qui nous arrive de Belgrade (ou Beograd comme on dit là-bas) mais je me déclare, jusqu'à nouvel ordre, résolument imperméable au yougoslave. Le numéro 1 et le numéro 2 de cette revue qui se nomme *List Uruzenja Jazz Musicara* m'ont plongé dans la perplexité. Il semble consacré surtout au jazz local ; mais attendez un peu que j'apprenne cette langue surprenante pour vous donner des détails.

★ J'apprends dans *Musica Jazz* de octobre 1954 que le vol du bourdon se dit « Il volo del Calabrone. » J'aurais cru que ça voulait dire « le bandit calabrais ». Voilà comment s'établissent les confusions horribles, funestes au rapprochement des peuples.

Décembre 1954

★ Gros remue-ménage à propos de l'improvisation dans le jazz. Le critique danois John Jorgenssen a levé un lièvre qui gambadait dans une chronique de Max Jones et a dit : « *La vraie improvisation est un élément surestimé du jazz, et nous avons toutes les raisons de douter de son existence.* »
Je croyais que ces vieux machins-là étaient réglés

depuis longtemps. Mais non, apparemment. Le tout est de s'entendre sur le sens du mot « improvisation ». Et quand on ajoute « la vraie », comme on porte un jugement de valeur (y en aurait-il donc une fausse ?) on est foutu d'avance. Wally Fauwkes, qui répond au débat, semble le faire avec pertinence lorsqu'il écrit : « *L'improvisation est un des ingrédients du jazz et il ne faut pas y attacher trop d'importance. Les chorus "préparés" de King Oliver dans* Dippermouth *me semblent du meilleur jazz que ce qu'improvise, par exemple Roy Eldridge aux concerts J.A.T.P.* »

De fait, on aimerait mieux (et lui aussi) entendre Eldridge « improviser » dans des conditions moins spectaculaires, et le point est d'importance extrêmement secondaire. Qu'on « improvise » (qu'on crée) un chorus dans sa tête, sur le papier ou sur place n'a vraiment aucune espèce d'intérêt : l'essentiel est qu'il soit bon, et s'il est bon, pourquoi ne pas le recommencer ?

★ Une fort grosse publication belge, « Problèmes d'Afrique Centrale », publie un numéro 26 (4ᵉ trimestre 1954) consacré à la musique nègre. Trop abondant pour que nous puissions le commenter ici en détail, ce volume fait table rase d'un tas d'affirmations trop répétées (telles que celle de la prédominance du rythme, etc...). Il contient des « notes sur la musique d'Afrique centrale » de Paul Collaer, « Le problème de l'avenir de la musique bantoue au Congo » par Hugh Tracey, « La valeur du rythme dans la musique bantoue » du docteur J.M. Harbig, un papier d'Hodeir « Prolongement de la musique africaine », un « Essai de définition d'une grammaire musicale noire » de Pepper, « La musique chez les Bapende » de Jean-Noël Maquet, etc...

Textes qui semblent établis avec beaucoup de soin et de sérieux et qui contribuent efficacement à la connaissance de cette musique africaine si totalement ignorée de ceux qui la citent à tout bout de champ.

Mars 1955

★ Un nouveau magazine anglais, *Jazz Monthly*, fait son apparition, sous la direction du fameux discographe Albert J. McCarthy. Il se propose de relever le niveau de la critique de jazz. Sûrement, c'est des gens qui ne comprennent pas le français, parce qu'ils se rendraient compte que je ne fais que ça depuis des années. Je peux me flatter d'avoir amené la critique de jazz à un niveau tel que les prochaines crues de la Seine ne pourront, à tout casser, que m'arracher un sourire méprisant accompagné d'un éclair vert dans l'œil.

Bref, *Jazz Monthly* veut « *imprimer des articles sérieux sur tous les aspects du jazz, sans préjugé en faveur d'aucun style* ». Signalons que le jazz a un côté comique (la presse) qui rendra bien difficile d'écrire un article sérieux sur cet aspect-là au moins. Mais souhaitons bonne chance à cette nouvelle équipe qui a réussi, en tout cas, à faire un magazine bien présenté, bien imprimé, illustré de belles photos. Longue vie à *Jazz Monthly*, et qu'il connaisse un beau succès. Plus on écrit sur le jazz, moins on y pige quoi que ce soit, mais ça remue, on en parle, et il sort beaucoup de disques, ce qui est l'essentiel.

Mai 1955

★ Un magazine américain paraissant à Paris, *Paris American Kiosk*, publie un échange d'articles entre Lou Rosof, un étudiant américain et Jacques Hess, un gars que nous connaissons bien. Lou Rosof émet des opinions fort claires, telles que « À Paris le dixieland est toujours roi », qui sont excessivement sujettes à caution (il ne se rend pas compte de ce que c'était quand c'était *vraiment* roi). Et il cite Jacques Hélian et son orchestre, ce qui fait un peu réfléchir – mais Hess répond à ses remarques sérieuses de façon fort pertinente, et nous vous engageons vivement à vous y reporter si vous jactez le godon.

Juillet-Août 1955

★ Au hasard des pages du *Melody Maker* (29 octobre) une photo de notre amie Annie Ross qu'a les cheveux très courts, ça lui va très bien, je vous signale (les lecteurs pédérastes peuvent passer ce paragraphe). Il y a également un alléchant profil d'une certaine Sheila Bradley – Je signale ça aux voyeurs...

Décembre 1955

★ Voici les deux premiers numéros du *Bulletin du Hot Club de Marseille*. Il y a une très jolie coquille dans le premier : Ce bulletin sera le lien de ces « amoureux de la muque »... dit le rédacteur. Ça a l'air d'un mot marseillais... Que le *Jazz Bulletin* ne prenne pas cette remarque de travers, et félicitons-le de l'esprit qui règne en ses colonnes ; ajoutons que dès le numéro 2, la présentation s'est améliorée. En outre, il s'agit d'un mensuel gratuit, ce que *Jazote* n'est jamais arrivé à faire !

Février 1956

★ La *Saturday Review* du 17 mars, ne consacre pas moins de onze pages au jazz, et l'on y retrouve les noms de nos critiques habituels : Frederic Ramsey junior, Wilder Hobson, Whitney Balliett et Nat Hentoff qui, justement, fait un papier sur « l'espèce en voie de disparition des chanteuses de jazz ». La conclusion de Nat est des plus pertinentes :

« *Les talents originaux diminuent en nombre et en puissance ; et jusqu'ici, on a surtout trouvé, pour les remplacer, des fillettes et bien peu de femmes.* »

C'est effectivement ce qui manque un peu à la plupart des chanteuses actuelles, depuis Merrill jusqu'à notre spécialiste maison Claude Borelli : un peu plus de passion, un peu plus de tripes, un peu plus de folie. Où est le temps où les vedettes faisaient assaut d'excentricité et de déchaînement ? Maintenant, on a l'impression que chacune songe à se retirer du

monde dans un petit couvent tout blanc rempli de
nonnes tuberculeuses. Il en va de même, au fond
pour les musiciens : j'aimais encore mieux les joyeux
ivrognes que les drogués absents – et puis, un ivro-
gne, ça peut tout de même boire très longtemps.

★ L'article de Whitney Balliett fait le point un an
après Charlie Parker.

« *Aujourd'hui*, conclut-il, *on ne peut acheter un disque de jazz moderne sans y retrouver dilué l'esprit de
Charlie Parker... »*

On voit que Hentoff et Balliett arrivent à la même
conclusion par des voies opposées :

TOUT ÇA MANQUE DE TRIPES.

Et si la ville de Caen ne me fait pas une rente à vie,
tant pis, je maintiens ce que j'ai dit.

Mai 1956

★ D'Albert McCarthy, dans le numéro de septembre
de *Jazz Monthly* un excellent éditorial sur le sujet
« Jazz et musique classique », éditorial né d'une
lettre publiée à la fin du magazine. Notamment ceci :
« *Parmi les amateurs de musique classique semble
régner une étrange croyance, selon laquelle il n'y a
aucune impureté dans leur domaine. Ont-ils jamais
considéré la banalité totale des thèmes de nombreux
opéras ? Du point de vue structure, une grande partie
de la musique écrite pour certains de ces opéras est
loin d'être impressionnante. Je mentionne ces facteurs
non pour attaquer les amateurs de classique, mais
pour souligner qu'ils se tiennent souvent en terrain
dangereux... car les qualités mêmes qu'ils dénient au
jazz sont loin d'être toujours caractéristiques des
œuvres qu'ils aiment... »*

Voilà, pour les jeunes amateurs à court d'arguments,
une fort bonne défense, pour commencer à répondre
aux méchants mélomanes qui les harcèlent à l'occasion.

★ Signalons dans *Radio-Cinéma-Télévision* du 26 août et du 2 septembre, un lexique abrégé du jazz par Lucien Malson. Malheureusement, les journalistes que cela devrait intéresser ne le liront pas... ils sont si occupés à écrire...

Octobre 1956

★ Compliments au *Hot Club News* du Hot Club de Lille pour la vigueur de sa mise au point du numéro 17.

Ne dépassez pas les limites de la sottise, tel est le titre. Bonne chance à ces animateurs décidés. C'est la seule méthode : tout dire.

★ Dans le numéro 32 de *Musica,* papier simple et explicite de Jacques B. Hess sur la section rythmique. Article d'initiation, excellent et précis.

★ Dans les derniers numéros de la revue italienne *Musica Jazz,* nous avons noté un intéressant panorama du jazz français dû à André Clergeat.

★ Une très jolie apostrophe de Steve Race dans le *Melody Maker* du 20 octobre 1956, à propos d'Elvis Presley et du Rock and Roll :

« *Je crains pour l'avenir d'une industrie musicale qui s'abaisse jusqu'à satisfaire la demande d'un groupe juvénile dément, au détriment de la masse de ceux qui veulent encore écouter des chansons chantées sans fausses notes et proprement.* »

Steve Race a tort de craindre pour l'industrie ; pour la musique, ça, en ce qui concerne Presley, il a pas tort. Mais l'industrie et la musique, cela fait souvent deux.

Décembre 1956

★ Mon collègue, le sympathique Roger Luccioni présente désormais une Revue de Presse dans le *Jazz Bulletin* de février 1957 du Sud-Est. Ce cochon-là m'adresse un coup violent dans les gencives en manière de post-scriptum :

« *D'un autre côté* (s'exclame ce chien) *si ces messieurs de Paris – Boris Vian en tête – se dérouillaient un peu les rotules pour faire progresser l'action des Hot-Clubs régionaux, on en serait les premiers ravis.* »

Je reconnais que j'ai une dette vis-à-vis du Sud-Est. Le Hot-Club de Marseille a en effet réussi à faire donner mon nom à une rue, ainsi que m'en informait récemment Pierre Bompar. Il faudra qu'on arrose ça un jour, bien que l'on ait omis de porter mon prénom sur la plaque.

Mais ce Luccioni est d'un sans-gêne ! Cela fait plus de vingt ans, mon bon, que nous nous dérouillons les rotules pour la cause du jazz-band. Et comme cela ne nous a pas rendus millionnaires, nous sommes obligés de faire autre chose pour nous emplir le cimetière à poulets.

Maintenant, si vous avez des bons d'essence, on ne demande pas mieux que d'aller vous voir...

Et vive Marseille !

Avril 1957

★ *L'Amérique est la nursery du jazz ; je ne connais aucun solo britannique qui ne soit inspiré par un enregistrement américain...*

C'est Steve Race, un Anglais, qui dit cela dans le *M.M.* déjà cité.

Juillet-Août 1957

★ Dans son éditorial de *Jazz Monthly* (septembre 1957), Albert McCarthy se plaint avec juste raison de l'abondance énorme des publications de disques, qui rendent presque impossible la tâche des éditeurs et des critiques. Il faudrait en outre, ajoute-t-il justement, « *être un ploutocrate pour acheter tous les disques dont on aurait envie actuellement* »...

Effectivement, à l'allure où ça sort... Et la solution

trouvée par Albert McCarthy est la suivante : De tout LP ou EP non chroniqué dans les pages normales, l'amateur pourra recevoir, disque par disque, la critique en envoyant une enveloppe timbrée portant son adresse... Ça, c'est un critique qui pense à l'auditeur. Albert J., you work too much. Please stay in good health... many people like you.

★ *Réalités* – août 1957, sous une belle couverture de Louis – peut-être un poil trop rouge... mais cela doit venir de l'éclairage, contient un long papier de Nadine Liber sur les rythmes noirs. Une formidable photo d'Olga James, et de très bons documents photographiques. Evidemment, le papier, comme tous les papiers sur le jazz, reste contestable, c'est ce qui fait son charme, mais il ne semble pas issu d'une personne totalement ignorante du jazz, alors que c'eût été le cas dans... mettons *Paris Match* pour comparer deux supports non comparables. Un petit reproche à la conclusion peut-être : le calypso n'est *pas* un nouveau rythme. Tous ces rythmes ont déjà été entendus. Qu'ils aient ou non connu la vogue, c'est autre chose ; le calypso n'est *pas* nouveau ; c'est la *mode* du calypso qui est nouvelle. De même qu'en couture ; à supposer qu'on souligne cette année les chevilles, les seins et l'oreille (pourquoi pas), ça n'empêchera pas les dames d'en avoir eu depuis longtemps et les messieurs avisés de s'en être avisés. Cela dit, nette amélioration de la prose usuelle des magazines français. D'ailleurs, *Réalités* n'est pas un magazine...

★ Terminons sur le *Jazz Bulletin* de l'équipe de Marseille, Bompar, Luccioni et compagnie, sur lequel il y aurait beaucoup à dire. Malgré un handicap considérable et certaines circonstances locales sur lesquelles je n'ai pas à m'étendre, Bompar et ses amis ont réussi à tenir la gageure de sortir leur journal. Tous les gens du Sud-Est devraient les aider. Qu'ils sachent en tout cas qu'on fait ce qu'on peut ici.

Octobre 1957

★ Le bulletin mensuel du Jazz Union de Normandie, n° 2, mars 1958, se signale par un éditorial sympathique où l'on relève une heureuse formule.

« *Des "Oignons" à "Solitude", de Duke, il y a un monde, et ce monde, c'est le jazz.* »

D'où une nouvelle définition du jazz : *monde qui s'étend entre la solitude et les oignons.*

Elle en vaut une autre, Bon Dieu de bois !

Avril 1958

CHAPITRE VII

LA PRESSE EN FOLIE

Il s'imprimait dans les revues idoines donc, et un peu partout ailleurs, des vérités premières et des commentaires motivés. Cela n'enseignait visiblement pas la grande presse. Sans doute, comme le remarquait Vian dans le chapitre que nous venons de lire, la plupart des journalistes sont-ils trop occupés à écrire pour avoir le temps de s'informer. Nous nous sommes demandé quelquefois s'il pouvait exister beaucoup d'autres secteurs de l'activité humaine au sujet desquels autant de gens pleins d'assurance auraient déversé les mêmes tonnes d'incongruités. C'est ainsi. Lorsqu'un physicien évoque la physique, l'ignorant se tait. Un anthropologue en vient-il à parler du racisme ou un musicologue initié, du jazz, chacun reprend, on ne sait trop pourquoi, le droit d'étaler dans l'indécence ce qu'on appelle par une concession coupable « ses idées ». Les folies que, des années durant, Vian s'est attaché à mettre en relief vont du lyrisme obscur des chantres bien intentionnés aux méchancetés anachroniques d'incorrigibles vieillards, mais en passant par les plaisanteries exténuées et les badineries faisandées de tous ceux qui ont le culot de s'exprimer à propos de ce dont ils n'ont pas le moindre début de connaissance. Ainsi le sottisier de Vian demeurera-t-il, croyons-nous,

*l'un des plus beaux joyaux qu'on ait jamais sculptés
dans la bêtise des hommes.*

★ Voilà, les journaux sur deux pages. Que faire ?
Heureusement, le *Figaro*, pas dégonflé, vient de réussir un doublé assez sensationnel : deux ignares (nous
parlons jazz, bien entendu), Louis Chauvet et Georges Ravon ont pris la plume à quelques semaines
d'intervalle (je ne sais plus de quand date l'article de
Chauvet, mais celui de Ravon est du 29 novembre)
pour aboutir à des commentaires d'une imbécillité
tellement écœurante qu'on devrait leur couper – à
tout le moins – la main droite, la main gauche et la
langue, afin de les empêcher de s'exprimer désormais ! Louis Chauvet, à propos du film *New Orleans*,
s'en est pris à Armstrong, qu'il rend responsable de la
sottise du scénario (celui-ci avait au moins le mérite
involontaire de rendre compte de l'exploitation des
orchestres noirs par les Blancs) tourné par lui seul
afin d'accroître sa fortune déjà imposante ! Laissons
Chauvet, en regrettant qu'un être de cette espèce
puisse sévir dans une page « artistique », et passons
à Ravon. Ce dernier, toujours au premier rang des
comiques à gages, a fait paraître une fantaisie déli-
cieuse, intitulée *Les Joueurs de jazz* à propos de
l'orchestre de Rex Stewart et du concert du 5 décembre. Eh bien, tenez-vous bien : M. Ravon vient de
découvrir le « jazz-hot » qui « n'a aucun rapport avec
les grands orchestres disciplinés dont les deux cents
exécutants sont conduits parfois par un chef-enfant
en culotte courte ». M. Ravon a eu une idée lumi-
neuse : le jazz-hot, c'est comme les grèves : « la
cacophonie n'épargne personne » et... « C'est le pays
tout entier qui paiera les frais du concert. » C'est
malin, n'est-ce pas ? Ravon est un petit finaud. On
s'en doutait bien. Et son brillant billet qui aurait déjà
été démodé en 1926, se termine sur une note d'espoir

du genre « on devrait interdire tout ça ». Vive la liberté dans l'art, messieurs dames ; mais, à notre humble avis, M. Ravon ferait mieux de cultiver le saxifrage à clochettes, plutôt que de parler de ce qu'il n'est pas capable de comprendre... Et pourtant, le « jazz-hot », comme il dit, cela fait tout de même quelques années qu'on en parle.

Janvier 1948

★ Comme d'habitude, la palme revient à la France dans la course à la plus belle imbécillité. Mais je ne sais comment départager « La Presse » du 20 janvier 1948 et le « Journal de la Femme » du 2 janvier 1948. Voyons le premier, sous le titre : « Le jazz, invention française. »

« *Le jazz est originaire de la Louisiane.*

« *Mais vers le milieu du siècle dernier, à Paris, dans un bal qui s'appelait la Chartreuse, parce qu'il était situé sur l'emplacement de l'ancienne Chartreuse, rue d'Enfer, sévissait un orchestre, qui paraît bien avoir été l'ancêtre de tous les jazz connus : tout y devenait instrument de musique, et des sacs d'écus, agités en cadence, des coups de pistolets, des explosions de capsules fulminantes, des plaques de tôle sur lesquelles on frappait, intervenaient dans le concert.*

« *Le jazz n'a pas été beaucoup plus loin...* »

Cela n'est déjà pas mal. L'autre est je crois encore mieux. C'est notre ami Lucien Malson qui me l'a signalé. Voici l'essentiel (je résume car il est d'une longueur inadmissible ; ces dames s'intéressent à la jazze-bande).

« *Comment ? Vous ne connaissez pas le be-bop ? Ce n'est ni, ni...* (ici, comparaisons dites « amusantes »). *C'est simplement un nouveau style de jazz qu'on lance outre-Atlantique. Ce style se caractérise, paraît-il, etc... C'est-à-dire, si nous comprenons bien* (sic) *que chacun des membres de l'orchestre joue n'importe quoi sans s'occuper des autres et que l'harmonie qui en résulte doit être comparable à celle qui serait produite par une*

troupe de singes s'emparant des instruments, piano-
tant, soufflant et tapant au hasard de leur inspiration...
(etc...) Du Picasso en musique, quoi... (et voici le
clou...) Mais il n'empêche que le be-bop gagne du ter-
rain, ce qui n'est pas pour nous surprendre à notre
époque de folie où la fausse note et l'incohérence
règnent partout. LES HOMMES POLITIQUES CHEZ
NOUS ET AILLEURS NE SEMBLENT-ILS PAS DES
PARTISANS FANATIQUES DU BE-BOP ? »

Eh bien ! réjouissons-nous, Monsieur Ravon a fait
école. Ça fait du bien à l'heure où l'on cherche des
chefs.

Février 1948

★ Les concerts de Dizzy Gillespie à Paris, le Festival
de Nice, la rentrée de Louis Armstrong, autant d'occasions pour la presse de se déchaîner et de raconter
des blagues encore plus sensationnelles que d'habitude.

Passons rapidement sur *Libération* qui, sous la
plume de Jean Prasteau par ailleurs à peu près
informé, sacre Duke Ellington « *roi de la trompette* »
et Cab Calloway « *inventeur du mot "zazou"* », ne
commentons pas les articles de M. Charles Delaunay
qui font montre d'un révoltant parti pris comme chacun sait, et ne parlons pas des articles traitant du
choix fâcheux des représentants de la France, puisque aussi bien le sujet est abondamment commenté
dans le présent numéro. Accrochons au passage
Hugues Panassié (en tout bien tout honneur) qui
dans *Paris-Presse* (3-11-48) nous signale, à propos des
orchestres de Mezzrow et Armstrong, que « *ces deux*
groupements pratiquent abondamment l'improvisa-
tion collective, ce phénomène aujourd'hui à peu près
inconnu dans le monde musical blanc... aussi l'in-
terprétation d'un morceau donné varie-t-elle complète-
ment d'un jour à l'autre ». J'ai entendu plusieurs fois
à Nice un *West End Blues* joué par Armstrong, où
celui-ci reproduisit chaque fois, note pour note, le

chorus du disque Parlophone. Ce n'est pas un reproche : il le jouait aussi bien que dans le disque – et les chorus de soprano de M. Wilbur paraissent également fort inspirés de ceux de M. Bechet, au point qu'on peut les chanter en même temps que lui – mais ne soyons pas chicanous, car Armstrong s'est rattrapé à Pleyel où il improvisa pour de vrai.

Notons le délicat chantage de M. Michel De Bry (une compétence du jazz) dans l'*Intransigeant* du 25-2-47, et la redondante idiotie de cette phrase, à propos de cet « All-Star Band » : *le projet de grouper plusieurs chefs renommés pour en faire un orchestre montre l'ignorance de ses promoteurs : ces champions ne jouent pas du tout dans le même style.* D'abord c'est faux, car ils jouent justement à peu près dans le même style et ensuite, quelques lignes plus haut, De Bry nous dit « ... *certains éléments de l'orchestre Rex Stewart représentent le dernier cri du style américain* » ce qui prouve a) que l'orchestre de Stewart n'est pas plus homogène que l'orchestre français projeté (et c'est exact : Vernon Story et Ted Curry sont très modernes par rapport aux autres) ; b) qu'il y a un « *style américain* », ce que nous sommes heureux d'apprendre, mais lequel ? celui de Rex ? de Louis ? de King Oliver ? de Dizzy ? Prière d'éclaircir, M. De Bry, on suit vos productions avec impatience.

Dans les *Lettres Françaises,* un M. Stéphane Berr de Turique arrive à dépasser M. De Bry dans le domaine de l'incompétence, et je déplore de ne pouvoir citer son papier en entier. Voici une perle : « *l'habitude de stimuler sa fantaisie, de miser sur sa fantaisie, de demander encore et toujours plus à sa fantaisie lui rendra impossible (au musicien de jazz) l'austère maîtrise de soi de l'exécutant classique* ». Allez vous coucher, M. de Turique, vous êtes gâteux. Essayez de donner à un musicien classique une partition écrite d'un arrangement de Duke ou de Dizzy (j'entends : de l'arrangeur de Dizzy ; c'est qu'il faut faire attention, on est épluché, ici) et vous verrez ce que deviendra son austère maîtrise de soi...

Dans le *Patriote* (24-2-48), voici encore quelque chose pour nous... « *puisque même Leclère s'était adjoint l'extraordinaire SAXO LIONEL HAMP-TON ! ! !* » Il s'agit du délicieux Lucky Thompson (celui, entre nous, que j'ai eu le plus de plaisir à écouter au Festival, bien qu'il ait été mal accompagné). Dans l'« *Espoir de Nice* » (25-2-48), à propos de Don Gais, le pianiste de Rex : « *il nous détaille ainsi "Sunny Side of the Street", une chanson dont la fantaisie est proche de celle des meilleures chansons de Charles Trenet* ». Heureusement que nous avons Charles Trenet pour inspirer les compositeurs américains.

Mais pour terminer cette revue de presse, voici le clou : ce n'est plus à propos du Festival, mais de Dizzy et c'est signé Sylvaine Pécheral (tout un programme pour ceux qui s'occupe de jazz) qui classe les styles en cinq : *style New-Orleans, style Chicago, style hot, style swing, style be-bop*, et donne des exemples à l'appui, avec, pour finir, cette définition du « *style be-bop* » : « *Le style be-bop fait penser à l'audition d'un disque qui tournerait à l'envers : le rythme est coupé brutalement et, à aucun moment, ne se laisse emporter vers une facilité habituelle.* » Mme Pécheral conclut : « *la réflexion la plus idiote que j'aie entendue à la sortie du concert, est celle-ci : Ça ressemble trop à la musique de Prokofiev...* » Mme Pécheral pouvait trouver encore mieux en relisant son papier.

Post-scriptum. 1) Je ne compte pas ceux qui baptisent « Gillepsie » celui que l'on nomme d'ordinaire Gillespie. C'est là un phénomène curieux... manque de souplesse dans l'articulation, assez généralisé, ou confusion avec dyspepsie... encore des gens fielleux.

2) J'oubliais dans cette revue de presse française, l'incomparable article de Pierre Michel (hum !... est-ce bien Michel ? mais n'insistons pas, on va encore me mélanger avec Sullivan). Merveilleuse apologie du Pape du jazz, avec croisade et tout, et coup de cymbales... un article désintéressé, à encadrer. Paru dans la *Revue des spectacles*, n° 14. Où l'on apprend

que le H.C. de Paris considère Gillespie comme un grand chef d'orchestre parce qu'il dirige son orchestre avec son derrière. Mais c'est évident ! C'est ce que nous nous tuons à répéter ! Merci, Michel.

Mars 1948

★ Décidément, tous les critiques français rivalisent d'ingéniosité perverse et un rien coquillarde lorsqu'on prononce devant eux le mot « jazz ». J'ai sous les yeux la copie d'un long passage paru dans la *Croix de l'Est* du dimanche 14 mars 1948, passage que je dois à un lecteur de *Jazz Hot* qui désire rester anonyme. À propos des éloges lus dans la presse à l'adresse d'Armstrong et de Mezzrow, toujours dans le cadre du Festival de Nice, voici le morceau d'anthologie (je pèse mes mots) pondu par le M. M... de la *Croix de l'Est*. (Nos lecteurs comprendront que dans la *Croix de l'Est*, M. M... ne pouvait imprimer les quatre autres lettres de son nom.)

« *Quand on lit de tels éloges d'une manifestation musicale dont personnellement je ne saisis pas l'intérêt, écrit M. M..., le mieux est d'en demander la justification aux compétences. C'est ce que nous avons fait. Un musicien authentique a bien voulu nous donner son avis à ce sujet.*

« *Le jazz ! s'est-il écrié, musique de nègres à moitié saouls, voilà tout. Il suffit d'ailleurs que des Blancs se trouvent dans le même état physiologique, ou simulent de s'y trouver, pour donner les mêmes résultats. Prenez cinq ou dix types de la rue n'ayant jamais touché un instrument de musique, distribuez-leur un saxophone, une flûte, une clarinette, un trombone à coulisse ou à pistons, un violoncelle et une contrebasse et priez-les d'en jouer, vous serez servi et, j'ose dire, mieux que par des professionnels. Si vous ajoutez à leur orchestre deux ou trois chiens à la queue desquels vous aurez attaché une casserole, deux ou trois loupiots armés de trompettes, d'arrosoirs ou autres engins résonnants, vous atteindrez le summum de l'art jazzique. Ne croyez pas à un paradoxe de ma part : le jazz exige en musique l'absence de mesure et d'harmonie. Il trouve sa réalisation parfaite dans la dissonance et la cacophonie. Qui mieux que des profanes ès-musique pourrait réaliser un tel programme ?*

« — *Tout de même, avons-nous observé* (nous, c'est M. M...) *il y a des gens qui apprécient la formule du jazz.*

« — *Eh oui... mais par pur snobisme. À force d'entendre des énergumènes crier : Que c'est beau ! le bon public se dit : Au fait, ça doit être beau... C'est sûrement beau ! et s'extasie.*

« — *Mais comment expliquez-vous ?*

« — *Je n'explique pas... et d'ailleurs je ne m'étonne pas du succès de... etc. quand je vois le succès... d'un farceur d'envergure comme Picasso.* »

Voilà l'œuvre de M. M... Valait-elle pas la citation ? L'histoire des casseroles à la queue se retrouve d'ailleurs dans *Aux Écoutes* du 5 mars 1948, mais il paraît que c'est euh... enfin... le... ex... président... vous savez qui je veux dire... qui fait l'analogie, avec le be-bop seulement. Je n'en crois rien. *Aux Écoutes* est un journal plein de menteries.

Nombreuses coupures de presse en provenance de Lyon, à propos du concert de Dizzy. Notons seulement la photo parue dans « Progrès » du 2 mars 1948 : photo de Rex Stewart avec la légende : *Rex Stewart, adversaire du style be-hop* (avec un h). Qu'en pense Rex ? (Je sais bien ce qu'il en pense, mais c'est comme la *Croix de l'Est*, ici ; on ne peut pas tout dire.)

Pas trop tard pour vous parler d'un article du *New York Herald Tribune*, édition de Paris, du 12 février. C'est le compte rendu d'un article paru dans un hebdomadaire russe, *Ogonek*, concernant le jazz. Décidément, les Russes et la *Croix de l'Est* sont à mettre dans le même sac ; ils pigent difficilement. Pour *Ogonek*, donc, le jazz est un reste de musique bourgeoise :

La musique bourgeoise moderne, écrit V. Godorinsky, critique musical, *n'éveille pas en vous des sentiments joyeux et forts. Au contraire, elle les éteint et les anéantit. Elle ne vous emporte pas avec une passion impétueuse, mais vous hypnotise avec la mécanique morte de son rythme et la pauvreté de sa mélodie.*

Pour M. Godorinsky, donc, pas de ces différences subtiles entre le « be-bop », le « swing », le « boogie » et le « ragadoo » qui vous empoisonnent la vie d'un bonhomme. Non. Tout ça, c'est de la musique bourgeoise. M. Godorinsky continue par une saisissante description de l'orchestre-type américain et observe que, dans de nombreuses écoles de danse à l'image de ce qui se fait à l'Ouest :

Notre jeunesse s'amuse dans ces endroits où il se rencontre en quantité de cette musique de danse ignoble et dégoûtante d'origine allemande, anglo-américaine ou simplement non définie, qui empoisonne le goût artistique de nos jeunes et aide à s'implanter un horrible exemple des formes chorégraphiques modernes bourgeoises.

Et Mme Shakoskaya, maîtresse de ballets, propose au problème la solution suivante : *Que ces swing et boogie-woogie absolument inacceptables soient remplacés par le « quadrille soviétique. »*

Moi, je ne demande pas mieux. Ces Russes, après tout ça les regarde. Et venons-en pour terminer aux journaux anglo-américains, au risque de nous faire excommunier par le Pape, le petit père Staline, ou quelqu'un d'autre ; car, à l'heure actuelle, il ne faut pas se mouiller, même quand on est sale (mais cela nous entraîne hors du débat, mes excuses, messieurs et mesdemoiselles).

Juste une ligne de *Musical Express* pour cette fois. Dans son commentaire d'Amérique, M. Stuart Allen termine un de ces paragraphes en souhaitant à Johnny Desmond « *le succès qu'il mérite* ». Bien que Johnny Desmond n'ait pas de rapport avec le jazz (il chante dans l'orchestre Glenn Miller-Tex Beneke), je ne veux pas perdre cette occasion unique de vous confier qu'il chante comme un veau ; c'est dur de la part de M. Allen de vouloir qu'on lui coupe la tête pour lui mettre du persil dans les oreilles. À ce moment-là, pourquoi ne pas empaler Frank Sinatra et décerveler Jean Sablon ? Pitié, M. Allen.

Avril 1948

★ Pas grand-chose aujourd'hui et surtout du matériel anglais, ce qui est amusant, mais restreint du point de vue jazz. Voici que dans *Melody Maker*, on s'énerve fortement : Edgar Jackson, le critique maison, dont les critiques sont merveilleuses, car il suffit d'en prendre le contrepied exact pour être à peu près sûr d'avoir un bon disque – et c'est commode pour en acheter qu'on ne peut entendre.

P.S. : Le Fidèle lecteur Roger Vittu m'envoie un article merveilleux, intitulé Chronique orphéonique. Voici, sans commentaires, l'article entier :

CHRONIQUE ORPHÉONIQUE : *LE JAZZ*

S'il est des partisans et des adversaires du bruit éton-nant importé dans notre pays par les Américains, il faut bien convenir qu'on abuse un peu de ce sport musical, notamment par la radio qui prend plaisir à nous servir, à longueur de journée, ces démonstrations stridentes et cuivrées qui mettent nos tympans à une rude épreuve.

Je veux bien reconnaître qu'il faut varier les émis-sions et satisfaire tous les goûts, mais peut-on raison-nablement admettre que la majorité des auditeurs soit férue de ces bruits discordants et improvisés qui n'ont rien de commun avec la musique, et qui coûtent si cher au budget de la radio, et par conséquent aux contribuables ?

L'école traditionnelle du style consacré par les maî-tres de l'enseignement instrumental et l'incomparable variété des œuvres écrites pour tous les instruments peuvent nous procurer de la musique agréable, compréhensive et sans aucune déformation fantaisiste.

Au lieu de cela, on nous sert à jet continu des horreurs qui ne donnent même pas cette sensation de naïveté qui aurait dû rester l'exclusive des primitifs.

Sommes-nous donc ravalés au rang des peuplades sauvages ?

Certains lauréats de nos Conservatoires, qui, pour battre monnaie, ne craignent pas d'avilir leur réputation artistique. Il en est de même de certains compositeurs en renom qui, pour la même raison, écrivent des absurdités au lieu de doter nos orchestres, nos harmonies et nos fanfares [1], d'œuvres de caractère vraiment artistique.

Comprendra-t-on en haut lieu que la Radio Française doit avoir pour but principal de récréer, sainement, d'instruire les auditeurs, et qu'il n'est pas de bon ton de les saturer constamment de cette soi-disant musique nègre qui, produite à petites doses peut provoquer un intérêt de surprise passagère, mais qui, diffusée à jet continu, lasse un auditoire qui ne refuse pas de payer la redevance mais veut au moins en avoir pour son argent.

Georges HOUSIEAUX.

Je laisse à ceux qui liront ces lignes le soin de les stigmatiser à grands coups de bâton sur la tête du pied-plat Housieaux. Un prix à la meilleure réponse, qui sera publiée. J'ai reçu un autre article, de M. Jean Paris, paru à Strasbourg, pas mal non plus !... mais celui-là !...

Octobre 1948

★ J'ai pas de veine, chaque fois que je veux être très méchant, rien à me mettre sous la dent parce que les revues n'arrivent pas à *Jazote*. Je ne peux tout de même pas faire une chronique des disques, pas vrai ?

---

1. C'est nous qui soulignons

Faudrait d'abord que j'apprenne à distinguer Lawrence Brown de Tricky Sam, comme tout le monde. *Jazz Journal*, octobre 48 : une belle photo de Rex sur la couverture, la vie de Spike Hughes, Joe Mooney, une critique des Rex en Blue Star. Au fait, Joe Mooney, c'est un gars qui joue de l'accordéon ; pourquoi est-ce que nous ne parlons plus de Gus Viseur ? hein ? On est des andouilles. Je vais le dire à Hodeir, faut que chacun prenne ses responsabilités. Bon. Voyons *Melody Maker*. Zut ! Dans le numéro du 16 octobre, un article de Charles Delaunay. C'est déjà dur à lire en français, mais en anglais, mes enfants ! et il parle des « bordellos » de Storyville ; alors quand même, on n'est pas forcé de savoir l'espagnol...

Dans le même *M.M.* (ça c'est joli) du 16 octobre, on annonce la mort de Jean Savitt, en Amérique (qui c'est ?) et... c'est tout ce que j'y vois, à moins de mentionner, une fois de plus, la critique d'Edgar Jackson.

Côté *Musical Express*, je ne vois rien à signaler, sinon une jolie photo du buste tentant de Mme Horne (Lena), en première page du 1er octobre. Ça fait toujours plaisir, même si on n'en profite pas.

Quatre numéros du bulletin du Hot Club du Japon. On peut y lire : No 1 (et la suite), juin 48, juillet 48, août 48 et sept. 48, et le titre, et puis la signature des écrivains, Tay Muraoka, Hidé Ohtani. D'après une liste en langage clair, page 5 du n° 1, on conclut qu'il y a un article sur Glenn Miller, mais le reste est encore vague, car écrit en japonais. J'achète un dictionnaire. On en reparlera.

Novembre 1948

★ Mes lecteurs chéris m'écrivent toujours : je citerai ce mois-ci les généreuses contributions d'Alex Koltchak, de St-Mandé ; de Pierre Roger, de Lyon et d'un de mes vieux camarades de classe de Martigues dont je n'ai pas pu lire le nom, mais qui m'envoie, extrait de *Dimanche*, journal marseillais, une interview, recueillie par un certain Roger Ercé (il se compromet pas), d'un certain Marcel d'Anella, compositeur moderne (*sic*). Comme dit mon camarade de classe de Martigues, ça vaut son pesant de chewing-gum : je n'en extrais que ceci : « *On a toujours tendance à croire que le jazz est une invention moderne qui a pris naissance dans les bas-fonds de La Nouvelle-Orléans... tout cela, c'est du cinéma ! Le jazz est né en France, et ses créateurs en sont nos classiques parmi lesquels Debussy et Ravel.* »

Allons, quand il écrivait son *Histoire du Jazz* en 1943, monsieur Cœuroy n'a pas perdu son temps... il a fait école.

Koltchak, lui, dénonce la collusion évidente de deux individus que l'on doit signaler comme ennemis publics n° 1 (*ex aequo*) et qui semblent infester la presse de province : notre cher Housieaux (l'homme de la chronique orphéonique de notre antépénultième numéro) et un certain Joly.

Je ne cite pas ces êtres rampants, mais cela me confirme dans l'idée conçue depuis longtemps par mes géniales circonvolutions pensatoires, que *tous les articles contre le jazz sont sûrement écrits par la même personne*. Qui est-ce ? À mon avis, la réponse est évidente : Frank Ténot.

Janvier 1949

★ Toujours en France (c'est incroyable ce qu'on s'intéresse au jazz en France. Quel pays !) il y a *Jazz News*, sous-titré *Blue Star Revue*, ce qui subséquemment, nous fait bien voir que c'est un point édité par Decca. Je ne vous avais pas parlé du premier numéro parce que y avait des jolies photos, oui, mais pas beaucoup de texte intelligible... Enfin c'était du texte comme la musique de Lombardo, pour regarder les images en même temps et se le faire lire par un papillon apprivoisé. Dans le second numéro par contre, y a de la matière. Passons sur un éditorial insolite où une personne pleine d'hypocrisie semble aspirer au temps où les « stériles querelles d'école » prendront fin. Ben zut, alors, avec quoi ils vont croûter, les papes ? Et puis *Jazz News* fait encore une autre remarque dangereuse : « *Jazz News* s'efforcera d'accueillir toutes les opinions et toutes les critiques, pourvu qu'elles soient étayées par des raisons solides. » Et pourquoi ? Et les raisons pas solides, alors ? Ça ne compte plus ? Allons, jazeniouze, faut pas être jésuite comme ça. Cela dit, un article de Carlos de Radzitzky sur Lester Young, qui, pas plus que celui de de Villers dans *Jazote*, ne traite le sujet comme il faut : le monde attend le lever du soleil (air connu) et il nous manque encore ceux de Papanassié, de Delaunéné et d'Hodeir (nier les bons) et puis moi j'en ferai un avec les leurs ; allez, messieurs, je vous attends.

Page 5 : L'Âge du Swing, par André Doutart. Adjectifs : gauguinesque et armstrongien. Je propose : gauguignolesque et armstromboli, c'est plus percutant. Page 6 et un bout de 7 : Qu'est-ce que le be-bop, par Walter « Gil » Fuller. C'est plein de choseries, mais surtout ça manque un peu de modestie chrétienne. Gil doit être musulman (comme un arracheur de dents du Midi). Car il se compare (simplement) à Stravinsky, Hindemith et Schoenberg – pas moins – avec une truculente simplicité. Je signale à M. Fuller qu'il y avait encore Alban Berg et quelques autres sous-fifres d'une envergure acceptable. Enfin, Gil a écrit l'arrangement de *Manteca*, alors je lui pardonne ; mais quand on a lu son papier, on sait pas du tout ce que c'est que le bibope. (D'ailleurs toute littérature de ce genre est condamnée « a priori » : la musique, ça s'explique en musique.) Bien. Bon. Page 7, Carlos de Radzitzky sur Armstrong. Bon. Bien. Page 8, « *Cinq jeunes saxos* », par le camarade Conrad. (Je sais moi, qui lui a suggéré ce titre... mais je le dirai pas...) Page 9, le roi des Déconnants, Rudi Blesh, nous parle du Renouveau du jazz. C'est un type qu'a de la personnalité, Blesh, il réussit à vous mettre en rogne en vous parlant du vieux style. C'est pas croyable, ce que monsieur Blesh peut être blêsheuse (d'ailleurs, Albert Nicholas l'avait dit bien avant moi). Monsieur Blesh n'aime pas le bibope, ça le regarde, mais qu'il ne dégoûte pas les autres du style Nouvelle-Orléans à force de le rendre antipathique. Monsieur Blesh est pour le jazz blanc... Ça se voit, mais qu'il nous laisse écouter un peu Ellington, non ? Ça doit être lui qui a lancé le slogan : « *La Nouvelle-Orléans, musique la plus moderne, la plus expressive et la plus significative de notre temps.* » Et cette autre perle : « *Pour la musique Nouvelle-Orléans, une chose est d'importance primordiale : la projection de sa pure tradition dans le futur, pour en tirer un processus de croissance.* » Et les vaillantes armées qui soutiennent l'opération, c'est « *l'avant-garde des Ory, des All Star Stompers, de Claude Bolling, déjà en route vers le futur* ». M... ! alors (excusez-moi, mes lecteurs mignons... on peut comprendre, merci, monsieur Blesh). Enfin, monsieur Blesh, marchand de disques, gagne sa croûte en vendant de l'Ory, du All Star Stompers et du Bolling... Il va pas se mettre à avouer que c'est gentillet, sans plus... Et puis il a dit aussi que si Delaunay s'occupait de bibope (ce qui est erroné, Delaunay s'occupe de sa discographie et il n'y pige rien, au bibope comme au reste – j'en profite, il est aux uhessa), c'était parce que c'est le seul domaine où Panassié n'étendait pas son ombre immense... Alors là, c'est marrant... parce que dans le numéro deux de la *Revue du Jazz*...

Dans le numéro deux de la *Revue du Jazz*, il y a des choses insolites. D'abord, c'est un numéro copié sur *Jazz 47* : le surréalisme fait une vigoureuse apparition par le truchement des errements d'Herment, suivi – mais de loin – par notre Combelle chou. La perle d'Herment, c'est une définition de Grappelly : « *La cravate à pois qui cache le mâle.* » Bien caché, le mâle ; ça doit être la fleur des pois qui s'est épanouie entre-temps. Combelle, il n'y a trop rien à redire. Sauf à sa définition de *Teagarden* (qui est tout de même un empoisonnement). Rien à dire... sinon que c'est un peu gratuit sans être tellement exact, avec

une pointe de gongorisme nuancé d'afféterie qui
paralyse un peu le jugement circonstancié que l'on
pourrait émettre à la rigueur en taxant ces métathè-
ses d'amphigouri évanescent. Bon. Mais c'est pas ça
l'hic : page 66... Horreur !... Un article laudatif (court,
c'est vrai) sur *Charlie Parker*... signé H.P. Charlie Parker, ou la « Silhouette de la *Revue du Jazz* ». On se
prend à rêver... Ça y est... l'ombre immense commence à comprendre... pardon à s'étendre, je voulais
dire, Messieurs, un premier pas vers la réconciliation
nationale vient d'être fait par la *Revue du Jazz* en qui
je suis heureux de saluer le représentant le plus
vivant. Le plus constructif, le plus tour-de-potier de
la jeunesse française dans ce qu'elle a d'admirable :
sa foi en les destinées d'une musique qui (Blesh à
part) ira loin.

Autre *Maker* (19 février). Rien dedans. Ils copient
tous *Jazote*. Finissons par un petit *Down Beat*. Il y a
un accordéoniste sur la couverture. Ça dit tout.
Nous, on a eu Viseur avant vous, d'abord. *Les vedettes
de Kenton se dispersent !* Chouette ! Le danger est
conjuré. Un autre titre : *Les goûts du public déconcer-
tent les fabricants de disques*. Les pauvres. Depuis que
le « Petrillo Ban » est levé, ils savent pas quoi enregistrer. Une question brûlante : *Les bons musiciens
meurent jeunes. Pourquoi ?* C'est vrai, ça, pourquoi ?
Peut-être qu'ils lisent *Down Beat* – ou qu'ils écoutent
Kenton. Ah, là, là, ça suffit comme ça, cette revue de
presse n'a jamais été si longue, au revoir mes bizouillets, je vous promets des félicités innombrables pour
la prochaine fois.

Mars 1949

★ Et je passe à ma petite correspondance. J'ai reçu
des tas de lettres depuis quelques temps.

D'un fidèle lecteur (Illisible, dit-il). – Citation de
Jean Chantavoine, chez Plon : « *Les clowneries du cir-
que, introduction au jazz.* »

Faut le savoir, effectivement. Et Jasbo Brown, donc ?

De Philippe Réal, Paris. – Un article découpé dans l'Almanach Vermot qui rappelle justement cette histoire du nègre Jasbo Brown à qui on disait : « *Encore, Jasbo* » pour qu'il joue, d'où « *Encore jazz* », etc...

Ce qui fait que Jasbo Brown débuta à New York avec son orchestre pour tenter sa chance. « *Ils eurent*, dit Vermot, *un succès fou et des imitateurs. Le jazz-band était né.* »

Eh bien, mon cher Philippe, cette histoire est un perfectionnement de celle apportée par Monsieur Cœuroy dans son « Histoire générale du jazz », page 28. Voilà donc la conclusion : c'est Cœuroy qui fait l'Almanach Vermot.

De J. Didier, à Bourg-les-Valence. – Un article de A. Goléa dans « Témoignage Chrétien ». J'aime bien mon confrère Goléa, mais effectivement quand il écrit que les ordures d'Alec Wilder et son octuor sont « *un jazz épuré ramené à ses sources par le détour de la discipline qu'impose et du raffinement qui permet la musique écrite...* », on a envie : 1º de lui rigoler au nez ; 2º de le prier de s'occuper de musique classique exclusivement ; 3º de lui demander s'il se figure qu'un arrangement comme « Giddyburg Galop » ou « Braggin' in brass » ou même « Manteca » n'est pas de la musique écrite pour les trois quarts au moins (ce qui ne leur ôte rien, à eux) ; 4º de lui indiquer Yvonne Blanc et Caroll Gibbons qui lui procureront de grandes satisfactions.

De R. Perrin et P. Roger, de Lyon. – Les camarades Perrin et Roger m'envoient avec commentaires (que j'approuve) des papiers de Léon Vallas et P. Giriat parus dans la presse locale à propos de concerts de jazz. Celui de Vallas est assez « répugnant », comme dit Roger. Celui de Giriat est moins idiot et moins agressif, ce qui le rend presque sympathique : il n'est pas fielleux comme l'autre. L'autre, c'est le style « *cocotiers millénaires, rythme négroïde quasi animal, etc...* ».

Monsieur Vallas, vous êtes un sac à roubles, un suppôt de Truman, un valet du capitalisme nazi, un plouk et un trombidion, et tout le monde le saura. Allez vous rhabiller !

De Françoise (?) Forrest (? ?). – Ma chérie, vous auriez dû m'envoyer une photo en costume de bain, que je puisse vous écrire avec quelque pertinence. J'attends. Quant aux questions que vous me posez concernant Delaunay, je ne peux y répondre (ça serait censuré). Maintenant, j'attends votre adresse et vos mensurations, et je vous signale que j'adore l'« Opera in vout » (surtout quand y a pas de chorus de guitare). Lester Young aussi, je l'adore un peu, et puis le père Ellington, le poulet au curry et la liqueur de cassis Lejay-Lagoutte. Dormez bien. Si vous êtes sage, je vous enverrai ma photo en spahi.

Avril 1949

★ Un lecteur fort aimable, Dornand (?) m'envoie des petites coupures très drôles : « Don Byas, l'un des premiers pianistes français... » Mais est-ce qu'il n'a pas coupé tendancieusement celle-là du moins ? Un vieil article d'H. Lauwick dans « Noir et Blanc » où le monsieur montrait qu'il ne pige pas bien... il s'imagine que les amateurs de jazz sont une demi-douzaine (il est habitué à un public restreint) et qu'ils sont amateurs de la *Rhapsodie en Bleu*. Pauvre M. Lauwick. Mignon M. Lauwick. Chou M. Lauwick. Bravo ! M. Lauwick. Un coup de blanc pour M. Lauwick, et au cabinet noir.

★ Alors, Françoise quoi de neuf ? Quand est-ce qu'on sort ensemble ?

★ En Angleterre, y'a *Jazz Journal* et le *Melody Maker*, toujours. Dans *Jazz Journal* un seul article intéressant (c'est faux, mais je veux faire bisquer Sinclair), celui où Marguerite Gautier nous raconte sa nuit avec Fat's (ça l'a marquée pour la vie, en creux).

★ Pas d'hésitation

Déclarons ici même que l'*Époque*, en la personne de F.C. Candelier a gagné la palme des palmes, la croix de Super-Commandeur des Khons extrêmes.

JAZZ OÙ ÉTAIS-TU ?

Le jazz n'aurait-il plus d'admirateurs éclairés ? Le récent festival de Pleyel pourrait le faire croire. C'est mal connaître cette musique et ne pas l'aimer du tout que de la faire profaner par une équipe commerciale qui compte Aimé Barelli, Claude Luter, piètre imitateur de King Oliver et Braslavsky qui s'essouffle à remplacer Sidney Bechet.

Tirons l'échelle et passons à l'*Actualité Musicale* (Belgique).

Longs comptes rendus du festival par Carlos de Radzitzky et Albert Bettonville (le Marquis). Carlos n'est pas content du tout. Il n'aime pas Miles Davis. Je veux bien, mais s'il aime McGhee, ça ne va plus. Parce que Miles Davis est peut-être froid (?), mais McGhee, c'est la banquise, alors. Il n'a pas aimé ce qu'a fait Parker non plus. Ben, il est difficile, Carlos. Allons Carlos, tu sais bien qu'on ne peut pas bien se rendre compte en concert... ça va trop vite... Tout ça, au fond, parce que Zoizeau n'a pas joué un seul des chorus que les fans connaissent par cœur... alors c'est forcé que ça déroute. Louis, ça déroutait pas, bien sûr. Mais, trêve de coquineries, Carlos a du trop bon whisky chez lui pour que je dise qu'il a tort.

Bettonville, lui n'a pas tort en disant que Miles Davis se cherche... mais il se trouve tout de même pas mal... enfin, parlons pas de tout ça, il y a du soleil et des zoizeaux dans les branchaaaageux.

Juillet-Août 1949

★ Mes poulpiquets bronzés, je suppose que vous voilà tous revenus de vacances maintenant, et prêts de nouveau à brandir le sacro-saint flambeau du jazz contre tous les méchants admirateurs de Charlie Blanc et Yvonne Kunz. Aussi, sans plus attendre, je me rue sur les revues accumulées par le patron pendant ces longs mois d'inaction et qu'il s'est bien gardé d'ouvrir parce que je suis là pour ça et que c'est si bien payé que pas un instant je ne songerais à me dérober à cette pénible tâche, ainsi soit-il.

Die Stimme Amerikas ou *The Voice of America*, publication des programmes américains en Allemagne. Là-dedans, peu de chose, sinon un article de deux pages sur l'histoire du jazz, avec photos de Louis. Cet article, écrit en langue teutonne, comporte de monstrueuses choses telles que « ... à partir des éléments rythmiques du ragtime, de l'harmonie du blues et d'une technique nouvelle que Paul Whiteman cristallisa sous forme d'une brillante combinaison pour en faire un nouveau style musical... » et ensuite George Gershwin, Walter Damrosch, Ferde Grofe... Ouye, ouye, ouye, comment est-ce qu'on les rééduque, les nazis... ils sont à bonne école... encore des gars qui ne cogneront jamais sur les nègres.

Jazz Journal est très difficile à revuedepresser, parce que c'est plein de rubriques régulières. Mais justement, en voici, du nouveau ! Un article féminin (le satyre en nous se réveille) intitulé « Le point de vue féminin », de Joan Snarey. J'espère pour cette femelle qu'elle est très très jolie, sinon elle a toutes les déveines dans la vie. Messieurs, on dit parfois que les amateurs anglais de jazz ont l'esprit étroit (même, je crois que c'est moi qui le dis assez souvent), mais les amatrices, alors ! Ça enfonce tout. Sachez, lecteuses de *Jazote*, que pour Mademoiselle Snarey un orchestre où il y a un saxophone (fût-ce le soprano de Bechet ou le ténor de Hawk) n'est pas un vrai orchestre de jazz... Je suppose que les disques des Gramercy Five où Guarnieri joue du clavecin comblent d'aise cette passionnée d'ancien. Juger un musicien sur son instrument est un procédé nouveau et qui me plaît bien ; en somme... à une Anglaise, mes chères lecteuses, revenait le mérite de le trouver.

Qu'est-ce que tu fichais pendant ce temps-là, Françoise ? Et d'abord pourquoi tu ne m'écris plus ? Et cette photo ? Et ce rancard ? Je ne suis pas content !... Mais je m'écarte de mon sujet. Enfin, Joan aime également feu Bunk Johnson. C'est vrai, le pauvre Bunk, il est mort aussi.

J'en avais un vieux que je voulais refiler à Joan, je vais le garder en souvenir. Pour notre chérie, ensuite.

Ellington, non plus, c'est pas du jazz. Ah ! la bourrique ! Sinclair, c'est une trahison. Heureusement que Kathleen Stobart m'a donné une autre idée de l'Angleterre féminine et de ses rapports avec le jazz ! Et, dégoûté, je n'ai pas lu *Jazz Journal* plus avant.

Melody Maker paraît maintenant sur 12 pages, ce qui est gros. Et ce qui a permis à cette feuille pourtant sympathique de sacrer à son tour (treize ans après l'Amérique) Benny Goodman roi du jazz. Il y a là une légère exagération. Personnellement je préfère Yehudi Menuhin et Jasha Heifetz. Cependant, malgré cette pétulance toute méridionale et malgré Edgar Jackson, *Melody Maker* reste un agréable journal.

Le *Melody Maker* ne laisse pas passer une semaine sans nous entretenir par ailleurs de la pénible stupidité et incompréhension et mesquinerie et chauvinerie de l'Union des musiciens anglais. Une question : pourquoi ne vont-ils pas tous les tuer ?

Enfin, faisons un bond gracieux par-dessus l'Océan et atterrissons en plein *Down Beat*. C'est un vieux, mais qu'importe. Sur la couverture, il y a le vieux Irving Berlin et la jeune Fran Warren. Beau brin de gonzesse, comme dirait André Hodeir. En page 1, Monsieur Michael Levin (Mix), de *Downbyte*, attaque à mort Monsieur Wolff, de *Donebite*, qui a dit du mal d'Armstrong en ces termes : « La plupart des musiciens reconnaissent la médiocrité d'Armstrong et l'admettent quand on les questionne. » Ce qui est simplement idiot, Mix a raison. Il y a des mauvais disques de Louis, mais sur le nombre, c'est tellement infime ! Que Louis ne soit plus ce qu'il fut, c'est vrai aussi – mais il fut quelque chose d'assez conséquent.

Alors, au fond, Mix a tort de faire de la réclame à Wolff. Dans *Dahonebhite*, on trouve encore un compte rendu de Marion McPartland, la femme de Jimmy, sur le Festival de Paris, et elle ne parle que du jour où joua son homme, ce qui est naturel, puisqu'elle l'aime et aussi parce que c'est le seul où ils furent à Paris. On découvre également un ténor du nom de Brew Moore qui estime qu'il n'y a qu'un gars au monde, Lester Young. Bon, moi ça ne me gêne pas, mais il doit tout de même y avoir moyen de combiner un autre genre de zizique que celle de Hawk ou Young sur un tube où il y a tant de trous. Oh ! il y a encore beaucoup d'articles dans *Down Beat*, je ne peux plus y arriver, cette revue de presse aura ma piau.

Terminons donc par *Record Changer*. C'est un magazine pauvre, ce mois-ci, et semblable à lui-même pour le reste. Une grande biographie de Bechet, des critiques de disques et le coin des collectionneurs. Une nouvelle rubrique s'affirme, celle de Carl Kendziora, un (hélas !) spécialiste de Benny Goodman. Au fait, quel collectionneur entreprendra de nous dire les disques de Goodman achetables ? il y en a où jouent Teddy Wilson, Hampton, etc... Faudrait leur faire des fiches techniques. À partir de 32 mesures sans Goodman, ça doit pouvoir se supporter... Allez, assez bavé sur les grands hommes... Au revoir, mes cacodouillets phénoménaux.

Septembre 1949

★ Dans le numéro du 24 septembre du *Melody Maker*, il y a une demi-page réservée au Guest de la semaine, Sinclair Traill. Je profite de l'occasion pour conseiller une fois de plus aux lecteurs de *Jazote* de se mettre à l'étude de l'anglais, afin de jouir régulièrement de l'humour vraiment très poussé du camarade Sinclair. Lire ses papiers est un régal ; Sinclair est toujours en forme, et c'est une drôle de forme. Par ailleurs, je renonce à chroniquer *Melody Maker* ; depuis qu'il paraît sur 12 pages, il y a vraiment trop de choses.

★ Onze cents lecteurs mâles, six lecteurs femelles, et le personnel du couvent de Ravanastron-sur-Pigne m'ont écrit des lettres d'injures pour exiger que cette revue de presse soit remplacée par une Revue du Quatorze Juillet avec des pétards, des rosières, des lampions, et un défilé militaire : on le devine, il s'agit là d'un prétexte pour entendre la musique Nouvelle-Orléans, mais j'ai déjoué ce traquenard et ça sera une revue de presse aussi minable que d'habitude. D'ailleurs Françoise adore ça, elle me l'a encore écrit l'autre jour ; et sa lettre n'était pas très tendre, mais je lui pardonne de m'oublier, hélas, nous sommes si loin l'un de l'autre. Mais trêve d'indiscrétions, et ruons-nous sur la masse terrible de documents qui pèsent de tout leur poids sur notre décision de ne rien faire ce matin.

Et d'abord, le courrier : en effet, quand je termine par là, *Jazote* fait sauter mes réponses les plus spirituelles et c'est ainsi que la charmante Colette Bonaparte a pu s'imaginer n'importe quoi ; pourtant, la dernière fois, j'avais préparé un document inédit à son intention ; mais qu'elle m'écrive une lettre moins anonyme (c.-à-d. avec son adresse) et je lui-z-y-répondrai en direct.

★ Mille grâces à Dornand, qui est un vaillant enfileur de perles ; il faut dire que les perles abondent dans la presse contemporaine ; mais le grand collier des vipères lubriques du mois ira, certes à Maurice Montabré, le bouillant chroniqueur du *Figaro* ; Dornand (Max pour mes lectrices) remarque avec fiel « *qu'il est extrêmement curieux de constater que l'attitude d'Armstrong à l'égard du bop est identique à celle du quelconque pisse-copie amphigourisant du* Figaro *à l'égard du jazz en général* ».

Rappelle-toi, Max, que l'opinion d'Armstrong nous fut

transmise par le pape, et qu'il peut y avoir des erreurs en cours de route... (bien involontaires, *of course*).

Et sur ce, Max suggère, pour changer, qu'on publie les extraits des auteurs qui n'ont pas dit trop de c... blagues sur le jazz : Claude Roy, Troyat, etc...

Qu'en dit-on ?

★ Jacques Robert, de Sens, lui, a trouvé une vraie merveille entre les merveilles.

Je reproduis : « À une époque où les exagérations du swing deviennent un danger mortel pour notre culture intellectuelle intoxiquée... »

Et plus loin :

« ... Mais après la causerie de l'éminent musicologue M. Jouvensal et l'audition expliquée de plusieurs quatuors célèbres, aucun élève ne sera plus excusable de ne pas savoir faire la discrimination entre les excentricités cacophoniques du swing que tant d'amateurs incultes se plaisent à écouter exclusivement à la radio et la musique sublime et éternelle des maîtres : de ne pas sentir la différence entre un Beethoven et un Bourvil, entre un Ravel et disons-le, et un... Wiener, l'avocat d'une mauvaise cause. »

Alors ? hein ? Bourvil ?

Ça va drôlement loin, ça. C'est signé Paul Dewez.

D'ici à ce qu'on nous interdise d'écouter Fernandel parce qu'il est bop...

★ Sachez que la *Revue du jazz* a été remplacée par des programmes apériodiques sortant à l'occasion des concerts. Le dernier programme était consacré à Armstrong. On en profite pour le vendre cent balles. Que voulez-vous, le pape poursuit une politique de baisse des prix, on l'a vu dans le discours au Concile Œcuménique du H.C.F. Le H.C.F., le *seul* clûbe qui ne change pas d'opinion. Au fond, achetez la *Revue du jazz,* on n'a jamais rien lu de si bidonnant (Dieu ! que je suis vulgaire !...) que le Discours. Ça vaut bien cent balles, et puis le papier est mince.

Octobre 1949

★ L' *Actualité Musicale*, journal belge dont je pense généralement du bien, a publié sous la signature de Roland Durselen un article si délirant à propos d'un concert du All Star bop Orchestra, que l'on croit rêver.

Que Roland ne croie pas à ma sournoise malveillance et qu'il se rappelle le danger d'un abus du superlatif... On en arrive à dire que Teschemacher est le plus grand des clarinettistes, et il ne reste plus rien pour Jimmy Noone (à propos, il y a un chorus de Noone qui n'est pas mal, dans *Clambake in B Flat*, disque Capitol).

Heureusement le roman-feuilleton d'*Actualité Musicale* nous ramène sur terre.

Mais pourquoi diable les musiciens belges qui sont d'excellents musiciens, souffrent-ils d'un complexe d'infériorité qui porte leurs chroniqueurs à de tels excès ? Nous savons parfaitement que la Belgique est aux tout premiers rangs du jazz européen ; mais honnêtement, les Suédois aussi... et encore d'autres. Seulement, ça n'empêche pas que Gillespie, Ellington, Basie, Hampton, ça a une autre classe que tout ce que nous autres, pauvres petits malheureux Blancs, pouvons tenter de réaliser... même en Belgique.

Décembre 1949

★ Merci d'abord à *Jacqueline* (c'est tout ce que je sais de cette personne qui a une écriture pourtant, plutôt masculine – d'ailleurs simple, simplifiée, liée, avec des liaisons en arcade, mais peut-être des barres de *t* un peu inquiétantes), et à G. Bordes, de Coutras, qui tous deux m'ont signalé la forte bévue de Marc André dans *Radio*-50 : « *La jeunesse qui passe sa vie dans la cave du Club Lorientais, rue des Carmes, où tout un peuple de jeunes gens, en chemises écossaises,* danse le be-bop, *rythmé par la trompette de Claude Luter...* »

C'est effectivement sujet à controverse et j'ignore

si Luter est tout à fait d'accord, mais n'insistons pas, paix sur terre aux zohmmes de bonne volonté.

Voilà qu'est apparue une revue, *Philharmonic*, dirigée (c'est écrit assez gros) par l'inénarrable Johnny « Scat » James, la plus belle folle que j'aie jamais vue et qui semble avoir pour but essentiel de répandre sa photo à des douzaines d'exemplaires. On se demandait pourquoi, au dernier Festival de Paris, on ne pouvait faire un pas sans tomber sur Johnny en train de sourire en faisant « Cheese ! », comme on vous apprend en Amérique. Impossible de prendre une photo de Parker, de Miles ou d'un autre sans que Johnny soit là, mignon et bien ondulé. Ben, maintenant, on a compris, Johnny préparait sa revue. Pour ne pas se mouiller, il a mis une photo de Louis en couverture, mais ça m'étonnerait que ça ne soit pas la sienne un peu retouchée. On a droit aussi à Stan Kenton et à diverses personnes plus intéressantes. Longue vie à *Philharmonic*, une revue signée Johnny James, avec Johnny James dans le rôle de Johnny James, en long, en large et en travers, et vive le jazz-hot !

Février 1950

★ Cecy, mes amys, est une revue de presse rétrouspectyve, car les faicts et événements que je vous veulx dépeindre aujourd'huy sont escoulés depuis fort longtemps ; il s'agist en l'espèce d'iceulx incydents qui prinrent naissance vers l'an de grâce mil neuf cent trente et cinq, lesquels aboutyrent en ce temps-là à divers phénomènes fort surprenants ; ains ne veulx anticyper sur la suite de ce chapistre et vais incontinent aborder le vif du subject.

I. — C'estoit l'époque où, unis dans une affection solide et compréhensive, le métropolite actuel Hugues premier et son coadjuteur Charles qui estoit alors sous-pape œuvroient en commun à l'édification du temple de la musique des nègres. Car il advint que s'étant aventurés jusques aux rives d'un grand fleuve des Indes occidentales, lequel les indigènes nommoient Mississippi, de hardis explorateurs furent charmés et délectés par les accents d'un art si nouveau et si estrange qu'ils conçurent le noble proujet d'en faire procfiuter leurs compatriotes ; cet art, en fort peu de mois, enchanta si bien le cœur d'iceulx qu'il naquit un grand mouvement en faveur des nègres et qu'un groupe d'hommes au cœur pur décida de promouvoir et de développer sa pratique par tous les moyens de son pouvoir. Le levain faisait fermenter la paste, et une gazette, nommée *Jazote*, vit le jour, arrachée par un laborieux accouchement aux limbes où fermentoient ses éléments.

II. — Cela dit, passons à l'action. Voici *Jazote*, nº 1, mars 1935.

Couverture : noire, rouge et blanche. Le rouge tirant plutôt sur l'orange. *Jazz Hot* enlacés, absolument illisibles mais très spectaculaires. En bas : Revue internationale de la musique de jazz.

Belle couverture, mais peu visible dans un kiosque.

À l'intérieur, c'est bilingue. Le papier ne coûtait pas cher.

III. — La première étude : Coleman Hawkins, par Hugues Panassié.

Bonne étude superficielle ; non, pas exactement superficielle, mais purement descriptive, bien dans la manière du Maître-Étude affective ; le jeu de Hawkins est décrit par les impressions qu'il nous fait ressentir bien plus que par ses caractéristiques objectives.

C'est une méthode. Elle a l'avantage de faire comprendre ce que ça veut dire quand on a déjà pigé. Mais à ce moment-là, ne suffit-il pas d'écouter ?

IV. — Puis une lettre d'Amérique de John Hammond.

Abondants détails sur Benny Goodman.

Ceci vous suffira.

V. — Lettre de Preston Jackson.

« *Jabbo Smith est un trompette merveilleux, le meilleur après Louis.* »

Ou : Comment naissent des légendes.

VI. — Milton « Mezz » Mesirow par Joost van Praag.

L'éminence grise.

VII. — Hugues Panassié, par Georges Hilaire.

Première exégèse d'un ouvrage aujourd'hui plus ou moins renié par son auteur, « le Jazz Hot » (1934).

Article compréhensif. Ce livre, au fond, n'était pas si mauvais ; pourquoi ne le réimprime-t-on pas ?

VIII. — Léon « Bix » Beiderbecke, par Charles Delaunay.

À ce moment-là, Bix était un grand trompette.

Il n'a rien perdu, puisqu'il était déjà mort.

Seulement, on ne l'aime plus.

Et on a tort. C'était pas si mal, Bix. Ça valait bien Mezzrow.

Baltimore... moi je trouve ça très joli, Baltimore...

Ah, tas d'ingrats ! Et dire que tout ça, c'est venu à la musique par Jack Hilton, Kunz, Caroll Gibbons ou Peter Kreuder...

IX. — Revue des disques, par Hugues Panassié. Une phrase calomniatrice : « *Django et Grappelly en sont.* »

C'est pas vrai, Django n'en a jamais été (je dois vous avouer que cette phrase a besoin de s'appuyer sur la précédente pour prendre son sens : comme je suis honnête (?)[1], je rétablis : « *Il y a des musiciens français qui sont d'une classe égale aux grands solistes américains. Django et Grappelly en sont.* » À noter qu'on peut se demander si, du point de vue de la syntaxe, la *classe* égale aux *solistes* se justifie, mais chut).

X. — Musiciens – Orchestres.

Il y avait à Paris, cette année-là :

1) *Freddie Taylor,* avec Fletcher Allen.

2) *Arthur Briggs,* avec Django et Grappelly et Combelle et Marion.

3) *Willie Lewis,* avec Jerry Blake : « *Jerry Blake est*

---

1. (?) : Note de la rédaction.

certainement un des plus grands clarinettistes hot. »
(H.P.)

Il n'a pas eu de chance, faut croire.

4) *Harry Cooper* avec Booker Pittman : « *Peu de musiciens hot peuvent soutenir la comparaison avec lui.* » (H.P.)

On pourrait en faire une de ces listes, des musiciens avec qui peu d'autres musiciens peuvent soutenir la comparaison !...

XI. — Teddy Wilson, par Stanley F. Dance. « *L'insuffisance de cet article, simple apologie d'amateur, m'apparaît douloureusement* », écrit Stanley Dance.

Peut-être, mais ça fait bien plaisir d'entendre parler de ce musicien qui est certainement un des plus grands pianistes hot. (B.V.)

XII. — Et voilà ; le numéro 1 se termine avec la critique d'un concert du Quintette, par Fouad. Je vais m'appesantir moins longuement sur ce qui suit ; mais il y a encore des choses drôles.

XIII. — Dans le n° 2 :

« *Django, en demeurant simple, net, lumineux, s'exprime sur sa guitare avec une force de vie et un raffinement extrêmes. Il propage des ondes légères qui s'écartent délicatement du point de départ et l'enveloppent d'une architecture exquise.* »

De qui est-ce ?

XIV. — N° 3, p. 4 : « *Des Blues est certainement un des plus beaux disques hot qui aient jamais été enregistrés.* »

De qui est-ce ?

XV. — N° 3, p. 10. – « *Victor inonde le marché de disques de Fat's Waller. Il y en a beaucoup de bons, ET ENCORE PLUS DE MAUVAIS. Il est regrettable que dans des disques où l'on entend une section rythmique remarquable et souvent de merveilleux solos de piano ou de trompette, Fat's CHANTE D'UNE MANIÈRE SI COMMERCIALE.* »

Ça, c'est d'un nommé George F. Frazier, qui se surpassait... attendez !...

XVI. — N° 4, p. 10. « *Bennie Carter est toujours un*

des meilleurs saxophonistes alto du monde et il est dommage qu'il perde son temps à jouer de la trompette... »

Ça, c'est bien dommage... écoutez plutôt son chorus de *Moppin' and Boppin*... Ou celui du *Dinah* d'Hampton... Comme c'est mauvais, hein ? Cette perle est signée George Frazier, derechef. Ah ! quelle équipe, ce *Jazote* 35, encore pire que Tricky Brown.

XVII. — N° 4, p. 17, des poèmes de Georges Herment avec cette dédicace : « *A Duke Ellington, dont chaque morceau, secouant l'arbre de poésie, en faisait tomber des poèmes.* »

Ça serait tellement plus rigolo si en secouant un arbre de poésie, on en faisait choir des pâtés en croûte.

XVIII. — N° 4, p. 20. Des horreurs dues à la plume d'un nommé Wingy Manone.

a) *Les idées de Wingy sur les origines du jazz sont intéressantes.* « *Le jazz n'est pas né chez les Noirs, dit Wingy avec un geste bref de la main.* »

b) À propos de Rappolo : « *C'était un très beau garçon, dit Wingy, toutes les femmes étaient amoureuses de lui et lui les aimait toutes. Pendant les morceaux, Rappolo s'étendait sur le dos et jouait en tenant sa clarinette tout droit en l'air !...* »

Ce que c'était sale, ce *Jazote*.

XIX. — « *Enfin, pour terminer, Grappelly reprend la dernière partie du thème et brode cette fois. Ces quelques mesures sont géniales, il n'y a pas d'autre mot. Elles se répercutent en vous de la tête aux pieds. Impossible d'être plus hot. C'est dire que Grappelly atteint là le niveau de Louis Armstrong.* »

De qui est-ce ?

XX. — Ah ! la vérité. Le numéro 5. Une photo de Léon Vauchant en couverture. Couverture qui, dès le n° 3 avait changé pour rappeler l'actuelle formule. Mais déjà, page 15 : « *the frightful Lunceford band* », c'est-à-dire « *l'horrible orchestre Lunceford* »...

XXI. — N° 5, page 16. *VAUCHANT DEMASQUE !...*

Eh bien ! Vauchant était simplement un ignoble. Voilà un article de lui... et qu'est-ce qu'il aime ! Grands dieux !...

La guimauve, les sucettes ? bien pire : l'orchestre Casa Loma « *qui tout en jouant avec un style irré-prochable, s'est commercialisé en jouant quelquefois très piano et aussi en jouant des morceaux comiques (novelty numbers) dans lesquels Pee Wee Hunt, le 2ᵉ trombone, chante dans le style qu'il a créé, il y a des années ; c'est un peu comme Jack Teagarden, un peu comme Armstrong, mais à Detroit, il a chanté dans ce style bien avant les deux autres.* »

Plus loin :

« *Il y a ici un jeune saxo et clarinette de New-Orleans, Alfred Calledero, 23 ans, qui joue du ténor à merveille, et de l'alto en virtuose... En plus, il joue sur la clarinette ou sur le saxophone Le Vol du Bourdon aussi vite que le joue Sacha Heifetz sur le violon.* »

Ça c'est un as.

« *Ray Noble a un très bon orchestre.* »

Etc... il faut tout citer. Voici ce qu'écrivait Vauchant « *l'incomparable trombone, le magnifique musicien que tous les musiciens français s'accordent à considé-rer comme une des plus grandes gloires du jazz fran-çais (N.D.L.R.).* »

XXII. – Nᵒ 5, p. 25. « *Prima ne se contente pas de copier ce qu'il y a de bien dans Louis Armstrong, il copie aussi les pires acrobaties techniques et ces notes aiguës du plus mauvais goût.* »

De qui est-ce ? Oh !... Oh !... Oh !...

XXIII. — Nᵒ 5, p. 29. « *Et même lorsqu'il canarde et rate ses notes, on sent quand même comme son idée est splendide.* »...

Quant à moi, ce chorus dont j'ai eu l'idée en 1944 et que j'ai jamais pu jouer suffira à me classer bien avant tous les trompettes qui ont jamais existé, je vous le dis...

XXIV. — Nᵒ 6 – Je *m'*arrête là...

Hommage à Benny Goodman, par le Président H.-P. lui-même.

Couverture : Benny Goodman.

« *Groupement d'une valeur égale à celle des meilleurs orchestres noirs.* »

Dans le numéro 6, on nous achève plus loin.

« *Au point de vue style, savez-vous à qui Grappelly fait penser ? Il fait penser – et ceci est entièrement à sa louange – à Red Mac Kenzie lorsque celui-ci chante dans son peigne, au Mac Kenzie de "From Monday" ou "My Baby Came Home". Il y fait penser par la sobriété de son style, par son swing impitoyable, par ses idées concentrées, condensées.* »

Je m'arrête, je vous dis.

C'est signé H. P. et Hélène Oakley.

C'est vrai, d'ailleurs, c'est bien à Red que fait penser Grappelly. Alors je ne sais pas pourquoi je proteste.

Et je vous en ai cité suffisamment pour que vous compreniez ce que ne pouvait manquer de devenir *Jazote*...

Avec une orientation pareille au départ...

Mars 1950

★ Tout de même, depuis le temps que je fais des revues de presse, j'aurais pu trouver autre chose, non ? Et bien je cherche, je cherche, et je n'arrive pas à découvrir une forme originale ; à moins d'écrire une revue de presse à grand spectacle, je ne vois pas ce qui distrairait mes lecteurs chéris, et même cette vieille rosse de Françoise qui m'a complètement laissé tomber (entre parenthèses, mon cœur est libre, hein, qu'on se le dise).

Mais non, ce sont des garçons qui m'écrivent – ils doivent me prendre pour Johnny James. Enfin, tous ne me font pas des propositions ; en particulier mon vieil ami *Dornand* ne m'oublie pas mais il ne me donne jamais son adresse et je dois lui répondre avec des mois de retard. Dornand est le plus grand fouineur de la terre et rien de ce qui touche au jazz dans la presse ne lui échappe.

Citons en particulier la seule grosse bourde, selon les propres termes de Dornand, que nous découvrons sous la plume d'un Vincent Gambau dans *Populaire-Dimanche* :

« *Les musiciens ne peuvent nier l'apport du jazz, mais, et c'est là le mérite de Gershwin, il a haussé celui-ci à un niveau lui permettant de se faire recevoir dans les cercles musicaux comme un membre respectable.* »

Sur quoi nous pouvons conclure que Vincent Gambau, pour ce qui touche au jazz, est presque aussi incompétent que monsieur Jean Guitton à qui nous ne pouvons cependant nous retenir de décerner la palme.

Il faudrait citer toute son œuvre... mais ses références en matière de jazz, les autorités sur lesquelles il s'appuie, les voilà : feu René Brancour, ancien conservateur du Musée du Conservatoire, et le docteur Georges Duhamel.

Moi je propose que l'on nomme critique pictural le premier aveugle qu'on rencontrera dans la rue. De même, il est hors de doute que les sourds soient les meilleurs clients de monsieur Jean Guitton.

Mais Guittons ce pauvre homme auquel Frank Ténot avait déjà répondu dans « Images Musicales » (voir nos 110, 111 et 112) (répondu trop poliment à mon avis, c'est pourquoi je me permets cette petite addition) et sautons à pieds joints sur un journal lyonnais qui publie sous la signature de Robert Butheau, un papier intitulé *Le Jazz-Propos d'un innocent ou visite à Neuneu.*

J'ai idée qu'André Francis, Hodeir, le grand chef Œil-de-Launay, Papenassié, Brédannaz et autres en prennent un petit coup.

Ça fait toujours plaisir, hein ! dis-je en grinçant des dents. Ce coup-ci, on passe au travers.

Vas-y, Butheau, pour la Troisième Force. La mode est au troisième quelque chose, de toute façon. Et on prendra le « Harry Lime Theme » comme indicatif.

Fini pour la France, passons à l'Espagne. Comme dit Santiago Calvet dans un article sur Eldridge dans *Ritmo y Melodia :*

« *Roy Eldridge es seguramente uno de los solistas que mas ha hecho para provocar la evolución que nos ha conducido, por fin, al bop.* »

On ne saurait mieux dire.

Volons à tire-d'aile vers la Hollande, qui s'impose après l'Espagne comme on a pu le voir dans la « Kermesse Héroïque » (j'ai idée que je fais un peu la salade...).

Une revue signée Johnny James, mise en page par Johnny James, dirigée par Johnny James, plagiée par Johnny James, et c'est... *Philharmonic* (bien souligner le mot). Ce bon Johnny James ne m'en a pas voulu sans doute de l'avoir un peu lopisé récemment, et il a démarqué froidement un petit papier que j'avais eu l'avantage de vous soumettre après le Festival (*À mort le Festival*, n° 34). Ça, c'est plutôt un hommage ; merci, Johnny, mais pourquoi c'est signé Johnny James ? C'est pas possible, on va croire qu'il est spirituel (qu'est-ce que je me mets dans les chevilles...).

Avril 1950

★ Un petit retour en Hollande. Notre grand Johnny James fait des siennes : dans le numéro d'août de la revue *Philharmonic*, voilà-t-il pas qu'on apprend que Delaunay doit des sommes folles à Dizzy ? Et que les articles de *Jazz Hot* sont payés par les musiciens ? Ah ! là, là, bon Dieu, si c'était seulement vrai, je vous jure que je ne ferais pas de revue de presse... Mais le plus drôle, c'est que Yannick Bruynoghe, un autre phénomène, qui opère en Belgique reprend ça à son compte... Heureusement que la *Revue du Jazz* ne paraît plus, on aurait fini par l'y lire... Mais on a la *Casserole*... espérons, espérons...

Octobre 1950

★ Prenons le bateau pour Londres. Le *Melody Maker* du 3 février présente un Edgar Jackson plus démentiel que jamais ; cette fois, l'animal s'attaque aux Lester Young. Fort naturel : Pana a mis dix ans à le découvrir, Edgar peut bien ne jamais y arriver. Mais le plus beau, c'est que *Lover come back to me* et *It's only a paper moon* sont, sur les huit faces chroniquées, celles qui encaissent le plus : « *presque un complet désastre* », écrit Jackson sans rire. Or, ce sont deux des plus belles faces de la merveilleuse série Aladdin, bien près du « *Sunny Side* » et de « *These foolish things* », et cela de l'avis unanime. Unanime, sauf Edgar. S'il n'en reste qu'un, ça sera Edgar. Et quand on pense que ce cochon-là reçoit tous les disques à l'œil depuis des années. Et même ceux de Lester Young !... Quand on y pense ? On change de journal. Ou de page. Et on constate que le grand vainqueur des referenda anglais est cette année le jeune saxo Johnny Dankworth. Ce qui est, à tout prendre, moins triste que de lire Jackson. D'autant que sur la même page, on constate qu'un certain Cab Kaye a appelé son orchestre les « Cabinettes ». Ce qui vous a un drôle d'air de dito de campagne prononcé à l'anglaise. Mais fi ! quelle grossière association d'idées.

Mars 1951

★ Passons à la *Casserole* en l'occurrence. Mais serait-ce pour y retrouver le même H.P. ? Non, non, nous avons aussi Doutart, dans la *Casserole*, Doutart qui, au cœur du problème, mijote ses bons petits plats d'encens et de myrrhe. À qui m'objecterait que l'ingestion de ces aromates risque de susciter la régurgitation, je répondrai que je n'ai pas dit le contraire, loin de là ; je ne commente pas l'effet du plat, mais je tâche à définir sa nature. Pour toute précision, vous reporter à votre *Casserole* habituelle.

Avril 1951

★ Que si, faisant aujourd'hui notre tour d'horizon mensuel, nous tâchons à découvrir, parmi les publications françaises soumises à notre examen, le papier qui paiera de leurs efforts les zélés commentateurs depuis quinze ans penchés sur le soin de faire connaître le jazz aux populations assemblées, voilàt-il pas née la déception la plus cuisante, la plus avachissante, la plus amaigrissante, la plus déconcertante, la plus dégoûtante et la plus attristante du monde ?

Oyez – lisez plutôt – ce *Paris Match*, insuffisamment référencé par mes fournisseurs de copie et dont en conséquence je ne puis, cela vaut mieux peut-être, signaler l'indice, lequel *Paris Match* répond à la question précise :

« *Pouvez-vous nous donner le sens précis des mots qui constituent le vocabulaire usuel du jazz, composer à notre intention un petit lexique ?* »

Et que répond *Paris Match* ? Oui, justes cieux, que répond-il ! Ah ! fidèles lecteurs de la revue de presse la plus conformiste du monde, que je regrette de n'avoir pas à ma disposition la place nécessaire, et comme je vous publierais volontiers une photo de l'auteur de cet article pendu à l'Obélisque par les soins des troupes de répression de la F.H.C.F. ! Mais des preuves, des preuves, comme disait Wellington à la veille de la prise de Sébastopol.

Petits Extraits de Paris Match :

D'abord avant tout, il y a le mot « blues »... Le blues, mouvement musical qui domine toute la musique « moderne » contemporaine, part d'un état d'âme infiniment triste, à la façon d'un poème romantique comme le Lac *ou la* Tristesse d'Olympio...

(De là à nous dire que Lamartine et Victor Hugo sont les pères du jazz noir, il n'y avait qu'un pas ; M. Cœuroy l'eût franchi allégrement ; pourquoi cette hésitation ultime de *Paris Match* ? mais continuons.)

Le blues est à l'origine une musique de sépulture... Ce que les spécialistes appellent les classiques du jazz, les chefs-d'œuvre d'Armstrong comme le Saint-Louis Blues *ou le* Basin Street Blues, *sont les traductions musicales fidèles de cet état d'âme, avec, par la suite, des improvisations débridées. Mais le thème du début est toujours lent et terriblement nostalgique.* (Ah ! cet Armstrong, quel compositeur !...)

Au retour de la sépulture, par contre, les nègres chantaient à haute voix (curieux, ça, d'habitude, on chante à voix basse, c'est bien connu), *sur des rythmes joyeux et fébriles* (ne croyez pas ces ânes qui vous affirment que le jazz doit se jouer « relax » ; c'est une musique fébrile, *Paris Match* l'a dit), *des airs endiablés. Ainsi naquit en même temps que le blues, son mouvement opposé, le stomp.*

....

Le mot « swing » définit le rythme chaud, balancé de la musique de jazz. Le « swing », c'est le « stomp » à l'état lyrique et déchaîné (! ! !). *Quand les nègres se rendaient aux courses de chevaux de Saratoga, le plus grand derby de toute l'Amérique, ils étaient dans un état d'effervescence extraordinaire. Un autre grand classique du jazz, le* Saratoga Swing, *en est l'illustration...*

J'avais toujours cru que *Saratoga Swing,* c'était plutôt un machin tendre et nostalgique, mais on ne peut pas tout prévoir ; surtout pas qu'un journal dont la rédaction présente de ces... disons lacunes... puisse paraître plus de trois numéros. Laquelle remarque, dirait d'ailleurs mon bon camarade H.P., s'applique également à *Jazote.*

Le « be-bop » est une onomatopée (merci). *En réalité, ce style, tellement à la mode aujourd'hui remonte à 1925* (c'est pas vrai, c'est Jean-Sébastien Waller qui l'a inventé sur son bandonéon à trous d'air en 1816, à la veille de l'arrivée en France des premiers enregistrements sur papier mouillé de Bing Crosby accompagné par Benjamin Franklin au tuba à feu). *À cette époque, le grand chef d'orchestre noir, Lionel Hampton, le roi du vibraphone, par réaction contre Louis Armstrong qui chantait en poussant des rugissements gutturaux, se mit à chanter* Scat. (Admirez le souci de précision historique ; en 1925, le grand chef Hampton avait douze ans, c'était hardi de sa part que de s'attaquer à Louis ; ensuite, cette façon d'opposer le « Scat » aux « rugissements gutturaux » qui en seraient une assez bonne définition est du plus haut surréalisme ; ça correspond bien à l'époque.) *Il inventa des mots, des syllabes, des improvisations sans queue ni tête, du genre : bali-baloa, blop-blop, etc...* (Remarquable transcription phonétique, saluons en passant l'oreille de *Paris Match* qui ne s'est pas bornée servilement à copier les étiquettes de Oop-pa-pa-da, Ool-ya-koo et autres ba-ba-re-bop.)

Et puis, zut, ça dure comme ça encore une demi-colonne ; et *Paris Match* termine par ce renseignement précieux :

1) *Le boogie-woogie, ce n'est pas un style de jazz, c'est un style de piano* – le piano, ce n'est donc pas un instrument de jazz.

2) Un bogie de wagon, ça s'écrit boogie – vous voyez le lien ! Immédiat !

3) *Tous les plus purs pianistes de boogie-woogie ont été, à leurs débuts, laveurs de voitures.*

De même que toutes les Françaises sont rousses, que tous les chemins mènent à Rome, que tous les enfants de Dieu ont des ailes, et *tutti quanti*. Un bravo pour *Paris Match*, c'est un merveilleux petit journal, un petit journal charmant, vraiment charmant, et on l'applaudit bien fort (à déclamer « à la » Jean Nohain). Il est simplement regrettable que ce périodique se fasse des concierges, pour lesquels ils s'efforce d'écrire, une idée préconçue : je terminerai donc par ce renseignement qui pourra être utile à la rédaction de *Paris Match : tous les concierges ne sont pas des imbéciles.*

J'ai là une autre coupure, extraite d'un journal français de Montevideo où, sous la signature de Patrick Renoux, on peut lire un article intéressant en bien des points sur Cab Calloway et son orchestre à Montevideo. On n'y trouve qu'une perle :

— *Dans ces arrangements*, demande Patrick, *les soli sont-ils écrits ou improvisés ?*

— *Tous les soli sont improvisés ! me rassure Jonah Jones...*

Ça nous fait bien plaisir et c'est effectivement bien rassurant ! Parce que chacun sait qu'un grand soliste ne joue jamais deux fois le même chorus (même si ce chorus est parfait). Ce qui prouve surabondamment qu'Armstrong (Cf. *West End blues*), n'est pas un grand soliste... hum, hum, mais oui, voilà, quoi... vous savez bien... l'improvisation, n'est-ce pas la cheville ouvrière de la musique de jazz ? (Duke Ellington est un pauvre type, entre nous, il a bonne mine avec ses arrangements...)

Musica Jazz, rivista mensile illustrata italienne, publie en quarante-cinq chapitres (c'est du moins ce que je crois comprendre) une histoire du jazz. Pas si bête, au fond ! Ça servirait bien à *Paris Match.* Grand papier sur Dizzy par Enzo Fresia ! tiens ? étrange ! est-il Italien ou Espagnol, ou les deux ? Autre article : Trente ans de musique de danse aux U.S.A. par Michaël Levin (sans doute le « Mike » de *Down Beat*).

Mais dans la critique des disques, je vois qu'on cote durement le « *Dry bones* » de Fat's Waller. Fermons, fermons *Musica Jazz...* ce sont des misérables béotiens...

Pas de *Melody Maker* cette fois ; le camarade Kahn devrait bien me le faire envoyer directement chez moi, ces canailles de *Jazote* ne risqueraient pas de le faucher au passage. Voltigeons donc comme un jeune papillon au-dessus des houles atlantiques (dont la longueur atteint parfois trois cents mètres, paraît-il), et atterrissons chez le docteur Souchon et sa *Second Line.*

Lequel produit en personne un très remarquable papier sur Pee Wee Russell, papier auquel j'ai peu de chose à ajouter vu qu'il dit en substance que vraiment Pee Wee joue *presque* toujours comme un cochon. Moi, je supprimerai juste le « *presque* » – à part ça, Pee Wee est certainement un très bon gars, et il a parfaitement raison de boire s'il aime ça.

On nous signale également l'existence d'un certain

Bill Bennington, auteur d'une histoire du jazz récemment présentée par lui comme thèse (de doctorat sans doute). Pourquoi le docteur Souchon ne publierait-il pas la chose ? Ça servirait à *Paris Match*.

Record Changer, mars 1951. Une annonce d'une page vous laisse rêveur : un zèbre vend sa collection d'enregistrements de Bing Crosby : PLUS DE 3 150 DISQUES... 90% de neufs.

Eh ben, ma mère !...

Et il lui a fallu 15 ans et 20 000 dollars pour la monter, sa collection, à ce zèbre !

Y en a qu'on guillotine pour moins.

Plus loin, reproductions très amusantes du petit livre par lequel Lulu White, la célèbre tôlière du Mahogany Hall, attirait la clientèle. Extrayons :

« *The elevator, which was built for two, is of the latest style. The entire house is steam heated and is the handsomest house of its kind. It is the only one where you can get three shots for your money :*

> *The shot upstairs*
> *The shot downstairs*
> *And the shot in the room* »...

Heureux temps, heureux temps !...

Mai 1951

★ On se souvient peut-être (sûrement pas) d'une attaque ignoble et sournoise dirigée depuis ces colonnes (cinquièmes, à coup sûr) contre un commentaire paru dans *Musica Jazz* à propos d'un fort bon disque, et dont je qualifiai par suite l'auteur de « *misérable béotien* ». C'est toute la revue *Musica Jazz* qui prend cette grave insulte à son compte... et m'écrit une lettre (en anglais) où elle place l'affaire sur son véritable plan, le plan national : ce sont les Italiens que j'ai insultés, et c'est passible (là-bas) du Code Criminel ; il est certain qu'en Italie, on m'aurait au moins fait bouffer de l'huile de ricin si j'en juge par l'esprit vindicatif de cette lettre ; ses auteurs prétendent avoir, en outre, le sens de l'humour et me font savoir qu'ils me traiteront dans leurs propres colonnes, de « *povero idiota* », traduction italienne de « misérable béotien ». (On voit à cette traduction qu'ils ont eu tort de lire la revue de presse en question ; ça n'a aucun rapport ; « *povero idiota* » manque absolument du grandiose et de l'ampleur qui caractérisaient « *misérables béotiens* », lequel présentait en outre un côté théâtral auquel j'espérais que la patrie de Verdi, de Puccini, de Rossini et de Giancarlo Menotti ne resterait pas insensible.)

En réalité je suis froissé de ne me voir attribuer qu'un « *povero idiota* » lourd de mépris. Pourquoi ne pas renchérir sur une épithète bien connue, qui peut se réclamer également d'un illustre auteur en « i » ? Pourquoi Polillo (c'est le rédacteur en chef de *Musica Jazz*) ne m'as-tu pas lancé au visage un « *fratello latrino* » qui se serait réclamé aussi d'un célèbre auteur en « ini », hélas défunt ? Pourquoi ce « *povero idiota* » quand il y a des « *orribilissimo ladrone* » de toute beauté ? (Bon sang, si je savais l'italien, qu'est-ce que je me serais passé (!) Mais n'en parlons plus, Polillo, je te pardonne : un conseil : apprends le français et sache que « *misérable béotien* » était une insulte très flatteuse, qui m'est personnelle et que je ne décerne qu'à mes amis ; ton seul tort fut de croire qu'il s'agissait d'une méchanceté courante, comme « *triste c...* » ou quelque chose de ce genre. Il n'en était rien, Polillo, tu peux marcher la tête haute. Et d'ailleurs, pour répondre à l'avant-dernier paragraphe de ta lettre, Polillo mio, où tu me demandes si je rirai encore en me voyant vilipendé dans tes colonnes (« *povero idiota* », voilà comment il va m'appeler Polillo) je te répondrai avec un geste superbe que ça m'est absolument égal parce que je ne sais pas l'italien.)

Juin 1951

★ Eh bien oui, faisons-nous-y... Duke Ellington joue de la trompette ; c'est Roger Féral qui l'assure dans

France-Soir du 22 mai à qui va ainsi la palme de la nouvelle la plus originale ; et en quelle occasion le Duke lâcha-t-il ainsi son clavier ? Pour accompagner Sugar Robinson le 2 juin à la nuit des 20 ans.

C'est étrange, très étrange.

★ Accrochons au passage la pensée toujours profonde de Georges Housieaux dans un article de ce journal lillois que je ne citerai pas parce qu'on a coupé le titre : « *Quant aux Américains, ils n'ont pas de musique à proprement parler* », dit le bon Housieaux, rayant ainsi proprement de la circulation ce pauvre Ellington, sa trompette, et les autres jazzistes.

★ Et voilà les habits rouges. Par cette élégante périphrase, nous désignons le *Melody Maker*.

Dans le numéro du 19 mai, Harry Francis affirme avec indignation que les musiciens anglais sont aussi bons que les autres. Il se fait fort de donner une liste de drummers anglais aussi excellents que tous les américains.

Comme Max Roach, dis Harry ? Ou Cozy Cole ?

Dans le numéro du 26 mai, c'est aussi ce que lui répond Borneman (il dit : comme Zutty ? ou Baby Dodds ? parce qu'il s'en tient au style Nouvelle-Orléans, mais le principe est là). Et il conclut, Borneman, que la meilleure façon de prouver que les musiciens anglais sont aussi bons que les autres, c'est d'inviter les autres au Festival... pas fou, hein, monsieur Borneman.

Enfin, le 9 juin met de nouveau l'accent sur le festival anglais (celui où il y aura Elizabeth !...). Vraiment, ça a l'air de leur faire un coup terrible. Je viens de lire le dépliant ronéoté qui donne aux chefs d'orchestre leurs derniers conseils en cas de présentation à la Praînçaisse, et c'est à se rouler dans la sciure. Mais, comme c'est « Not for publication », je suis gentil et je me tais. Cependant, je ne résiste pas au plaisir de citer les trois lignes de la fin : « *Lorsque Son Altesse Royale vous posera une question, répondez à cette question en y intercalant exactement le nombre de "madame", que vous aimeriez que votre femme de ménage employât en s'adressant à votre épouse. "Ma'ame", comme dans "tram" !... »*

C'est beau et gros.

Juillet-Août 1951

★ On sait avec quel acharnement méritoire, depuis des années, je m'efforce de découvrir le visage pur et sans tache de la vérité toute nue (oui, sans même un soutien-gorge Jesoss) affublée qu'elle est jour et nuit par les méchants de masques divers et bien propres à jeter le trouble dans les esprits.

On se doute que les révoltants spectacles et les infâmes pratiques dont je fus le témoin tout au long de cette quête ont endurci mon cerveau et mes sens au point qu'il m'arrive de ne plus sourciller en lisant cet extrait du *Sud-Ouest-dimanche* de Toulouse où l'on signale l'arrivée en cette ville du célèbre *musicien noir américain* Milton Mezzrow. Le fait est qu'il n'y a là rien d'anormal : Mezz est l'inventeur de ce genre de naturalisation et il explique à qui veut l'entendre qu'il s'est fait légalement transformer en *Noir*. On se rend compte, par conséquent à quel point je suis préparé aux surprises les plus terribles et aux aventures les plus déconcertantes. Mais celle-là passe toutes les autres. Je viens de lire le *Melody Maker* du 10 novembre 1951. Retenez cette date. En première page, oui, en première page ; donc, à la portée de qui se donnera la peine de jeter un coup d'œil au *Melody Maker* dans un kiosque londonien ; en première page, répété-je, il y a une photo, non. Il y en a trois. Mais comprenez-moi, il n'y en a qu'une. En bas, à gauche ; c'est une photo prise au Vieux-Colombier, sans doute par mon ami Hervé Derrien, le roi du Rolleiflex. Un garçon sympathique, ce Derrien. Sur la photo, on voit, à gauche, un homme. Un homme foncé, Zutty Singleton. Bon. À droite, un homme. Un homme clair, Milton Mezzrow. Bon. Et au milieu, fumant une longue pipe au fourneau d'écume...

Non. Je ne peux pas. Le coup que ça me porte. Enfin ; je regarde cette photo, je me dis : eh bien ! voilà Zutty, Mezz (je suis volontiers familier avec les grands de ce monde, c'est un travers fâcheux, mais je le connais et je me corrigerai). Et, au milieu, Panassié. Bonne mine, l'œil clair, l'air en forme. Bon.

Non, pas bon.

Comprenez-moi bien, je vous répète, le *Melody Maker* est un journal sérieux, enfin, en qui j'ai toute confiance ; la preuve, c'est que j'attends toujours les articles de Henry Kahn pour savoir ce qui se passe à Paris.

Mais ça, alors.

Récapitulons : donc il y a Zutty Singleton, Panassié, et Mezz Mezzrow.

La légende porte : « *Relaxing at* etc... *are U.S. drummer Zutty Singleton, Charles Delaunay and Milton "Mezz" Mezzrow.* »

Vous voyez. Alors ! Alors, maintenant, voilà que depuis des mois je dis des vacheries à Hugues (il faut reconnaître que c'est lui qui a commencé, mais enfin, c'est lui le plus vieux) et je m'aperçois que c'est *Delaunay que j'engueulais.*

À qui vous fier ? Et si ce truc-là ne me fait pas perdre ma place de revue-de-pressiste, eh bien, j'aurai écrit tout ce qui précède pour rien.

★ *L'Echo Républicain* cite une lettre de l'écrivain italien Curzio Malaparte qui semble s'intéresser au jazz soviétique. Voici ce qu'il écrit après avoir entendu quelques disques de jazz russe :

« *Le caractère musical du jazz soviétique qui prend sa source dans le folklore des diverses régions de la Russie, est plus hardi, plus moderne que celui du jazz américain ; je ne serais pas étonné que l'avenir du jazz soit lié davantage au jazz russe qu'au jazz américain.* »

C'est hélas, ce qu'on se dit en voyant le succès remporté actuellement par Vladislas Mezzrow, qui a inventé le jazz à Odessa en 1884.

Mais non, je ne recommence pas à dire des vacheries à Mezzrow, mais non, c'est pas vrai, je trouve juste qu'il joue de la clarinette comme un cochon et que c'est une insulte à l'oreille que de faire résonner ces plaintifs piaulements *urbi et orbi*, comme dit le pape. Mais ce ne sont pas des vacheries, ça c'est la vérité. C'est très différent.

Et puis ça l'empêchera pas de jouer quand même, ce que je dis là. C'est sans importance, par conséquent.

Mais tout de même, il a eu tort de se produire aux côtés de Luter. Ça ne peut pas lui faire de bien. À Luter non plus ; s'il s'avise de l'imiter, il va faire des progrès à reculons.

— Vous ne pourriez pas parler d'autre chose ? me dit mon fidèle lecteur (j'en ai un, je l'ai numéroté, je sais qui c'est, vous aurez beau discuter et ergoter et chipoter, j'ai *un* fidèle lecteur).

— Mais non, je lui réponds, il n'y a que ça dans la presse.

C'est un fait. Un triste fait.

Le jazz se meurt. Le bon jazz, je veux dire, le jazz de La Nouvelle-Orléans.

L'autre, le bibope, il va pas mal ; on n'en parle plus (ça c'est bon !).

Décembre 1951

★ *Melody Maker*, oui, bien sûr. C'est terrible de penser que toutes les semaines, il en paraît un nouveau numéro. C'est terrible. Terrible. C'est déprimant. C'est à vous dégoûter de faire une revue de presse : à quoi ça sert de revuedepresser un numéro puisqu'il y en a toujours un autre après. Je perds mon temps, moi, ici. Le vôtre aussi, vous me direz. Eh ben, si je ne suis pas avare du mien, vous n'allez tout de même pas être avare du vôtre, tas de mal élevés. Edgar Jackson aime bien Machito. Et ils se cassent tous la tête avec les disques de Billy May, moi, ils commencent à m'énerver. D'abord, c'était Les Paul, maintenant Billy May. On n'en finit plus, de ces effets d'écho ou d'électronique diversement tortillée.

Le *Melody Maker* assure que Dizzy s'amène à Paris pour le Salon. Alors, ça serait sérieux ? Faut se méfier des rumeurs. Encore plus que des drumeurs, celle-là elle est champion. Je vais la fourguer à Vermot. (Pas Vermont, non, Vermot, ème eau thé.)

Ils se battent, là-bas, pour savoir qui a démarré le « Dixieland Revival ». Eh ben ! celui qui a fait ça, il peut vraiment s'en vanter ! Oui, y a de quoi être fier !

Avril 1952

★ Il y a des tas de modifications dans *Down Beat*. Ça me donne mal au crâne. Je vous en reparlerai. C'est épuisant, tout ce qu'on peut faire. Je suis épuisé. Comme dit mon Pana chéri, j'ai le cerveau mou. Ça vaut mieux que de l'avoir sclérosé, c'est plus doux pour dormir – mais ça donne sommeil. Coucouche panier.

Juin 1952

★ Il y a bien longtemps que je n'avais vu cette revue *Philharmonic*, éditée par Johnny James à la gloire de Johnny James et du jazz en particulier. Cette fois, le Père James n'y va pas de main-morte, et ce n'est pas moins de quatre cent trente-deux fois qu'on le voit dans sa revue, photographié au voisinage des musiciens de J.A.T.P. (Si, c'est moins, mais je mens tendancieusement.) Bref, on le voit en couverture, à la page 85, à la page 87 et quatre fois à la page 99. Sur 16 photos, il y est sept fois. Pas moins. Ça fait un record battu. Et il a toujours l'air aussi mignonnet. Ça fait plaisir. Mais je me demande pourquoi. Pourquoi pas sur les 16 ?

Juillet-Août 1952

★ De France, de Chambéry très exactement, et du lecteur Tercinet plus exactement encore, m'arrive un extrait du *Dauphiné libéré*, qui vaut son pesant de nougat, tout au moins en ce qui concerne la réponse d'un sieur Crainquebille, qui a l'air aussi au courant de la nature du jazz que Vincent Auriol l'est de la défection des sonotones ayant effectué un séjour d'une heure dans un bain de pilocarpine bouillante. Citons, c'est trop beau :

« *Ceci dit, vous avouerez qu'il y a aussi loin du swing pur, expression musicale originellement d'inspiration religieuse et profondément émouvante, au swing de danse, utilisation purement commerciale d'un rythme, qu'il y a loin des reliques pieuses à la pacotille de bazar qui prolifère autour de Lourdes, Lisieux et autres lieux saints.* »

La croix des Khonos du mois à Crainquebille, avec nos compliments. Le personnage termine d'ailleurs sur une superbe remarque, confondant ses agresseurs (il s'agit d'une réponse à quelques jeunes qui lui reprochaient d'ignorer le jazz dont il parlait trop) en leur disant ceci : « *quand j'étais étudiant, je n'avais pas besoin de m'inspirer des pensées d'un personnage célèbre pour traiter un sujet. Je me contentais de le lire attentivement pour savoir exactement de quoi il s'agissait* ».

Si Crainquebille se contentait de lire ! Mais il écrit ! Et avec quels mots, mes enfants, je vous le donne en mille : tous ceux du Petit Larousse. Il faut vraiment être un peu clapitondu pour ne pas inventer un vocabulaire à soi quand on est si malin que l'on peut penser de façon originale en toute circonstance.

Novembre 1952

★ Dans *Jazz Journal*, il y a un papier signé « Seer » dans lequel « Seer » lance à Delaunay et Pana un vibrant appel à l'union – ou tout au moins à l'enterrement de la hache de guerre ! Heureusement, on sait que c'est impossible. Que deviendrait le jazz en France sans cette élégante rivalité ?

Janvier 1953

★ Le même *Musica Jazz* décembre 52. Alors, Arrigo. Voyons. Écoute. Je sais bien qu'on n'est plus fâchés, et que tout va bien. Mais ça devient de la folie, enfin ! Un B à Kenton pour les affreux « *Art Pepper* » et « *Maynard Ferguson* », et un M à Ellington pour « *Chlo-E* » et « *Accross the Track blues !* ». Je sais, tu vas me dire que c'est Testoni qui les a chroniqués, et comme tous les directeurs de revues de jazz, il a les feuilles mortes. Mais (au fait, lecteur chéri, B c'est Buono et M : Médiocre) ce n'est pas une raison ! Ne le laisse pas se ridiculiser comme ça ! Fais comme moi ; j'engueule Delaunay assez souvent et il ne chronique plus les disques ; engueule Testoni ! Au revoir, vieil ami.

Février 1953

★ La merveilleuse revue du petit père Bruynoghe, *Swing Time*, persiste à paraître contre toute vraisemblance. Faut que le papier duplicateur soit pas cher en Belgique – ou alors que le papier hygiénique soit maintenant rare... C'est toujours le genre bien connu : « *Tous les amateurs de jazz demandent que cet abus cesse* » ; ton favori des revues ou bulletins qui comptent environ sept à huit lecteurs au total (après tout, je peux bien être généreux pour une fois). Un commentaire s'impose en toute honnêteté : la Belgique est à plaindre ; après des inondations comme ça, voir Bruynoghe renchérir avec son filet de pipi, c'est un peu décourageant.

Mars 1953

★ Relevé dans *Diapason*, « qui donne le ton dans l'Ouest », le point de vue assez bizarre par endroits d'un nommé Planchot.

« *Le jazz en lui-même n'est pas à rejeter – sûrement pas, même, Henriette Roger, Grand Prix de Rome n'a-t-elle pas écrit une symphonie dont le finale est une rumba ?* », écrit ce brave garçon.

Chacun sait que le jazz est un ensemble de formes musicales et non une façon de jouer, voyons...

Juillet-Août 1953

★ Ô combien je partage l'avis de ce correspondant non anonyme qui trouve que je perds un temps et une place précieux à répondre à des lettres idiotes. Merci à lui de tout cœur. Et à Ramel également. Et de ce fait, ça suffit pour le moment, vraiment lire les mêmes stupidités dans les mêmes lettres tous les mois, c'est aussi embêtant pour nous que pour ces pauvres Naulin et Berthelot (Ah, là, là ! quelle couche) de lire ce pénible *Jazz Hot*. Assez de lettres comme ça, donc. Un peu de revue de presse. Serge R... m'a envoyé un fort beau papier du genre perle, découpé dans *Libération* et signé d'un certain (ou d'une certaine) Claude Girard (avec ces prénoms ambidextres, on ne sait plus). Ce papier, effectivement, mérite la grande chandelle verte de la khonnerie majeure du mois. Girard cite environ 15 noms ou titres et sur les 15, déjà, il n'y en a pas quatre correctement épelés. Bon départ. On a beau savoir ce que c'est, les fautes d'impression... Pour le reste, c'est du plus pur style de Pézenas – je calomnie cette ville charmante – et ça ne vaut pas d'être cité.

Décembre 1953

★ Claude (de Lisieux) s'inquiète des récentes campagnes de presse contre la jeunesse que l'on accuse de se pervertir parce qu'elle aime à se réunir dans les clubs pour écouter du jazz. Mon bon ami, ne vous troublez pas, toutes les fois qu'un journaliste idiot (et ça abonde) est en mal de copie, il y va de son papier sur le jazz, facteur de dépravation. Ces messieurs n'ont jamais oublié qu'une chose : c'est que pour ceux qui n'ont pas beaucoup d'argent, le petit club de danse est le seul moyen d'entendre du jazz. Rassurez-vous s'il n'y avait pas le prétexte des 13 dévoyés, la Radio s'en trouverait un autre pour mutiler les émissions de jazz et la police pour abuser encore un peu plus de ses pouvoirs. On ne peut pas dire qu'en France, on encourage beaucoup la musique ; le laïus, oui... vous voyez où ca nous mène. À une Assemblée nationale que le monde nous envie. Ailleurs, ils n'ont que des singes ordinaires, du genre muet. Chez nous, il font des discours. Cher Claude, les gens qui rendent responsable d'un meurtre le film que l'assassin vient de voir et oublient complètement le marchand d'armes qui a fabriqué le pistolet, m'ont toujours bien fait rigoler ; vous avez un exemple charmant à leur citer, celui de ce soldat américain démobilisé qui, après avoir lu saint Augustin, descendit dans la rue et abattit neuf personnes.

Pas mal, Heinrich, l'article en question. Mais la dernière nouvelle vaut effectivement son pesant de guano. Textuel : dans « Parlons Hot » (*Libération*) signé Claude Girard :

« Le 27 avril, le chansonnier (*sic*) King Cole, ancien drummer de King Oliver, donnera un récital au Palais de Chaillot. C'est le premier concert New-Orleans qu'il sera donné d'entendre à Paris depuis le début de l'année. »

Ça s'appelle faire péter le conomètre, en langage vulgaire malheureusement. Je m'en excuse (une fois n'est pas coutume) mais je suis inhabile à envelopper cette expression directe qui fait mon charme slave.

Mai 1954

★ Je ne sais de quel journal est extraite la sublime coupure ornée de dessins de Laïla, mais l'appel au peuple qui la termine vaut son pesant de grisbi :

« *Et le jazz peut être en partie responsable des refoulements et des psychoses qui ravagent notre univers.*

« *Qu'un docteur Kinsey nous prouve le contraire.* »

Ce qui revient à dire, d'après le reste de l'article, que son auteur considère le docteur Kinsey comme un type normal et digne de foi. C'est toujours bon à savoir. Et puis ce n'est pas à Kinsey de prouver le contraire – de fait, ça ne lui serait pas difficile, à ce brave homme – mais bien à l'auteur d'étayer son point de vue et de prouver le bien-fondé de celui-ci. Quand on confond le jazz et la danse tout au long d'un papier de cinq colonnes, on ne peut s'attendre à être pris très au sérieux.

Dans le magazine allemand *Gondel,* qui n'est pas comme on pourrait le croire, édité par les biscuits Gondolo, on trouve toute une série de pages réservées au jazz. Évidemment, tout ce qui est évoqué sous ce nom n'est pas parfaitement orthodoxe, mais enfin, ça vaut mieux que rien.

Juin 1954

★ C'est avec une tristesse accablante que je vois revenir chaque année le Salon du Jazz. En effet, la presse française donne à fond ces jours-là, et se répand en commentaires. Heureusement, Charles a oublié de me passer les coupures, et je vais faire comme si je ne m'en étais pas aperçu. Cependant l'hebdomadaire *Semaine du Nord* est là ; et il publie ma foi un reportage honnête sur l'orchestre Félix Lisiecki, gagnant du tournoi des amateurs. Et un journal de Limoges dont j'ignore le titre, sous la plume du « Musicien de service », s'exprime en ces termes à faire rougir d'envie certains journalistes que j'estime fort : « *C'est dans les blues que l'orchestre et Albert Nicholas trouvèrent leurs plus belles sonorités : Black and blues (!) Rose Room, Basin Street Blues.* »

Il est vrai que pour nombre de nos malheureux concitoyens, blues est indiscutablement synonyme de « morceau lent ». On n'y peut rien.

Juillet-Août 1954

★ Autre coupure française transmise par F. Laval, de Montignac, Signée Claude Seignelay. Saignons-le à notre tour :

« *Nous sommes quelques-uns à ne pas aimer sans mesure le jazz de cabaret dansant, aux cadences criardes, artificielles, et qui disparaîtra certainement un jour sous la saturation des cuivres.*

« *Mais combien est émouvant et nostalgique, dans ses plus belles réussites, le jazz symphonique tel que Wall Berg, musicien et chef d'orchestre habile, nous le présenta vendredi... »*

Des goûts et des couleurs, cher Roger Bock...

Septembre 1954

★ Dernière heure, voici un factum de mon bon petit camarade Doutart, contre Hodeir ; mais quels singuliers arguments, cher Doutart ! Et quels acolytes ! Rebatet, Léon Daudet... On croirait lire l'*A.F.* d'avant-guerre ! (avec la virulence en moins). Cher André, quand on engueule Einstein pour justifier Panassié, les lecteurs les moins intelligents ne peuvent penser qu'une chose : c'est que Doutart est tombé sur la tête. Et les « va-nu-pieds » de « l'étang moderne » ! Pitié, Doutart ! Faut pas être khon comme ça ! C'est un étang où vous allez vous nêyer, mon bon ! Au fait, Doutart, avez-vous lu Einstein ? Non, sans doute... alors n'en parlez point, et achetez-le. Je serais Panassié, un petit pamphlet de ce genre me gênerait fort. (Et, chose étrange, il faut finir par l'avouer, JE SUIS PANASSIÉ. Ça c'est la surprise que je vous ménageais depuis dix ans.) Or, je vais vous dire une chose : je suis capable de me défendre moi-même. Et mieux que ça. Je vous embrasse, mon bon.

Décembre 1954

★ Divers correspondants me signalent diverses perles parues dans la presse tant provinciale que métropolitaine. En voici des extraits.

Un journal d'Angers envoyé par *J.-C. Appert*, contient, à propos du concert Mezz, ceci :

« *Le "Washboard" (entendez par là le batteur de la formation).* »

Ça, ça tient du record question traduction. Un peu plus loin :

« *L'Américain... signa également ses ouvrages devant un auditoire aussi jeune que conquis et dont un adolescent avait apporté un avertisseur d'auto pour mieux encourager les musiciens après chaque reprise musicale et scénique.* »

Sûr que ça a dû leur faire bien plaisir.

De C. *Réaume*, de Nice, une coupure de *Nice-Matin* du 5-12-54 :

« *Le public était emballé... et il se déchaîna avec Lionel Hampton, qui est lui, Noir des cheveux aux orteils ! Un as du style New-Orleans. Il dirige une troupe de solistes, mais il est lui-même un incomparable batteur, pianiste, et un virtuose du vibraphone. Toute la salle avait envie de danser et trépignait ; à la fin, des couples envahirent la scène et se mirent à swinguer, pendant que le rideau tombait dans une tempête de sifflets, ce qui est le style New-Orleans des applaudissements les plus chaleureux.* »

Personnellement, j'ai idée que ces sifflements d'enthousiasme néo-orléanais étaient des sifflements bien français à l'adresse du rideau, mais ma foi... ce n'est pas bien méchant.

De l'ami *Pochonet*, la coupure du *Figaro* relative au concert de l'Olympia. Signée P.C. Ça c'est le chef-d'œuvre du mois :

« *Hampton s'installe au vibraphone avec un costume gris clair, une cravate noire et une bouche immense, grande ouverte. Il tapote ses touches. Un saxo à l'air recueilli s'avance, geint, gémit. Hampton l'encourage, en roulant les yeux. Un autre saxo vient et grogne. Le guitariste caresse sa guitare. Les trompettes se balancent comme des palmes sous le vent. Les saxos se balancent comme des cruches qu'on rince. Hampton applaudit et tire la langue. Puis tout se tait,*

sauf le vibraphone du chef qui joue How high the
moon. *Et sur l'instrument à percussion, c'est la plus
douce, la plus liquide, la plus éblouissante des chansons à la lune.*

« *D'énormes gouttes de sueur tombent du visage
d'Hampton, inondant le vibraphone qui joue quand
même juste.* »

Janvier 1955

★ Mon ami Willy de Cort m'envoie la perle de la sai-
son. Un journal belge (mensuel je suppose) nommé
Pourquoi Pas ? donne en éditorial un papier de deux
pages sur Sidney Bechet, qui est bien la chose la plus
insensée que l'on ait pu lire depuis pas mal de lunes.
Je ne résiste pas à la joie de citer cette littérature
démentielle :

*Dimanche soir, sur la scène illuminée du Palais des
Beaux-Arts de Bruxelles, un vieux nègre à cheveux
blancs s'avancera à pas menus. Il tiendra dans la main
une clarinette, comme d'autres un diplôme d'honneur.
Et de la salle montera une clameur. Une de ces clameurs,
qui devaient récompenser Pierre l'Ermite de tant de salive
dépensée à exhorter les barons contre l'Infidèle. D'un
sourire de craie, le vieux nègre sourira – sans penser aux
Croisades – et la clameur deviendra ouragan. Alors, le
bout de son escarpin verni battra brusquement les planches. Ses lèvres violettes pinceront l'anche de son instrument et, dans le silence créé soudain par mille et mille
souffles retenus, s'envoleront par saccades les premières
bulles d'un air – d'un de ces airs que les foules respirent
aujourd'hui à pleine gorge, à pleins poumons, et qui ont
le pouvoir de les plonger dans l'extase ou dans l'hystérie,
selon que c'est un « blues », un « boogie », une « jam-session » ou un « be-bop »...*

*— Est-ce que vous me suivez bien ? ainsi que s'in-
formait ce danseur auprès de sa danseuse.*

*... Un vieux nègre à cheveux blancs soufflera dans
un tube d'ébène et d'argent pour affirmer une fois de
plus qu'une trompette, pour peu qu'elle s'obstine, est*

*plus forte que les murs pour annoncer une fois
encore – be-ba-beribop – le triomphe du jazz !*

Et ce n'est que le début. Voici les dernières lignes :

*Regardez-le plutôt, allez l'entendre. Vieille chanson
française arrangée ou air américain, à travers la mélodie qu'il module et électrise, n'est-ce pas du soleil, des
fleurs, de l'eau, du ciel que vous parle ce nègre aux
cheveux blancs et au masque plissé comme un marron
glacé – du Montmartre et du Montparnasse de naguère,
de La Nouvelle-Orléans de jadis ? n'est-ce pas la joie de
vivre et l'amour qu'il vous souhaite dans le cri strident
de sa clarinette :*

— Be-ba-beribop ! Be-ba-beribop !

Et réciproquement, old Sidney !

C'est pas signé, mais trois lettres suffiraient. En
vérité, c'est pour ça que je suis contre la guerre : ça
pourrait avoir une utilité, mais non, c'est jamais les
gens comme ça qui y restent. Merci, Willy, à toi la
croix d'honneur de grand Épurateur du mois.

★ De *France-Soir* du 6 janvier, un des articles insuf-
fisants de H. de Turenne sur la radio, la télé et les
disques. Insuffisant parce que finalement peu exact ;
exemple :

« *Le disque de jazz obéit d'ailleurs à des règles tout
à fait originales. D'abord il n'a de succès que pendant
un an ou deux tandis qu'un bon enregistrement d'une
Symphonie de Beethoven se vendra pendant dix ans.* »

C'est exactement le contraire. Rien ne se vend
mieux que les Jelly Roll Morton, les Duke Ellington,
les Louis Armstrong d'il y a vingt ans. Tout ça ressort
périodiquement. Tandis que Beethoven est réenre-
gistré régulièrement par des orchestres innombrables. Il y a là une confusion risible entre le jazz et la
variété à la mode. Et l'anecdote qui suit, Jonah Jones
et le whisky, est si éculée qu'elle est indigne de figurer
dans un article prétendu sérieux.

Mais prétend-il, au fond, être sérieux ?

Février 1955

★ Ce qui est terrible, c'est que j'ai sommeil, et que ça ne donne pas envie de lire les corneries des autres, encore moins d'en écrire soi-même. J'ai quand même reçu d'un aimable correspondant dont je ne puis déchiffrer la signature une feuille ronéotée de *Tourisme et Culture P.T.T.* qui annonce le 20 février la Soirée existentialiste de Saint-Germain-des-Prés avec la grande vedette américaine du jazz *Simone Bechet*. Ça c'est gros. Vieux Sidney, j'espère que tu n'es pas atteint de pédérastie galopante ! Je ne sais que penser. Cachottière, va !

★ De Georges Lejeune, à Spa en Belgique (tiens, un bon Spa-citron me remettrait) une carte commentant avec regret le niveau des comptes rendus parus à Liège à propos du concert Bechet-Luter du 16 janvier dernier. « *La maîtrise de S. Bechet à son saxophone ténor est une chose dont on ne saurait parler sans passion* », déclare la *Wallonie*.

Décidément, ce Bechet nous étonnera toujours. À part ça, bien d'accord, Georges ! hélas !

Enfin, de M.A.F. une coupure du *Figaro* du 6-1-55. « *Le Docteur Fuchs* », dit le *Figaro*, « *ouvre une campagne internationale contre le jazz.* » Que le *Figaro* consacre une bonne demi-colonne aux énormes idioties du docteur Fuchs c'est, assurément, abusif, cher M.A.F. mais qui a eu l'idée de lire le *Figaro* aussi ? N'avez-vous pas votre bon *Jazz-Hot* qui vous fait tout le mois ? Merci à tous ces correspondants : c'est en épluchant la presse qu'on finira peut-être par la purger des ânes qui s'y vautrent (hum, voilà une formule hardie – Hugues, je l'offre à ta dame).

★ Et voici le *Record Changer* toujours fidèle à sa présentation des plus sérieuses.

Et qui étudie à bloc, sous la plume de Carl Kendziora junior, les étiquettes affiliées à la marque Black Swan et les divers transferts.

J'ai peut-être plus l'âge, mais toutes ces histoires de matrices me paraissent quelque peu embêtantes.

C'est un peu comme les timbres de l'Île Maurice. À quoi bon en parler, on les aura jamais.

Et il n'y a guère que ça dans *R.C.* Une bonne revue pour les masochistes.

Je suis pas client.

Mars 1955

★ Un bon copain d'Alger m'envoie une coupure qui vaut son pesant de jus d'épinard extraite de la *Dépêche Quotidienne* d'Alger.

« *J'avoue que je ne m'y connais pas en jazz, et à part les slows et quelques morceaux de jazz symphonique, je ne l'apprécie guère* » avoue honnêtement l'auteur de l'article, une nommée Christiane Banzet. C'est sans doute ce qui lui fait emmêler un peu les instrumentistes. Il y a un « *flûtiste long et maigre d'une impassibilité remarquable dans les pires rythmes* ». Quant à Bechet le voici :

« *Dominant magnifiquement toute la situation, un Sidney, placide sous la lumière crue, luisait de sueur et d'excitation et sa trompette hurlait des complaintes bouleversantes trop rapidement éclipsées par d'abrutissants morceaux de pur rythme.* »

Voilà qui est fortement dit. Cette jeune dame fait, semble-t-il, partie des Jeunesses Musicales Françaises de Strasbourg. Pour confondre une trompette et un soprano, il faut, même si l'on ne s'intéresse pas au jazz, y mettre de la bonne volonté. Il est vrai que Chopin, sur son violon, et Paderewski à l'harmonica chromatique, ont dû lui gâter l'oreille.

★ De Jean Courtois, à Moret-sur-Loing, une bien sympathique lettre à l'occasion de l'anniversaire de *Jazz Hot*. Et une coupure parfaite du journal *la Liberté*. Formidable : qu'on en juge. En voilà un beau morceau, signé Pierre D. (il est prudent, et ça vaut mieux). Merci, Courtois !

Gerschwin fait toujours trépigner la jeunesse.
Les Jeunesses Musicales de France ont été bien

inspirées en mettant à leur programme, mercredi soir,
un festival Gerschwin et en demandant à Naum
Sluszny d'y tenir la partie pianistique.

Pourquoi Gerschwin reste-t-il si vivant alors que le
jazz d'il y a 30 ans donne depuis bien des lustres la
sensation d'une horrible cacophonie, que le hot a vécu
le temps d'un feu de paille et que les orchestres les plus
sages comme Paul Whitemann ou Jack Hilton sem-
blent pour nous, aujourd'hui, des évocations de la Pré-
histoire ?

Justement parce qu'il est le seul – avec Youmans
dans le genre opérette – à avoir transposé le jazz en un
langage musical universel, hors du temps, de la mode
et du snobisme. Ici, le rythme remplace la syncope, la
batterie se civilise, les cuivres reprennent leur place.
Aucun « procédé » de mauvais goût, aucun excès.

Avril 1955

★ *Down Beat* du 6 avril. Et voici le premier article de
M. Ulanov, paraphrasant le fameux *A rose is a rose is a*
rose, il l'intitule *A trumpet, is a trumpet is a trumpet*. On
voit qu'il a des lettres, au premier coup d'œil. C'est à
propos de Thad Jones, un trompette, qu'il a écrit ce
papier tendant à rétablir à sa vraie place le roi des
instruments. Ulanov, vous avez raison : la trompette,
c'est la trompette, et personne n'y changera rien.

Mai 1955

★ **Albion nous appelle. Prenez l'albion à réaction**
(ouyouyouye que c'est faible) et courez acheter *Jazz*
Monthly et *Jazz Journal*. Ou si ça vous dérange, écoutez les commentaires utiles et pertinents que je vais
leur consacrer :

« *L'état de la critique de jazz aujourd'hui est tel que*
l'on est tenté d'affirmer qu'elle est virtuellement inexis-
tante. »

Voilà la première phrase de l'éditorial. Après quoi

l'on s'embarque dans des tas d'articles critiques. Y a des gars qui sont gonflés. Parce qu'on ne voit pas guère en quoi cela diffère de ce que l'on peut lire ailleurs.

★ *Record Changer*. Le numéro 3 (y a jamais de date sur ce sacré machin) contient un papier de Roger Pryor Dodge : *Le jazz, sa croissance et son déclin*. Périodiquement, le jazz rencontre comme ça un bon croque-mort qui se fait un plaisir de le pousser dans le trou noir ; mais le jazz est plus léger que l'air et réussit toujours à surnager. Le jazz a changé en 1928, assure Dodge. Ma foi, ça se peut, mais il avait aussi changé en 1927 et en 1926 et je me rappelle l'avoir personnellement vu changer le 17 mai 1935, par un jour de léger brouillard vert que tous les connaisseurs se rémémorent avec tristesse. Il a également changé avant-hier, mais moins brusquement.

Septembre 1955

★ Merci aussi à l'amateur de jazz d'Aire-sur-l'Adour ; extraite des souvenirs d'un footballeur professionnel publiés dans le *Miroir des Sports* n° 518, elle vaut son pesant de vinylite.

Certains journalistes m'ont comparé à un joueur de jazz qui brode sur un thème donné. C'est un peu vrai. Je ne suis pas mélomane, mais un soir j'ai assisté à un concert du célèbre trompettiste américain Sidney Bechet. Les sons jaillissaient de son instrument au gré de sa fantaisie et de son inspiration. Je pratique comme ça. Quand je reçois la balle, j'essaie toujours de l'utiliser et de la contrôler d'une façon déconcertante pour le rival qui se dresse sur mon chemin. De là à dire que j'ai le style « New-Orleans » en football...

Octobre 1955

★ De *Jazz-Union* de Normandie :
« *Ceci dans l'attente de notre auditorium où le mem-*

bre pourra écouter à heure fixe le disque qui lui plaît
et qui sera situé en plein cœur de la ville. »

Je trouve ces détails anatomiques absolument
scandaleux.

Novembre 1955

★ Mais on va revenir en France. Merci à Max-Henri
Cabridens et à Jacques Lachat qui m'ont tous deux
envoyé la ravissante élucubration du *Paris-Presse* du
2 novembre.

Citons le début :

« Remboursez ! Remboursez !

« Les 2 200 spectateurs du cinéma Colysée, de
Roubaix, avaient la moutarde au nez. Il était 11 h 30.
Après une heure et demie de spectacle et une demi-
heure d'entracte, Louis Armstrong était parti ranger
sa trompette, et les jeunes Roubaisiens faisaient la
grimace.

« Il n'y a pas longtemps, devant eux, Lionel Hampton, à une heure du matin, soufflait encore dans sa
clarinette. Armstrong, lui, fut très chiche de ses
admirables solos qui brisent le cœur d'un homme,
etc... etc... »

Quand je pense que c'est mon bon ami Hervé Ter-
ranne qui a signé cette hallucination !

Décembre 1955

★ De M. Pillot, d'Auxonne, un très joli entrefilet dans
la bonne tradition française, extrait d'un journal de
la Côte d'Or. Messieurs, la France continue !

Sidney Bechet s'est arrêté à Genlis.

Genlis (C.P.) – *Dimanche en fin de matinée, le célèbre
chef d'orchestre de jazz Sidney Bechet et sa troupe, qui
revenaient de Genève, ont fait halte à Genlis et se sont res-
taurés à l'hôtel de France où un menu de choix leur fut
servi. Le populaire trompette noir n'a pas caché sa
surprise pour le chaleureux accueil qui lui fut fait.*

De la revue *Horizons,* sous la plume de *Claude Roy,* relevons cette définition du jazz singulièrement limitative puisqu'elle semble n'accorder le droit d'exister qu'à la musique N.O. :

« *Le jazz est une musique qui se définit par l'improvisation collective sur des thèmes musicaux de forme carrée (douze, seize, trente-deux mesures) empruntés en général au répertoire des blues, du ragtime, des marches et des songs ou chansons commerciales, en général construites sur des phrases de huit mesures, et par un orchestre où la prépondérance est donnée aux instruments de cuivre, aux anches et à la voix humaine, de préférence aux cordes (il y a des exceptions qu'illustrent des guitaristes dont la France a donné un des plus beaux exemples avec le gitan Django Reinhardt) avec soutien rythmique de la batterie...* »

N'insistons pas sur certaines énormités évidentes (morceaux de *forme carrée,* à douze mesures !... alors qu'il s'agit non pas de 4 fois 3 mesures mais de 3 fois 4 mesures... et que cette forme est presque exclusivement celle du blues) et concluons qu'il est difficile de définir le jazz en une phrase, même quand on en oublie les trois quarts. Chose étrange, plus loin, Parker figure tout de même au Panthéon de Claude Roy ; le tout se termine, hélas sur le grand effet de littérature habituel : « *Armstrong, c'est la voix émergeant de la nuit injuste, qui chante la complainte triste,* etc... »

On revient trente ans en arrière...

Avril 1956

★ La meilleure du mois est née des caprices de la traduction et provient de notre confrère *Jazz-Magazine* (que nous prions de prendre cette remarque avec enjouement et gaieté, comme nous le fîmes nous-même). C'est à propos de l'arrestation de Billie Holiday ; et ce bon *Combat* a reproduit mot pour mot la phrase la plus 'pataphysique de l'année :

« *On a trouvé sur McKay de la cocaïne et un revolver.*
Tous deux furent déclarés comme venant de s'adonner
aux narcotiques par un docteur de la police. »

De la cocaïne qui prend de la cocaïne, à la rigueur,
ça confirme le proverbe : on n'est jamais si bien servi
que par soi-même ; mais un revolver qui se drogue,
c'est un bel exemple de remords tardif. Il est vrai
qu'un revolver a une âme, comme un canon.

                                                    Mai 1956

★ Des tas de lettres encore ce mois-ci – on m'envoie
d'un peu partout des coupures assez ahurissantes
que je ne puis toutes citer ; Jacques Van den Bemden
m'en administre quelques-unes – dont celle où
Hampton est engagé comme « vibrassioniste » valent
leur pesant d'or. Il y a aussi ce « Hey Barbare Ba »
qui n'est pas mal. Plusieurs lecteurs dont Minouche
m'envoient la jolie photo de Mulligan dans *Liens*,
sous-titrée « *Le célèbre musicien Noir Gerry Mulli-*
gan ». Je sais que la photo est sombre, mais quand
même ! Merci aussi à Daniel Lallemand pour ses
deux lettres. Il me remet en particulier un papier
extrait du *Coopérateur de France*, où, sous la plume
d'une certaine Lise Cadet, Coleman Hawkins devient
pianiste, ce qui doit bien le reposer du saxo ténor,
par le temps qui court. Mais la plus belle coupure (je
ne sais à qui je la dois) est celle-ci, extraite d'un journal lyonnais, titrée *Monseigneur Moussaron, archevê-*
que d'Albi, meurt à Paris (ça n'a rien de drôle, évidemment, mais attendez la suite).

« *Mgr Moussaron se disposait, samedi matin, à rega-*
gner sa ville épiscopale. Avec son secrétaire, M. le cha-
noine Jazottes, il avait déjà pris place dans son com-
partiment en gare d'Austerlitz, quand il se sentit mal. »

Qui va triompher ? C'est Panassié, évidemment. La
présence de Jazottes suffit à tuer l'archevêque. Je ne
résiste pas au désir de reproduire l'alinéa suivant, où
l'on constatera que Monseigneur l'avait bien
cherché :

« *Son secrétaire appela une ambulance et le prélat expira en arrivant chez les Sœurs de la Ste-Agonie où il logeait quand il venait à Paris !...* »

C'est ce qui s'appelle le chercher, ça, Monseigneur !...

Juin 1956

★ Un papier neurasthénique et désolé de Jacques André dans *Combat* (6 septembre) sur ce thème : *Peut-on encore propager le jazz en France ?*

Il semble que son papier ne tienne pas compte du fait que depuis pas mal d'années, un certain nombre de gens y travaillent, et ont obtenu un certain nombre de résultats... il n'y a qu'à voir le nombre fabuleux (le mot n'est pas trop fort) de disques qui sortent et le comparer à ce qui sortait avant-guerre ; c'est déjà une réussite considérable. Maintenant, si par « propager » Jacques André entend « convertir », d'un seul coup, quarante millions de Français, il est évidemment un peu pressé. Mais il est exactement aussi difficile de convertir les jeunes aux mathématiques ; il n'y a pas beaucoup de gens, dans tous les domaines, qui ont envie d'apprendre et de comprendre... ça n'a rien de triste, c'est comme ça. Et si comme le dit Jacques André, « *n'importe quel numéro de bulletin ou revue est absolument illisible pour un débutant* », on peut en dire autant de « Ingénieurs et Techniciens » ou du « Phare de la Blanchisserie ». Le débutant, en pareil cas n'a qu'à se prendre par la main et faire quelques efforts ; on lui a assez mâché la besogne, comme ça, non ? C'était autrement compliqué d'être débutant en 1935, papa ! Haro sur les mollasses !

★ Un lecteur belge fort aimable et qui a l'idée superbe d'habiter rue Jean-Népomucène à Bruxelles, M. Lapter, m'envoie une très belle coupure extraite du journal *Week-end*. On y lit cette surprenante information :

« *Les amateurs de jazz apprendront avec plaisir que Duke Ellington se prépare à effectuer une grande tour-*

née en Europe et qu'il débutera vraisemblablement à l'Olympia de Paris à la fin de novembre avec sa meilleure formation : Johnny Hodges, Art Tatum, Bud Shank, Lester Young et Friedrich Gulda... »

C'est signé Aimé Julien, qui ferait mieux de cultiver ses carottes, sinon elles seront cuites avant que d'être poussées. La Patate de la Semaine lui revient, comme dit mon correspondant (on est vraiment en pleine cambrousse).

Octobre 1956

★ La plus belle coupure du mois, c'est celle qui nous a été envoyée par l'ex-président du H.C. Mulhouse (exclu, vous avez compris d'où), M. Fœrsder ; c'est l'annonce du concert Kid Ory dans l'*Alsace*, quotidien du cru. Elle se présente ainsi :

Notre Bruno Coquatrix lui-même n'avait pas encore trouvé ça pour l'Olympia !...

★ Des autres publications françaises, retenons le bonheur d'expression de notre H.P. favori dans le *Bulletin du H.C.F.* ; parlant de Kid Ory, il a trouvé cette formule d'une concision impossible à améliorer :

« *C'est bien le trombone le plus coulissant qu'il m'ait été donné de voir.* »

Novembre 1956

★ Mon ami Claude Bolling m'a donné un programme de l'I.N.R. belge (télévision du 23 octobre 1956) présenté par les amis de Radio-Liège, et qui m'a fait tant rire que je le cite tel quel : ce n'est pourtant pas mon habitude de mentionner les textes où l'on me nomme, mais vous allez voir pourquoi je n'ai pas pu résister :

« *Ce n'est pas la première fois que Mezz Mezzrow vient à Liège, mais c'est avec beaucoup de plaisir que les Liégeois retrouveront celui que Boris Vian considère comme l'intellectuel du jazz, le musicien cérébral sans qui le style West Coat* (sic) *n'aurait peut-être pas pu naître et se développer.* »

Chapeau ! (et pardessus...)

Décembre 1956

★ Stanley Dance, qui a d'habitude, un peu plus d'impartialité dans sa chronique *Lightly and Politely*, s'en prend à Dizzy d'une façon très... Kentonienne.

Commentant le télégramme que chacun connaît dans lequel Dizzy exprimait au président Eisenhower l'intérêt d'exporter le jazz, Stanley conclut :

« *Ce que je trouve insupportable, c'est qu'un homme qui a probablement fait au jazz plus de mal que n'importe quel autre individu croie devoir se poser en porte-parole. Il y a ceux comme Basie et Duke qui peuvent parler au nom du jazz et cela repose sur une réussite et une certaine dignité. Dizzy ne le peut pas.* »

Et Stanley Dance, au nom de quelle réussite et de quelle dignité juge-t-il Dizzy ?

Et moi, au nom desquelles jugé-je Stanley Dance ?

La vérité, c'est que Dizzy est un homme et qu'il a le droit d'exprimer son point de vue. Donc il le peut. Et c'est tout. Et moi aussi. Si Stanley le fait, Dizzy peut le faire.

Quant à ceux qui ont fait le plus de mal au jazz...

Sont-ce les musiciens ou les critiques ? (Et pan dans la gueule à tout le monde, sans exception.)

Décembre 1956

★ La palme du mois à l'article transmis par Michel Lesage, de Paris ; c'est une coupure de la *Nouvelle République de Bordeaux et du Sud-Ouest*. La légende de la photo est la suivante :

« *Les admiratrices et admirateurs de Sidney Bechet écoutent leur idole se jouant des difficultés de trompettiste.* »

Déjà ça, c'est pas mal : la syntaxe plaît. Mais il faut lire l'article en entier ; l'auteur appuie :

À son arrivée dans la salle, ce fut une véritable ovation de la part de ses admiratrices et admirateurs qui s'empressèrent de faire cercle autour de lui pendant qu'il exécutait avec brio les grands succès de son répertoire. Les applaudissements crépitaient et les sifflements approbatifs et admiratifs se faisaient entendre dans la salle. Sur la piste quelques couples s'adonnaient à des exhibitions de cha-cha-cha et boogie-woogie endiablés, tandis que la trompette célèbre couvrait harmonieusement celles qui l'entouraient.

La célèbre formation Zavatta juniors avait précédé le sympathique trompettiste aux cheveux blancs. Lydia Zavatta et ses deux jeunes partenaires, charmèrent les spectateurs par leurs qualités artistiques, leur jeunesse, leur dynamisme.

Et un grand bravo pour les boppers de Reweliotty ; ou seraient-ils cools ?

Mon cher Lesage, ne vous désolez pas de l'état lamentable de la critique ; en général les directeurs de journaux ont un tel mépris du public que plus un garçon (ou une fille) est idiot (ou idiote), plus il (ou elle) a de chances de réussir dans la presse. Condition exigée : *ne rien savoir.*

Février 1957

★ Un extrait du *Bled* du 4-11-56 que me communique le sergent Marchal, de Mourmelon. Il s'agit d'une interview de Françoise Sagan.

« *Voteriez-vous pour Eisenhower ?* », *lui demanda insidieusement un radioman.* « *Non, dit-elle, mais pour Dizzy Gillespie* » (le meilleur pianiste *jazz* de toutes les Amériques).

Françoise n'a sûrement pas dit ça ; elle est certainement plus à la page. C'est encore le reporter qu'il faut assommer à coups de tuba.

★ Jacques B. Hess me communique la définition révolutionnaire de la « Blue Note », recueillie dans le n° 1793 (ça s'imposait, il a raison) de *Bonnes Soirées,* l'hebdomadaire complet de la femme.

À blue note : pour les gens du métier, cela signifie un engagement dans une grande ville. Paris, Bruxelles, par exemple, sont des « *blue notes* ».

C'est paraît-il, la définition que donne Armstrong telle que l'a entendue Pauline Delleau.

★ *Informations et Documents* n° 59 contient successivement deux articles, l'un « Jazz vivant » est signé André Hodeir, le second « Jazz américain, musiciens français » est dû à Hugues Panassié. Qui disait que l'alliance Atlantique n'existe plus ?

★ « *Un ami qui me veut du bien* » m'envoie un article pas mal non plus, signé Gilbert Rudin :

« *Du pur point de vue musical, le rock and roll n'est qu'une refonte du be-bop avec adjonction de divers éléments qui dénaturent son origine.* »

Oui, vous avez bien lu. De même, l'homme préhistorique descend en droite ligne du civil de Bécon-les-Bruyères modèle 339. Tous les archéologues savent ça.

★ Encore une pas mal parmi les « perles à rebours » (c'est une expression du lecteur ci-dessus, anonyme hélas) et qui me vient de Michel Waxmann. Un

papier sur Armstrong signé Fanny S. extrait de
« Centrale Junior » :

Il faut entendre ses « chorus chantés », poignants
d'expression, tels ceux du « Basin Street Blues » « West
End Blues » « Confession » etc. Tous les jeunes et ceux
qui le restent encore, apprécient ce « papa des jeunes »
qui nous donne tant de lui-même dans le « New-
Orleans » « Be-Bop », « Fox » et le plus récent « Rock'n
Roll ». Il s'impose à nous par sa richesse inépuisable
d'inspiration et sa grande originalité, et, de ce fait est
le pionnier des joueurs de jazz et le créateur du jazz
moderne.

Pas mauvais non plus, hein !

                                          Février 1957

★ Mes lecteurs bien-aimés m'envoient des perles
fines glanées dans la chair de ces mollusques glaireux
que sont les journaux. (Hugo eût-il fait mieux ?
héhé ?)

La plus belle (je prie les autres que je remercie de
m'excuser si je ne cite pas leurs envois) est celle que
m'adresse Roger Bock (à la vôtre !) de Bruxelles.

C'est une « chronique du jazz » extraite du journal le
Fougnant, organe officiel des Étudiants de Nivelles.

Je souhaite auxdits étudiants de ne pas trop étudier ce papier...

Citons au hasard (hasard aidé).

« *Tout d'abord, nous devons distinguer deux cou-*
rants dans le jazz : le New-Orleans et le be-bop (rock
and roll). »

Déjà pas mal, hein ; mais la suite est encore mieux,
puisque c'est le développement de cette thèse hardie.

« *Le be-bop.*

« *Un type d'orchestre qui représente bien la musique*
be-bop est l'orchestre de Lionel Hampton. Les caracté-
ristiques de cette musique sont : style syncopique (sic)
avec rythme très balancé (swing) ; la section rythmique
comprend le plus souvent une basse, un piano, une
batterie, ces instruments ne s'occupent pas unique-

*ment du temps mais aussi du chant (solos) ; les
saxophones, vibraphones, trompettes tiennent uniquement le chant... »*

...etc... etc...

Et pour terminer, cette conclusion renversante que
je dédie à mon correspondant préféré de Montauban :

« *Le rock and roll.*

« *Cette musique ne se distingue pratiquement pas du
be-bop, sinon en ce qui concerne la danse, car il faut
le dire, le film "Rock around the Clock" est plutôt une
exhibition de danse et de music-hall qu'un film musical novateur.* »

Et c'est signé Wilmer, 2ᵉ S. Scientif. Parfaitement.
Un scientifique. Voilà.

Mars 1957

★ Une sorte de chef-d'œuvre, ou plutôt plusieurs
espèces de chefs-d'œuvre, tels sont les articles de Lionel Raux qui paraissent dans *Bien Public* et que m'envoient divers correspondants, dont Michel Petit de
Dijon.

« Calamité Publique » serait un titre beaucoup plus
adéquat pour les œuvres de ce bruit stomacal. Voilà
une perle extraite de

« *Les héros du jazz moderne sont très fatigués.* »

*Les grands « jazzmen », les Louis Armstrong, les Roy
Eldridge, les Coleman Hawkins, et même le Lester
Young des grands jours ne cherchaient pas des choses
compliquées : ils soufflaient de toutes leurs forces suivant leur inspiration du moment et de leur instrument
sortaient les chorus les plus beaux, les plus neufs, les
plus « jazz » du monde.*

En somme, plus c'est fort et plus c'est beau ; et les
disques où Armstrong joue en demi-teintes comme
Body and Soul pour ne citer que celui-là, sont des
disques à moitié ratés. Mais un peu plus haut, l'auteur en lâche un qui n'est pas piqué des seringues
hypodermiques :

Miles Davis, première vedette annoncée, nous donne

tout de suite le ton de la soirée. Durant tous ses solos, pourtant interminables, nous n'avons pas relevé une seule phrase vraiment construite, une seule idée correctement développée. Rien que des notes plus ou moins « canardées », alignées les unes au bout des autres, au gré d'on ne sait quelle fantaisie. Et encore, parler ici de fantaisie, est bien excessif : Miles est en fait le musicien le moins fantaisiste qui soit. Ses chorus sont lugubres, pompiers, cafardeux, déprimants au possible. Un mauvais moment à passer.

Un autre des papiers de Raux est intitulé « Bechet s'écroule » (on sait que Maizereau, lui, tient vachement bien le coup).

Nous avons assisté mercredi à la fin d'un grand musicien. Nous ne disons pas d'un grand jazzman. Il y a déjà longtemps que Sidney ne fait plus de jazz. Son extrême popularité, sa réussite commerciale sans précédent l'avaient condamné à un public trop vaste et trop peu exigeant pour qu'il puisse garder la flamme et la pureté admirables de ses enregistrements d'avant-guerre.

et, plus loin,

Bechet est fini, bien fini. Et pourtant il lui faudra jouer encore, très longtemps peut-être pour la multitude de ceux qui, incapables de s'en apercevoir, continuent à le tenir pour le plus grand musicien de jazz. On éprouve à le revoir la même gêne qu'un admirateur de Joe Louis voyant son idole monter sur un ring de catch.

Bechet avait trouvé la gloire. Le public qui la lui avait accordée ne le lâchera plus.

Lionel RAUX.

S'il vous plaît, Raux, si Bechet ne fait plus de jazz, ça ne vous ferait rien de le laisser gagner sa vie tranquillement ? On verra où sera votre belle intransigeance quand vous aurez son âge ; et si seulement vous avez donné, votre vie durant, le dixième de ce qu'il a donné, on sera heureux de voir le public vous conserver son affection. Quand ce ne serait que pour les *Maple Leaf Rag*, *Shag* et *Sweetie dear* qu'il grava jadis, Bechet même s'il n'a plus ses moyens de jadis, mérite bien qu'on l'entende ; et si ça ne vous plaît pas, gardez pour vous ces bruits ventraux dont le relent est fâcheux.

★ Paul Guth s'en mêle ; voir le *Figaro* du 23-2-57.

« *Sidney Bechet avec sa trompette était pour moi un vieux conteur noir du pays des fables.* »

Ce pauvre Sidney. Depuis le temps, s'il avait appris la trompette, qu'est-ce qu'il aurait eu comme publicité gratuite.

★ Les bulletins se multiplient. Voici que Nice présente « Jazz Gang », un organe de liaison entre les membres du jazz club de Nice. Jean de Saint-Barthélémy (gare à vous, parpaillots) signe le premier éditorial où l'on retrouve la théorie de la Prédestination. « *Le swing, élément fondamental du jazz, accentuation comparable aux pulsations du cœur, ne s'acquiert pas, il est inné.* »

De quoi l'on peut déduire une théorie du swing très intéressante. En effet, si le swing ne s'acquiert pas, il doit être impossible de le comprendre si l'on en a pas « l'aperception » innée également ; s'il ne s'acquiert pas, il ne peut s'expliquer non plus, puisque la compréhension serait un premier degré de l'acquisition. Il s'ensuit que seuls comprennent le swing ceux qui le comprennent à leur naissance et que, quoi qu'ils fassent, ils ne pourront jamais l'expliquer à ceux qui ne l'ont pas reçu en don de Dieu. En conséquence de quoi nous leur suggérons de fermer leur grande gueule et d'aller à l'Église prier pour nous pendant que nous écouterons Garner en nous roulant dans notre confortable nullité.

★ Il y a également *Jazz Revue*, organe d'information et de diffusion de l'Art jeune, sur la Côte, qui est le second numéro dudit *Jazz Gang*, apparemment. Mais ce coup de changer de titre à chaque numéro, ça fait comme s'il y avait plusieurs journaux.

Dans le numéro deux, donc, toujours sous la signature de Jean de Saint-Barthélémy, logicien émérite, voici un second éditorial qui, à vingt-cinq lignes d'écart, énonce ceci :

« *Les progressistes ont renié le vrai passé : les sources du jazz. Ils utilisent l'abus de l'intellect, cultivent l'habitude de cette erreur et sont friands de choses neuves parce qu'ils ont fait de malheureuses découvertes.* » et un peu plus loin

« *Certains m'ont dit, par exemple, que Trummy Young jouait trop puissamment du trombone. Ses notes sont peut-être trop fortes pour être polies, mais elles sont suffisamment étranges pour être belles.* »

Messieurs la logique parle. La première affirmation de Jeannot-le-massacre est déjà formulée dans un charabia douteux (car si l'on *utilise l'abus* de l'intellect, c'est qu'il n'est pas abusif, puisque utilisable, etc...) mais elle rejoint cette singulière formule de sainte Lagne : *Le beau c'est surtout ce qui nous est familier* (entendez par là, que vous pouvez épouser une horreur, elle vous paraîtra belle le jour de vos noces d'or si vous tenez jusque-là).

Quant à la seconde, elle attribue une vertu à ce qui est étrange et, contredit par conséquent totalement la première.

Barthé, tu ne te mouilles pas, mon pote ! T'es un vrai petit agent double !

Il y a également, dans la première formule, cette notion de « *vrai passé* » qui laisse entendre qu'il en existe un faux, lequel doit être passionnant. Je propose la création d'un « *Centre d'études du faux passé et temps virtuels divers* ».

Personnellement, je ne sais pas du tout ce qui est beau, mais je sais ce que j'aime et je trouve ça amplement suffisant.

★ *P.S.* J'allais oublier une dernière perle de Lionel, signalée à la fois par Chevassus et J.P.M. de Besançon. Pour lui, en somme, Kenton fait du bop. Ça simplifie tout.

Le bop n'est pas, n'a jamais été et ne sera jamais du vrai jazz. C'est quelque chose d'entièrement séparé et de tout à fait à part.

Je ne pense pas que Kenton ou n'importe quel autre fasse quelque chose qui n'ait déjà été fait par Stravinsky ou Bartok.

Même quand je prends plaisir à l'écouter, je ne peux pas croire que c'est du jazz.

Comme dit l'autre, « *Baptiso te carpam et percham* ».

Avril 1957

★ Avalanche de courrier ce mois-ci. Si l'ami De Villers en reçoit autant, cette revue va devenir un vrai petit *Marie-Claire*. Mais mes correspondants à moi sont de bons Samaritains qui m'envoient les perles glanées par eux dans les périodiques les plus funestes : tel *Riviera Magazine* où un papier anonyme, regorgeant de métonymies et, je crois aussi, de fautes d'impression, sans compter les lieux communs, figure en page 53. Extrayons-en ceci :

« *Les musiciens n'ayant rien à dire se sont réfugiés sur le plan technique, instrumental et musical, pour sombrer dans le "Cool"* ».

Eldridge est-il un trompette cool, ce qui arrangerait tout ? Il me semble que certains (suivez mon regard, je ne désigne personne) lui adressaient déjà ce reproche de technique et « d'instrumentalité » vers 1938. Non, cher auteur, la technique n'est pas un obstacle à l'inspiration... et un vocabulaire de 22 000 mots (m'a-t-on dit) n'a jamais gêné Shakespeare pour s'exprimer... ceux qui sont gênés sont les pauvres traducteurs, avec leur bagage minable de 3 000 ou 4 000 mots... Quant au « caractère spontané » de l'improvisation dont il est question plus loin, faut pas oublier que cette spontanéité se manifeste par le truchement de la gamme tempérée de messire Zarlin, élucubra-

tion rien moins que spontanée... Un langage spontané, c'est du petit-nègre – sans jeu de mots !

★ Mon bon frère Van den Bemden n'a pas relu ses
épreuves de *Contacts* : Voici qu'il nous titre « *Ella
Fritzgerald, c'est le swing.* »
    Fritzgerald, c'est sûrement une chanteuse swing de
chez monsieur Adenauer !

★ Quant à l'extrait *Jazz 57* de février (ces deux coupures envoyées par Jacques Roy de Bruxelles, il est
évident que l'éditorialiste a suivi pas à pas les traces
du Père, jusqu'à lâcher par-ci par-là son petit paquet
de guano sur la tête des confrères [reste à voir si on
peut *le* considérer comme un critique]). C'est en effet
des critiques de jazz qu'il s'agit. Mais au passage, il
se cloue lui-même à la croix en disant ceci : « *En
jazz... le niveau de la critique est tellement bas qu'aucune sorte de compétence n'est exigée.* »
    À lire cet édito, on s'en rend drôlement compte !

★ Paul de Buck et Marc Princen (j'espère que j'estro-
pie pas) m'envoient un véritable chef-d'œuvre : une
causerie faite par un de leurs condisciples sur le jazz.
Il faudrait tout publier. Il y a de ces choses ! Je ne
résiste pas :
    « *Le jazz symphonique est l'évocateur des épopées
américaines. Nous pouvons ici faire un rapprochement
entre la chanson de geste française, premier mouvement
de littérature, et l'épopée musicale créée par le jazz symphonique, avec cette seule différence que l'auteur est
connu et qu'il s'agit de musique et non de littérature.*
    « *Exemple : "The Grand Canyon Suite".* »
qui comme chacun sait est de Grofe.
    Cette « *seule* » différence est une trouvaille de
génie. Et ce rapprochement ! Il nous engage vivement à faire un autre rapprochement, entre l'auteur
des lignes ci-dessus et un cornichon. Cette fois,
aucune différence.
    Et cette autre perle :

« Hot Jazz : Harry James, Louis Armstrong
Swing : Harry James, Benny Goodman... »

Quant à Hampton, il est classé dans une catégorie :
« orchestre typique noir ».

Encore une appréciation sur le Carnegie Hall
Concert de Goodman en 1938 :

*« C'est le plus grand concert de jazz joué par un seul
orchestre depuis la naissance du jazz. Même le rock
and roll ne remporte pas autant de succès. Jamais tel
concert n'a pu être égalé. »*

Et hop ! Voilà un éditorialiste tout trouvé pour
Contacts...

Mais la perle, la voilà.

*« Certains, je l'ai déjà dit, ne veulent point entendre
parler du jazz pour l'unique raison que c'est une musique composée par des Noirs. D'autres ne l'aimeront
pas à cause du manque d'harmonie qui est évident
dans chaque composition... »*

Et ben ! Il y en a qui commencent jeunes dans le
gâtisme !

★ Et Michel Petit de Dijon m'assène le coup de grâce
avec un nouveau Lionel Raux. Entre autres platitu-
des tellement éculées qu'on a envie de crier « pitié ! »,
on y trouve le dogme :

*« Pour jouer dans l'idiome louisianais, il faut s'être
mis à l'école des Noirs toute sa vie (ce qu'a fait
Mezzrow par exemple) il faut avoir vécu, joué, senti
avec eux... »*

Cet article le démasque : Raux est simplement un
nouveau pseudonyme de Pana. Un de plus. On s'en
doutait.

Mai 1957

★ Un extrait de *France-Soir* m'a échappé. Merci à
Daude ; le voici. À propos du jazz, une auditrice
écrit :

*« C'est cette musique révoltante qui a dû inspirer le
crime de Saint-Cloud. »*

Sans compter le mariage de Grace Kelly, la visite d'Élisabeth et l'existence de toutes les filles du comte de Paris, autres faits catastrophiques et qui contribuent à pourrir la presse.

★ D'un papier de l'*Est-Républicain* (article sur Elvis Presley).
« *S'il continue à se vêtir avec le goût d'un musicien de jazz...* »
À toi, Eddie Bernard. Et il est évident maintenant que tous les touristes d'Amérique qui débarquent avec des chemises couvertes de homards imprimés ou de feuilles de bananier grandeur nature *sont des musiciens de jazz.* C.Q.F.D. Merci à J.-C. Muller... jolie perle aussi, ça...

★ Enfin, mon bon frère Van den Bemden m'envoie un article extrait du *Bulletin des Jeunesses Artistiques* qui va m'obliger à demander au roi Baudouin d'intervenir sérieusement, ça ne tourne pas rond dans son pays. Retirons-en quelques énormités, mais des belles grosses :
« *Et voici le bop et ses meilleurs illustrateurs : Ch. Parker, Erroll Garner, Rex Stewart, Lester Young, Gerry Mulligan.* »
un peu plus loin :
« *Tels les musiciens progressistes, ou le oboïste* (sic) *Mitch Miller, qui joue le jazz à l'aide de hautbois, cors et bassons.* »
un peu plus loin :
« *Le chant pur est fade en jazz ; il procède souvent par redites inconscientes, il ne pourrait concurrencer la musique dodécaphonique vers laquelle nous nous acheminons lentement. Par contre, la parenté entre un solo de Zingleton* (sic) *à la batterie et la musique concrète est évidente.* »
Accordons à l'auteur, Paul Uytterbrouck, le Grand Diplôme de Khon Essentiel du Mois !

Juin 1957

★ Mes joyeux correspondants continuent avec une ferveur digne de la quête du Graal à m'expédier les élucubrations monstrueuses de journalistes à tête d'hydre modèle Lerne modifié 1921, et une des plus belles ce mois-ci est celle que m'adresse Pierre Rousseau, de Bruxelles, extraite de *Week-End* et dont je vous communique le début (mais le reste est aussi bien).

Peut-être plus que toute autre forme de musique le « jazz » évolue et même très rapidement. Assurément, il a conservé son fameux rythme particulier le « four in the bar rhythm », bien connu de tous les amateurs de jazz.

Ce rythme est celui qui fut créé par les nègres esclaves des plantations du Sud des États-Unis. Ce rythme, ils l'avaient cherché et trouvé comme un allégement à leurs travaux. En effet, un tempo avait été développé par eux pour chacune des tâches qu'ils avaient à effectuer. Et ces différents tempos trouvèrent une sorte de commun dénominateur qui est à la base même du rythme fondamental de la musique de jazz.

J'ajoute que l'article est illustré de photos. Sous celle de Basie, il y a la légende « Louis Armstrong ». Sous celle d'Armstrong, il y a « Big Bill Broonzy ». Sous celle de Big Bill, il y a évidemment « Count Basie ». Bref, un très beau modèle de permutation circulaire.

★ De Cl. Baschung, cette très jolie coupure extraite de *Musica* de mai 1957, qui est pourtant, comme il le dit, une revue sérieuse. Ça doit être une coquille...
Lafitte-Persiany Quartet. – Editeur : Columbia, *ESDF* 1090.
En réponse aux lecteurs qui, à la suite de l'article publié sur l'accordéon, *nous demandent de leur indiquer le disque que nous classons* n° 1 *dans cette section instrumentale, nous désignons, sans hésitation aucune, à leur attention, cette cire de grande classe, qui a, d'ailleurs, remporté le grand prix du disque 1956.*

★ De Janine Peters, à Mortsel, je reçois un extrait du *Matin* intitulé « La Ballade des Orgueilleux » d'où il

ressort que M. Wattiau, en voulant stigmatiser la prétention de certain critique (lequel il désigne fort clairement, car il s'agit d'Hodeir), tombe dans le péché
de traiter Milt Jackson et Thelonious Monk de pauvres ballots de nègres capables de se laisser persuader... Mais laissons la parole à Wattiau :

À force d'analyser les anachrouses de Milt Jackson,
mon bonhomme se sent tout à coup le besoin d'aller dire
à ce pauvre Milt comment il doit les jouer, ces anachrou-
ses, et ce brave bougre de nègre de Milt Jackson est bien
capable de se laisser impressionner par notre critique
(lequel est, bien entendu, beau parleur).

Notre critique a, entre autres, entendu un disque de
Thelonious Monk dans lequel ce dernier, un peu perdu
dans le jeu de la section rythmique, laisse un silence de 5
à 6 mesures à la fin d'un de ses soli (à moins que ce ne
soit au début, je n'ai pas le disque sous la main pour véri-
fier l'anomalie). Par un hasard heureux, un certain effet
artistique naît, en effet, de ce silence. Notre prophète
d'écrire sur-le-champ que Monk avait l'intention de ne
plus respecter la division en mesures et, partant, la trame
harmonique des morceaux.

Inutile de dire que depuis lors Monk a toujours res-
pecté cette trame, comme il l'avait d'ailleurs toujours fait
auparavant, en laissant les improvisations en « free
form » à Dave Brubeck et compagnie. Maintenant il est
bien possible que notre globe-trotter aille persuader
Monk qu'il fait bien en laissant des silences et le bon
Monk, brave nègre plein d'admiration pour le grand-
Blanc-qui-vient-de-Paris, pourrait bien se mettre à mul-
tiplier les silences. Je vis déjà dans la crainte du résultat.

Constatons avec douleur que la tradition du bon
sauvage un peu demeuré n'est pas près de disparaî-
tre... grâce aux Wattiau, gens qui, de toute évidence,
font partie de la race des seigneurs. Et saluons également au passage ce bon cliché à peine éculé selon
lequel un artiste de jazz est incapable de se rendre
compte par lui-même de ce qu'il fait.

Juillet-Août 1957

★ Ce que les gens peuvent écrire sur le jazz, c'est fou... mais il ne faut pas croire que ça les amuse, loin de là !... c'est à cause de ces bourreaux d'artistes qui s'obstinent à faire de la musique, que les critiques et auditeurs se sentent le devoir d'y aller de leur chorus. Il y a pourtant une race de méchants bougres d'apocalypse, de vilains croquants boutonneux, de pisse-froid mérovingiens, en un mot d'individus, qui écrivent sur le jazz par *pur plaisir* et sans nécessité puisqu'ils se donnent le mal d'introduire des commentaires jazzistiques dans des romans (hum...). C'est ceux-là que je vais stigmatiser aujourd'hui, puisqu'il fait beau. C'est un extrait de l'*Affaire Maurizius,* de Jacob Wassermann (ce n'est pas l'inventeur de la réaction du même nom qui m'en fournira le prétexte).

« *Warschauer était tout joyeux, le mouvement des couples qui tournaient, glissaient, ondoyaient, se frôlaient, les visages échauffés au milieu de cette brume de fumée, mais surtout les éclats, les piaulements, les hurlements des instruments le jetaient dans des transports de joie. À un moment il saisit le poignet d'Etzel et lui glissa : "Cristi, un saxophone comme celui-là n'a pas de prix, il vaut une histoire de la civilisation en trois volumes. Regardez l'homme aux cymbales, mais regardez-le donc, n'a-t-il pas l'air d'un vrai Torquemada, cruel, sombre, fanatique, quel type épatant, dans son enfance, il a sûrement arraché les pattes aux hannetons et mis le feu à la queue des chats.*

— C'est bien possible, mais je ne vois pas ce qui vous enthousiasme là-dedans", demanda froidement *Etzel. Warschauer lui tapota la main : "C'est au point de vue biologique, comme sujet d'étude." »*

Ce biologiste fait rêver. Et mettre le feu à la queue des « cats », pour un amateur de jazz, ça sonne vraiment désagréable, sinon équivoque.

★ Trois Bordelais m'envoient la même coupure superbe du *Sud-Ouest* du 7 septembre 1957. La voilà. Elle est géniale.

« *Milton* » *Mezz Mezzrow, l'un des « précurseurs »*

*du jazz moderne pourrait-on dire, déchaîna dans la
salle un début de cette hystérie collective de jeunes
« fans »...*

★ Pierre Lapter, de Bruxelles, m'en expédie une
extraite d'un hebdomadaire allemand d'Essen (*Das
Neue Blatt*, 18 juillet 1957), non moins admirable :
l'auteur Josef Knein se dit âgé de 74 ans ; il a mené
une vie remplie puisqu'il a fait, dit-il, son service
comme volontaire dans la cavalerie, ce qui lui donne
évidemment une autorité pour hennir – pardon, hon-
nir – le jazz. Pour résumer sa position, le jazz est une
musique de nègres, et il n'aime pas les zazous. Et
malgré son grand âge, sa haine de cette « musique
d'arrosoir » est telle qu'il n'hésiterait pas à étendre
sur le parquet le premier « jazz-fan » qu'on lui dési-
gnera... Et il regrette les belles parades « à l'allemande ». À la sienne !

Octobre 1957

★ Je ne voudrais pas blesser au vif mon excellent
confrère Fernand Bonifay, auteur de chansons fort
connues, mais le clou du mois, c'est sa chronique des
disques de jazz, extraite de l'organe le *Mutualiste de
la Seine* (octobre-novembre 1957), où il dit exactement ce qui suit à propos d'Anthony West and his Di
Bi Bi – Dixieland Big Band :

« *Je considère ce disque de jazz comme un des meilleurs que l'on ait jamais gravés.*

« *Un bon conseil, achetez-en deux tout de suite : soit
que vous userez le premier très vite, soit que l'un de
vos amis vous l'empruntera... pour toujours. Les deux
aventures m'étant arrivées, j'en suis à mon troisième
disque.*

« *Il n'est pas possible à un amateur de jazz de ne pas
éprouver le "choc" en l'écoutant.*

« *Sur ce 33 tours 25 cm, vous trouverez deux classiques de 1920 :* Nuits de Chine *et* Dolorosa, *2 mor-*

ceaux de Charles Trenet et quelques nouveautés, dont l'excellent On ne sait jamais. »

Voilà... J'estime que ça valait la peine d'être su, surtout quand on pense aux innombrables saletés des Basie, Ellington et autres minables Armstrong qui encombrent le marché.

Toutes mes excuses à la maison Versailles que je ne veux nullement attaquer... mais le choix des titres prouve surabondamment que l'orchestre d'Anthony West a toute l'authenticité d'un bon dixieland de Marnes-la-Coquette...

Et toutes mes excuses à F. Bonifay : je lui propose qu'on soit amis... Je ne lui chiperai jamais ses disques préférés...

Décembre 1957

★ Comme je l'écris en pleine période de « fêtes » (*sic*), je vais en profiter pour être poli (une fois n'est pas coutume) et remercier des gens, à qui je n'ai pas répondu, de lettres qu'ils m'ont envoyées depuis longtemps. Mais voilà ce que c'est : souvent, je reçois des lettres juste après avoir fini la R.D.P. Je les pose sur mon bureau en attendant le mois suivant, et elles se trouvent enterrées sous les objets divers (têtes de bielle, queues d'arondes, aspirateurs, chasse-neige et autres colifichets) qui s'accumulent au cours du mois. Ce qui fait que je les oublie. Je les retrouve, longtemps après, des cafards y ont tissé leur toile, etc.

Une lecteuresse fidèle qui signe Désirée Quentin, ce qui est un ravissant patronyme, m'écrit une lettre pleine de charme et de tristesse pour déplorer la maigreur du *Jazote* de novembre. Elle l'a lu en dix minutes et trouve que ça fait 720 balles de l'heure (c'est fort juste). C'est le prix, dit-elle, du super-qualifié.

Pour nous tirer de notre engourdissement, elle propose de venir sur place. Ça dépend. Envoyez d'abord photo, Désirée, mon ange... Ou alors non... d'une façon comme de l'autre, ça nous tirera de notre engourdissement. Pardon et joyeuses gueules de bois pour l'année qui vient.

Elle envoie en outre, Désirée, une assez belle coupure : un article louangeur à la gloire de « Satchmo », l'autobiographie en 4 microsillons de chez Polydor, qui contient cette phrase surprenante :

« *Mais malheureusement, l'essentiel ce sont les enregistrements...* »

★ Bernard Lairet, qui séjourne au Maroc dans un costume temporaire et peu seyant que je lui souhaite de remplacer bientôt par une bonne robe de chambre, m'envoie deux coupures dont l'une, extraite d'un journal qu'il ne nomme pas, est vraiment superbe ; il faut la citer dans son entier. (L'autre coupure, c'est cette légende de *Point de Vue* où Eddie Calvert est considéré comme un « classique du jazz » à cause de « Oh, mon papa »). Mais voici la bonne :

Mezz Mezzrow soufflait dans sa trompette, ça montait, puis ça descendait, bulles de sons fracassantes, filées, souples, aiguës puis plaintives. Les « fanas » hurlaient aux moments les plus pointus. L'orchestre, derrière le maître, avait des rythmes d'hystérie. Sous les voûtes du Vach'Cav' Club, les sons se répercutaient avec les clameurs. Une fille se leva, se mit à danser. Si l'on peut appeler ça danser, évidemment. Tout en se tortillant, elle déboutonnait son corsage et lâchait des seins un peu flasques, auréolés de mauve. Un garçon blond pâle et fin comme une fille, les narines pincées, vint se joindre à elle et tous les deux s'envoyèrent mutuellement l'un par-dessus l'autre, tour à tour, et suivant un rite déterminé depuis des millénaires par les sauvages de l'Amazone ou du pays Bantou. Alors les autres claquèrent leurs mains pour marquer une cadence folâtre et Mezz Mezzrow redoubla de vitesse et de puissance. Une fille, à côté de moi, renversa son Coca-Cola sur mon pantalon, ne s'excusa pas. J'en profitai pour lui pincer le gras des cuisses qu'elle avait découvertes jusqu'au cœur, la jupe à carreaux relevée.

Elle ne s'en aperçut même pas. Elle criait : « Rah, rah, rrah, allez Mezz, rrrahh. »

Je me levai, vidai mon verre...

Elle est-t-y pas belle ?

Janvier 1958

★ Un lecteur m'envoie deux pages de *Jours de France* ; l'éternel article « bien parisien » ; le chroniqueur (qui évidemment n'y connaît rien, comme tout journaliste à gros tirage qui se respecte) emmène Virginie, sa petite amie, écouter le M.J.Q. Impressions (astucieuses) du chroniqueur. Une question aux chroniqueurs, Marcel Mithois en tête. Pensez-vous que les impressions d'une personne incompétente puissent être utiles à des lecteurs eux-mêmes incompétents ? Et on abat des beaux sapins pour ça... Merci à B. Perrot.

★ Le Docteur Egoupoff m'envoie une jolie coupure extraite du méconnu, comme il dit, *Magazine des Grands Hôtels*. C'est un portrait de Bechet chez soi.

« *Quand le compositeur en a fini avec ses notes, il bricole. Des clous, un marteau, et il cogne. N'a-t-il pas confié récemment à une journaliste : J'ai appris le rythme du jazz à la cadence d'un marteau ? Un marteau trouvé dans la cordonnerie paternelle.* »

Y a déjà mieux, mais celle-là est de bonne venue, merci toubib.

★ Le *Guide du Concert et du Disque* offre ceci dans son numéro du 10 janvier :

KHON : Instrument en usage au Laos. Il figure une espèce d'orgue ayant des tuyaux en bambou.

Eh ben, ça fait pas mal d'années que je traite des gens d'orgues du Laos sans m'en être jamais douté...

Avril 1958

INDEX

Table

Composition réalisée par S.C.C.M. (groupe Berger-Levrault), Paris XIVᵉ

IMPRIMÉ EN FRANCE PAR BRODARD ET TAUPIN
Usine de La Flèche (Sarthe).
LIBRAIRIE GÉNÉRALE FRANÇAISE - 43, quai de Grenelle - 75015 Paris.
ISBN : 2 - 253 - 14535 - 1

♠ 31/4535/6